Roter Ara

Von José Mauro de Vasconcelos ist im Econ & List Taschenbuch Verlag außerdem erschienen:
Wenn ich einmal groß bin (TB 27622)

Zum Buch

Der Halbblutindianer Kanaú ist in sein Heimatdorf zurückgekehrt. Doch hat er in der Stadt längst die Faszination des Geldes kennengelernt. Als er Diamantendiebe entdeckt, wird er ihr Komplize. Bald sind ihm die Flüchtenden auf Gedeih und Verderb ausgeliefert. Mit dem Anführer der Bande, einem ehemaligen Leutnant, dessen hochschwangerer Frau, dem Sträfling Daniel und der Hure Pissy zieht Kanaú durch den Urwald Brasiliens. Eine Zeit des Leidens beginnt. Von der Polizei verfolgt, hungern und dürsten die Flüchtenden; sie mißtrauen einander und müssen sich der Angriffe feindlicher Indianer erwehren. Doch immer glauben sie daran, ihr Ziel zu erreichen – und ihr Glück zu finden, das ihnen die Diamanten bringen soll.

Zum Autor

José Mauro de Vasconcelos, geboren 1920 in Rio de Janeiro, hat einen portugiesischen Vater und eine indianische Mutter. Er studierte Medizin, Jura, Philosophie und Malerei und arbeitete lange Zeit als Fischer, Lehrer und Krankenpfleger bei den Indianern im Urwald. Mehrere seiner Romane sind ins Deutsche übersetzt worden.

José Mauro de Vasconcelos

Roter Ara

Roman

Aus dem Portugiesischen von Marianne Jolowicz

Econ & List Taschenbuch Verlag

Der Roman ist zunächst unter dem Titel »Ara Ara« im Deutschen erschienen.

Veröffentlicht im Econ & List Taschenbuch Verlag 1999
Der Econ & List Taschenbuch Verlag ist ein Unternehmen
der Econ & List Verlagsgesellschaft, München
Lizenzausgabe

Titel der Originalausgabe: Arara Vermelha

Aus dem Portugiesischen übersetzt von: Marianne Jolowicz
Umschlagkonzept: Büro Meyer & Schmidt, München – Jorge Schmidt
Umschlagrealisation: Init GmbH, Bielefeld
Titelabbildung: Init GmbH, Bielefeld
Satz: Josefine Urban – KompetenzCenter, Düsseldorf
Druck und Bindearbeiten: Ebner Ulm
Printed in Germany
ISBN 3-612-27430-9

Dona Maria da Penha
Verinha Estêves
Mário Barci
und
Daví Gonçalves
zugeeignet

Inhalt

Erster Teil

Tiorô

Abenddämmerung

Kanaú

Mit groben, gelbgebeizten Fingern rollte Camura die Maisstrohzigarette, hob sie an die Lippen und verklebte sie mit seinem dunklen Speichel. Dann griff er nach dem Messer, das noch auf der Theke lag, und steckte es liebevoll in die Scheide. Während ihm die Zigarette schon im Mundwinkel hing, trällerte er leise vor sich hin:

»... steigt hell empor.
Sein Schein ins Herz mir fällt.
Tim-tiri-lim, zur Laute
Besing ich meine Welt...«

»Warum läßt du eigentlich immer den Anfang aus, Camura?« fragte Temisto, der Kneipenwirt.

»Warum?... Hm... Gleich...«

Camura nahm ein Streichholz und zündete die Zigarette an, paffte gemächlich und ließ dabei die Augen über die Schnapsflaschen wandern, die in wildem Durcheinander auf dem Bord standen. Als sein Blick die Petroleumfunzel erreichte, blinzelte er, denn ihr Licht flackerte, als sei es lebendig und hüpfe noch im Takt des eben verklungenen Liedes.

Camura verzog den Mund zu einem Lächeln, lehnte sich an die Theke und stützte dabei die Ellbogen auf das rohe Holz. »Ich mag nun mal den Anfang nicht. Wer steigt denn da empor und scheint einem ins Herz? Kann doch bloß der Mond sein, oder?«

»Du bist ein komischer Kauz, Mann! Das gibt's doch gar nicht: ein Mensch, der am Araguaia lebt und den Mond nicht mag!«

»Und trotzdem ist es so. Ich hab die Sterne lieber. Wenn die

Nacht finster ist, und sie kommen und baden im Wasser des Araguaia, tauchen furchtlos in den Fluß und erschrecken die Piranhas ...«

Wieder lächelte er und stieß dann den gellenden Ruf aus, den weit und breit alle kannten: »Oho! Camura!« Dann zog er stumm an seiner Zigarette und betrachtete die Gesichter ringsum. Er hatte sie lange nicht gesehen. »Es gibt nichts Schöneres als die Sterne!« sagte er.

Leó, ein weitgereister Mann, war anderer Ansicht. Während er noch die borstigen Enden seines rötlichen Schnurrbartes zwirbelte, fragte er mit einem verächtlichen Unterton: »Hast du schon mal das Meer gesehen, Camura?«

»Nein, nie.«

»Wie kannst du dann so daherreden? Das Meer! Was Schöneres gibt's einfach nicht! Gott hat die Welt mit den Händen geschaffen – aber das Meer, das hat er mit den Augen gemacht.«

»Unsinn! Was soll denn schon für ein großer Unterschied sein zwischen dem Meer und dem Araguaia?«

»Das Meer hat eben alles, was der Fluß hat, und noch viel, viel mehr. Es hat weiße Strände und gelbe. Und es hat grüne Wellen und laues Wasser. Der Wind ist warm und hört nicht auf zu wehen. Das ist wie Gesang, der nie verstummt.«

»Das gibt's doch am Araguaia auch.«

»Ach was! Der ist nichts weiter als eine lange, gläserne Schlange. Und wenn nicht das Rauschen der Wälder wäre, dann würde das Wasser vor Traurigkeit sterben.«

»Und die Indianer? Und die Jäger? Die Krokodiljäger? Und die Diamantenwäscher?«

Leó verlor plötzlich die Fassung, Bilder bestürmten, beängstigten ihn – er konnte nicht antworten. Und als die innere Erregung verebbt war, war mit ihr der poetische Schwung erstorben. Schwere Besorgnis klang durch seine Worte: »Ja, die Flußjäger, die unseligen ...«

Aber er kam mit seinem Satz nicht zu Ende. Einer der Anwe-

senden lenkte die Aufmerksamkeit auf die Eingangstür und rief laut:
»Da kommt Kanaú!«
Kanaú lachte vergnügt: »Guten Abend, alle miteinander!«
Temisto platzte heraus: »Hört euch mal diesen verdammten Indianer an, protzt mit seiner Bildung! Kaum ein Jahr in der Stadt, und kann nur noch Portugiesisch – kein Wort Inan mehr!«
Kanaú trat zu ihm und klopfte ihm auf den Rücken. »Wenn du darauf bestehst, Temisto, ich kann's schon noch: *Dateriambú!*«
»*Arenine!*« antwortete Temisto.
»Oho! Camura!« Seinen überall bekannten Ruf nachahmend, streckte Kanaú Camura die Hand zum Gruß entgegen.
»Wirst du jetzt hierbleiben und nackt im Dorf rumlaufen und den *aruanã* mittanzen, Kanaú?«
»Weiß nicht.«
»Was soll das heißen: weiß nicht, du Unglücksmensch? Weiß nicht, weiß nicht, weiß nicht! Hat ein Inan nichts Gescheiteres zu sagen?«
Kanaú lachte. Er lehnte jetzt auch an der Theke. Temisto nahm ein Glas und goß etwas Zuckerrohrschnaps hinein.
»Willst du, Kanaú?«
Leó griff nach der Hand, die sich schon um das Glas geschlossen hatte.
»Bist du verrückt, Temisto? Wenn dich einer vom Indianerschutzdienst erwischt, daß du einem Indianer Alkohol verkaufst, dann hast du deine Strafe weg!«
»Quatschkopf! Kanaú kommt doch aus der Stadt. War in São Paulo, in Rio, in Goiânia …«
»Außerdem bin ich nichts, gar nichts. Nicht Weißer, nicht Indianer. Sieh dir doch mal mein Gesicht an!«
Während er noch redete, ließ er das Glas los und packte ungestüm die kleine Lampe. Der Lichtschein flackerte über dieses Gesicht hin, blieb dann still darauf stehen und enthüllte, was

Kanaú ihnen klarmachen wollte. Er hielt den Atem an. Sein Antlitz war regungslos und von seltsamer Schönheit. Aber das war es nicht, worauf er hinweisen wollte.
Vom Zwiespalt seines Daseins getrieben, durchliefen seine Gedanken einen Kreis: »Seht ihr, so bin ich. Das bin ich. Ich bin nichts. Niemand bin ich. Nicht farbig und nicht weiß. Ein Mensch, der nirgends hingehört. Ein Mensch ohne Schuld. Der für das, was er tut, nicht verantwortlich gemacht wird. Ein Mischling. Weder Weißer noch Indianer. Nichts.«
Langsam stellte er die Lampe zurück. Seine Züge verschwammen im Halbdunkel des Raums. Er griff nach dem Glas, hatte aber kein Verlangen, es an den Mund zu führen.
Camura wußte ebenso wie Temisto, daß Kanaú jetzt schweigen würde. Die Beschwörung seines Schicksals hatte ihm den Abend vergällt.
Leó durchbrach die Stille und suchte die unbehagliche Stimmung zu vertreiben.
»Was hat dich hergeführt, Camura? Dein Boot hat lange nicht mehr hier im Hafen gelegen.«
Camuras rötliches Zahnfleisch wurde sichtbar, und seine kleinen, verschmitzten Augen verbargen sich zwischen den Falten: »Sehnsucht, vielleicht ...«
Leó ritzte die Theke mit dem Fingernagel. »Du und Sehnsucht! Du bist doch kein Dichter! Sag schon die Wahrheit, du Schuft!«
»Ich schwöre, ich hatte Sehnsucht nach Leopoldina. Bin von Registro weg, denn der Fluß hatte Hochwasser. Hab mein Boot gefragt: Wollen wir ein bißchen spazierenfahren? Da hat es ›Ja‹ gesagt. Und dann sind wir hergeschwommen. Flußabwärts braucht nicht mal ein Engel zu rudern, das wißt ihr. Bin gekommen. Bin da.«
Fio, ein magerer, gelblicher *caboclo* mit schlaffer Haut und einem halben Dutzend gekringelter Barthaare, die sein Aussehen störten und sein Kinn nicht gerade zierten, mischte sich in die Unterhaltung: »Ich war drüben am anderen Ufer, einen Mirindi-

babaum fällen, da hörte ich dich bei der Flußbiegung rufen. Nanu, sagte ich zu mir, da kommt doch wahrhaftig dieser verdammte Camura! Heut gibt's Neuigkeiten in der Kneipe von Temisto, da mußt du hin! Also bin ich rüber über den Fluß und hab mit meinem Bart die Fische erschreckt!«

Leó und Temisto wollten sich ausschütten vor Lachen. »Aus deinen vielen Barthaaren könntest du dir doch eigentlich eine Fangleine für die Fische machen, Fio!«

Bedächtig kratzte Fio sich am Kinn. »Eilt nicht! Eilt nicht! Mein Bart wird schon noch wachsen!«

Und Camura erklärte selbstbewußt: »So ist's, mein Junge. Wenn Camura vorbeifährt, rufen sogar die Reiher einander zu: Seht, da kommt Camura! Darüber wundert sich niemand. Ich dagegen bin fassungslos und muß dich was fragen. Kannst du mir sagen, was du mit dem Mirindibabaum wolltest?«

»Na hör mal! Umhauen wollte ich ihn! Land roden. Will Mais pflanzen und Maniok und Bohnen ...«

Belustigt rieb Camura sich die Hände. »Donnerwetter ... Nicht zu glauben! ... Fio will ackern, will was anbauen! Dann gibt's ja bald wieder was zu fressen in Leopoldina. Dann läßt sich vielleicht auch ein Papagei hier nieder, und die Wasserschweine krepieren nicht mehr vor Hunger!«

»Junge, Junge, hier gibt's noch manches, worüber du dich wundern kannst! Sie sagen, ein Flugzeug von der ›Cruzeiro do Sul‹ soll regelmäßig hier landen. Haben sogar schon angefangen, den Flugplatz zu bauen.«

»Stimmt das, Temisto?«

Temisto nickte stolz.

»Dann ist's vorbei mit der Faulheit in Leopoldina?«

»Kein Mensch kann behaupten, daß es die hier noch gibt! Wenn du ein bißchen mehr Mumm hättest und durch den Ort gingest, ehe du herkommst, um *pinga* zu saufen, dann hättest du gesehn, daß die Kirche renoviert ist und das große Kreuz geputzt und alles Unkraut auf dem Platz gejätet ...«

»Wenn das so weitergeht, dann kann man hier wohl nächstens noch Früchte von wilden Bananen ernten, was? ... Da siehst du es, Kanaú, bald brauchst du gar nicht mehr in die Stadt zu reisen ...«

Camura wandte sich um, aber der Platz, wo Kanaú gestanden hatte, war leer.

»Der ist weg. Zum Indianerdorf gegangen.«

»Sonderbarer Kerl! Was tut er hier?«

»Weiß nicht. Sie haben ihn zurückgeschickt. Er war in Rio. Er sagt, er will jagen, Geld zusammenkriegen und dann wieder in die Stadt.«

»Wann ist er denn gekommen?«

»Vor zwei Tagen. Vermutlich will er nach Raumaló-Dessé auf der Bananal-Insel. Da ist er her. Sicher sucht er jemanden, mit dem er auf die Jagd gehen kann.«

»Mit der Jagd sieht es verdammt übel aus. Ganz schlimm. Hast du nicht gehört, was mit Zé Butelo passiert ist?«

»Nein. Weiß ich nicht.«

»Er war auf dem Rio Javaé und hat eine Javaé-Indianerin entjungfert. Jetzt macht ihm der Schutzdienst den Prozeß. Man sagt, er hat in Santa Maria seine ganze Ausrüstung an Zé Spanier verkauft. Er selber geht dieses Jahr nicht mehr los.«

»So ein Schafskopf!«

»Und das Schlimmste ist: jetzt schießen die Javaés, sobald sich Jäger nähern. Mit Vierundvierzigern. Da wird viel Blut fließen!«

Der Widerhall eines Schusses kam von weither.

Schweigen. Alle lauschten.

»Das hat nach einer Zweiundzwanziger geklungen«, bemerkte Leó. »Nein, so was! Kaum spricht man vom Teufel, und schon ...«

Ein weiterer Schuß pfiff durch das Dunkel der Nacht. Und gleich darauf noch einer.

Temisto brach in Gelächter aus. »Das ist ja Kanaú! Er hat eine

Zweiundzwanziger, eine tolle Flinte! Und er wollte an den See gehen, Krokodile schießen.«
»Richtig!«
Camura sagte verwundert: »Gibt's denn das noch, lebendige Krokodile am Araguaia? Haben die Jäger sie noch nicht alle umgebracht?«
»Für uns sind sie ausgestorben, für uns Weiße, uns Christenmenschen! Aber ein Inan-Indianer, der findet immer noch welche.«
Inan-Indianer! ging es Camura durch den Kopf: Herr der Gewässer. Indianer. Rastloser Ruderer. Ein Jahr lang war Kanaú in der Stadt. Kaum ist er zurück, da weiß er die Biester schon aufzuspüren, obwohl es sie eigentlich gar nicht mehr gibt. Wie stark muß das indianische Erbteil in diesem Burschen sein! Bestimmt läuft er bald wieder nackt herum und kriegt eine bronzefarbene Haut, stülpt sich die Maisstrohmaske über und tanzt mit einem anderen zusammen den altehrwürdigen, monotonen *aruanã.*
»Wetten, daß er morgen zwei erstklassige Krokodile anbringt, die Haut zu hundertzwanzig Cruzeiros?«
»Ach, Fio! Wer ist schon so blöd und wettet...«
»Also, Zé Butelo hat Schwierigkeiten«, kehrte Camura zum Thema zurück.
»Und wie!«
»Wenn das bekannt wird, geben sie vielleicht das Jagen überhaupt auf.«
»Solange noch ein einziges Otternjunges oder eins von den armen Wildschweinen herumläuft, lassen die doch die Finger nicht davon! Sie treiben's schlimmer als die Diamantenwäscher.«
»Das sagst du so, Leó, aber wenn dich jemand einlädt, dann bist du auch dabei!«
»Eher soll mir die Lepra die Hände abfressen, als daß ich diesen Unfug mitmache. Wie traurig und blutig es am Araguaia geworden ist! Wann sieht man schon noch die rosa Reiher an den Ufern? Alles, was schön ist, verschwindet.«

Camura zog wieder das Messer aus der Scheide und schnippelte sich Tabak für eine Maisstrohzigarette.
»Und du, Camura? Du hast zwar eine ganze Menge geredet, aber weshalb du hier bist, damit bist du noch nicht herausgerückt. Wir wissen doch ganz genau: Wenn Camura auftaucht, der Herr Polizeikommissar von Registro persönlich, dann ist irgendwo was fällig.«
»Ach was, Quatsch! Ich bin einfach spazierengefahren.«
»Du kannst nicht verlangen, daß wir dir das abnehmen, aber wenn du unbedingt willst ...«
»Ehrenwort! Ich bin auf Urlaub. Möchte einen Inan heuern, der den Araguaia mit mir runterfährt bis Raumaló-Dessé.«
»Der Meister des Ruders ist ja gerade hier und will auch dorthin. Warum fragst du nicht Kanaú?«
»Mir scheint, du kannst Gedanken lesen!«
Camura kippte noch etwas *pinga* in sich hinein und gähnte zufrieden. »Jetzt geh ich schlafen.«
»Bei wem wohnst du denn?«
»Beim dicken Raimundo.«
Er richtete sich von der Theke auf. »Gute Nacht allerseits!«
Er ging aus der Tür und in die Dunkelheit hinein.
Die Nacht war klar. Und die Sterne lösten sich aus der Finsternis und durchsiebten den Fluß. Unsinn, was Leó gesagt hatte! Es gab nichts Schöneres als die Sterne.

Camura streifte das Hemd ab und warf sich in die Hängematte. Er stützte die Arme bis zum Handgelenk auf und stieß sich gelegentlich mit dem Fuß ab, um zu schaukeln.
Nebenan schnarchte der dicke Raimundo.
Camuras Körper roch nach Sonne und Erde, ein Geruch, der seiner Nase vertraut war.
Allerlei Gedanken gingen ihm durch den Kopf: Leopoldina war genau wie immer, er täuschte sich nicht. Hin und wieder gab es einen kleinen Anlauf, um weiterzukommen, und dann wurde

dies und das besser. Neue Häuser entstanden, weiße Farbe hielt ihren Einzug in der Siedlung. Die Leute säuberten das Stück vom Kreuz bis zum Hafen. Das war immer so, wenn der Sommer kam und die sechs Regenmonate ablöste, der Sommer, der die ersehnte Abkühlung mit sich brachte und das Fieber vertrieb. Einige legten dann Pflanzungen an. Andere strichen ihre Boote neu, in Erwartung der Touristen – Narren, die sich in diese entlegene Wildnis locken ließen. Dabei blieb die Wildnis immer gleich und war doch so ganz anders, als die sich das vorstellten. Sie meinten, in den vierzehn oder zwanzig Tagen würde sich vor ihren Augen alles abspielen, was es an Brutalität, Ungeheuerlichkeit, Sensationellem gab. Aber nichts davon. Enttäuscht kehrten sie deshalb in ihre Städte zurück. Was sie hier fanden, war ein weiter Fluß, der träge dahinkroch, dazu ein paar Indianer, die sich alle schlechten Angewohnheiten der Weißen zu eigen gemacht hatten und die ihnen kleine, mit Flechtwerk verzierte Bogen und serienmäßig hergestellte Tonfiguren zum Verkauf anboten...

Immerhin, dachte Camura, sie bringen Geld mit und beleben den Handel.

Er schaukelte sich in der Hängematte.

Der Sommer machte sich schon recht breit. Es war gegen Ende April. Der Fluß schwoll ab. Die Ufer tauchten aus den Fluten, jedesmal anders geformt, aber immer weiß. Jetzt würde die Suche nach Diamanten wieder losgehen, und in ihrem Gefolge Verbrechen, Raub und Diebstahl...

Ihn schauderte, und er hätte gern geraucht. Aber das Unbehagen, das diese Gedanken ausgelöst hatten, veranlaßte ihn, liegenzubleiben.

Er wollte lieber an den Sommer denken. Bald würde der *geral* wieder wehen, der laue Nordost, würde die Waldwipfel schütteln und die Moskitos vertreiben. Und danach setzten Ende Mai die bitterkalten frühen Morgenstunden ein, wo man Feuer anzünden mußte, um sich zu erwärmen. Bis dahin würde der

Strand schon ganz freiliegen und von den Krallen der Möwen zerscharrt sein, die zum Brüten vom Ozean herüberkamen. Was für ein Gekreisch die machten, wenn ein Boot sich näherte! Früher waren auch die Krokodile auf den Strand gekrochen, um ihre Eier dort einzugraben. Jetzt aber hatten die Jäger sie in die Flucht geschlagen. Nur selten noch hörte man ihr dumpfes Brüllen, das so gut zu dieser Wildnis paßte...

Camuras Lider wurden immer schwerer. Morgen wollte er Kanaú aufsuchen und ihm seine Vorschläge machen. Für einen Augenblick meinte er, im Dunkel die Züge des Mestizen zu erkennen: den mongolischen Schnitt der braunen, immer traurigen Augen. Der Bursche war zweifellos tief unglücklich.

Wie Blei waren Camuras Lider.

Die Flußjäger...? Teufel waren sie. Sie kamen von überallher, von allen Seiten, und zerstörten, was sie trafen, vernichteten, töteten... Was ja auch bequemer ist und sicherer, als den Rükken jahrein, jahraus über eine Goldwäscherschale zu krümmen oder sein Leben zu riskieren, wenn unversehens ein Wasserstrudel in die Diamantenmine einbricht. In wilden Scharen zogen sie heran, bewaffnet bis an die Zähne, und sie drangen in jeden Winkel ein, sogar in die Indianerreservate; nahmen in ihren Trupps Hunderte von Inan-Indianern mit, die für sie jagen mußten und als Entgelt Kleidungsstücke bekamen und Moskitonetze, ja sogar Waffen. Der Araguaia, der so lange schon dem Laster der Trägheit verfallen war, wurde nach und nach zu einem Paradies des Hungers. Weil es nichts mehr zu essen gab. Die größeren Tiere, ja sogar die Vögel zogen sich von seinen Ufern zurück, ob es nun die Zeit der winterlichen Hitze war oder Sommer mit der schneidenden Morgenkälte. Camura lachte. Er war so schläfrig, daß all seine Gedanken durcheinandergerieten. Sie glitten mit atemberaubender Geschwindigkeit von einem Gegenstand zum nächsten.

Wie war es doch mit jenem Arzt gewesen, der aus der Stadt gekommen war und sich nicht damit hatte abfinden wollen, daß am Araguaia die Sommer kalt sind und die Winter heiß? Eigensinnig hatte er darauf beharrt, in der Stadt sei es umgekehrt. Was hatten die *caboclos* am Araguaia mit der Stadt zu tun? Na ja, vielleicht hatte die Stadt doch was zu bedeuten. Sonst kämen wohl die Menschen von dort nicht hierher, um nach wertvollen Dingen zu suchen und dann wieder zurückzukehren. Sogar Indianer. Wie Kanaú.

Raimundos Schnarchen verlor sich in der Ferne. Es war, als schnarche er am anderen Ufer des Flusses.

Morgen wollte er mit Kanaú sprechen. Das war eine gefährliche Sache... Die Sterne, die durch das löchrige Dach des Hauses schienen, wurden immer kleiner. Aus großen Diamanten verwandelten sie sich in winzige Splitter...

Camura war eingeschlafen.

Camura öffnete die Tür, um das Licht einzulassen. Er reckte sich.

Wie gut ihm das Ausruhen getan hatte nach dem langen, durchruderten Tag!

Vor Begeisterung rief er: »Oho! Camura!«

Der Morgen brach an und war ein großer roter Ara, der mit dem Blut seiner Schwingen den Himmel überdeckte.

»Mein Gott! Der Araguaia wird wieder schön! Leb wohl, Regen! Bis nächstes Jahr, so Gott will!«

Er senkte die Arme.

Der dicke Raimundo kam gähnend herbei und blieb neben Camura stehen. Er sagte nichts, denn auch ihm verschlug es die Sprache, als er das Heraufflammen des Tages betrachtete. Erst nach einer kleinen Weile konnte er stammeln: »So was!«

Camura riß sich vom Anblick der Landschaft los und sah sich um. Leopoldina wachte auf. Türen und Fenster öffneten sich dem Tag. Leute gingen zum Landeplatz hinunter, um ihr Morgenbad zu nehmen. Kleine Gruppen von Frauen taten sich zusammen und schwatzten miteinander. Raimundo guckte sich

das an und sagte boshaft: »Das ist wie überall auf der Welt. Die können immer nur schlecht über die anderen reden.«
Ein Inan-Indianer kam auf sie zu. Er sah bedrückt aus. Seine Kleidung war fettig und verschmutzt und roch wie die aller Indianer, die die Zivilisation verseucht hatte, nach Babaçuöl und Urucum. Er trat zu ihnen und sagte: *»Dateriambú.«*
»Arenine.«
»Guten Tag.«
Raimundo fragte den Inan: »Geht's dir besser, Coxiarú?«
»Coxiarú geht gar nicht gut. Geht zu Leó, Penicillin kriegen.«
Mit hängendem Kopf, traurig und niedergeschlagen, entfernte er sich.
»Willst du was Komisches sehen, Camura? Gehen wir rüber zu Leó. Die Inans haben wahnsinnigen Schiß vor Spritzen.«
»Was hat er denn?«
»Er wollte es machen wie ein Weißer, da hat er sich was geholt.«
»Armer Kerl!«
Die beiden gingen an den Häusern entlang. Tatsächlich, Leopoldina hatte letzthin Fortschritte gemacht. Einige Häuser waren sogar schon mit Ziegeln gedeckt.
Sie grüßten nach allen Seiten.
Das Himmelsfeuer war verblaßt, und das Blau triumphierte. Bei Leó sah Coxiarú mit angsterfüllten Augen zu, wie die Spritze ausgekocht wurde. Das Blubbern der aufsteigenden Blasen hatte für ihn wahrscheinlich dieselbe Bedeutung wie ein großer Wasserstrudel im Araguaia. Den Rücken ihm zugewandt, bereitete Leó die Watte vor, die er in Alkohol tauchte. Dann sägte er langsam das Ampullenende ab. Die Lippen des Inan verloren ihre Farbe. Gleich würde die Furcht vor der Nadel seinen starken Körper packen und ihn zittern lassen. Leó drehte sich um und bemerkte Raimundo und Camura, die ihm bei der Behandlung zusahen. Jetzt zog er die Flüssigkeit aus der Ampulle. Coxiarú erbebte.

Raimundo stupste Camura an und flüsterte: »Hab ich's dir nicht gesagt?«
Leó befahl Coxiarú: »Dreh dich um! Laß die Hose runter!«
Der Inan gehorchte.
Camura empfand Mißbehagen. Nicht, daß ihn die Tatsache bekümmerte oder es ihm etwas ausmachte, daß da eine Spritze gegeben wurde. Aber dies war demütigend. Es drehte einem den Magen um, die Hände des Mannes zittern und ungeschickt die Hose aufknöpfen zu sehen. Unversehens mußte er daran denken, daß doch eigentlich dem Indianer das Land gehörte und daß er mißhandelt wurde, mißhandelt, seit die Zivilisation hierhergedrungen war. Er bedachte, daß dieser Mann, der sich da vorbeugte und demütig die braungebrannten Schenkel darbot, einst Herr des Flusses gewesen war. Nackt war er damals herumgelaufen und nicht in der fettigen Kleidung, die ihm die Weißen aufgezwungen hatten und die ihm Sonne und Gesundheit raubte. Er hatte auch nicht zu zittern brauchen wie jetzt, denn von den grausamen Folgen seines Tuns hatte er ja nichts geahnt.
Der dicke Raimundo lachte belustigt. »Aber, aber, Coxiarú! So stellst du dich doch nicht an, wenn du von deinem kleinen Einbaum aus einen Riesenfisch packst. Was hüpfst du denn jetzt so rum?!«
Langsam drang die Nadel ein. Der Indianer zuckte zusammen, kam dann allmählich zur Ruhe. Das Schlimmste war ausgestanden. Leó rieb ihn noch ein bißchen mit der Alkoholwatte ab, gab Coxiarú einen Klaps und sagte: »Morgen geht's dir wieder gut.«
Der Indianer zog sich an, und ehe er noch aus der Tür war, sagte er mit erloschener Stimme: »Coxiarú gesund werden. Fängt Fisch. Verkauft und bringt Frau mit. Ist auch krank. *Arakre!*«
»*Marrani-tê!*« antworteten die drei.
Camura war betroffen.
»Hat Coxiarú tatsächlich eine –?«

»Er hat sich was geholt bei einer . . .«
»Und auch seine Frau schon angesteckt?«
»Ja.«
»Und was nützt es, ihm eine einzige Penicillinspritze dagegen zu geben? Ist das nicht Unsinn?«
»Ein bißchen hilft es schon.« Bedrückt fügte Leó noch hinzu: »Einen Tag kommen sie. Am nächsten bleiben sie weg. Dann wieder geht mir das Penicillin aus . . .«
Aus Camuras Kehle kam unverständliches Gebrumm. Er wandte sich ab und ging zum Landeplatz hinunter, um sich zu waschen. Der Herrscher des Urwalds, der Herr des Flusses verfaulte. Das war der Dank des Weißen. Eine Gratisgabe des Elends für den, der ihm das Land abtrat und das Wild und den Fisch und eine Trägheit, die ihm unerklärlich blieb . . .
Die Sonne war schon hochgestiegen und wuchs in den Himmel wie ein großer, gesunder Baum. Wind kräuselte das Wasser, und es schien, als verwandelte sich der ganze Fluß in atmendes Gold.
Die Boote, die angebunden im Hafen lagen, schaukelten leicht. Camura stieg die Böschung hinunter. Am Rand des verschmutzten Strandes standen einige Männer um irgend etwas herum und stießen verwunderte Rufe aus. Camura trat zu ihnen.
»Hast du das schon gesehn, Camura?«
Sie ließen ihn durch.
»Heilige Jungfrau, was für Ungetüme!«
Zwei riesige Krokodile lagen ausgestreckt auf dem Strand. Der Schwanz war ihnen abgehackt. In beiden Tieren hatte der Speer ein rotes Loch hinterlassen. Das Blut floß noch immer aus, ein dünnes Rinnsal, das den Boden fleckte.
»Bei diesem sitzt der Schuß hier.«
»Und bei dem anderen geht er grad durch die Gurgel.«
»Prachtexemplare alle beide. Jedes seine hundertzwanzig wert.«
»Kanaú?«

»Ja.«
»Wo steckt er denn?«
»Ist ins Dorf, Salz holen. Hat gesagt, er kommt gleich zurück.«
Camura kniete sich neben die Untiere. Etwas Weiches, Zartes quoll in seiner Seele auf, als er die getöteten Tiere so nahe vor sich sah. Dem einen öffnete er das Maul und betrachtete die mächtigen Zähne. Dann hob er ihm die Lider und sagte mit einer gewissen Zärtlichkeit, so, als könnte die Seele des Tieres noch etwas davon vernehmen: »So ist das nun mal, Bürschchen. Hättest du rote Augen wie ein kleiner Kaiman, dann wärst du jetzt noch quicklebendig. Warum bist du nicht ein kleiner Kaiman geblieben? Aber du wolltest riesengroß werden. Grüne Augen haben ...« Er schob die Lider des Tieres wieder zu. »Du Dummkopf! Hättest du rote Augen, die wären nicht wie Laternenlichter gewesen, und dann spieltest du jetzt noch im Wasser herum ...«
Gespenster-João fing an zu lachen.
»Teufel noch mal! Quatschst du immer soviel mit dir selber? Was für 'ne Litanei! Die hört ja überhaupt nicht mehr auf!«
»Das ist bloß, was mal ein Jäger, der schon lang tot ist, zu den Krokodilen gesagt hat. Daran mußte ich eben denken ...« Camura tauchte die Hände in das laue Wasser des Flusses und fing an, sich das Gesicht zu waschen. Das Wasser spülte etwas von seiner Traurigkeit weg.

Am Spätnachmittag ging Camura zum Dorf der Inans. Er überquerte die Brücke, die Leopoldina mit dem Runddorf der Indianer verband. Magere, kurzbeinige Hunde kamen angelaufen und fletschten die Zähne. Rufe aus dem Inneren der Hütten hießen sie zurückweichen und hinter den Strohwänden verschwinden.
»*Diorôssa beixêkre!* – Still doch, Hund!«
Nach diesen Worten geifert kein Hund mehr, es sei denn aus

sicherer Entfernung. Camura ging weiter und schaute um sich. Er wußte genau, wie es da drinnen aussah: Matten und schäbiger Kram; in den Winkeln aufgehängt schmutzige, verschwitzte Kleidungsstücke, die nach ranzigem Öl rochen; Feuerstellen mit kochendem *kalugí;* Frauen beim Weben von Ornamenten; Männer, die Keulen umflochten oder Pfeile schnitzten; Kinder, die ihn um Angelhaken und Rohzucker bitten würden.

Jetzt kamen Grußworte von drinnen: »*Dateriambú!* Wie geht's dir, Weißer?«

»Guten Tag! Es geht mir gut, danke. Wo finde ich Kanaú?«

»Kanaú da. Bei Onkel«, kam die Antwort in mangelhaftem Portugiesisch.

Camura lachte. Dieser »Onkel« konnte ebensogut ein Mann sein wie eine Frau. Während er noch überlegte, rief ihn eine wohlbekannte Stimme an: »He! Camura! Hierher!«

Das war Kanaú.

Er wandte sich der Hütte zu und kroch gebückt durch die niedrige Tür hinein.

Kanaú rekelte sich faul auf seiner Matte. Beim Feuer kauerte in der üblichen Hockstellung sein »Onkel«, eine Greisin, deren Augen kaum zu sehen waren, so tief lagen sie eingebettet im runzligen Gesicht. Ihr Haar war noch schwarz, aber ihre Brüste hatten sich in zwei dunkle Hautsäcke verwandelt; sie waren sinnlos geworden.

Camura begrüßte die Alte, aber sie fuhr gleichmütig fort, in dem Topf mit *kalugí* zu rühren, der auf dem Feuer stand.

»Setz dich hierher, Camura.«

Camura ließ sich neben dem Indianer nieder.

»Ich muß dringend mit dir sprechen, Kanaú.«

»Schieß los.«

»Du bist schon zwei Tage hier in Leopoldina, da kannst du mir vielleicht eines sagen: Hast du ein Boot mit Weißen flußabwärts fahren sehen?«

»Was für ein Boot?«

»Es muß ein Kahn von Diamantenwäschern sein.«
»Wie viele *torís* sind drin?«
Camura überlegte ein wenig, ehe er antwortete. Er durfte nicht lügen, aber andererseits wollte der Indianer gar zu viel wissen. Es genügte doch, wenn Kanaú sagte, er habe es gesehen oder nicht. Schließlich sagte er wahrheitsgemäß: »Vier Weiße, zwei Männer und zwei Frauen, eine davon erwartet ein Kind.«
»Hm.«
»Hast du's gesehn?«
»Nein. Tags bin ich immer auf dem Fluß beim Fischen. Und wenn nachts irgendein Boot vorbeikäme, würd ich's hier vom Dorf aus am Geräusch der Ruder hören. Dann hätten auch die Hunde gebellt... Nein, es ist nicht vorbeigekommen.«
Camura lächelte: »Macht nichts.«
»Ist es nur das, was du wissen willst?«
»Nein. Ich wollte mich ein bißchen mit dir unterhalten.«
Kanaú sah Camura forschend an. Irgendwie mißtraute er der Sache. Aber Camura widerstand seinem Blick. Er nahm das Messer aus der Scheide und zog den Tabak aus der Hosentasche.
»Willst du rauchen?«
»Ich rauch nicht, Camura. Ich hab nur Tabak bei mir, um den alten Indianern davon zu geben.«
Kanaú rekelte sich. Sein junger Körper war sehr kräftig und im Augenblick völlig unbekleidet. Camura stellte fest, daß der Bursche sein Glied nicht hochgebunden trug wie die anderen Inans.
»Du bist weißer geworden, Kanaú.«
»In der Stadt bekommt man viel weniger Sonne ab.«
»Und warum bist du von der Stadt weg?«
»Die Stadt...« – Kanaús Augen verklärten sich träumerisch –, »die Stadt hat alles, wofür es sich zu leben lohnt. Da ist es sauber und hübsch. Die Häuser sind wunderschön. Die großen Gebäude ragen bis in den Himmel hinauf. Aber wenn man kein Geld hat, taugt die Stadt nichts. Darum bin ich zurückgekommen.

Ich habe das runde Zeichen der Inans nicht im Gesicht, deshalb gelte ich für sie nicht als Indianer. Aber für die Weißen bin ich kein Weißer. Erst wenn ich Geld hab, sehen sie mich vielleicht als Weißen an. Wollte ich in der Stadt arbeiten, ich würde nichts Rechtes finden, weil ich ein Indianer bin; oder vielmehr ein Mestize, der lesen und rechnen kann; und das ist nicht genug, um gut zu verdienen. Deshalb hab ich beschlossen, hierher zurückzugehen und einen Jagdzug mitzumachen. Und ich schwöre dir, Camura, ich schaffe es! Selbst wenn ich rauben und morden muß! Und wenn es auch noch zehn Jahre dauert, wenn ich noch zehnmal Regenzeit und Sommer hier erleben muß, ich will in die Stadt zurück! Ich glaube nicht, daß ich mich hier noch einmal wohl fühle.«
»Aber der Araguaia, ist der nicht schön?«
»Zuerst, als ich den Fluß wiedersah, wurden mir die Augen naß, und ich bekam Lust, zu tanzen und zu jagen und die alten Indianergeschichten zu hören...«
»Du willst also am Fluß jagen?«
»Ich hab vor, nach Raumaló-Dessé runterzufahren und dort ein Angebot abzuwarten.«
»Lebt deine Mutter noch im Dorf?«
Kanaús Züge wurden hart. »Meine Mutter liegt schon lange unter der Erde.«
»Wohnt sie jetzt mit den anderen Inans auf dem Grund des Flusses?«
»Was weiß ich?« Er stand auf und griff nach irgendwas in einer Tonschale. »Iß ein Stück *koteruti.*« Camura nahm die angebotene Süßkartoffel.
Kanaú legte sich wieder hin.
»Ich hab die Krokodile gesehen, die du erlegt hast. Du mußt müde sein, Kanaú. Ich hielte es nicht mehr durch, eine ganze Nacht lang zu jagen.«
»Nein. Ich hab viel geschlafen. Ich könnte heute abend schon wieder auf die Jagd gehen.«

»Warum nimmst du niemanden mit?«
»Mag nicht teilen. Aber jetzt möchte ich dich einiges fragen, Camura.«
»Nur zu!«
»Bist du immer noch Polizeikommissar von Registro?«
»Nicht von Registro. Das gehört zu Mato Grosso. Ich bin für Goiás zuständig.«
»Dann hab ich schon verstanden, was los ist. Ich kann dir sogar die ganze Geschichte erzählen. Willst du?«
Camura war unbehaglich zumute. Kanaú war verdammt schlau. Der Indianer lachte verschlagen. »Gut. Wenn du Polizeikommissar von Goiás bist und ein Boot in Goiás suchst, dann deswegen, weil in Mato Grosso ein Raub passiert ist und sie vorhaben ... in dem Fall sind es die vier Weißen, die sich in Goiás verstecken wollen. Die Polizei von Mato Grosso kann sie nicht über die Grenze rüber im Staat Goiás verfolgen und hat dir Bescheid gesagt ... brauchst nicht zu behaupten, daß es anders ist.«
Nachdenklich kratzte sich Camura am Kinn. »Und wenn nun alles so wäre, wie du es gesagt hast?«
»Na ja, dann gäbe es noch einiges mehr. Was willst du von mir?«
»Laß uns irgendwohin gehen, wo niemand zuhören kann.«
Kanaú stand rasch auf und wickelte sich in eine alte Decke, wie das die Inans zu tun pflegen. »Gehen wir zum Landeplatz, um weiterzureden. Sollte da irgendein Inan baden, dann schick ich ihn weg.«
Aber es war niemand am Landeplatz. Nur ein paar alte schwarze Boote lagen in den Sand eingesunken da und waren an ihren Rudern befestigt, die im Boden steckten.
»Wart hier einen Augenblick auf mich, ich will nur schnell baden.«
Kanaú nahm die Decke ab und stürzte sich ins Wasser. Nach kurzer Zeit kam er wieder heraus, und während das Wasser an

ihm heruntertroff, wrang er sein Haar aus, wie es die Indianer zu tun pflegen.
Camura betrachtete den Burschen. Kanaú war groß. Gut gebaut. Die Schultern wirkten noch breiter, weil die Taille sehr schmal war. Die kräftigen Muskeln des Unterleibs prägten sich deutlich aus. Aber am auffallendsten und erstaunlichsten war sein Gesicht. Die vorstehenden Backenknochen, der mongolische Schnitt der Augen, das glatte Haar, das auf indianische Art geschnitten war, mit Fransen in die Stirn, und zugleich durch seine rötlichblonde Farbe in grausamer Deutlichkeit sein weißes Erbe oder sein Kennzeichen als Mestize zur Schau stellte ...
Er wickelte sich wieder in die von Öl vergilbte Decke und setzte sich neben Camura.
»So, jetzt können wir miteinander reden.«
Camura wählte seine Worte mit äußerster Sorgfalt. Jedes mußte abgewogen, gründlich bedacht werden. Erst stellte er sich nachdenklich. Sein Blick versank in der Landschaft und wanderte über den Fluß, als gebe es im Moment nichts Wichtigeres als einen Zug Reiher, die, von den Schwingen des Abends getragen, dahergeflogen kamen.
»Also, du hast mir erzählt, du willst dich an einem großen Jagdzug beteiligen, nicht?«
Kanaú nickte zustimmend.
»Ja, und nun will ich dir ein besseres Geschäft vorschlagen, eine andere Art Jagd. Halb und halb hast du die Sache schon durchschaut, deshalb ohne Umschweife: In dem Schürfgebiet Cacinunga ist ein Diamant geraubt worden.«
»In dem, das vierzig Meilen den Rio das Garças rauf liegt?«
»Es gibt kein andres, das so heißt. Das sind die Leute mit dem Boot. Sie kommen den Fluß runter. Immer ein Stück weiter, und dann verstecken sie sich.«
»Deshalb sind sie noch nicht hier durchgekommen.«
»Und wenn sie doch vorbei sind? Wie willst du das so genau wissen?«

»Nein. Das hätte man gehört. Die fahren nur bei Nacht und verbergen sich tagsüber.«
»Ich glaube auch, daß es so ist. Aber ich fände es besser, sie in Santa Isabel abzufangen. Sieh mal, Kanaú, das ist wichtig. Es ist die einträglichste Jagd, die es gibt. Sie haben mir fünfzigtausend Cruzeiros geboten, wenn ich den Diamanten wiederkriege.«
Kanaús Augen blitzten. »Fünfzigtausend?«
»Ja. Das hat mir Raimundo zugesagt. Und zwar außer meinem Gehalt. Du weißt, Raub in einer Edelsteinmine gilt als Kapitalverbrechen. Es ist uns sogar erlaubt zu töten.«
»Erlaubt zu töten...?«
Diesen Satz verdaute Kanaú nur langsam. Unwillkürlich wiederholte er: »Erlaubt zu töten...?«
»Du kennst den Fluß und kannst mit dem Ruder umgehen, denn du bist mit dem Ruder auf die Welt gekommen und hast auf dem Fluß gelebt. Du kennst die Gewässer, kennst jede Handbreit des Araguaia... ich würde dir die Hälfte der Belohnung abgeben...«
»Soviel kann ich mit der Jagd in einem ganzen Jahr nicht verdienen. Und wenn ich's annehme?«
»Dann mußt du die Sache geheimhalten. Niemandem etwas sagen.«
»Wann fahren wir los?«
»Ich denke, wir können morgen früh aufbrechen. Heut abend bereiten wir den Proviant vor. Verschaffen uns ein Stück Dörrfleisch. Und dann los. Wir müssen vor ihnen in Raumaló-Dessé sein. Wie lange brauchst du bis...«
»Jeder Weiße braucht dazu vier Tage. Es ist weit, etwa in der Mitte von Bananal... Wenn wir Tag und Nacht fahren, schaffen wir's in zweieinhalb Tagen.«
Unbekümmert um diese Unterhaltung begann die Nacht ihren Fledermausflug.

Ehe das Krähen der Hähne die Morgendämmerung geweckt hatte, war Kanaú schon damit beschäftigt, sein Boot klarzumachen. Noch funkelten die Sterne am Himmel der hinschwindenden Nacht. Eine vermummte Gestalt erschien auf dem Hang über dem Landeplatz.

»He, Kanaú! Schon reisefertig?«

Kanaú hob den Blick und erkannte Gespenster-João, der zu ihm herunterkam.

»Ja, ich will fort. Hab einen weiten Weg.«

»Du gehst nach Raumaló-Dessé?«

»Ja, da wollen wir hin. Camura hat mich gebeten, ihn zu rudern.«

»Gut, daß du bloß bis zu deinem Dorf fährst!«

»Wieso?«

Gespenster-João spuckte auf den Boden.

»Ach, nichts. Nur, falls du nach Mato Verde kommst...«

»Irgendwas zu bestellen?«

»Nein. Bloß eine Warnung. Bei der Klippe von Cotia spukt's.«

Kanaú lachte. »Dir haben sie den Spitznamen wirklich gut ausgesucht. Du denkst an nichts als an Wunder und Gespenster!«

»Sollen ruhig sagen, ich bin verrückt, das ist mir egal. Aber das weiß jeder, daß in Cotia ein Mann erschienen ist.«

»Die Klippe von Cotia ist über drei Meilen lang. Ich hab nicht vor, da entlangzufahren. Und außerdem: Warum sollte der Mann ausgerechnet mir begegnen?«

»Aber wenn er es doch tut, Kanaú, dann nimm dich in acht!« In der Stimme Gespenster-Joãos lag etwas von beginnendem Wahnsinn. Kanaú hatte Mitleid mit ihm. Er wollte auch nicht streiten. Dazu kam, daß ihm tatsächlich unheimlich zumute war. Der Morgen kündigte sich an, und die Gesichtszüge Gespenster-Joãos zeichneten sich scharf ab. Seine Augen glänzten krankhaft. Ein Frösteln überlief Kanaú. Aberglaube gewann Macht über ihn; ängstigte den Teil seines Wesens, der zum indianischen Erbe gehörte.

Furchtsam fragte er: »Was soll ich tun?«
»Nur vorsichtig sein. Wer den Mann von der Cotia-Klippe ansieht, wird verrückt. Es soll ein Diamantenwäscher gewesen sein, der sich an einem Canjirabaum erhängt hat... Curixire und seine Frau sind von Raumaló-Dessé nach Mato Verde gefahren und haben ihn getroffen. Seitdem ist Curixire krank, und seine Frau dreht bei jedem Vollmond durch. Dann versteckt sie sich im Wald und schreit... Einmal hat sie einen lebendigen Papagei gegessen, ihm den Hals abgerissen und danach die Flügel.«
Kanaú war betroffen. Aber dann riß er sich zusammen und kehrte den Weißen heraus.
»Sollte ich nach Mato Verde kommen, dann werd ich aufpassen, João.«
Sie konnten nicht weiterreden, denn Camura kam mit seinem Gepäck. »Was macht mein Boot, Kanaú?«
»In Ordnung. Hab schon eingeräumt. Alles ist gut verstaut. Da liegen die Vorräte.«
»Dann wollen wir den Rest aufladen und uns auf den Weg machen. Wir halten nur an, wenn wir essen müssen oder austreten. Nachts macht jeder von uns eine Wache; rudert, während der andere schläft.«
Gespenster-João mischte sich in die Unterhaltung: »In so 'nem winzigen Einbaum wollt ihr schlafen?«
»Reicht völlig aus zum Schlafen. Sogar zum Träumen.«
Fünf Minuten später war das Boot bereit. Camura blieb vorn, und Kanaú setzte sich nach Art der Inans ans äußerste Ende des Hecks, so daß er fast das Wasser berührte.
»Bis bald, Gespenster-João!«
»Wiedersehn. Und gute Reise. Und Vorsicht mit der Klippe.«
Das Boot glitt dahin.
»Was meint er mit der Klippe?«
»'ne Verrücktheit von ihm.«
Sie hielten sich in der Strömung, mitten im Fluß. Es war ja der

Anfang der Trockenzeit, während der der Araguaia stark fällt. Die weißen Ufer zogen sich in den Fluß hinein und wuchsen Tag für Tag. Sie wurden immer weißer, von der Sonne ausgebleicht. Das Inandorf mit der braunen Armut seiner Strohhütten blieb zurück. Leopoldina wurde zu einer Reihe von weißen Häusern, die immer mehr ineinander verschwammen.

Iroá

»Riuérã-rê…
Riué-rã-rê…
Matukari-rê-rã!
Riueué conrá
Tanandê tamarã olara
Riué conrá
Iraquilê
Irrê-rã…«

Kanaú sang am Heck, während er ruderte. Die Stimme drang aus der Kehle, wie es bei den Inans üblich ist, und dröhnte so laut, daß sie über den Fluß scholl und sich in den fernsten Wäldern zu verlieren schien.
»Zufrieden, Kanaú?«
»In einer Stunde sind wir da!«
»Dann haben sie deinen Gesang sicher schon gehört.«
Kanaú lächelte und zeigte dabei alle seine Zähne. »Ja. Aber bald darf ich nicht mehr singen.«
»Weshalb?«
»Weil ein Inan in der Nähe der Frauen nicht singen darf. Nur von weitem. Denn sonst hören sie beim *Aruanã-Tanz* an der Stimme, wer unter der Maske steckt. Und das dürfen sie nicht erkennen. Deshalb singt ein Inan nur, wenn er fischt oder jagt oder weit weg ist, um sich ein Boot zu bauen…«
»Du singst immer dasselbe Lied.«
»Ja, weil ich es so gern mag.«
»Was bedeutet es?«
Kanaú lachte wieder. *»Borréto…!* Weiß nicht!« Aber dann erinnerte er sich des Diamanten, dachte daran, daß er sich doch oft als Weißer fühlte, und rückte mit der Sprache heraus: »Es ist die Geschichte von einem Alten, der mit einem Mädchen schlafen wollte und dann nicht konnte…«

Camura lachte schallend.
Kanaú machte sich insgeheim Vorwürfe. Er hätte nicht die Wahrheit sagen dürfen. Jeder Inan macht falsche Angaben, wenn man ihn nach dem Inhalt seiner Lieder oder nach seinen Glaubensvorstellungen fragt. Aber schließlich ...
»Bist du nicht müde, Camura?«
»Hundemüde! Wir haben ja auch kaum geschlafen, nur immerzu gerudert.«
»Wo wirst du in Raumaló-Dessé unterkommen?«
»Bei Valentin, dem freundlichen Schwarzen, der den Schutzdienst unter sich hat. Der nimmt mich bestimmt bei sich auf. Und du? Gehst du zu den Weißen oder ins Indianerdorf?«
Die Antwort kam traurig und zögernd: »Wenn das Haus meiner Mutter noch steht, wohne ich dort. Ich hab auch noch einen Bruder, Terroloni, vielleicht bleib ich bei dem. Sonst schlaf ich im *Aruanã*-Haus.«
Kanaú packte das Ruder mit aller Kraft und wühlte die Flut auf. Es war, als wollten seine Augen in die Tiefe des Flusses dringen, der noch trüb war vom lehmigen Hochwasser. Er erinnerte sich der Zeit, wo Chéerá den Inankindern erzählt hatte, daß die Inans dem Grund des Flusses entstammten, und er gestand sich schwermütigen Sinnes, daß er heute nicht mehr daran glauben konnte.

Die Ortschaft São Félix oder einfach Raumaló, wie die Inans sagten, verlor sich an der Flußbiegung. Camura hatte dort ebensowenig landen wollen wie in den anderen Dörfern, die auf Leopoldina folgten. Abgesehen von einem Halt in São Pedro, wo sie einen weiteren Vorrat an Dörrfleisch kaufen mußten, hatten sie ununterbrochen gerudert.
Die wenigen Menschen, die sie auf dem Fluß trafen, Indianer oder Weiße, fragten sie nach dem bewußten Boot aus. Aber niemand hatte es gesehen. Zweifellos war es noch nicht so weit gekommen. Es konnte höchstens im Schutz der Dunkelheit

vorbeigefahren sein, aber selbst dann hätte irgendein Indianer das Geräusch der Ruderschläge vernommen. Es war jedoch kein fremdes Boot, auf das die Beschreibung paßte, bemerkt worden. Kanaú zweifelte nicht, daß sie als erste in Raumaló-Dessé oder Santa Isabel ankommen würden.
»Noch um diese Spitze, dann sieht man das Dorf.«
Camura lächelte müde. »Höchste Zeit! Mein Hintern tut weh, als hätt ich eine Tracht Prügel gekriegt!«
Kanaú war das Herz schwer. Raumaló-Dessé tauchte am Horizont auf. Warum kehrte er zurück? Zwiespältige Gefühle zogen ihn hin, ließen ihn jedoch gleichzeitig wünschen, niemals den Fuß dort aufzusetzen und den Ort wiederzusehen, wo er geboren war.
Die Strohhütten zeichneten sich deutlich vor der Bootsspitze ab. Die Häuser der Weißen, voran das Haus, in dem der Leiter des Indianerschutzdienstes wohnte, standen hell oben auf der Böschung. Davor der riesige Baum, den Kanaú seit Kindertagen kannte. Kräftiger tauchte das Ruder ins Wasser, denn Camura hatte Eile, anzukommen.
Wäre Kanaú ein richtiger Inan, so stieße er jetzt den Stammesruf aus, und alle Indianer des Dorfes würden zur Anlegestelle gelaufen kommen, Männer, Frauen und Kinder, würden mit höllischem Gebrüll antworten und sich dabei auf den Mund schlagen: *Kú-ú-ú.* Er aber wollte lieber in aller Stille an Land gehen, als wäre er ein Indianer, der in der Morgenfrühe mit seinem Boot auf Fischfang gefahren war.
»Am besten legen wir direkt vor dem Haus des Schutzdienstes an«, meinte Camura.
Kanaú hielt das Ruder mit aller Kraft fest, und das Boot glitt sanft in den Hafen. Leicht lief es auf den Sand. Er ließ das Ruder los und sagte fast gleichmütig: »Wir sind da.«
Camura stand auf und rieb sich das Gesäß. Ortsbewohner, die das Boot gesichtet hatten, näherten sich der Böschung. Auch Valentin kam, ein kräftiger, zahnloser Mann, und streckte

Camura die Hand entgegen. »Teufel auch, was führt denn dich hierher, du Hundefänger?«
Sie umarmten sich.
»Sehnsucht nach dir, schlampiger Neger!«
»Woher kommst du jetzt?«
»Aus Leopoldina. Wir sind drei Tage und drei Nächte ohne Pause durchgefahren.«
»So schnell macht doch bloß, wer hinterm Tod her ist!«
Camura lachte: »Könnte zutreffen!«
Erst jetzt entdeckte Valentin Kanaú.
Der Indianer streckte ihm die Hand hin.
»Was soll das heißen, Bastard? Hat's dir in der Stadt nicht mehr gefallen?«
Kanaú grinste. »Nein, überhaupt nicht.«
Valentins Leute nahmen Camuras Gepäck, und Kanaú ging mit seinem Sack langsam auf das Indianerdorf zu.

Vor dem Eingang zum Dorf blieb er stehen. Da hing ein großes Schild, und das war neu. Seine Augen überflogen die aufgepinselten Buchstaben: »Eintritt verboten!«
Tiefe Niedergeschlagenheit befiel ihn. Seine Hand sträubte sich, den Riegel des Tors hochzuheben, das die Siedlung der Inans von den Wohnungen der zivilisierten Weißen trennte. Immer war es dasselbe. Es ging nicht einfach nur darum, ein Tor zu durchschreiten, sondern ein Stück eigenen Lebens hinter sich zu lassen. Weder konnte er bei den Weißen bleiben, noch fühlte er sich zu den Indianern gehörig.
Sein Mißbehagen wuchs. Der Schmerz darüber, daß er zwischen zwei Welten stand. Er fühlte sich wie auf einem Fluß, dessen Steilufer ihm keinen Landeplatz boten.
Warum war er nicht als Weißer geboren? Wie würde er wieder darunter leiden, wenn einer der Stammesältesten merkte, daß die Haut seines glatten Gesichts heller war und daß ihm die beiden Kreise fehlten, die unter den Augen eintätowiert sein soll-

ten. Wie sehr würde er sich dann als Eindringling vorkommen! Immer erkundigten sich die Inans, wann er sich das Stammeszeichen eintätowieren lassen würde. Aber er konnte sich nicht dazu entschließen. Er war eben kein richtiger Inan. Der alte Curumaré, der letzte Häuptling des Dorfes, hatte ihn kurz vor seinem Tod, als er schon sehr krank darniederlag, gefragt, ob er sich denn schäme, ein Indianer zu sein. Immer, wenn er sich daran erinnerte, spürte er den beharrlichen Druck, mit dem ihm die dicken und doch schon kraftlosen Finger des Sterbenden langsam über die Augen nach unten gefahren waren ...

Er mußte sich entschließen, einzutreten. Es war den Weißen ja auch verboten, ihn aufzunehmen. Die Nachricht von seiner Ankunft hatte sich längst im Dorf verbreitet. Männer, Frauen und Kinder traten aus den niedrigen Türen der Strohhütten, um nach ihm auszusehen. Die Kinder kamen ihm mit zutraulichem Lächeln entgegen und streckten freundschaftlich ihre Hände aus. Kanaú wußte genau, daß sich alle schon von Haus zu Haus, von Wand zu Wand Bescheid gegeben hatten, er sei da.

Er gab sich einen Ruck und hob den Riegel. Melancholisch knarrte das Tor, und das entsprach seinem Seelenzustand. Langsam schritt er vorwärts und ließ sich die Liebkosungen der kleinen Inans gefallen, die sich an seine kräftigen Beine klammerten. Er strich ihnen übers Haar.

Das ganze Dorf geriet seinetwegen in Bewegung.

Bedächtig ging er weiter und schaute sich um. Er erkannte alles wieder, denn es war unverändert. Die Armseligkeit der Lebensumstände hatte sich im Dorf eingefressen wie eine alte, unheilbare Wunde.

Mit all diesem war ein Stück seines Lebens verknüpft gewesen: Raumaló-Dessé.

Er näherte sich den Strohhütten, die plump nebeneinander standen. Hier war das Haus von Kuranin und Uanadiki, der Frau, die die schönsten *Carajá*-Puppen herstellte. Wenn die Flieger nahe beim Dorf landeten, dann kamen sie, um die *itchokôs* zu kaufen, die Uanadiki mit ihren geschickten Händen gemacht hatte, und bezahlten jeden Preis, den sie dafür forderte. Es kam so weit, daß sie Uanadiki dreißig oder fünfunddreißig Cruzeiros für jedes ihrer Püppchen gaben.

Er bückte sich, um einzutreten. Kuranin war zum Fischen gegangen, und die Frau saß auf der Matte und reichte einem Kind die pralle Brust.

Er lächelte der Indianerin zu, und Uanadiki fragte ihn, was ihn natürlich auch alle die anderen Indianer noch fragen würden: ob er gekommen sei, um dazubleiben; ob es ihm gut gehe und ob ihm die Stadt gefallen habe.

Von der Hütte des Kuranin ging er weiter zu der von Maluá. Maluá war damit beschäftigt, ein Ruder zu glätten. Er lächelte, als er den Burschen sah: »Du bist ein hübscher Kerl, Kanaú.«

Der greise Maluá war gekrümmt. Das Alter zehrte an ihm, hatte die breiten Schultern zusammengezogen, die Sehkraft der Augen vermindert und die Haut bis zu den Händen runzlig gemacht. Seine Stimme jedoch klang ebenso sanft wie früher, und seine Bewegungen waren immer noch fein und zart. »Setz dich, Kanaú.«

Maluá hielt mit der Arbeit inne und beobachtete den Burschen mehr aus der Nähe. Maluás Strohhütte war die größte des Dorfes und immer überfüllt mit Verwandten. Nach der Zahl der Matten zu schließen, die auf dem Boden ausgebreitet lagen, mußten, abgesehen von den Kindern, mindestens zwölf Menschen bei ihm wohnen.

Laureciro, die mit einem Neffen von Maluá verheiratet war, brachte ihm gebratene Süßkartoffeln und eine Schale, damit er aus dem Topf mit *kalugí* trinken konnte. Kanaú schöpfte ohne Scheu aus dem Tongefäß. Das gegorene Getränk aus zerkautem und mit Speichel versetztem Mais flößte ihm keinen Ekel ein. Kanaú entspannte sich, und er fing an, sich wohler unter den Inans zu fühlen. Da war niemand, der ihm etwas Böses tun würde.

»Und wo ist Maluaré? Und Herreriá?«
»Maluaré, mein Sohn, baut ein Boot am anderen Ufer. Herreriá arbeitet in der Pflanzung.«
Kanaú war betroffen, wie sehr das Augenlicht Maluás seit seinem letzten Besuch abgenommen hatte. Sein Haar indessen war schwarz und glänzend geblieben. Alle Indianer behalten das schwarze Haar bis zum Tod.
Maluá lächelte verschmitzt und faßte Kanaú freundschaftlich am Handgelenk. »Allen hier im Haus geht es gut, Kanaú. Nur Tarimarú ist immer traurig.«
Er wies auf eine Matte, auf der teilnahmslos ein Mädchen lag, den Leib in eine gelblich verfärbte Decke gewickelt, die bräunlichen, schwellenden Brüste dagegen sichtbar.
»Sie blickt seufzend über den Fluß hin und wartet darauf, daß ein Inan kommt, der sie zur Frau nimmt. Und dieser Mann könntest du sein, denn du bist schön, und sie ist hübsch, jung und gesund.«
Tarimarú verbarg das Lächeln auf ihrem Gesicht und verhüllte mit dem in der Mitte gescheitelten schwarzen Haar die Genugtuung, die sie bei diesen Worten empfand.
»Es wird nicht mehr lange dauern, Maluá. Kanaú muß heiraten.
Kanaú sucht sich bald eine Frau und baut sich seine eigene Hütte. Kanaú weiß, daß Tarimarú hübsch ist und ihn nicht an den Haaren ziehen wird, wenn sie sich ärgert...«
Kanaú wußte genau, daß er log, daß er nicht im Dorf bleiben würde, daß er nur gekommen war, sich einen Auftrag zu verschaffen. Aber warum sollte er den armen alten Indianer verstimmen? Er stand auf. »Ich hab dir ein bißchen *cotí* mitgebracht, Maluá.«
»Das ist gut, denn der Tabak, den Inan von den *torís* gekauft hat, riecht schlecht. Maluá ist zu alt, um Land zu roden und Tabak zu pflanzen. Danke.«
Kanaú zog sich zurück, und im Hinausgehen hörte er, wie Tari-

marú mit den anderen Frauen lachte. Kanaú ging weiter. Jetzt waren schon etliche Indianer und Indianerinnen um ihn herum. Er betrat nacheinander die Hütten von Ataú, Komantarí, Uereá und all den anderen. Als er vor der Behausung ankam, in der seine Mutter gewohnt hatte, füllten sich seine Augen mit Tränen.

Die Strohwände waren verfallen, und im Innern gruben sich Scherben von Töpfen und Schalen in den Sand. Mattenreste häuften sich auf dem Boden, und eine leere rote Kürbisflasche hing an einem Tragbalken und schaukelte im leichten Zugwind. Alles sah verwahrlost aus; es war ein Wunder, daß die Hälfte des Buritídaches noch standhielt. Kein Zweifel, während der nächsten Regenzeit würde einstürzen, was von der Hütte seiner Mutter noch übriggeblieben war.

Sollte er im Dorf bleiben? Aber nein, er wußte genau, daß er sich niemals wieder an diese Umwelt zurückgewöhnen könnte. Er hatte Besseres kennengelernt und verzehrte sich in Ehrgeiz. Es war ihm klar, wenn er blieb, würde er die ganze Wohnung sorgsam herzurichten haben. Oben in der Buritípflanzung müßte er Palmwedel holen, um das Dach zu decken. Er müßte eine Frau nehmen, die ihm Matten webte, die löchrigen Wände zu verhüllen; von Uanadiki neue, schön verzierte Gefäße erwerben, um das reine Wasser aus der Mitte des Flusses darin aufzuheben. Kanaú sann und sann ... die Tränen quollen immer stärker ... all das war doch nur ein Traum, schmerzlich, undurchführbar. Er schaute sich um und entdeckte die Steine, die noch von Kohle geschwärzt waren, sah die Aschenreste, wo die Alte gekocht hatte. Für einen Augenblick meinte er, die Gestalt der Mutter zu sehen, wie sie auf der Matte hockte und mit geduldigen Bewegungen Maniok rieb. Er hatte das Gefühl, als ob ihre demütigen Augen ihn noch einmal liebevoll betrachteten. Für sie war Kanaú immer eine Art Gott gewesen. Ein weißer Gott. Sie hatte sogar etwas Furcht vor dem Sohn gehabt. Sie hatte ihm den Fisch zubereitet und Klagelieder gesungen, wenn er krank gewesen war oder sich vom Dorf entfernt hatte. Sie hatte gewußt – und deshalb mochte ihr Blick diesen demütigen Ausdruck der Sanftmut und des Entzückens erworben haben –, daß der Sohn ihr nicht gehörte, daß er eines Tages aufbrechen würde in die Welt der Weißen ... und daß der Tod sie in Trübsal finden würde und allein ...

Kanaú strich mit der Hand über die Augen, und der Schmerz in seiner Brust ließ ein wenig nach ...

Er verjagte die Erinnerungen. Schließlich, ›Kanaú‹ bedeutete ›Gestern‹. Gestern aber war Vergangenheit und umschloß alles, was vorbei war, gestorben, vergessen ... Langsam ging er weiter und beobachtete das Dorf.

Die Inans hatten sich bereits an seine Rückkunft gewöhnt. Innerhalb eines Tages würde er für sie so selbstverständlich dazugehören wie alles ringsum. Diese Menschen waren gut und harmlos. Er aber war nicht kindlich und unschuldig wie sie.

Bananenstauden ragten im Hintergrund der Hütten auf. Auch Uru-Sträucher, aus denen rote Rispen sprossen. Und zwischen dem roten Urucum und den grünen Blätterflügeln der Bananen, die sich im Winde regten, öffnete sich ein Weg, der den Inanfrauen verboten war und hinführte zum Heiligtum des *aruanã*. Dort, im Schutz des Tanzhauses, erwarteten die Strohmasken die Zeit bis zu den Festtagen, an denen die Tänzer sie anlegten und ihren monotonen Singsang anstimmten, damit die Gottheit *Kanansiu-ê* selig erwachen sollte, um gleich wieder lächelnd einzuschlummern. Kanaú mußte lachen. Er glaubte nicht mehr an *Kanansiu-ê*, den Gott der Inans, und er wußte auch nicht, ob er an den Gott der Weißen glauben konnte. Es war besser, sich den Bananenstauden zuzuwenden und festzustellen, ob die Inans immer noch die alte Sitte bewahrten, Maniok dazwischenzupflanzen. Er ging zum Landeplatz. Hier würde die Wiederbegegnung mit der Kindheit nicht Schmerz erzeugen, sondern Sehnsucht. Vom Dorf bis hinunter zum Hafen war alles mit einem Geflecht von Kürbispflanzen bedeckt, und die jungen grünen Flaschenkürbisse sogen an den Ranken wie kleine Ferkel an der Sau.

Von der Höhe der Böschung hatte er einen guten Ausblick über die Landschaft. Die Boote waren an Pfählen festgebunden und stachen tiefschwarz gegen die blendende Helle der weißen Strände ab, die den Fluß säumten. Die Wege zu den Anlegeplätzen wirkten wie Striche aus rotem Lehm. Jedes Haus hatte seine eigene Landestelle und jeder Indianer sein Boot. Nicht umsonst waren sie von jeher Herren des Flusses gewesen.

Kinder mit Bogen und Pfeilen aus dünnen Buritíschäften schossen schweigend und angespannt nach kleinen Fischen, die sie als Angelköder für größere Beute brauchten.

Er sah sich wieder als Jungen, wie er zusammen mit Iroá kleine *odiuras* fing. Er lachte leise. Iroá!... Noch hatte er ihn nicht getroffen, aber nachher wollte er ihn aufsuchen. Gerade dieser Indianer nämlich, häßlich, untersetzt, mit breitem Mund, der beim Lachen alle Zähne zeigte, war sein einziger wirklicher Freund im Dorf. Immer unterwarf sich Iroá fügsam seinem Willen. Als Junge hatte er ihn manchmal sogar gepiesackt. Aber Iroá machte sich nichts daraus, lachte und kam wieder wie ein Hund, ohne ihm irgendwas nachzutragen.

Weiter hinten sprangen kleine Inans mit großem Hallo in den Fluß, und wenn sie wieder an die Oberfläche kamen, hing ihnen das lange, glänzende Haar über die Augen. Genauso hatte er es in seiner Kindheit getrieben.

Frauen wuschen, auf dem Boden hockend, die Schurze, die sie aus der Rinde des Gameleirabaums herstellten. Er hatte bis heute nicht begriffen, wie es den Inans gelang, aus zerstampftem Holz ein Stück Kleidung anzufertigen, das ebenso aussah wie irgendein grobes Gewebe. Überall im Dorf sah man die Rindenschurze schaukeln, die zum Trocknen aufgehängt waren. Nackte Indianerinnen badeten, und daß er in der Nähe stand, störte sie nicht. Sie waren seit Kindertagen gewöhnt, Kanaú um sich zu haben.

Er kam vom Hafen zurück. Jetzt behelligte ihn niemand mehr. Alle wußten, daß Kanaú, wenn er nach längerer Abwesenheit zurückkehrte, gern die altbekannten Wege ging, um sich wieder einzugewöhnen. Sie waren gut, die Inans, sonst würden sie Kanaús sonderbares Verhalten nicht so hinnehmen. Sie fanden sich mit ihm ab wie mit den Indianern, die unter der Wirkung eines bösen Zaubers in Wahnsinn verfielen.
Rote Aras watschelten unbeholfen und häßlich auf der Erde. Aus Schwänzen und Flügeln waren ihnen alle schönen Federn gerupft. Sie konnten ja nichts dafür, daß sie so lächerlich aussahen. Sie waren dafür da, es war ihre Bestimmung, entweder Zierat für die *lóri-lóris* zu liefern, den wunderbaren Kopfschmuck, das Entzücken der Weißen, oder Pfeile zu schmücken und im Gleichgewicht zu halten.
»Weg, du scheußliches Viech!«
Die Aras verstanden ihn und entfernten sich zeternd.
Aus den Hütten stieg unentwegt Rauch. Drinnen kochten die großen Töpfe voll Reis-*kalugí*.
In der starken Sonne trocknete tagsüber der nächtliche Tau von den schmutzigen, schwärzlichen Moskitonetzen. Viele Inans schliefen gern in der feuchten Nachtluft im Freien. Auch Kanaú hatte es häufig getan. Bis er herausfand, daß all das nichts wert war, hatte er Spaß daran gehabt. Und er war auch niemals glücklicher gewesen, als wenn er die endlosen Winterregen abziehen sah, die Wasser des Flusses sich verliefen und die weißen Ufer auftauchten. Alle Inans zogen dann aus dem Dorf, wollten am Strand wohnen, neue Hütten bauen, den *aruanã* im Sand tanzen. Es kam die Zeit der ausgedehnten Fischzüge. Sie stießen vor bis zum Rio das Mortes, ohne die Herren dieses Gebiets, die Xavantes-Indianer, auch nur im geringsten zu beachten, ja sie wären sogar zum Kampf bereit gewesen, wenn es darum ging, große Schildkröten zu fangen, auch die alten, die keine Eier mehr legten. Welch prachtvoller Anblick war es, wenn ein Inan mit erhobenem Speer vollkommen unbeweglich vorn im Ein-

baum stand und wartete, bis die Schildkröte im kristallklaren Wasser des Flusses nach oben kam... sss!... und das Tier zuckte, von der Waffe getroffen. Wie schön all das war! Kanaú seufzte leise.
Eine alte Indianerin kam mit einem Topf voll Wasser vom Fluß herauf. Mit einem Lächeln im faltigen Gesicht sagte sie: »*Kanaúkú!*...«
»*Kú!*« antwortete er.
Seltsam, wie rasch die Inan-Frauen alterten. Seltsam auch, wie leicht sie starben... Wehmütige Erinnerungen trieben ihn weiter. Wenn der Abend kommt, das wird schön sein! Dann kehren die Männer aus der Pflanzung heim, mit den schweren Körben voll Maniok, und sie sind so müde, daß ihnen der Speichel aus den Mundwinkeln rinnt. Die Pflanzungen lagen vier Meilen entfernt.
Vor Dicorretis Haus trockneten Töpfe in der Sonne, während sie, mit einem Flechtwerk beschäftigt, dicht beim Eingang saß. In dieser Jahreszeit wurde alles neu gemacht. Deshalb sah man überall alte, zerfledderte Körbe, ein unschöner, trauriger Anblick...
Die mageren Hunde heulten in der Ferne. Die Inans schlugen sie erbarmungslos. Aber andererseits, wenn sie jemand faßten und bissen oder einen Jaguar stellten, wüteten sie mit ihren Zähnen und zeigten die gleiche Roheit, die sie selbst erleiden mußten...
Ein Mädchen saß neben einem Flaschenkürbis voll Wasser und machte *itchokós.* Es waren häßliche, formlose Püppchen. Die Kinder übten schon früh, um diese primitive Kunst später einmal zu beherrschen.
Obwohl sie einen malerischen Anblick boten, mißfiel es Kanaú, daß alle Indianer sich in Decken hüllten, die sie von den Weißen gekauft hatten. Ihre Körper erinnerten ihn an Statuen und Bilder, die er in Rio und São Paulo gesehen hatte. Früher, als sie nackt gingen, waren sie widerstandsfähiger gewesen. Kanaú sel-

ber hatte ihnen schon oft zu erklären versucht, daß schmutzige Kleidung dem frisch gebadeten Körper schlecht bekommt. Aber die Inans verstanden das nicht, wie sie auch nicht begriffen, warum man mehr als ein Kleidungsstück haben sollte. Sie benutzten Hose und Hemd, bis sie ihnen vom Körper fielen. Und das schmutzige Zeug wurde immer schmutziger, weil sie sich, wenn sie nackt waren, mit Babaçuöl und Urucum vor Moskitos und *muriçocas* schützten, und die Kleidung machte die Körper anfälliger für Ansteckung. Am schlimmsten war die Übertragung von Seuchen, wie Grippe, Tuberkulose und Geschlechtskrankheiten. Das Vordringen der Weißen hatte nur Verhängnis mit sich gebracht. Alle verderblichen Ausdünstungen der Zivilisation nahmen die Inans mit der größten Leichtigkeit in sich auf. Deshalb starben sie sinnlos dahin. Kanaú dachte gequält an seine eigene Existenz und biß sich auf die Lippe. Was war er selber anderes als ein Übel der Weißen?

Vor zwei Jahren hatte er gesehen, wie ein Jäger eine Inan-Indianerin verführte. Und das war eine Frau, die in gutem Einvernehmen mit ihrem Mann lebte. Aber ein Kleid, ein Spiegel, ein paar Glasperlen ...

Mit seiner Mutter war es wohl dasselbe gewesen.

Nein. Er wollte nicht daran denken.

Er ging zurück und an den Häusern des Dorfes entlang. Vor einer Hütte mußte er haltmachen. Eine Stimme rief ihn.

Er bückte sich, um einzutreten. Hier wohnte Curiala, der Häuptling des Dorfes, alt und blind.

Curiala streckte ihm die Arme entgegen. Bewegt reichte ihm Kanaú beide Hände.

»Setz dich neben mich, Kanaú.«

Kanaú tat es. Während die Greisenhände seinen Körper abtasteten und über seine Brust glitten, sah sich Kanaú um. Wenn er tausend Tode erlitte, nie würde er den Geruch eines Inan-Retôs vergessen. Die Frau Curialas, eine runzlige Alte mit flinken Fingern, zwirnte Baumwollgarn. Sie hielt die Spindel mit ihren

kleinen Füßen. Und nach jeder Drehung hob sie die Augen, um zu sehen, was vor sich ging.
Curialas Hände kamen allmählich bis zum Haar hinauf. »Kanaú hat das Haar geschnitten wie ein *torí*.«
Die Frau sah sich die Sache an.
»Aber Kanaú wird es sich wieder lang wachsen lassen wie ein Inan. Kanaú wird im Dorf keine Kleidung tragen und den Körper mit Jenipapo und Urucum anmalen...«
Der Alte bewegte die Hände bis zu den Augen hinunter, und die Finger hielten inne – wie einst die Finger des sterbenden Curumaré –, als sie auf die Stelle unter den Augen trafen.
»Kanaú hat den *omarira* der Inans nicht gemacht. Kanaú hat den Kreis der Inans nicht.«
Die Frau schaute Kanaú traurig an und sagte wie ein Echo: »Er hat den Feuerkreis der Inans nicht...«
Kanaú mußte sich zusammenreißen, damit ihm nicht die Tränen kamen.
Curialas Hände stockten beim Kinn. »Kanaú hat die Lippe nicht durchbohrt wie ein Inan.«
Die glanzlosen Augen der Alten wanderten zu Kanaús Kinn.
»... hat die Lippe nicht durchbohrt wie ein Inan...«
Curialas Hände ließen von dem Burschen ab. »Kanaú ist stark. Kanaú ist schön. Aber Kanaú will kein Inan sein.«
Für einen Augenblick verbarg der alte Indianer hinter den dunklen Händen das Weiß, mit dem der Star seine Augen gezeichnet hatte.
Liebevoll zog Kanaú die Hände weg. »Hör, Curiala. Kanaú wird Inan. In einem Mond hat er das Zeichen der Inans unter den Augen. Dann wirst du zufrieden mit ihm sein.«
Der Indianer verzog seinen eingefallenen Mund zu einem Lächeln. Er wandte sich zu seiner Frau: »Hast du's gehört? Kanaú wird Inan.«
Die Alte ließ die Arbeit ruhen und sah Kanaú zärtlich an: »... Kanaú wird Inan...«

Bewegt fuhr Curiala fort:
»Ich hab gesehen, wie Kanaú zur Welt kam. Kanaú hatte keinen Vater, und oft hab ich dich auf dem Arm herumgetragen. Ich hab viele Bogen für dich gemacht, damit du mit Pfeilen *odiura* schießen konntest. Und den ersten großen Fischzug, als du etwas älter warst, hast du mit mir gemacht. Erinnerst du dich?«
»Das werde ich nie vergessen, Curiala ...«
»Dann gingst du auf die Schule der *torís* in Conceição, und als du zurückkamst, war Curiala blind.«
Kanaús Kehle war wie zugeschnürt.
Wieder kam das Echo der Alten: »... Curiala ist blind geworden.«
Der junge Mann lehnte Curialas Kopf an seine Schulter. Seine Hand streichelte das ölgetränkte Haar. »Ich hab dir Tabak mitgebracht, Curiala. Auch etwas anzuziehen. Morgen werde ich dir Fische fangen.«
»Du bist lieb, Kanaú. Du bist lieb. Tabak tut mir gut. Ich bin sehr alt, darum muß ich immer dicht beim Feuer sitzen. Curiala friert immer ...«
Die Alte wiederholte: »Curiala friert ...«
»Jetzt ist Curiala nicht mehr traurig über Kanaú, nicht?«
»Curiala ist nicht mehr traurig über Kanaú, wenn ...«
Kanaú lächelte. Er wußte, daß er noch um irgendwas bitten würde.
»Wenn was?«
»Wenn er mit den Inans von Raumaló-Dessé zusammen gegen die Inans der Dörfer Btondirú und Créran-Auá kämpft.«
»Warum kämpfen?«
»Du bist stark, und wir wollen ein Fest feiern. In zwei Tagen kommen die Inans von flußabwärts, und dann gibt's Wettkämpfe. Da soll Kanaú mitmachen.«
»Ich wußte nichts von dem Fest. Aber ich werde bestimmt mitkämpfen.«

»Großes Fest, Kanaú. Zwei Tage lang *aruanã.* Die Frauen machen Kuchen, und die Männer bringen heute *berrurás* voll Maniok mit. Valentin wird sogar für die *torís* ein Fest geben ...«

»Dann werde ich mitkämpfen ... Auf Wiedersehn, Curiala.«

Er kam innerlich immer mehr zur Ruhe.

Im Hinausgehen sagte er noch zu Curiala: »Sobald ich meinen Sack aufmache, bring ich dir Kleidungsstücke und den Tabak.«

Curiala dankte und sagte: »Kanaú ist gut. Kanaú wird Inan.«

Er hörte noch, wie die Alte wiederholte: »Kanaú ist gut ...«

Entschlossen ballte er die Faust und schlug sich gegen die Brust.

»Ich, Kanaú, schwöre, ich will nicht mehr darüber nachdenken, was ich bin. Ich schwöre, daß ...«

Er kehrte in die Wirklichkeit zurück und lächelte traurig. »All das ist jetzt unwichtig. Ich werde den Diamanten kriegen. Selbst wenn ich seinetwegen töten muß. Camura hat gesagt, töten sei erlaubt. Und Edelsteinraub kann mit dem Tod bestraft werden.«

Er wollte jetzt seinen Bruder aufsuchen. Terroloni hatte ihm nie etwas bedeutet, und umgekehrt war es dasselbe. Er ging langsam bis zu seinem Haus, beugte den breiten Rücken und trat in die Hütte ein.

Ein paar Papageien, die auf dem Boden herumgelaufen waren, kletterten erschrocken an den Strohwänden empor und brachten sich unter dem Buritídach in Sicherheit.

Terroloni saß auf einer Matte und schnitzte an einem Ruder. Er hob die Augen, zeigte aber keinerlei Überraschung. Sicher hatte er schon von Kanaús Ankunft gehört.

Frostig murmelte er einen Gruß. Er forderte Kanaú nicht einmal auf, sich hinzusetzen.

Sie waren immer sehr verschieden gewesen. Und Kanaú war für Terroloni ein Weißer, ein *tori.* Von klein auf hatten sie einander verabscheut, weil sie sich so unähnlich waren, und die Mutter hatte immer wieder zwischen ihnen schlichten müssen und darauf Bedacht haben, ihre Vorliebe für den Jüngsten nicht zu zeigen. Kanaú betrachtete den Bruder, der sich wieder seiner Arbeit zugewandt hatte. Er war sein einziger Blutsverwandter. Das einzige Blut, das ihn mit dem Dorf verband und ihm Anrecht auf den Fluß und auf die Jagd gab.

Aber wie zur Strafe war Terroloni häßlich, gedrungen und trübselig.

Terrolonis Frau suchte die Mißstimmung zu verscheuchen. »Kanaú ist zurück? Will Kanaú sich nicht setzen?«

»Danke. Kanaú hat es gut so.«

Die Frau hob ein Kind hoch, das neben ihr saß. »Den kennst du noch nicht. Das ist dein Neffe.«

Kanaú streichelte das dunkle Köpfchen, das schon fettig von Babaçuöl war. »Wie heißt er?«

»Aratuma.«

»Aratuma ist hübsch und kräftig.«

Die Indianerin lachte stolz: »Und dick ist er auch.«

Danach bot sie ihm gekochte Kartoffeln an und fragte, ob er vielleicht lieber gerösteten Mais haben wolle. Aber Kanaú lehnte ab.

Er fragte nur: »Weißt du, wo Iroá ist?«

»Iroá macht sich ein Boot am unteren Strand. Bald, wenn die Sonne sinkt, kommt er zurück.«

»Ich will ihm entgegengehen.«

Die Augen der Schwägerin sahen betrübt und gequält aus. Kanaú begriff, daß sie ihn gern eingeladen hätte, in ihrer Hütte zu übernachten. Da aber Terroloni es nicht anbot, mußte sie schweigen.

Er lächelte verständnisvoll. »Auf Wiedersehen!«

Er streichelte noch einmal den Kopf des Kindes, drehte sich um und verließ die Hütte.

In dieser Stunde starb eine schwache Hoffnung, die in ihm aufgekeimt war, als er von der Stadt zurückkehrte: Er hatte ein letztes Mal versuchen wollen, sich dem Bruder zu nähern. Das war mißglückt. Und von nun an würde der Bruder, auch wenn er sich's anders wünschte, ihm nicht mehr bedeuten als Gameleirarinde.

Kanaú durchquerte das Dorf, ging unbedenklich durch das Tor und ruhig an den Häusern der Weißen vorbei. Dabei sprach er mit verschiedenen ihm bekannten *torís,* wollte wissen, ob es nachts noch viele *muriçocas* gäbe. Aber die Einwohner beruhigten ihn.

Die Plage sei dies Jahr nicht groß gewesen.

Der dicke Antonio fragte eine Menge über die Stadt, und zum Schluß rückte er mit einer Neuigkeit heraus: »Erinnerst du dich an ›Händchen-Henrique‹?«

»Den mit dem verkrüppelten Arm?«

»Ja, den. Stell dir vor, der ist am Tapirapés von Caiapó-Indianern ermordet worden, 'ne verflixte Bande, die Caiapós, Kanaú. Und man kann da nichts machen.«

»Die sollen sich nur mit mir anlegen! Ob das nun Xavantes sind oder Caiapós oder Urubús, ich schieß die ganze Ladung meiner Zweiundzwanziger in sie rein ...«

»Du hast dir ein gutes Gewehr mitgebracht, nicht?«

»Ausgezeichnet. Ein Selbstlader für einundzwanzig Schüsse und fünfzehn automatische.«

»Gut fürs Jagen, he?«

Kanaú drehte ihm den Rücken und ging weiter. Er bog in einen Seitenweg ein, der zum Strand hinunterführte. Die Sonne sank, und ihr Glanz erlosch allmählich.

Die dunklen Steine auf dem Strand schienen dem Tosen des Araguaia zu lauschen. Die Strömung wurde hier stark und brodelte unaufhörlich.

Wie oft hatte er auf diesen Steinen gestanden und *odiuras* geschossen, die er dann als Angelköder verwendete! Wie oft? ... Er lächelte. Und wenn dann die Zeit kam, in der die Fische stromaufwärts schwammen, und er mit Iroá wettete, wer von ihnen mehr fangen würde? Schön war die Kindheit! Er erinnerte sich der *pirarará*, die er einmal am Angelhaken gehabt hatte und die ihm beinahe die Angelschnur weggerissen hätte. Iroá und er hatten sich daran klammern müssen, und selbst dann waren sie nur mit knapper Not einem unfreiwilligen Bad entronnen. Aber die Mühe hatte sich gelohnt, denn abends war im Dorf von nichts anderem gesprochen worden...

Das alles lag aber weit zurück. Zur Zeit schwammen die Fische nicht flußaufwärts. Nichts regte sich. Die Steine lagen regungslos da.

Er ging bis zum weißen Ufer vor. Bei jedem Hochwasser nahm der Sand an dieser Stelle ab. Jetzt gab es nur noch ein ganz schmales Stück. Als ob der Strom von Jahr zu Jahr wüchse. Das war etwas Geheimnisvolles. Nach den Überschwemmungen der Regenzeit wurde alles anders, als es vorher gewesen war, jeder Strand kam verändert und nicht an der gleichen Stelle wieder zum Vorschein. Trotzdem gab es noch genügend Sand für die Krokodile und für die Inans, die bald kommen würden, um hier ihre Boote zu bauen.

Er ließ den Strand hinter sich und ging zu einem alten Pequizeirobaum, der sich weit über den Flußarm neigte. Diesen Weg mußte Iroá kommen. Das Wasser floß hier weniger reißend. Nackt sprang er hinein, packte einen Ast des Baumes und kletterte nach oben mit dem beglückenden Gefühl, daß sein Körper ein Stück Kindheit zurückerobert hatte. Er suchte sich eine Astgabel, die er von früher her kannte, lehnte sich an den Stamm, legte sich zurück und ließ die Beine hängen. Dabei sog er genießerisch den Duft des Baumes ein.

Wie bequem er hier ruhte! Gemächlich durchwanderte sein Blick den sinkenden Abend. Der Fluß war jetzt spiegelglatt. Auf dem anderen Ufer hatten sich Wildenten niedergelassen. Eine kleine Schar von Reihern zog hoch oben der Nacht entgegen.

Er betrachtete den altvertrauten Baum. Seine Blätter wurden gelb, und der borkige Stamm schien in kleinen braunen Wunden aufzubrechen. Ameisen spazierten sorglos darüber hin.
Der Nachtwind kam auf. Leicht kräuselte er das Wasser des Flusses und ließ die trockenen Blätter des Pequizeiros erzittern...
Kanaú wußte nicht, wie lange er in diesem halben Traumzustand verweilt hatte. Einförmige, rhythmische Schläge weckten ihn auf.
Das war Iroá.
Er fühlte, wie ihm das Herz vor Freude klopfte.
Er sprang von der Astgabel und wählte sich einen Zweig, der übers Wasser hing. Dabei versuchte er ganz leise zu sein. Der Inan-Freund sollte keinen Verdacht schöpfen. Er konnte auch schwerlich etwas merken, weil der Wind entgegenstand. Außerdem erwartete er den Freund ja nicht.
Das Geräusch des Bootes kam immer näher. Kanaú hielt den Atem an. Die abendliche Dunkelheit hüllte ihn ein. Bald würden zögernd die ersten Sterne erscheinen.
Iroá tauchte auf. Er saß im Heck des Bootes und hielt das Ruder. Er ruderte gleichmäßig, eine dunkle Gestalt, die mit Leichtigkeit die Gegenströmung bezwang.
Kanaús Körper straffte sich. Der Freund war direkt unter ihm und ahnte nichts.
Jetzt mußte er sich entschließen: Er sprang, sein Körper flitzte unmittelbar vor Iroás Kopf vorbei und tauchte in den Fluß. Er kam wieder an die Oberfläche, schüttelte sein Haar und bog sich vor Lachen.
Iroá schnellte im Boot hoch. Der Schreck verschlug ihm die Rede. Kanaú schwamm heran und klammerte sich an den Rand des Einbaums.
Iroá setzte sich langsam wieder hin.
»Zum Teufel mit dem ängstlichen Inan!...«
Der Schreck ließ nach, und Iroá konnte stammeln: »Kan!...«

Sein Mund verzog sich zu einem glücklichen Lachen. Er lenkte das Boot zum Strand, und Kanaú folgte ihm schwimmend.
»Du dachtest wohl, ich sei ein Jaguar, verflixter Gauner?«
»Ja.« – Iroá schaute den Freund an, als sei er ein Geist. Seine Lippen ließen die weißen Zähne frei. In wehmütige Erinnerung versunken, betrachtete er den kräftigen, stattlichen Freund, der an seiner Seite aufgewachsen war.
Plötzlich stürzte er sich auf Kanaú und begann mit ihm zu ringen. Sie kämpften, um zu sehen, wer der Stärkere sei, wie sie es von klein auf getan hatten. Die Körper rollten auf dem Sand. Beide strengten sich an, um den Rücken des Freundes auf den Boden zu pressen.
Kanaú war der Kräftigere, er hätte den Freund besiegen können, aber als Entgelt für den Schreck, den er ihm eingejagt hatte, tat er so, als sei er müde, und ließ sich bezwingen.
»Du bist schwach, Kan... Die Stadt hat dich schlapp gemacht.«
»Ich hab lange gerudert. Ich bin noch erschöpft.«
»Lüg nicht. Du bist schwach...«
Kanaú blieb auf dem Rücken liegen, er hatte keine Lust, aufzustehen.
Iroá nahm weißen Sand in die Hände und rieb Kanaús Kopf damit: »Ich weihe dich wieder zum Indianer. Du bist Inan.«
Nach dieser freundschaftlichen Geste legte er sich neben den Freund.
Kanaú war glücklich. »Du hast nicht gewußt, daß ich komme, oder?«
»Doch. Immer wenn ich von Sternen träume, erlebe ich eine Freude.«
»Du hast geträumt?«
»Mir träumte, das Siebengestirn kam zu mir, und dann öffnete es sich und wurde zu Schilfrohrblüten...«
»Wie du flunkern kannst!... Wollen wir gehen? Es ist schon Nacht.« Kanaú stand auf.

»Erst baden wir, und dann fährst du mit mir im Boot.«
»Nur wenn du ruderst.«
»Ich hab dich noch immer gerudert, Kan . . .«
»Ich bin sehr müde. Ich hab drei Tage und drei Nächte pausenlos gerudert.«
»Mach mir nichts weis, Kan. Ich kenn dich von früher, und schon als Kind hast du mich zum Narren gehalten. Wer gerudert hat, war immer ich.«
Sie tauchten ins dunkle Wasser. Die Sterne blitzten überall auf. Das Wasser glitzerte von tausend Funken.
Sie nahmen das Boot, und Kanaú legte sich vorn hinein. Iroá ruderte.

Als sie sich nachts im *Aruanã-Haus* zur Ruhe gelegt hatten, erzählte Kanaú Geschichten von der Stadt. Iroá hörte ruhig zu. Dann fragte Kanaú, was er während dieses Jahres erlebt hatte.
»Ich? Nichts. Ich hab viel gefischt, gejagt, gerudert, dich entbehrt und eine furchtbare Tracht Prügel gekriegt.«
»Prügel?«
»Ja. Texibré war auf Fischfang am Rio das Mortes, und ich machte mich an seine Frau ran. Als er zurückkam, haben sie's ihm erzählt, und alle Verwandten taten sich zusammen und verprügelten mich. Die sind ganz schön über mich hergefallen!«
»Warum hast du dich denn nicht im Wald versteckt?«
»Ich war im Unrecht. Sie haben nur getan, was jeder Inan tun würde, und ich hatte es verdient . . . Wollen wir schlafen?«
Kanaú drehte sich auf die Seite und wickelte sich in die Decke. Bald würde es kalt werden. Das Siebengestirn oben am Himmel hatte seinen Vorrang eingebüßt, denn all die gewöhnlichen Sterne waren in Schilfblüten verwandelt. Der Himmel sah aus wie ein unendliches leuchtendes Röhricht.

Das zweite Boot

Mach zu, du Miststück! Mußt du das ganze Leben damit verbringen, diese Scheiße abzuwaschen?«

Die Augen des Mannes funkelten vor Haß. Er hatte die größte Lust, der Frau, die, mit den Händen im Wasser, gebückt am Ufer hockte, einen kräftigen Tritt zu versetzen. Aber sie hatte keine Furcht. Im Gegenteil. Sie richtete sich ein bißchen auf, nahm die Hände von der Arbeit und trocknete sie am feuchten Rock ab, der ihr über die fahlen, mageren Oberschenkel mit der schlaffen Haut hochgerutscht war. Dann hob sie die rechte Hand bis zur Stirn und schob mit einer sehr ruhigen, gleichmütigen Bewegung das goldblonde Haar zurück, das ihr nach vorn gefallen war. Ihre kleinen Augen, die in einem Meer von Falten lagen, hefteten sich ruhig auf das Gesicht des Mannes, der sie so angefaucht hatte.

Ihr eingefallener, zahnloser Mund, der immer herunterhing, bewegte sich: »Bin beinah fertig, Leutnant.«

Dabei blickte sie ihm fest ins bärtige Antlitz. Der dichte schwarze Bart steigerte sein hartes Aussehen. Und doch würde dieser Mann bald genug unter dem Druck der Einsamkeit schlappmachen, das wußte Pissy. Er hatte Angst. Angst vor allem. Vor der Nacht. Vor dem Tod.

Ihr Blick ruhte auf den kräftigen Händen des Mannes, der vor ihr stand, und sie bemerkte, wie zappelig nervös sie sich bewegten. Gereizt wandte er ihr den Rücken, und sie ging wieder daran, den fettigen Eisentopf im Wasser zu säubern. Sie hörte, wie sich seine Schritte auf dem Ufersand entfernten. Ein verächtliches Lächeln spielte um ihre schmalen Lippen, während ihre gekrümmten Finger haftende Speisereste herauskratzten.

Schwärme von *miguelinhos* wurden von den Überbleibseln angelockt. Sie zwickten sie gelegentlich in die Beine, die jetzt im Wasser standen. Pissy stellte die gleichen Überlegungen an wie so oft. Sie betrachtete alles mit Gelassenheit. Wer hing schon am Leben? Der Leutnant hatte Eile, denn die Nacht zog heran, und sie mußten ihre lautlose Reise fortsetzen. Mit der anderen Frau würde er behutsam sprechen. Aber die andere Frau war hübsch und gut und erwartete ein Kind.
Sie fuhr aus ihren Gedanken auf, als sie jemanden im Sand auf sich zukommen hörte.
»Der Leutnant schickt mich, dir zu helfen.«
Pissy sah den Mann an. Der war weder gut noch schlecht. Er redete wenig und bemühte sich, niemanden zu stören. Nicht einmal mit den Augen. Pissy kannte Bruchstücke seiner Vergangenheit. Sie wußte, er hatte seine Frau umgebracht und war in der Edelsteinmine gefaßt worden. Aber der Leutnant hatte ihn freigelassen und mit auf die Reise genommen. Auch ihm war ein Anteil an dem Diamanten zugesichert worden.
»Bin schon fertig. Wenn du willst, hilf mir die Töpfe tragen.«
Der Mann bückte sich, während Pissy aufstand und sich über den müden Rücken strich.
»Es ist besser, wir tragen gleich alles zum Boot.«
Daniel antwortete nur mit einem zustimmenden Grunzen.

Der Leutnant ging dahin, wo Sá Lua schlief, und versuchte leise zu sein.
Eine Decke war über vier gegabelten Ästen ausgespannt, um der Frau tagsüber Schatten zu geben, während sie schlief.
Sá Lua lag ruhig da, aber manchmal scheuchte sie mit der Hand die Moskitos vom Gesicht.
Der Leutnant beugte sich zärtlich vor und betrachtete die Frau.
Sie schlug die schwarzen Augen langsam auf.
»Hast du besser geschlafen?« Seine Stimme kam ganz sacht.
»Ich hab nicht geschlafen. Ist es schon Zeit?«

»Beinahe. Diese dämliche Kuh da braucht wieder eine Ewigkeit; die hält uns nur auf.«
Sá Lua ergriff die Hand des Mannes. »Sei doch nicht so grausam zu der Armen! Sie ist auch ein Mensch.«
»Die ein Mensch?!! ... Ein Dreckstück ist sie, eine Laus!« Geringschätzig verzog er den Mund und hätte vor Abscheu fast ausgespuckt. »Ich weiß nicht, wo ich meine fünf Sinne hatte, als ich dieses Frauenzimmer mitnahm.«
Sá Lua sah den Leutnant traurig an, und er begriff, was dieser Blick ihm sagen sollte: »Das bin ich auch. Das war ich auch, und trotzdem behandelst du mich nicht so ...«
Von Mutlosigkeit ergriffen, setzte er sich auf die Matte nieder. Er betrachtete den unförmigen Leib der Frau, die schwer atmete. Noch einige Tage, und das Kind würde geboren werden. Aber trotz der Schmerzen und der geschwollenen Füße, trotz der Unbequemlichkeiten und der Moskitoplage beschwerte sie sich nie und nahm alles mit einem schwermütigen Lächeln hin.
Ihre Hände waren zart, und ihr Gesicht war weiß wie der Strand. Ihre Augen wurden schwärzer, immer schwärzer ...
»Ich kann mich nicht zurückhalten, manchmal packt es mich, daß ich sie kurz und klein schlagen möchte. Ich verspreche dir, ich will mein möglichstes tun, mich zu beherrschen ...«
Doch schon während er sprach, konnte er die Welle von Übelkeit kaum zurückdämmen, die in seinem Inneren hochstieg, sobald er nur an Pissy dachte. Er sah die ockergelbe Gestalt vor sich, in gleichfarbige Kleidung gehüllt, die dünnen, schlaffhäutigen Beine, die mageren Arme mit dem kleinen Wulst des Bizeps ... und die Hände, vor allem die Hände, deren Finger nie Ruhe hielten. Gleich Vipern waren sie, die sich gierig wanden. Wenn Pissy irgend etwas festhielt, schlangen sie sich ringsherum. Wenn sie ihre Hände hochhob zum Haar, dem einzigen Schönen, das diese ekelhafte Dirne an sich hatte, dann krochen sie wieder herunter wie Schlangen, die über einen Wasserfall abwärts gleiten. Wann immer sie Zeit hatte, saß sie zusammen-

gekauert irgendwo herum, preßte die hageren Schenkel gegen die dürre Brust und glättete mit einem alten Kamm die langen Wellen dieses wunderbar goldenen Haars. Es war nicht auszudenken, daß diese Person, ehe sie als Hilfe für Sá Lua angestellt wurde, mit Dutzenden anderer schäbiger Prostituierter in einem Bordell gelebt und sich ihren Unterhalt bei den Diamantenwäschern verdient hatte. Er erinnerte sich gut, wie sie ausgesehen hatte, wenn er sie während eines Dienstgangs traf: aufgepflanzt wie ein ausgetrocknetes Schlinggewächs, die Zigarette zwischen die eingefallenen Lippen geklemmt, immer gelb gekleidet, immer das wellige blonde Haar streichend, das ihr über die Schultern fiel, den einzigen erotischen Reiz, den sie besaß. So rief sie den Männern zynische Aufforderungen zu. Und es fand sich immer wieder jemand, der sie annahm: irgendein abgestumpfter, unempfindlicher Diamantenwäscher, der sie als Zuflucht für sein Elend brauchte, sich mit ihr in die Hängematte drückte und ihre kleinen, formlosen Brüste gegen die eigene gebräunte Brust preßte. Er hatte sie auch im Lokal tanzen sehen, eng umschlungen mit wüsten Kerlen und durch den Ärmelausschnitt ihre gelblichen, schlechtrasierten Achseln zeigend. Ein Brechmittel, dieses Weib!
Speichel füllte den Mund des Leutnants, aber er überwand sich, denn er wollte nicht, daß noch einmal eine Wolke des Kummers und der Besorgnis Sá Luas schwarze Augen trübte.
Er lächelte liebevoll, beugte sich vor und bot den starken Nakken, um ihr beim Aufstehen zu helfen. Sá Lua umschlang ihn mit den Armen und ließ ein leises Stöhnen hören bei der Anstrengung, sich zu erheben.
Unter dem Gewicht der Frau fühlte der Leutnant, wie ihm der Colt über die linke Hüfte rutschte und wie in der gestrafften Gürteltasche das Päckchen mit dem geraubten Diamanten über seinen Rücken glitt. Wie eine Flamme durchfuhr es ihn, und er erzitterte. Es war das Gewissen, das sich bei diesem Kontakt bemerkbar machte.

Sá Lua spürte es und fragte im Gehen: »Bin ich so schwer?«
Er lachte und antwortete nicht.
»Schlimm, daß ich grade jetzt ein solches Hindernis bin ...«
»Red nicht so dummes Zeug. Los, die Nacht kommt rasch.«

Von Anfang an war festgesetzt worden, daß sie nur nachts reisen und, im Fall äußerster Not, bis zum Anbruch des Tages weiterfahren würden. Sie durften sich keiner Ortschaft nähern. Schweigen hatte jeden Mund zu versiegeln, und es war verboten, zu rauchen oder Feuer zu machen. Bei jedem verdächtigen Laut wollten sie am Ufer von Mato Grosso anlegen und in Deckung gehen. Sie mußten auf die leisesten Geräusche achten und selbst die leisesten Geräusche zu vermeiden suchen. Deshalb mußten die beiden Männer die Ruder mit äußerster Behutsamkeit ins Wasser tauchen. In dieser Jahreszeit reichte selbst die größte Vorsicht kaum aus. Denn die Stunde der Jäger war gekommen. Überall konnte plötzlich ein Motorboot auftauchen, das stromauf- oder -abwärts fuhr. Keiner wußte ja, ob die Nachricht von dem Raub nicht schon durchgesickert war, und die Aussicht, von diesen abgebrühten, gewalttätigen Männern geschnappt zu werden, denen tagaus, tagein die Sonne ins Gesicht brannte, war alles andere als verlockend. Die Flußjäger pflegten bis zu den Zähnen bewaffnet zu sein, eine rohe Bande, die jedem vorüberfahrenden Boot unflätige Witze zurief. Wenn sie Kunde von dem Raub erhielten, würden sie in Gruppen die Ufer umstellen, würden in den Seitenarmen des Flusses auf der Lauer liegen und sich ohne die geringsten Skrupel des Diamanten bemächtigen.
Und noch gefährlicher als die Jäger waren möglicherweise die Inan-Indianer, die gleich bronzefarbenen Teufeln aus jedem Winkel hervorbrechen konnten, sie, die eigentlichen Herren dieser Gewässer und seiner Geheimnisse, die die Ruder genauso blitzartig führten, wie sie ihre Arme bewegten.
Am mächtigen Araguaiastrom lagen die Inandörfer wie zu einer

Kette gereiht, besonders dicht im Bereich der Bananal-Insel. Glücklicherweise befanden sich diese Indianer noch in einem Vorstadium der Zivilisation und behielten einstweilen ihre alten Bräuche bei. Dazu gehörte die Angewohnheit, beim Handhaben der Ruder rhythmisch gegen die Bootskanten zu schlagen. Und das hallte hohl und eintönig durch die Stille der Urwälder, über die ausgedehnten Strände und Klippen und über die weiten Wasser hinweg wie warnende Trommelschläge.

Sanft glitt das Boot dahin. Es wurde merklich kühler. Die Nacht glich einer riesigen gläsernen Glocke, in deren Schweigen die Sterne hingen. Selten einmal war der empörte Warnruf eines Reihers zu hören, der beim Nahen der Reisenden aus dem Schlaf schreckte.

Mit den Möwen war es anders. Die waren von weither gekommen, um auf einem der Strände ihre Eier zu legen. Sie kreischten ununterbrochen, während sie wie fahle Schatten durch das Dunkel der Nacht kreisten. Niemand beachtete sie.

Bis jetzt hatte alles die lautlose Reise begünstigt. Wenn Sá Luas Schwangerschaft und die bevorstehende Geburt nicht gewesen wären, hätten sie wohl glauben können, unter dem besonderen Schutz dieser geheimnisvollen Wildnis zu stehen.

Es fehlten noch acht Tage bis Neumond. Ehe das Licht dann nach und nach wieder zunahm, konnten sie die Grenze von Mato Grosso überquert haben und sich in Pará befinden. Hatten sie Pech, dann kam jetzt bald der *geral* auf, der Nordostwind, und behinderte ihre Reise. Das war allerdings hauptsächlich tagsüber der Fall. Dann wurde der Fluß wild aufgewühlt, und der Urwald geißelte sich selbst mit Peitschenschlägen. Nachts aber legte sich der Sturm, und der Fluß schlief, von Sternen besät, wie immer.

Die Nacht war jetzt beängstigend finster. Der Fluß nahm ihre Schwärze in sich auf, drohend und dunkel. Bis zur Morgendämmerung glitt eine Stunde still in die nächste. Die Nacht mit ihren Sternen hatte viel Zeit.

Der Leutnant betätigte das Steuerruder und blickte angestrengt in die Einsamkeit. Vorn ruderte Daniel und gab durch ein leises Zischen Bescheid, wenn das Boot nach links halten sollte. Zweimaliges Zischen bedeutete rechts steuern. Als alter Diamantenwäscher kannte Daniel den Araguaia. Er hatte sich sein Leben lang auf dem Fluß herumgetrieben, bald von Nord nach Süd, bald von Süd nach Nord, bis ...
In der Mitte des Bootes hatten sich die beiden Frauen eingerichtet, so gut es eben ging. Pissy lag stets zusammengerollt da und rührte sich nur, wenn sie sich fester einhüllen oder Sá Luas Füße bedecken wollte.
Sá Lua! Ihre Augen waren vor der Nacht geschlossen. Unbehagen glitt wie Feuer durch ihren aufgeschwollenen Leib. Aber kein Laut kam über ihre Lippen. Sie sagte nichts, sie begehrte nicht auf, sie bewies die stumpfe Ergebenheit der Prostituierten und dachte nur an das Kind, das geboren werden sollte. Schwermütig und verklärt zugleich lieferte sie sich dem Schicksal aus. Was war ihr das bisherige Leben gewesen? Nichts. Täuschung. Vertrauen in Männer, die sie betrogen hatten von Anfang an. So war die Zeit verstrichen, bis sie fülliger wurde und sich nach einem Mann umsah, der ihr eine gewisse Geborgenheit bieten konnte. Denn Frauen ihres Schlages altern früh. Der Leutnant schien ihr der gegebene. Aus zwei Gründen hatte sie ihn genommen. Einmal, weil er das Gesetz vertrat und weil eine Hure in einer Edelsteinmine rechtlos ist. Und dann, weil er ihr eine Wohnung eingerichtet und sie ihrer früheren Lebensweise enthoben hatte. Sie konnte sich nicht über ihn beklagen, wenn er auch manchmal reizbar war. Sie wartete dann geduldig ab, bis gelegentliche Perioden der Wortkargheit von selbst wieder schwanden.
Es war nicht schwer, für einen Polizeileutnant Verständnis zu haben, der in einem *garimpo,* einer Diamantenmine, für Recht und Ordnung zu sorgen hat. Und waren die *garimpeiros* etwa sehr viel anders?! Immer war es eine hektische Jagd nach Glück, nach Geld. Und viele Männer! Männer, die Steine suchten und

fanden oder nicht fanden, die soffen, schossen und in den Lokalen tanzten, in denen die Füße so viel Staub vom Boden aufwirbelten, daß man jede Stunde den Tanz unterbrechen mußte, um den Boden mit Wasser zu sprengen. Und wenn dann Ziehharmonika und Klarinette wieder ihre aufreizenden Melodien stöhnten, wateten die Füße im Schlamm und setzten dicke Schmutzkrusten an. Ein Saustall. Und alles endete mit Streit, mit Verbrechen, mit Tod. Nur vor dem Gesetz schreckten diese Männer zurück, die aus allen Teilen Brasiliens kamen, manchmal, nachdem sie riesige, barbarisch wilde Urwaldgebiete barfuß durchquert hatten. Sie kamen aus Maranhão, aus Pará, aus Ceará, aus Piauí. Von jeher hieß es, die schlimmsten Typen, die je einen *garimpo* unsicher gemacht hatten, seien die aus Piauí. Über sie ging der Vers um:

»Ich bin ein Mann aus Piauí, und drum
bring ich den ein'n wie den andern um.«

Ein beklemmend grausames Leben in entlegenen Regionen, die in den großen Städten völlig unbekannt waren, überfiel hart und mitleidlos jene Männer, die, je nach der Jahreszeit, kamen oder gingen, um irgendwo ihr Glück zu machen. Es war ihnen egal, ob sie Sand wuschen oder Steine klopften, ob sie in der Erde nach Kristallen gruben oder in Sieben nach Gold forschten. Gleichgültig auch, ob sie, mit Taucheranzügen bekleidet, in den Tiefen des Flusses nach dem glückbringenden Edelstein suchten. Sie verspielten Zeit und Leben, um auf einen Zufallstreffer zu hoffen, bis das Alter kam oder die Krankheit und damit das Allerfurchtbarste, das Alleinsein; wenn man nicht mehr weiter wußte, der Koller der Einsamkeit, des Alters. Wenn die Arme keine Kraft mehr hatten und die Hände leer waren, elendiglich leer. Dann half es nichts, an die Vergangenheit zurückzudenken, an die vergeudeten Stunden, denn alles drängte sich zusammen im Warten auf eins: einen gnädigen Tod.

Niemals durfte ihr Sohn einem solchen Schicksal ausgesetzt werden! Deshalb hatte Sá Lua dem unseligen Diamantenraub zugestimmt. Und sollte das kleine Wesen, dessen Geburt bevorstand, ein Mädchen werden, dann mußte man noch mehr Vorsorge treffen. Wenn sie vor die Wahl gestellt wurde: Stadt oder Wildnis, Stadt oder Diamantenlager, dann zog sie die Stadt als das kleinere Übel vor.

Sie seufzte traurig. Eine Sternschnuppe durchriß die Schwärze der Nacht. Mit einer inbrünstigen Bitte wandte sie sich an Gott oder irgendein höheres Wesen, das Kind möge glücklich auf die Welt kommen; sei ihm aber ein ähnliches Los bestimmt wie ihres oder das seines Vaters, so möge es früh abberufen werden ins Reich der Schatten, wo ihm Schmerz und Elend erspart blieben.

Fern im Weltraum verlor sich die leuchtende Bahn, und der Himmel sah wieder aus wie zuvor. Die Ruder bewegten sich sacht und lösten da, wo sie eintauchten und das Wasser verdrängten, matte Helligkeit aus.

Sá Lua schloß die Augen. Kleine Fetzen ihres Lebens kamen ihr in den Sinn und quälten sie. Das war ein Zoll, den die Mutterschaft ihr abforderte.

Die Stadt! Was ist die Stadt für den, der keine Grundlagen besitzt, keinen Vermögensrückhalt, keinen freundschaftlichen Beistand? Der Hunger leidet, aus dem Nichts kommt und nur die Erbschaft des Elends kennt? Ein Nichts. Wenn sie nur der Zeit gedachte, während der das Leben solcher Mädchen wie sie im Schatten mißlauniger, gestrenger, bigotter Nonnen zugebracht wurde... Durften sie einmal monatlich einen Spaziergang machen, dann gingen sie, wie zusammengekettet, Hand in Hand, und das Volk sah ihnen mitleidig nach. Die Stadt erschien ihnen als ein Ungeheuer, die Straßen flößten ihnen Angst ein, die Omnibusse, die elektrischen Bahnen, die Lichtreklamen, alles schreckte sie, denn sie waren nicht selbstverständlich damit aufgewachsen, sie standen außerhalb, sie waren Abfall des Lebens.

Ihr Kind mußte es besser haben, und war das nicht möglich, dann sollte Gott, dieser furchtbare Gott der Nonnen, dieser Tag für Tag mit den schimmernden Rosenkränzen ausgepeitschte Gott, es zu sich nehmen.

Sá Lua sah sich heranwachsen, sah, wie sie vom Kind zum Mädchen wurde. Wie die Brüste wuchsen und sich rundeten und sie Angst bekam, die Nonnen könnten es merken. Wie die Pubertät einsetzte, quälend wie alles, was zum Dasein gehörte. Und es gipfelte in einem: in Angst vor allem und jedem. Entsetzen vor den ersten Haaren, die aus dem Körper sprossen, Entsetzen vor jedem natürlichen Phänomen, das so selbstverständlich für diejenigen ist, die ein Recht haben zu existieren.

Es kam der Tag, an dem sie Frau war. Es kam der Tag, an dem sie zu einem Haus ging. Es kam der Tag, an dem sie den ersten Mann traf, der sie belog. Es kam der Tag, an dem andere Männer ihren weißen Leib entdeckten, der im Lampenlicht bläuliche Schatten bekam wie der Mond. Das neue Leben nahm Besitz von ihr. Es war angenehmer als das vorausgegangene, vor allem zuerst. Sie erfuhr viele frohe Stunden und auch traurige. Was machte das schon aus? Sie lebte in vielen Städten, und immer waren die Männer hinter ihrem mondweißen Körper her. Ihr ursprünglicher Name geriet in Vergessenheit, er konnte Hermengarda gelautet haben oder auch Aparecida. Sá Lua klang hübscher und anziehender als irgendein bedeutsamer Name, den man dem Findelkind gegeben haben mochte.

Die Zeit verstrich, und die Städte wurden ihr zu eng. Sie hörte von den Diamantenwäschereien reden. Da reiste sie hin und blieb dort. Bald war sie in der einen, bald in der anderen, und ihr Körper begann die ersten Spuren von Ermüdung zu zeigen. Etwas mehr als drei Jahre ertrug sie die Tanzmusik in den Lokalen, die schwieligen Hände und den Atem, der nach Schnaps und gemeinem Tabak stank. Am schlimmsten jedoch waren die Gerüche der muskulösen Männerkörper: dieser Dunst von Schweiß und Erde.

Aber dann war der Leutnant gekommen.
Die Nacht legte sich über Sá Luas Augen.
Inzwischen arbeitete sich der Leutnant kräftig und unermüdlich flußabwärts. Es war keine Zeit zu verlieren. In vier Stunden würde der Morgen dämmern. Da hieß es nichts als rudern und auf die Signale achten, die Daniel von vorn gab.
Manchmal verursachte ein gestürzter und von der Strömung mitgerissener Baum das Geräusch einer Stromschnelle und veranlaßte sie, der nahen Gefahr auszuweichen. An den Ufern gab es immer wieder Tapire oder Wasserschweine, die furchtsam untertauchten.
Im übrigen verlief die Nacht ruhig, und die Reise ging ungestört weiter.
Der Leutnant gähnte ausgiebig, hob die Hand zum Gesicht und strich sich den harten Bart. Bei dieser Bewegung verschob sich die Gürteltasche, und er spürte, wie ihm das Diamantenpäckchen über den Rücken scheuerte. Ein Beben ging durch seinen Körper, und er fragte sich wiederum: Ob sie es schon entdeckt haben? Beruhigend redete er sich zu: »Der Raub als solcher belastet mein Gewissen nicht ...«
Doch eine Tatsache konnte er nicht leugnen, konnte nicht bestreiten, daß er Angst hatte; Angst, gefaßt zu werden, Angst vor der Strafe, die in der Mine jedem gewiß ist, der einen Raub begeht: der Tod. Angst, entdeckt zu werden. Angst, diese einzige, wenn auch verbrecherische Chance zu verlieren, die einzige Chance, die ihm das Leben je geboten hatte ... Polizeileutnant in einem Schürfungsgebiet zu sein, heißt Leben aufs Spiel setzen, das eigene und das der anderen. Und es heißt Urteile fällen. Aber all das hatte er satt. Zu bereuen hat er nichts. Was kümmert ihn der Preis eines Lebens mehr oder weniger? Kannten diese Leute Mitleid oder sonst ein menschliches Gefühl? Töteten sie nicht für zehn Cruzeiros? Mordeten sie nicht für ein Kilo Fleisch und manchmal sogar wegen eines dummen Witzes? Stritten sie nicht und brachten sich um wie wilde Tiere? Warum

sie also nicht behandeln wie wilde Tiere? Sie nicht kaltmachen, sie nicht züchtigen als die Rohlinge, die sie waren? Hatten sie etwa Achtung vor den Gesetzen des *garimpo*? Ließen sie etwa davon ab, Waffen zu tragen, wenn es verboten war? Warum also menschlich verfahren mit Gewissenlosen, die nur für den Augenblick lebten und denen alles andere völlig gleichgültig war?

Hatte man ihn vielleicht für dies Amt bestimmt, weil man ihn gern mochte? Nein. Er wurde ausgesucht, weil kein anderer besser dafür geeignet gewesen wäre. Er gehörte zu der Art Männer, die man als Draufgänger bezeichnet. Zu allem fähig. Brauchbar, um in alten und neuen Lagern für Ordnung und Sauberkeit zu sorgen und Übelstände auszutreiben. Er machte sich nichts vor, als er die Arbeit annahm, wußte, daß sie ihn nicht wegen großer Verdienste in diese Wildnis schickten. Sondern im Gegenteil, weil sie ihn los sein wollten, als einen Mann von gewalttätiger Veranlagung, der die alte Hauptstadt von Goiás mit Schrecken erfüllte. Sie gaben ihm ein Betätigungsfeld mit absoluter Machtvollkommenheit, denn sie wußten, es gab keine bessere Festung, ihn einzusperren. Übrigens war es niemandem unbekannt, daß die ganze Polizeimacht von Goiás und Mato Grosso in den abgelegenen Gegenden der Edelsteinsucher auf dieselbe Weise geschaffen worden war. Sie wählten die übelsten, rohesten Kerle aus und machten sie zu Hütern des Gesetzes. Die mußten dann, da sie das Recht zu vertreten hatten, ein gutes Beispiel geben und waren überdies in Uniform gekleidet, was ihrer Eitelkeit schmeichelte. Und so betrugen sie sich fast alle vorbildlich.

Daniel gab vom Bug Bescheid, er müsse das Boot nach rechts steuern. Aber die Gedanken des Leutnants wichen nicht von ihrer Richtung ab.

Zwei Jahre lang war er hier begraben gewesen. Er hatte die Übersicht verloren, wie oft er hinter Verbrechern her durch die Wildnis gehetzt war. Er wußte auch nicht mehr, wie viele Män-

ner er flußabwärts geschickt und mit dem Tode bedroht hatte, falls sie noch einmal den Fuß in sein Gebiet setzten. Erinnerte sich nicht, wie viele er »deportiert« hatte. Und was bedeutete deportieren? Das hieß nichts anderes, als den Unglücksmenschen mit vier Polizisten weit den Fluß hinunter zu schicken, damit sie ihm da, wo nur der Himmel und die endlosen Wälder Zeugen waren, eine Kugel ins Genick jagten. Danach wurde die Leiche in den Fluß geworfen, wo die roten Piranhas dafür sorgten, das Geheimnis bis in alle Ewigkeit zu bewahren.
Deshalb setzte er sein Leben gegen andere Leben. Das Recht, nicht nur der schnellere, sondern auch der am meisten gefürchtete zu sein, galt ihm als Gesetz. Wie viele Revolver hatte er allwöchentlich in der Polizeistation zerbrochen. Da nahm man einfach die Spitzhacke und schlug sie kaputt. Das Gesetz. Er war das Gesetz. Und trotzdem, seine Träume waren hart wie Stein. An den Hüften hatte er Schwielen, weil er immer mit dem Revolver und der Gürteltasche voller Munition in der Hängematte lag. Es war selten, daß Vertreter des Rechts ein gutes Ende nahmen. Polizisten fanden den gleichen Tod wie Verbrecher. Eine tückische Kugel aus dem Hinterhalt, dem Walde oder vom Fluß, konnte eines Tages sein Gehirn ausblasen oder sein Herz durchschlagen...
Wieder erhob sich die Frage in seinem Innern: »Haben sie es schon entdeckt?« Seine Gedanken machten einen Sprung zurück, und er sah den Diamantenaufkäufer vor sich, wie er sich auf der Terrasse in der Hängematte schaukelte. Schon von weitem hatte er die Gitarre und die angenehme Stimme des Sängers gehört. Als er sich dem Bordell von Jurema näherte, schwieg die Stimme, und die Finger ließen den letzten tiefen Akkord ausklingen. Der Aufkäufer hatte nichts als eine helle Pyjamahose an, die muskulöse, sonnverbrannte Brust war frei. Er legte die Gitarre auf den Boden und richtete sich in der Hängematte auf. Er sah den Leutnant an und lächelte. Das braune, lockige Haar paßte gut zu dem mongolischen Schnurrbart und dem Spitz-

bart. Die kleinen glänzenden Augen zeigten einen unverfrorenen Ausdruck, der gelegentlich ins Sanftmütige hinüberspielen konnte. Nicht die Augen waren das Befremdliche, sondern die hochgeschwungenen Brauen, die mephistophelisch spitz in die Stirn hinaufstiegen.

Das unverbindliche Lächeln verriet Verwegenheit und Mut. Er kam dem Gruß des Leutnants zuvor.

Der Leutnant näherte sich langsam. Er stieg zur Terrasse hinauf und setzte sich auf den angebotenen Stuhl. Es war schon dunkel, und aus den geöffneten Türen und Fenstern der Häuser drang der Schein der angezündeten Lampen. Bald würde das Nachtleben in der Siedlung anfangen. Bald würden die Lichter in den Lokalen angehen und die Saxophone Männer und Weiber zum Tanz herbeilocken.

»Schon gegessen, Leutnant?«

»Ja, danke. Bin eben fertig und mach grad eine kleine Runde.«

»Das ist gut. Das ist gut. Scheint, daß die Hitze jetzt abzieht.«

»Der Regen jedenfalls ist vorbei. Und es war auch Zeit. Wir haben Ende März. Er kommt erst Anfang Oktober wieder, oder ein bißchen später.«

»Schrecklich! Ich weiß nicht, wie Sie es aushalten, in dieser Wildnis zu leben! War einmal hier in der Regenzeit und wär fast verrückt geworden von der Nässe und den Moskitos.«

»Allmählich gewöhnt man sich dran, wird unempfindlich. Wie lang bleiben Sie?«

»Eine Woche, denke ich. Ist noch wenig los hier. Man sieht nichts. Viele haben kaum angefangen, keiner 'nen Treffer gemacht.«

»Ist noch zu früh. Es läuft ja erst an. Das Flußwasser ist sehr schmutzig. Die Sache kommt erst später in Schwung.«

»Klar. Später sind dann aber auch 'ne Menge Steinkäufer hier, und man hat's mit der Konkurrenz zu tun. Ich bin in der Hoffnung gekommen, es hätt schon ein Glückspilz 'nen guten Fund gemacht...«

»Vielleicht haben Sie noch Dusel.«
Der Leutnant machte Anstalten zu gehen, aber der Aufkäufer war beharrlich: »Ist noch früh, Leutnant. Warten Sie noch den Kaffee ab, der muß gleich kommen.«
Da setzte sich der Leutnant wieder. Der Aufkäufer wandte sich nach dem Inneren des Hauses um und rief: »He, Jujú, dauert der Kaffee noch lang? Bring zwei Tassen, wir haben hohen Besuch.«
Kurz danach erschien ein blondgebleichtes Hürchen in einem rosa Morgenrock, der vorn offenstand, so daß man ihre bleiche, sommersprossige Haut sehen konnte. Sie gab ein träges »Guten Abend« von sich und trug den Kaffee auf. Sie wartete, bis die Männer fertig waren, stellte die Tassen aufs Tablett, ließ sich eine Zigarette schenken, steckte sie zwischen die Lippen und blieb stehen, bis sie angezündet war. Dann verschwand sie wortlos im Inneren des Hauses.
Der Aufkäufer lachte, deutete mit einer Kopfbewegung auf die Frau und meinte: »Die spart sich ihre Kraft für die Nacht auf.«
Der Leutnant dachte an die anderen Frauen, die in den Zimmern ausruhten und warteten, daß die Zeit vorrückte. So hatte Sá Lua viele Jahre lang gelebt, viele Jahre. Wieder machte er Anstalten aufzustehen. Nochmals hielt ihn der Aufkäufer zurück.
»Gut, daß Sie hier aufgetaucht sind. Ich wollte noch was mit Ihnen besprechen und fand den Dreh nicht recht.«
»Worum handelt sich's? Irgendein Ärger?«
»Nein. Nichts dieser Art. Was ganz Simples. Hab gehört, Sie machen gern mal ein Spielchen. Hätten Sie nicht Lust zu einer Runde Poker oder Piff-Paff?«
Mit verschlagenem Blick beobachtete er den Mann, der vor ihm saß und noch unentschlossen war, ob er annehmen sollte oder nicht. Er kam nicht dazu, zu antworten, denn der Aufkäufer unterbrach ihn sofort:
»Hier finden wir keine anständigen Partner. Wissen Sie, in einer Diamantenwäscherei ... deshalb kam mir die Idee, Sie aufzufordern.«

Der Leutnant strich automatisch seinen Bart mit der Hand.
»Wir spielen mit ganz kleinen Einsätzen. Bloß zum Zeitvertreib. Es macht ein sehr netter Reisender mit und dann Senhor Anacleto, der Krankenpfleger, den Sie ja gut kennen, und ich ...«
Das war eine große Versuchung. Der Leutnant guckte sich den Mann an, der ihn so freundlich anlächelte. Er dachte: Was schadet schließlich ein Spielchen mit ehrlichen Leuten ...
Das Boot glitt dahin. Das Kreuz des Südens war beinahe umgedreht; bald würde es auf dem Kopf stehen; dann stellten seine Sterne das Kreuz Sankt Peters dar.
Ein Muhen kam von fern und erschreckte die beiden Männer. Sie mußten nahe an einem Anwesen sein. Sie horchten angestrengt, um die Gegend auszumachen. Das Muhen wiederholte sich.
Daniel wandte den Kopf und flüsterte leise: »Wir sind in der Nähe der Klippe von Pedra. Dann fehlen noch acht Meilen bis São Félix. In zwei Stunden wird's Tag.«
»Hm, wir könnten also morgen nacht an Santa Isabel vorbeikommen?«
»Ja. Wir wollen morgen unterhalb von Fontoura Rast machen.«
Sie schwiegen. Wenn es ihnen gelänge, ohne Zwischenfall an Santa Isabel vorbeizufahren, dann hätten sie nur noch einen Gefahrenpunkt vor sich: die Schlucht von Tapirapés. Dort beim Zusammenfluß des Rio Tapirapés mit dem Araguaia engen von beiden Seiten Berge das Flußtal ein, und der Abstand von Ufer zu Ufer beträgt keine dreißig Meter. War der Raub bekannt geworden, und es lauerte ihnen von jeder Seite ein Trupp Männer auf, dann gab es kein Entkommen. Und am schlimmsten war die Tatsache, daß sich die Tapirapés-Indianer, die bei dem Massaker der Caiapós mit dem Leben davongekommen waren, bei den Carajás oder Inans angesiedelt hatten und unter der Obhut des Indianerschutzdienstes standen; und diese Wilden

besaßen ein außerordentlich scharfes Gehör und konnten von einem Augenblick zum andern Alarm schlagen, wie das bei ihnen üblich war. Aber sie mußten es schaffen. Mußten durchkommen ...

»Passen Sie, Leutnant?« Der Aufkäufer lächelte gewinnend und zog die Augenbrauen hoch.

»Nein. Ich fange an.«

Sie spielten zu viert im Zimmer des Aufkäufers. Der hatte sich einen Tisch verschafft und eine Decke draufgelegt. Sie spielten bis ein Uhr früh, hörten auf, weil der Leutnant zeitig zum Dienst mußte. Als sie die Spielmarken zählten, stellte sich heraus, daß der Leutnant verloren hatte, aber der Aufkäufer lächelte nur.

»Machen Sie sich bloß keine Gedanken, Leutnant. Es war ein Vergnügen, mit Ihnen zu spielen. Sie brauchen ja nicht gleich zu bezahlen. Beim morgigen Spiel verrechnen wir's.«

»Morgen verrechnen wir's ... Morgen verrechnen wir's ...« Verfluchter Satz! Hätte er bloß in derselben Nacht bezahlt! Vor allem: Wäre er am nächsten Tag nicht wieder hingegangen!

»Morgen verrechnen wir's ... Morgen verrechnen wir's ...« Eine ganze Woche lang hörte er diesen Satz, immer von einem Lächeln begleitet. Aber am letzten Tag der Woche erklärte der Aufkäufer mit gespielter Verlegenheit beim Abschluß des Spiels:

»Schade, daß wir morgen nicht mehr miteinander spielen können!«

»Wieso?«

»Ich hab vor, morgen nachmittag mit Gregos Motorboot abzufahren. Will runter bis zum Marabá ...«

Der Leutnant fühlte einen Stich in der Brust. Seine Schulden machten eine große Summe aus, und ihre Ziffern schienen mit Feuer geschrieben. Woher das Geld nehmen, um sie zu begleichen? Und das waren Spiele mit kleinen Einsätzen gewesen! Kleine Einsätze ...!

Er sah dem Aufkäufer kalt in die Augen. Der lächelte.

»Lassen Sie sich keine grauen Haare wachsen wegen der Schulden. Morgen komm ich auf der Polizeistation vorbei, und dann sprechen wir darüber.«
Er gab dem Leutnant einen freundschaftlichen Klaps auf den breiten Rücken. Dann gähnte er, streckte die kräftigen Arme und dehnte die Brustmuskeln; wie an den anderen Abenden auch, hatte er kein Hemd an.

Zu Hause zog sich der Leutnant leise aus, aber Sá Lua war noch wach.
»Du kannst ruhig Licht machen.«
Er zündete ein Streichholz an, und die Flamme stieg in der Lampe hoch. Bedrückt sah er sich im Zimmer um. Zuletzt fiel sein Blick auf den hohen Leib der schwangeren Frau unter dem Leintuch.
»Ist was passiert?«
Er brummte nur. Sá Lua war an solche Krisen der Stummheit gewöhnt; sie bestand nicht darauf, den Grund seiner Mißstimmung zu erfahren. Sie drehte sich auf die Seite und schloß still die Augen.
Der Leutnant zündete eine Zigarette an und legte sich hin. Er konnte nicht einschlafen. Er versuchte, die Augen zuzumachen, aber die feurigen Ziffern blitzten ihn an wie Leuchtreklamen. Vorwurfsvoll huschten sie immer wieder an ihm vorbei. Er konnte nicht schlafen.
Der Morgen fand ihn mit offenen Augen und den Boden übersät von Zigarettenkippen.
Um acht Uhr ging er zur Polizeistation. Seine Augen waren gerötet, und zwischen seinen Fingern stand kalter Schweiß. Nichts Ungewöhnliches war in dieser Nacht vorgefallen. Kein Streit, keine Schießerei. Alles friedlich. Aber ihm war zumute wie einem Verbrecher, den ernste Folgen erwarteten. Was wollte der Aufkäufer von ihm? Er erinnerte sich, wie scharf er das Spiel beobachtet hatte, das ihm durchaus ehrlich vorgekommen war.

Es konnte kein Schwindel dabei gewesen sein. Er hatte einfach scheußliches Pech gehabt. Er hatte nie Glück. Seine Karten kamen nicht dran, und wenn er einmal richtig lag, gab es gleich jemanden, der ein besseres Blatt hatte.
Er konnte nur eines tun: den Besuch des Aufkäufers abwarten und sehen, was der entscheiden würde. Irgend etwas erweckte in ihm den Verdacht, der andere würde mit einem hinterhältigen Vorschlag kommen. Aber er wollte mit seinem Urteil nicht vorgreifen.
Punkt zehn Uhr erschien der Aufkäufer. Er trug eine cremefarbene Hose mit untadeliger Bügelfalte und ein hellblaues Sporthemd mit einem Tuch im Ausschnitt. Der gepflegte Bart war zurechtgestutzt. Die immer etwas krausen Haare glänzten.
Er lachte, grüßte den Leutnant mit einem Kopfnicken und ließ sich dicht beim Schreibtisch nieder. Der Leutnant rief den Wachtposten und befahl, vorläufig niemanden vorzulassen. Er verschloß die Tür und setzte sich an den Schreibtisch, seinem Widersacher gegenüber. Der Aufkäufer zog mit der größten Natürlichkeit ein Zigarettenetui aus der Tasche, bot dem Leutnant an und nahm sich selbst eine Zigarette. Seine Augen wirkten noch tückischer als sonst. Die rechte Braue hatte sich kühn nach oben gezogen, während die andere, linke, unverrückt geblieben war.
Plötzlich sagte er: »Können wir reden?«
»Selbstverständlich.«
»Wollen Sie mir einen Gefallen tun? Ja? Haben Sie Papier und Bleistift zur Hand? Notieren Sie bitte.«
Er diktierte langsam, und der Leutnant schrieb: »Mauro Duarte. Hotel Avenida. Belém do Pará.«
»Zeigen Sie her.« Er las das Papier und nickte mit dem Kopf.
»Richtig. Wissen Sie, was das bedeutet? Nein? Nun, dann will ich es Ihnen erklären.« Er kam mit dem Körper näher an den Schreibtisch heran. »Mein lieber Leutnant, ich gestehe, ich hasse langwierige Unternehmungen. Ich ziehe mühelose Geschäfte

vor. Und im allgemeinen gelingen sie mir auch, entweder weil ich Glück habe oder weil die andern ausgesprochenes Pech haben. Manchmal riskiere ich 'ne ganze Menge. Aber das reizt mich, denn das Gefühl der Gefahr ist auch eine Art Spiel!«
Dem Leutnant ging langsam auf, daß dies nichts anderes war als eine psychologische Vorbereitung. Aber worauf wollte dieser Mann hinaus, der so betont bedächtig daherredete?
»Leutnant, ich kaufe Edelsteine. Diamanten, sogar kleine Splitter. Ich kaufe alles und auf vielerlei Art. Das ist kein Geheimnis. Aber ich will jetzt nicht über mich sprechen. Augenblicklich geht es um Sie. Sie haben gespielt. Verloren. Sie haben Schulden bei mir und kein Geld, sie zu bezahlen. Stimmt's?«
»Ja.«
»Und Spielschulden sind eine ernsthafte Sache, nicht?«
Ehe der Angesprochene antworten konnte, fuhr er fort: »Sie können mir das Geld nicht geben. Wie sollte es auch anders sein bei dem jämmerlichen Gehalt eines Polizeileutnants? Das ist kein Leben. Da gibt es schon Besseres. Zum Beispiel...«
Der Leutnant fixierte ihn.
»Zum Beispiel?«
»Ganz einfach. Ich komm schon zur Sache: Sie kriegen immer wieder gestohlene Diamanten in die Finger. Sie können's nicht abstreiten, denn ich weiß genau Bescheid. In allen Edelsteinlagern werden gestohlene Diamanten von der Polizei aufbewahrt, und bis zum Abschluß der Untersuchungen bleibt das Ding im Tresor der Polizeistation eingeschlossen. Stimmt's oder nicht?«
Der Leutnant nickte.
»Na gut. Wir wollen die Spielschuld vergessen... wenn... wenn... Sie oder sonstwer, der so einen Diamanten hat, sich einen Ruck gibt und damit zu mir nach Belém do Pará kommt. Ich bezahle gut, und Sie können dadurch aus diesem Hundeleben rauskommen. Unabhängig werden von dem Almosen, das Sie als Polizeihenker kriegen. Sie sind jung und sympathisch.

Man kann als Mann doch nicht sein Leben lang in so einem Misthaufen herumrollen!«
Der Leutnant stand langsam auf und stützte die Hände auf den Schreibtisch. »Sie legen mir nahe, einen Diebstahl zu begehen?«
»Wenn Sie meinen, daß man das so nennen soll.«
»Wenden Sie solche ehrlosen Methoden in allen Diamantenminen an?«
»Ehrlos ist ein grober Ausdruck. Ich mache alles. Einschließlich Typen aussuchen, die ich brauchen kann, wie in Ihrem Fall.«
»Sie sind ein Gangster! Haben Sie vergessen, daß ich hier Autorität bin und Sie hinter Gitter bringen kann?«
»Das würden Sie wohl kaum tun!«
Der Leutnant griff nach dem Papier mit der Adresse.
»Sie haben dies hier vergessen. Das ist ein Beweis gegen ...«
»Gar nichts beweist das, denn das haben Sie geschrieben. Sie können ja alles erfunden haben! Seien Sie doch kein Kindskopf! Wenn Sie mich verhaften, dann bringe ich Zeugen, daß Sie mich festgehalten haben, weil Sie Ihre Spielschuld nicht zahlen können. Idiot!«
Zum erstenmal verlor der Aufkäufer die Ruhe.
»Sie sind in meiner Hand. Und wenn ich so deutlich werde, ist's, weil keine Zeugen dabei sind. Sie haben es selbst so gewollt. Sie waren es, der dem Wachtposten gesagt hat, er solle niemanden vorlassen, und der diese Tür zugeschlossen hat; nicht ich habe das getan.«
Er stand auf und wanderte mit den Händen in den Hosentaschen durchs Zimmer. Er ging zurück und sah dem Leutnant ins Gesicht. Der saß völlig vernichtet da.
»Seien Sie doch nicht kindisch, Leutnant! Sie müssen mehr Mumm haben! Ich zwing Sie ja gar nicht, Ihre Schulden zu bezahlen. Nicht im mindesten. Ich hab Ihnen ein Geschäft vorgeschlagen, und wenn Sie drauf eingehen, kann das Ihr Leben

erheblich verbessern. Es ist ein bißchen gewagt. Ein harter Brocken sogar, bis Belém do Pará durchzukommen. Aber die riskanten Sachen sind die Würze des Lebens! Nutzen Sie die Chance aus, die ich Ihnen biete, und wenn nicht, dann verfaulen Sie in dieser Hitze, diesem Regen, dieser Hölle von Moskitos. Spielen Sie weiter den braven Mann, um Ihr Leben lang Menschen wie Vieh totschlagen zu lassen. So ... Verfaulen Sie nur! Also – Die Adresse ist hier. Ich hab nichts mehr zu sagen. Adieu ...« Er öffnete die Tür und ging kaltblütig davon.

Die Adresse lag dort auf dem Schreibtisch. Mauro Duarte – Hotel Avenida – Belém do Pará ... Einen Monat war das alles her, und nun ...

»Es fängt an, hell zu werden. Wir müssen uns wieder verstekken.«

Der Leutnant sah Daniel an und antwortete mit einem Kopfnicken. Sie lenkten das Boot auf die Seite von Mato Grosso, drangen in eine seitliche Abzweigung ein und suchten sich einen möglichst verborgenen Strand.

Sá Lua wachte mit allen Zeichen der Erschöpfung auf. Sie war blaß, und auf ihrer Stirn stand kalter Schweiß.

Sie sah den Leutnant an, und ihre Augen füllten sich mit Tränen. Ihre Stimme kam zögernd: »Ich schaff's nicht mehr über den heutigen Tag ...«

Schnapsflasche

Von nun an würde der Wasserstand des Flusses von Tag zu Tag sinken. Die Regenzeit war endgültig vorbei. Überall am Araguaia tauchten die weißen Strände aus der Flut. Anfangs waren sie noch schlammig, aber während der Fluß immer mehr zurückwich, bleichten sie unter der feurigen Sonne, bis sie so weiß wurden wie das Gefieder der Reiher.

Kanaú dachte an all das und fürchtete, der Nordost könne jeden Augenblick lostoben. Bisher gab es kein Anzeichen dafür, daß das andere Boot schon durchgefahren war. Iroá hielt nachts Wache und schlief am gegenüberliegenden Strand, auf der anderen Seite des Flusses. Es mußte etwas sehr Schwerwiegendes geschehen sein. Es gab keine Möglichkeit, die Reise in dieser Gegend abzubrechen. Der einzige Ausgang, die einzige Durchfahrt war hier. Niemand würde es wagen, die Insel Bananal zu Fuß zu durchqueren und sich durch Tausende von Kilometern wilden Urwalds zu schlagen, um eine zivilisierte Stadt in Goiás zu erreichen. Das ginge über Menschenkraft. Auf der Insel Bananal und beim Durchfluß des Javaé saß der Indianerstamm gleichen Namens, der noch sehr primitiv war und voller Rachedurst wegen der Schäden, die die Jäger in seinem Bereich angerichtet hatten. Und auf der Seite von Goiás, jenseits der Insel, war das Land noch überschwemmt und würde erst in Monaten trocken sein. Außerdem wurde es von den Canoeiro-Indianern bewohnt, die sich verborgen hielten wie der Tod und die keinen Weißen verschonten.

Auf der Seite von Mato Grosso wurde die Gefahr immer größer. Wer hätte es je gewagt, durch die Gegenden am Rio das Mortes und am Roncador-Gebirge zu ziehen? Zwar zeigten die Xavantes die ersten Spuren von Befriedung, aber man konnte sich keineswegs darauf verlassen. Ohne jeglichen Anlaß erschossen sie den Bewohnern von São Félix ihr Vieh und ihre Pferde, und deshalb herrschte dort ständige Angst vor den wilden Nachbarn. Die Blutbäder, die diese Indianer immer wieder anrichteten, waren furchtbar. Es waren nur die Stammesangehörigen aus der Gegend von São Domingos, die manchmal, scheu und wild zugleich, beim Indianerschutzdienst auftauchten; und dieser Ort liegt viele hundert Kilometer vom Araguaia entfernt. Außerdem war allgemein bekannt, daß es eine sehr große Zahl von Xavantes gab, die wie die meisten Indianer auf viele Ansiedlungen verteilt lebten. Ihre Dörfer erstreckten sich vom Roncador-Gebirge bis in die Nähe des Rio Tapirapés. Die Xavantes hatten den Beinamen »Feldläufer«, weil sie die Wildnis auf der Suche nach jagdbarer Beute in allen Richtungen durchkämmten und überall Lagerplätze errichteten. Ihr Gebiet war arm und brachte trotz seiner Größe nur geringe Erträge. Wer also konnte erwarten, mit dem Leben davonzukommen, wenn er sich auf eine kaum durchführbare höllische Reise in solchen Gebieten und über Tausende von Kilometern hin einließ? Und sollten die Flüchtigen es wirklich fertigbringen, diese Strecke zurückzulegen, so würden sie in Mato Grosso auf mehrere Städte und *garimpos* stoßen. Die Nachricht von dem Diamantenraub war aber in jenem Staat viel leichter zu verbreiten als anderswo.

Es konnte ohne jeden Zweifel nur einen Fluchtweg für sie geben, nämlich den über den Araguaia bis zum Staat Pará.

Kanaú steuerte sein Boot zum anderen Flußufer. Je näher er ihm kam, desto sauberer und kristallklarer wurde das Wasser, denn es entstammte den Fluten des Rio das Mortes. Man sah den Unterschied deutlich. Der lehmigschmutzige Araguaia war in der Mitte wie abgegrenzt, und dort begann dann das Wasser des anderen Flusses, das in vollkommener Reinheit dahinfloß. Wilde Enten begannen schnatternd zu schelten, verließen die

schlammigen Tümpel, die allmählich austrockneten und zu festem Boden wurden, und flogen davon. Kanaú zog das Boot ans Ufer und schleifte es über den weißen Sand, der leise unter seinen Füßen knirschte. Dabei ging er am Wasser entlang und sah hin und wieder Feuerrochen, die vom seichten Uferrand flohen und in der Tiefe des Flusses verschwanden.
Er hörte den Lärm der Axt, mit der Iroá das Holz bearbeitete, näherte sich und sah den Freund, wie er sich nackt über den riesigen Stamm eines Landibaums beugte, dem er die Konturen eines Bootes einhieb.
Seine Augen nahmen das Bild auf, eines von denen, die ihm die Stadt niemals würde bieten können. Es schien sich aus nur fünf Farben zusammenzusetzen: dem ungewöhnlich reinen Blau des Himmels, dem Weiß des Strandes, der sich nun, da die Regenzeit vorüber war, weithin zu breiten begann, dem Braun von Iroás sonnverbranntem Körper und dem Rot des Holzes, das da bloßgelegt wurde. Dazu kam im Hintergrund das leuchtende Grün des Urwalds, der bis fernhin den Fluß säumte.
Er trat näher heran und grüßte auf Inanweise: »Iro-kú!«
Iroá ließ die Axt los, stand auf und drehte sich nach der Stelle um, von der der Anruf gekommen war. Er lachte hellauf und antwortete liebevoll: »Kanaú-kú!«
Sie setzten sich in die Nähe des Bootes.
»Das wird aber groß!«
»Ja, Kan.«
Etwas gedrückt fragte er den Inan: »Immer noch nichts?«
»Nein, nichts.«
Er wies auf ein Schutzdach aus Palmblättern: »Da schlafe ich, ganz dicht am Wasser. Was auf dem Fluß vorgeht, sehe ich von dort aus.«
Iroá wollte schon nach der Axt greifen, um die Arbeit aufzunehmen, aber er ließ sie wieder in den Sand fallen: »Tun sie schon was für das Fest?«
»Ja, sicher. Das wird morgen eine große Sache. Valentin hat ein

Loch graben lassen, sie wollen einen Ochsen am Spieß braten. Im Dorf sind alle Frauen dabei, *kalugi* zu brauen und Sagokuchen, Kartoffeln und Maniok zu backen. Heute abend kommen Inans von Fontoura und Mato Verde...«

Ein Gedanke durchfuhr Kanaú: Die Inans mußten Tag und Nacht reisen, denn sie brauchten vierundzwanzig Stunden, um den Fluß heraufzurudern. Deshalb waren die im zweiten Boot, wenn sie stromabwärts kamen, gezwungen, in ihrem Versteck zu bleiben, um der Gefahr zu entgehen, daß man sie sichtete. Die Inans würden schon was zu erzählen haben. Es war gar nicht nötig, sie zu fragen, denn Indianer sind immer drauf aus, Neuigkeiten mitzuteilen; sie würden alles berichten.

Er sah Iroá an.

»Möchtest du, daß ich hierbleibe, damit du zum Fest gehen und mitkämpfen kannst?«

»Nein, nein, Kan. Du bist kräftiger als ich. Curiala hat dich gebeten, mitzukämpfen. Wenn du es nicht tust, ist das ganze Dorf traurig. Die Gruppe, die von unten kommt, ist sehr stark.«

»Du hast recht. Ich will jetzt nach São Félix.«

»Weshalb?«

»Zwei Flaschen Schnaps kaufen.«

»Kan, willst du wirklich tun, was du mir erzählt hast?«

Iroá sah besorgt aus, und das Lächeln, das er sonst immer auf den Lippen trug, wenn er mit Kanaú zusammen war, hatte sich verflüchtigt.

»Ja, Iroá. Ich kann nicht mehr hier leben. Verstehst du mich...«

In Kanaús Augen lag ein solches Flehen, daß Iroá die seinen abwandte.

Er wurde betrübt, wenn Kanaú traurig war. Er litt, wenn der Freund abreiste, und quälte sich, wenn er zurückkam, denn er wußte, er konnte ihn jeden Augenblick wieder verlieren. Kanaú war nicht für dieses Leben geschaffen. Das hatte Iroá begriffen. Er selber war dafür gewesen, daß Kanaú in die Stadt ging. Aber

diesmal hatte er Angst, große Angst. Er konnte nicht an sich halten und erklärte:
»Kan, wenn ich jetzt was sage, dann ist's, weil ich dich lieber hab als meinen eigenen Bruder. Aber: Wenn dieser Plan nicht gelingt? Wenn sie dich festnehmen ...?«
»Keine Gefahr! Wenn es geht, wie ich's mir ausgedacht hab, dann werden wir reich. Und dazu kommt: Für die bin ich Indianer, und Indianer stehen unter dem Schutz der Regierung. Wir gelten als Kinder. Du wirst sehen, es geht nichts schief.«
Iroá dachte niedergeschlagen: Er reich? Wozu? Indianer werden nicht reich. Reichtum ist nur für die Weißen, die *torís.* Und was nützt es auch, reich zu sein? Er konnte nicht aus dem Dorf heraus. Wollte auch kein anderes Leben als das am Fluß, wollte fischen und in Mondnächten den *aruanã* tanzen. Wie schade, daß Kanaú nicht ebenso dachte und fühlte! Aber dann erinnerte er sich der Perioden von Trübsinn und Schweigsamkeit, die Kanaú immer befielen, wenn er längere Zeit in Raumaló-Dessé geblieben war.
»Wollen wir hoffen, es passiert wirklich nichts.«
»Ich geh jetzt.«
»Warum nimmst du nicht das Boot?«
»Ich hab keinen Staken bei mir, und mit dem Ruder ist es sehr anstrengend. Da geh ich lieber zu Fuß.«
»Hast du deinen Karabiner nicht mit?«
»Nein. Nur das.« Und er zeigte auf das Messer, das im Gürtel steckte.
»Dann sei vorsichtig. Es sind Xavantes hier in der Gegend gewesen. Jetzt ist ihre Jagdzeit.«
»Vor Xavantes hab ich keine Angst mehr, Iro.«
»Stimmt, wenn sie hier an den Fluß kommen, tun sie einem nichts, aber in ihrem Gebiet ...«
»Mir sind die Xavantes noch lieber als die Caiapós ...«
»Du bist verrückt!«
»*Arakre,* Iro. Ich komm wieder zurück, um das Boot zu holen.«

Er ging eilig davon. Iroá schaute dem Freund noch ein Weilchen nach. Er sah, daß er im Gehen ein Hemd überstreifte, das er bis dahin in der Hand getragen hatte. Er fing wieder an, das Holz zu bearbeiten, und verscheuchte die Gedanken, die ihn beunruhigten. Sein reines, wildes Herz schwang in jedem Hieb, den er voller Liebe zu seinem Werk ausführte.

Kanaú verließ den Strand und suchte den Weg, den die Weißen benutzten. In Richtung São Félix gab es einen Weg neben dem anderen. Dieser hier führte zum Grundstück von Raimundo Morais und war ein Pferdesteig. Die Weißen hatten schon vor Jahren mit großem Mut eine Reihe von Anwesen aufgebaut, die bis zu sechs Meilen von São Félix entfernt lagen. Weiter drangen sie nicht vor, wegen der Xavantes. Im vergangenen Jahr hatten die Xavantes nicht nur den Hof von Raimundo Morais überfallen, sondern auch das Anwesen von João Irineu. Sie lagerten auf dem Hofplatz und eigneten sich alles an, was ihnen in die Hände fiel. Messer, Beile, Töpfe, Kleidung. Obwohl die Xavantes Kleidung verachteten, hatten sie die Manie, gerade das mitzunehmen. Manchmal sah man, wie sie Decken und Hemden forttrugen und sie in einiger Entfernung wieder wegwarfen; oder sie rissen die Gewebe in Streifen und fertigten daraus Armbänder und Verzierungen. Die Bewohner, vor allem die Frauen, empfanden wahres Grauen und versteckten sich in den Hütten, wenn sie die bronzefarbenen, völlig nackten Männer erblickten. Aber die Xavantes hatten in der letzten Zeit keine feindseligen Absichten gezeigt, denn sie waren unbewaffnet erschienen. Erst als sie sich wieder in den Urwald zurückzogen, hatten sie plötzlich, man wußte nicht recht, ob aus Bosheit oder weil es ihnen Spaß machte, Pfeile auf Ochsen und Pferde abgeschossen.
An all das dachte Kanaú, während er dahinschritt. Er hatte, barfüßig, wie er war, mehr als eine Meile zurückzulegen, aber das machte ihm richtiges Vergnügen. Welch ein Genuß, so durch den Urwald zu gehen, die Garirobapalmen zu sehen und die

Muricipflanzen, und all die Tiere, die Waldtauben, die schwerfällig und furchtsam aufflogen, und die Tukane, die aus den Baumkronen verächtlich auf ihn herabblickten. Dann wieder war ein Stück Wegs überschwemmt; rosa und weiße Reiher und Enten hoben mit zornigen Schreien vom Boden ab...

Er bog in einen Pfad, der die Strecke zum Hügel von São Félix abkürzte. In diesem Augenblick war er mehr Indianer als Weißer. Von Kind an hatte man ihn daran gewöhnt, sich Weg und Steg zu merken. Er könnte ein ganzes Leben lang in der Stadt sein, und wenn er zurückkehrte, würde er alles zu finden wissen, die Wasser des Flusses wiedererkennen, als sei er niemals fort gewesen. Er stutzte. Bückte sich vorsichtig mit verhaltenem Atem. Er hob das abgebrochene Stück eines Pfeils auf. Kam wieder hoch und lachte. Hier waren Xavantes durchgezogen. Iro hatte recht. Mit gespannter Aufmerksamkeit sah er um sich und entdeckte eine Menge Fußspuren von Indianern. Und sie stammten nicht von Inans, denn die Inans hatten besonders kleine Füße. Er lachte wieder. Jeder Weiße, der das sähe, würde sofort davonrennen und völlig außer Atem in São Félix ankommen. Aber da gab es nichts zu fürchten, die Spuren waren alt.

Er bestieg den Hügel von São Félix und betrachtete die Landschaft. Hinten in der Bucht lag das Dorf Santa Isabel oder Raumaló-Dessé, wie es die Indianer nannten. So aus der Ferne gesehen, wirkte die Böschung, auf deren Höhe es errichtet war und wo auch die Schutzdienststation stand, ausgesprochen rötlich. Die Hütten der Inans hoben sich deutlich hervor und erweckten den Eindruck, als schwebten sie im Raum. Da war auch der große Baum, den er als Kind schon gekannt hatte.

Er wandte den Blick São Félix zu. Die Ortschaft wurde trotz der ständigen Bedrohung durch die Xavantes immer größer... Da, wo die Höfe sich dichter reihten, entstanden schon einige Straßen.

Sein Blick schweifte weiter hinaus, und er sah den Araguaia, der jetzt, da die Regenzeit vorbei war und die lehmigen Wasser sich verlaufen hatten, immer heller wurde. Der unendlich weite, kurvenreiche Fluß mit den vielen Stränden, die an all seinen Biegungen aus den Fluten tauchten, hob sich licht von dem üppigen Grün des Waldes ab, aus dem feuchte Modergerüche emporstiegen.

Er betrat Laureanos Laden. Laureano tat, als wäre der Teufel ins Haus gefahren.
»Du hier, verflixter Indio?«
Kanaú lachte. »Hm, bin zurück.«
Laureano gab ihm die Hand. »Seit wann?«
»Seit gestern.«
»Bist die Stadt leid, he, du Scheusal? Jetzt läufst du wieder nakkend und tanzt den *aruanã* mit...«
Kanaú lachte wieder. »Weiß nicht.«
Laureano versetzte ihm einen Schlag auf den Rücken. »Dieser Teufelskerl kommt und kommt nicht in die Reihe. Da lebt er nun in der Stadt, und wenn er zurück ist, hat er sich kein bißchen geändert: ist immer noch derselbe Indianer.«
Bento, der die Unterhaltung mit angehört hatte und näher gekommen war, um dem Mestizen die Hand zu geben, sagte: »Er will doch kein Indianer sein. Kann sich ja nicht entschließen, die Kreise unter den Augen einzuritzen!«
Kanaú sah ihn freundlich an: »Jetzt hast du dich aber geirrt. Diesmal habe ich fest vor, den *omarira* zu machen.«
Er sah sich die anderen Leute an, die herumstanden, und wandte seine Aufmerksamkeit dann wieder Laureano zu.
Pfeile, Keulen, verzierte Bogen, Tonfiguren, Kopfbedeckungen, Speere, Gefäße, Armbänder und andere Erzeugnisse der Inans lagen auf dem Boden, auf den Borden und sogar auf dem Ladentisch selbst. Kanaú zeigte auf all das und fragte anzüglich: »Immer noch dabei, die Leute übers Ohr zu hauen, Laureano?«
»Übers Ohr hauen? Nein! Deine Brüder bringen mir das wertlo-

se Zeug und kriegen Stoffe dafür, damit sie was anzuziehen haben. Das alles ist nichts als Schund. Gar nicht zu verkaufen ... Das weißt du.«

Aber Kanaú wußte das Gegenteil. Daß in Goiânia, im Carajá-Haus, jedes dieser Püppchen sogar fünfzig Cruzeiros kostete. Jeder Bogen brachte bis zu zweihundert Cruzeiros. Und in Rio, in Copacabana, hatte er einmal ein Carajáboot mit drei Insassen zum Preis von vierhundert Cruzeiros, allerdings alter Cruzeiros, gesehen. Dagegen bezahlten sie hier bloß drei Cruzeiros für die Figürchen ... Aber er wollte keinen Streit. Deshalb war er nicht hergekommen.

»Laureano, ich möchte was kaufen.«

»Dann sag, was.«

»Gut. Ich will zwei Flaschen *pinga* haben.«

»*Pinga?!!!*«

Laureano raufte sich die fast schon weißen Haare. »Hast du *pinga* gesagt?«

»Oho. Wenn du das nicht hören magst, kann ich ja auch *cachaça* sagen.«

Dieser Handel gefiel Laureano ganz und gar nicht. Einem Indianer Schnaps verkaufen? Das war ein Verbrechen. Es stand in den Vorschriften des Indianerschutzdienstes, daß das nicht erlaubt war. Und darüber hinaus hatte der Schutzdienst eine Bekanntmachung verteilt, in der die Übertreter dieses Gesetzes mit schweren Strafen bedroht wurden. Alle wußten, daß Kanaú einen weißen Vater hatte, aber vor dem Gesetz galt er als Indianer.

»Du weißt genau, ich darf dir keinen *cachaça* verkaufen.«

»Er ist ja auch nicht für mich. Ich mag gar keinen Schnaps.«

»Hat Valentin dich hergeschickt?«

»Nein. Ein anderer Freund von dir.«

Er legte eine Pause ein, um sich an Laureanos Erwartung zu weiden. »Camura.«

»Camura!?« Der Kaufmann machte große Augen. »Er ist hier?«

»Ist mit mir von Leopoldina gekommen.«
»Warum habt ihr nicht in São Félix angehalten?«
»Er hatte Eile, anzukommen.«
»Ist er da, um bei Valentin den Indianertag mitzufeiern?«
Gute Ausrede! Daran hatte er noch gar nicht gedacht! »Das ist wohl anzunehmen.«
Laureano ging zum Bord und kam mit zwei Flaschen zurück. Kanaú steckte die Hand in die Tasche und zog Geld heraus, um zu bezahlen.
»Was macht das?«
»Nichts. Sag Camura, das ist ein Geschenk von einem alten Freund.«
Furcht befiel den Indianer. Wie, wenn Laureano sich entschließen würde, nach Santa Isabel zu kommen? Er könnte dann feststellen, daß Camura ihn nicht geschickt hatte. Aber das würde sich schon lösen lassen: Nämlich, daß Camura den Schnaps nicht selbst bestellt hatte; denn wenn Camura Laureano beim Besuch dafür danken sollte, so würde er dann sagen, daß er ihn unter seinem Namen habe kaufen müssen, um ihn dem Kommissar schenken zu können, weil er wußte, daß der Schutzdienst ihm den Kauf von Alkohol verbot.
Ja, so war es am besten. Er brauchte keine Angst zu haben. Um aber ganz sicherzugehen, fragte er: »Warum besuchst du ihn nicht?«
»So gern ich auch möchte, in diesen drei Tagen kann ich es nicht tun. Ich will dir zeigen, weshalb. Laß die Flaschen hier. Wenn wir zurückkommen, nimmst du sie mit.«
Laureano kam um den Ladentisch herum und ging in Kanaús Begleitung hinaus.
»São Félix wird jeden Tag größer.«
»Aber irgendwann werden die Leute es aufgeben. Die Xavantes sind in der Nähe. Voriges Jahr haben sie die ganzen Pflanzungen abgeerntet. Das war schlimm. Dieses Jahr kommen sie bestimmt wieder her. Wenn die Regierung nicht bald was tut, um uns zu

helfen, holen die Xavantes alles weg: Kleidung, Messer, Beile und vor allem Nahrungsmittel. Wir wollen aber nicht verhungern und ebensowenig für die Indianer das Land bestellen; also gibt's nur eines: weggehen.«

Laureanos Stimme klang traurig. Das war zu verstehen, denn er gehörte zu den Gründern von São Félix. Hier war sein Haar gebleicht, hier hatte er seine Kraft verbraucht, hatte viele Hemden verschlissen und die Erde mit seinem Schweiß getränkt. Seine Hände waren schwielig geworden beim Urbarmachen des Landes und beim Bauen des Hauses. Und als alles fertig war, kamen die Indianer...

Kanaú machte sich seine Gedanken darüber, doch kam er zu dem Schluß, daß ja die Weißen alles im eigenen Interesse getan hatten. Wenn man ehrlich war, konnte man die Rechte der Indianer nicht abstreiten. Das ganze Gebiet hatte den Xavantes gehört. Was fiel den Weißen ein, sich auf Land anzusiedeln, das nicht ihres war? Doch gab es jetzt wohl keine andere Lösung mehr als das Errichten einer Polizeiwache, denn São Félix war in hoffnungsvollem Fortschritt begriffen, und es wäre ein Jammer, die Ortschaft dem Verfall preiszugeben. Dem gleichen Verfall, der gleichen Armut, den gleichen Symptomen der Auszehrung, die all den kleinen Nestern gemeinsam waren, die sich in den Wassern des Araguaia spiegelten...

Sie gingen zum Hafen. Da badete mit viel Lärm eine Schar nackter Kinder. Da hockten Frauen mit hochgeschlagenen Rökken, die sie zwischen die Schenkel geklemmt hatten, und wuschen Wäsche. Das eine und andere Inanboot kam herangerudert.

Laureano zeigte auf die Boote. »Du sagst, ich nutze sie aus, aber die sind es, die mich unablässig plagen mit Bogen, Pfeilen und vielem mehr. Und das den ganzen Tag. Diese Carajás sind Quälgeister...«

»Ich hab nur Spaß gemacht.«

»Nun sollst du was an meinem Landeplatz sehen.«

Da waren eine Menge Boote festgemacht.
»Weißt du, was das heißt?«
»Ein Jagdunternehmen.«
»Ja. Morgen fange ich mit der Ausrüstung dieser Boote an. Ich suche noch Jäger.« Er blickte Kanaú fest an. »Könnte dich das nicht locken?«
Aber der Indio begegnete ihm mit einem entschiedenen Lächeln.
»Ich hab mir eine automatische Waffe mitgebracht, die besonders geeignet fürs Jagen ist. Aber ich tu's nicht. Camura hat mich angestellt. Außerdem mag ich diese Art Jagd nicht.«
Welche Jagd konnte die ausstechen, auf der er war? Selbst wenn seine Pläne fehlschlugen, blieb ihm noch die Garantie der fünfundzwanzigtausend Cruzeiros, die Camura ihm zugesagt hatte. Und falls sie das zweite Boot nicht zu fassen bekämen, würde ihm der Kommissar mindestens die Arbeitstage bezahlen. Aber er wollte alles aufs Spiel setzen, um die größte Jagdbeute der Welt zu machen. Eine Sache, die jeden Verdienst weit hinter sich ließ, den gewöhnliche Jagdzüge ihm verschaffen konnten...
»Meine Mannschaft will den Rio das Mortes rauf, um da zu jagen...«
Kanaú glaubte nichts davon. Sie mochten die Xavantes nicht in der Nähe und die Xavantes sie noch weniger. Die Jäger würden bis zum Einbruch der Nacht warten, den Fluß überqueren und in die Insel Bananal einfallen. Verbotene Region – fast immer mißachtet. Während der Trockenzeit war das Jagdgebiet groß. Das Wildschwein würde sich tüchtig vermehrt haben, und auf der anderen Seite, im Javaé, gab es mehr Krokodile, Ottern und Schildkröten, weil die Wildnis sie hier besser schützte. Aber er äußerte sich nicht darüber.
»Willst du nicht doch zugreifen, Kanaú?«
»Nein. Ich kann nicht.«
»Warum bloß kein Carajá bereit ist, mit uns auf Jagd zu gehen?«

»Die Inans werden allmählich schlau. Sie haben gehört, daß der Schutzdienst vorhat, sie zusammenzuschließen. Wenn ihr dann einen Inan auf die Jagd mitnehmen wollt, müßt ihr vorher einen Vertrag aufsetzen und ihm seinen Verdienst garantieren. Daß ihr zum Schluß ein Moskitonetz gebt, ein Messer und anderes Zeug, interessiert einen Carajá heute nicht mehr.«
»Hast du ihnen das eingeredet, Kanaú?«
»Ich versuch schon seit langem, ihnen die Augen zu öffnen. Das ist unser Recht, Laureano.«
Laureano erwiderte nichts. Sie standen sich gegenüber wie zwei Füchse. Das nutzte Kanaú, um seinen Trumpf auszuspielen. »Ich hab gehört, die Regierung will die ganze Jägerei verbieten. Wer jetzt noch nicht reich ist, soll's aufgeben. Du beklagst dich, weil die Xavantes deine Ernte aufessen, aber du vergißt, daß es ihr gutes Recht ist, denn du brichst in ihr Gebiet ein und schießt ihnen Berge von Jagdwild weg, bloß wegen der elenden Felle. Die Xavantes sind mager vor Hunger, weil die Jäger ihnen alles wegnehmen.«
»Aber du hast doch selbst schon oft mitgemacht.«
»Das war vor vier Jahren. Heute tu ich's nicht mehr. Ich bin nicht blöd. Und außerdem: Es wird eine harte Nuß werden, wie sie in der Stadt sagen. Zé Butelo hat sich bei den Javaémädchen was zuschulden kommen lassen. Das wird jetzt untersucht. Zé Butelo ist sehr im Druck. So sehr, daß er seine ganze Ausrüstung Zé Spanier verkauft hat, da, in Santa Maria.« Kanaú wandte sich vom Hafen ab. »Ich will Camuras *pinga* holen, denn ich muß noch mithelfen im Dorf bei den Vorbereitungen für das Fest.«

Kanaú kehrte auf demselben Weg zurück. Er fand Iroá immer noch bei der Arbeit an seinem Boot. Wenn der Inan eine solche Aufgabe angepackt hatte, pflegte er tagaus, tagein ununterbrochen dranzubleiben.
Er versteckte die beiden Flaschen *cachaça* bei seinem Freund.

»Willst du nicht Fisch essen? Ich hab eben geangelt, Kan.« Iroá sah nach dem Fisch, der nach Indianerbrauch ungesalzen und mit den gesamten Eingeweiden auf der kleinen Feuerstelle kochte. »Er ist beinah fertig.«

»Keine Zeit, Iro. Ich muß noch mit Camura sprechen.«

Er stieß das Boot ins Wasser. Er war jetzt völlig nackt. Das Ruder riß die Flut auf. Die Sonne wärmte nicht nur, sondern brannte wie Feuer auf seinem Rücken. Sie versengte mit ihrer Glut die ganze Natur. Der Fluß war wie durchflammt, der Sand auf den Stränden glühte, und die Wildnis gleißte wie Diamanten.

Es gelang ihm, Camura zu finden, und er forderte ihn zu einem Rundgang auf. Sie spazierten bis zum kleinen Strand. Sie setzten sich auf die Steine und schauten über den Fluß, der mit jedem Tag mehr abschwoll und rauschend talwärts zog.

»Keinerlei Zeichen, Camura. Der Fluß wird überwacht. Hier sind sie noch nicht durchgekommen. Es muß was passiert sein.«

»Sollten wir nicht bis zum Tapirapés runterfahren?«

»Das würde auffallen. Besonders jetzt, wo grade das Fest anfängt.«

»Hast du gehört, ob in São Félix jemand der Sache mißtraut?«

»Keiner hat einen Verdacht. Laureano ist dieser Tage dabei, einen Jagdzug auszurüsten, deshalb kommt er nicht, um dich zu begrüßen.«

»Hm ... Hat er gefragt, warum ich hier bin?«

»Ja, und da bin ich ausgewichen und hab gesagt, du bist gekommen, um das Fest am Tag der Indianer mitzumachen.«

Camura lächelte, so daß man sein Zahnfleisch sah.

»Daran hatte ich gar nicht gedacht. Das ist eine feine Ausrede für Valentin. Der liegt mir in den Ohren mit seinen Fragen nach dem Grund.«

»Du hast ihm nicht erzählt, was der wirkliche Anlaß ist?«

»Ich hab's niemandem gesagt. Du bist der einzige, der's weiß. Und du?«

»Ich hab geschwiegen wie der Sand am Strand.«
»Recht so. Ich hab nämlich Angst, die im Boot haben Wind davon gekriegt, daß ich hier bin, und sind anders gefahren.«
»Das können sie nicht. Sie müssen hier vorbei. Es gibt keine andere Möglichkeit.«
»Ja, das stimmt.«
»Ich wollte dich noch was fragen, Camura. Wie hast du von dem Raub erfahren?«
»Ach, Junge, das ist eine komplizierte Sache, die reinste Abenteuergeschichte.« Camura zog das Messer aus dem Gürtel und den Tabak aus der Tasche und begann ihn kleinzuschnitzeln. Das tat er immer, wenn er was erzählen wollte. »Kriege ich diese Leute zu fassen, dann ist das mein größter Fall, seit ich bei der Polizei bin. Einen dreisteren Raub hat es wohl kaum je in einem *garimpo* gegeben.«
Er steckte die Zigarette zwischen die Lippen, setzte sie in Brand und tat einen Zug. Seine Augen folgten der entschwindenden Rauchwolke und schweiften in die Ferne.
»Jedes dieser Lager untersteht einem Polizeileutnant, nicht?«
»Ja. Und manchmal ist's auch ein Hauptmann.«
»Aber in Cacinunga war's ein Leutnant. Na, und dieser Leutnant war so blöd, zu spielen. Er spielte und verlor. Und da war's aus mit ihm. Im Lager kommt's immer mal vor, daß ein Stein gestohlen und wieder geschnappt wird. Der wird dann erstmal im Tresor der Polizeistation aufgehoben. Da gibt es nun einen Mann namens Raimundo, der läßt in Cacinunga dort für sich arbeiten. Er ist immer einer der ersten, der seinen Mann dort einsetzt. Manchmal ist es noch so früh, daß er nichts findet. Der Fluß ist zu schmutzig. Aber manchmal hat er auch Glück. So war's dieses Jahr. Sein Mann machte einen ganz großen Fund. Er sagt, der Rohstein würde nach dem Schleifen achthunderttausend oder gar eine Million Cruzeiros wert sein. Das ist viel Geld, mein Junge. Und so was bringt immer Unglück. Also, der Mann, der den Stein gefunden hat, denkt natürlich an das jäm-

merliche Leben, das er führt. Es war wohl einer von denen, die schon jung auf diese Bahn kommen, bald hier, bald dort arbeiten und noch nie Glück gehabt haben. Da meinte er nun auf einmal, die Freiheit vor sich zu sehen …«

Camura tat einen Zug und fragte Kanaú: »Was tätest du in so einem Fall?«

Kanaú unterdrückte die Erregung. Seine geschlitzten Augen blickten völlig ruhig, während ein Lächeln um seine Lippen spielte:

»Was weiß ich? Ich war noch nie Diamantenwäscher.«

»Hättest du Mut, so einen Diamanten zu nehmen?«

Kanaú überlegte hastig. Warum beharrte Camura auf diesem Thema? Sollte er einen Verdacht haben, oder fragte er nur zum Spaß?

»Weiß nicht, ob ich so viel riskieren würde. Aber erzähl weiter. Ich möchte alles wissen.«

»Gut, der Kerl sah sich um. Niemand hatte was gemerkt. Er steckte das Ding in die Tasche, legte die Hand auf die Stirn und stöhnte. Die anderen fragten, was los sei. Da beklagte er sich über Kopfweh und sagte, er wolle was einnehmen. Er ging über den Lagerplatz, raffte seine paar Habseligkeiten zusammen und machte, daß er wegkam. Seine Kameraden wurden jedoch mißtrauisch. Die Polizei faßte den Burschen noch ganz in der Nähe, und der Diamant kam in den Tresor. Aber so viel Geld, das zieht mehr Unheil nach sich, mehr Blut. Und jetzt war der Leutnant dran. Der hatte Spielschulden, und das konnte jeden Augenblick rauskommen. Wenn im Schürfungsgebiet der Hüter des Gesetzes was Unrechtes tut, das ist sehr schlimm. Und der Stein im Tresor, der glitzerte ganz unschuldig … Da gab der Leutnant bekannt, er wolle seine Frau nach Leopoldina bringen, damit sie dort ihr Kind gebäre. Dann berief er einen Feldwebel als Vertreter und gab ihm eine Menge Ermahnungen. Der Feldwebel solle die Gehälter an die Leute von der Polizei auszahlen, falls er nicht bis zum Fünfzehnten, dem Zahltag, wieder zurück sei. Alles

Geld läge in Umschlägen im Tresor. Er wolle nur runterfahren, die Frau dalassen und gleich wieder zurückkommen. Deshalb nahm er einen Gefangenen mit, zu dem er Vertrauen hatte, der sollte rudern helfen, und ein Dienstmädchen, um seiner Frau bei der Niederkunft beizustehen und ihr in Leopoldina Gesellschaft zu leisten. Alles wunderschön, wenn Raimundo ein Grünschnabel im Diamantengeschäft gewesen wäre; aber er war ein ausgekochter alter Fuchs. Der Stein lag im Tresor, und grade jetzt wollte der Leutnant fort. Er dachte an die Schulden, von denen er gehört hatte. Hm ... Er rief den Feldwebel und redete lang mit dem. Der war anfangs ratlos. Und wenn das alles nun nicht stimmte? Besser bis zum Fünfzehnten warten und dann den Tresor aufmachen. Aber am nächsten Tag drängte Raimundo wieder: Was macht das denn schon aus? Wir schließen ihn eben auf und gucken rein ... Sie taten es, und den Rest weißt du. Sie kamen eilends zu mir, denn natürlich würde der Leutnant auf der Seite von Goiás reisen, weil man ihn in Mato Grosso sofort gefangennehmen konnte. Und da ich nun mal der Polizeikommissar von Goiás bin und diese Art Fälle immer durch meine Hände gehen ... bin ich so schnell wie möglich losgefahren, weil ich hoffte, noch vor ihnen in Leopoldina zu sein. Aber ich glaube, sie sind mir um einen Tag zuvorgekommen.«

»Wenn du's glaubst, war es so. Aber von Leopoldina an konnten sie nicht mehr tagsüber reisen. Sie mußten sich verstecken. Wir sind ihnen höchstens zwei Tage voraus. Sie kommen heute oder morgen hier durch. Ich garantiere dir's. Nur wenn was passiert ist ... Und was, wenn du den Leutnant nicht hier in Santa Isabel abfängst?«

»Dann fahren wir bis zum Tapirapés runter. Wir riegeln die Seite von Goiás ab, der Schutzdienst die andere Seite. Und wir schließen die Durchfahrt des Flusses. Stopfen sie voll mit Indianerbooten, und fertig.«

»Du bist ein toller Kerl, Camura!«

»Noch was. In einigen Tagen kommt eine Truppe von zehn Mann, bis zu den Zähnen bewaffnet, die mir helfen soll, das Ding wegzubringen. Das ist die einzige Sache, die ich mir zur Sicherung ausgebeten hab.«
Diese Neuigkeit hatte Kanaú nicht erwartet. Er machte eine gewaltige Anstrengung, damit sich nichts auf seinem Gesicht abzeichnete.
Camura reckte sich und brummte: »Oho! Camura... Wär gut, jetzt ein bißchen *pinga* zu haben.« Er drehte sich zu Kanaú und zwinkerte: »Was bin ich für ein Esel! Warum hab ich nicht gewußt, daß du nach São Félix gehst? Da hätt ich dich ja bitten können, mir eine Flasche *pinga* zu besorgen...«
»Hat denn Valentin keine?«
»Doch, aber er gibt ihn nur in winzigen Mengen her.«
»Wer weiß, vielleicht kann ich dir morgen zwei Flaschen holen...«

Der Fluch

Sie hatten sich ein Stück vom Strand entfernt gelagert. Es war ihnen gelungen, unter einem Imburanabaum Schutz zu finden, der etwas Schatten gab. Sá Lua würde den heutigen Tag nicht mehr durchhalten. Ein erster Anflug von Mutlosigkeit befiel sie alle. Und dabei war noch nicht einmal die Hälfte der Reise geschafft!

Die geröteten Augen der beiden Männer wollten sich nicht schließen. Hin und wieder gähnte einer von ihnen. Aber die Augen bekamen sie nicht zu. Die waren rot von zahllosen Nächten ohne Schlaf, Nächten, die sie in äußerster Anspannung am Ruder verbracht hatten, angestrengt und wachsam, während sich die Zeit nur noch aus ungezählten Ruderschlägen zusammensetzte.

Daniel hatte einige Palmblätter aufgetrieben, die das Lager aus Decken weicher machten, auf dem Sá Lua mit geschlossenen Augen ruhte. Sie konnte ja nicht mehr in eine Hängematte steigen...

Der heiße Tag wollte und wollte nicht enden; die Sonne versenkte ihre Strahlen in den Sand des Strandes und wanderte so langsam voran, als müsse sie die ganze Zeit nachholen, die sie während der Regenmonate verloren hatte. Klebriger Schweiß bedeckte den Körper der jungen Frau. Ihr Leib schien ungeheuerlich gewachsen zu sein und gar nicht mehr zu ihr zu gehören. Die Füße waren geschwollen, und manchmal lief ihr ein Rinnsal von kaltem Schweiß die Stirn hinunter und versuchte, in die fest geschlossenen Augen zu dringen. Ruhig und geduldig hob sie die Hand und trocknete das nasse Gesicht. Sie wußte, daß die Geburt unmittelbar bevorstand. Angst bedrängte ihr Herz.

Nicht daß sie die unvermeidlichen Schmerzen gefürchtet hätte. Die waren das wenigste. Aber die Angst! Angst und Ungewißheit und Sorge, was aus dem kleinen Wesen werden solle, das bald ins Leben hineinschreien würde. Konnte es überhaupt einer solchen Wahnsinnsreise unter diesem Himmel aus Feuer standhalten?
In ihrem ganzen Leben hätte sie nichts weniger gewünscht, als an diesem rauhen, verlassenen Strand niederzukommen, betreut von zwei Männern und einer unerfahrenen Frau, mit der feindseligen Wildnis als neugierige Zeugin.
Aber dann dachte sie mit mütterlicher Zärtlichkeit daran, wie gut es doch war, daß sie ein paar Hemdchen und Söckchen vorbereitet hatte. Ihr Kind würde zwar keine vollständige Aussteuer haben, aber doch das Notwendigste für seinen Lebensanfang.
Neue Angstvorstellungen löschten die weichen Empfindungen aus. Wenn nun das Kind durchkommen würde, aber ihre Brüste keine Milch gäben, wie sollte sie es dann ernähren? Nein, tröstete sie sich selber, diese prallen Brüste enthielten sicher viel Milch. Und um sich zu vergewissern, nahm sie die rechte Hand hoch und strich leicht darüber hin. Gott mußte barmherzig sein und konnte so etwas nicht zulassen. Sie lächelte. Schläfrigkeit überwältigte sie. In der Ferne verlor sich das ärgerliche Gekreisch der Papageien, die sich im Buschwerk niedergelassen hatten, und das Gurren der Wildtauben verwandelte sich in ein Wiegenlied.
An eine Wurzel des Imburanabaums gelehnt, ruhte der Leutnant aus. Seine Augen waren hart; Grausamkeit lag in ihnen. Und die Schwärze des Barts unterstrich den finsteren Ausdruck seines Gesichts. Er hatte den Blick auf Daniels gedrückte, hagere Gestalt geheftet, der ihm gegenüber auf dem Sand saß. Wandte er ihn einmal von ihm, so war es, um nach Pissy zu sehen, die immer etwas abseits blieb, weil sie wußte, daß ihre Nähe unerwünscht war. Nicht mal zum Essen kam sie heran. Sie nahm, was von der Mahlzeit der anderen übrigblieb, und ging

weg, um es fern von allen Blicken zu verzehren. Dann holte sie sich, was abgewaschen werden mußte, und trug es zum Fluß hinunter, möglichst weit entfernt von den anderen, als sei sie ein aussätziges Tier.
Und Daniel? Was mochte der Mann für Gedanken haben?
Seine quälenden Gewissensbisse veranlaßten den Leutnant, die Hände immer wieder zur Stirn zu heben, die ihn wie Feuer brannte. Sogar der Schweiß, der ihm bis zum Bart hinunterlief, glühte. Wie hatte es bloß zu all dem kommen können? Zum Raub, zum völligen moralischen Zusammenbruch und obendrein zu der Skrupellosigkeit, der eigenen Verbrechen wegen die hochschwangere Frau mit sich zu schleppen?
Er warf einen Blick auf Sá Lua, und seine Gewissensqualen ließen ein wenig nach, als er sie ruhig schlafen sah, wobei manchmal ein Lächeln verhaltener Glückseligkeit über ihre halboffenen Lippen glitt.
Wieviel fehlte noch, bis alles überstanden war! Sie hatten kaum die Hälfte der Reise zurückgelegt, und die Vorräte gingen zur Neige. Mit dem Stück Dörrfleisch mußten sie immer sparsamer umgehen. Auch das Mehl reichte nicht bis zum Reiseziel. Aber würden sie überhaupt je ankommen? Von jetzt an konnten sie nur immer magerer werden und immer elender aussehen, und die Sonne würde ihrer aller Haut dunkler beizen. Nur jene da, die Schlange, schien nichts zu fühlen, nichts zu leiden. Was hätte dieses Elendsgestell auch noch abzumagern gehabt?
Seine Aufmerksamkeit wandte sich wieder Daniel zu, der eingeschlafen und auf den Sand gesunken war. Daniel fuhr erschrokken hoch und nahm wieder die vorherige Stellung ein. Das war das andere Rätsel: Daniel. Niemand wußte, ob er ehrlich war oder nicht. Er redete nur das Nötigste. Nie kam ein Lächeln über seine Lippen. Sein Blick war von abgrundtiefer Trauer, als hätte alles, was zum Leben gehörte, Interesse und Farbigkeit für ihn eingebüßt. Aber der Leutnant konnte sich nicht über den Mann beklagen, der zwar meist stumm vor sich hin brütete,

jedoch nie mit einer Beschwerde kam. Er war Sklave seines Schicksals. Wohin verschleppte es ihn? Warum war er der Aufforderung des Leutnants gefolgt? Warum hatte er dieses Verbrechen zu dem bereits verübten hinzugefügt? Es war wohl dies: Er trug den unabwendbaren Schatten des Todes schon im Gesicht und hielt das Leben nur aus mit Hilfe dieser neuen Schuld. Weil sein früheres Leben zerstört war, zog er es vor, sich, bedroht von Gefahren, aber außerhalb der vier Kerkerwände, weiterzuschleppen, obwohl seine Strafe ihm alle Auswege versperren würde. Und hatte er jetzt auch den Himmel, die Feuersonne, Hunger und Tod als Verfolger auf den Fersen, so war das doch besser, als hinter Gittern zu sitzen. Für den Gefangenen ist ein Tag an den nächsten gekettet, und die Stunden schleppen Stunden hinter sich her. Den Gefangenen würgen die Gewissensbisse mit aller Grausamkeit. Er will nicht an die Frau denken, die er umgebracht hat, und trotzdem gelingt es ihm nicht, sich von dem Gedanken an sie freizumachen. An die weiße, zusammengedrückte Kehle und seine Finger, die vor Anstrengung gezittert hatten. Eine weiße Kehle, sehr weiß, weiß wie die Wand des Kerkers... Oder vielleicht war die Kerkerwand auch schmutzig gewesen und fleckig und in allen Richtungen mit unflätigen Wörtern bekritzelt. Und vielleicht hatten seine Augen nur unter dem Eindruck der weißen Kehle die Wand so glatt und weiß gesehen... es war besser zu fliehen. Denn während dieser ruhelosen Fahrt wurden Reue und Gewissensbisse zurückgedrängt. Und der vom angestrengten Rudern ermattete Körper schenkte ihm Schlaf, der schwer lastete wie Felsgestein und ebenso schwarz, tiefschwarz war. Es war ein Wagnis gewesen, den Mann mitzunehmen, aber der Leutnant wußte, daß jeder Edelsteinsucher selbst unter ständiger Drohung des Todes die Freiheit der Unfreiheit vorzieht. Und hatte nicht auch Daniel seinen Anteil am Diamanten?

Wieder sank Daniel in den Sand, und diesmal gelang es ihm nicht mehr, sich aufzurichten. Die Müdigkeit hatte den Mann besiegt. Der Leutnant war dem schweigsamen Gefährten dankbar. Ohne ihn würde er sein Ziel nicht erreichen können. Der kannte den Araguaia wie eine Landkarte. Auch nachts nahm er alles wahr und irrte sich nie.

Cacinunga. Aragarças. Registro. Leopoldina ... Und jetzt waren sie schon über den Rio das Mortes hinaus und kamen in die Nähe von São Félix und Santa Isabel. An allen Ortschaften ruderte Daniel nachts vorbei. Er orientierte sich an Geräuschen und Abschätzungen. Denn die Nächte waren tiefschwarz und lastend.

Die geröteten Augen des Leutnants schlossen sich, obwohl er sich mühte, dem Schlaf zu widerstehen:

... Wieder teilte das Ruder die Wasser, und sie reisten während des Tags. Sie konnten kaum atmen. Am schlimmsten war, daß sie Daniel im Boot hatten. Sá Lua war verschwunden, Pissys Kopf war abgehauen. Nur die kleinen, glasigen Augen des Kopfes belauerten ihn. Lachten über seine Angst. Das Blut war geronnen, klebte an den Spitzen des wunderschönen goldenen Haars und bildete rötliche Knoten.

Daniel drehte sich nach hinten und sagte verängstigt:

»Hören Sie nicht auf zu rudern, Leutnant. Sonst holen sie uns ein.«

Er drehte sich um, die Boote der Jäger kamen mit größter Schnelligkeit näher. Sie waren verloren. Und die Waffen? Sie hatten die Waffen am Strand vergessen. Es blieb ihnen nichts als die Flucht.

Daniel fragte wieder: »Und der Diamant, Leutnant?«

Er konnte vor Erschöpfung kaum antworten, aber er riß sich zusammen und sagte: »Er ist hier, unter dem Kopf der Frau. Darauf wird niemand kommen.«

Die Boote waren ganz nah. Die Jäger begannen ringsum zu schießen, und das Wasser wurde von den Kugeln hochgepeitscht. Sie mußten anhalten. Die Ruder regten sich nicht mehr. Eine Hand faßte den Rand des Einbaums. Andere Hände folgten. Die Augen der Männer blitzten vor Grausamkeit.

Daniel lachte und sagte zu den Jägern:
»Das ist der Mann! Der hat den Diamanten gestohlen und die beiden Frauen umgebracht. Seht nur nach. Der Diamant steckt unter den Haaren der toten Frau.«
Tödlicher Haß brach aus den Blicken des Leutnants. Ein einziges Wort kam ihm über die Lippen. Er brüllte: »Schuft!«
Die Hand griff hastig nach dem Gürtel, aber er bekam den Revolver nicht zu fassen. Die Jäger packten ihn. Er war verloren...
Vor übermäßiger Müdigkeit fiel er vornüber.
Und während er fiel, wachte er schweißgebadet auf.
Es war ein Traum gewesen. Er tastete nach dem Diamanten und fühlte, wie er am Rückgrat scheuerte. Daniel schlief noch immer und drückte das Gesicht auf den Boden. Sein Atem blies Höhlen in den Sand. Sá Lua schlief friedlich. Vom Fluß kam auf ihren dürren Beinen Pissy mit dem gespülten Geschirr. Sie mußte gebadet haben, denn ihr Haar hing in Strähnen herunter und schien dunkler als gewöhnlich.
Jetzt bückte sie sich zum Feuer, legte ein Stück trockenes Holz auf und blies, blies, bis die Flammen wieder hochzüngelten. Sie verteilte die Glut und setzte einen Topf mit Wasser zum Kochen auf.

Sá Lua öffnete langsam die Augen. Sie sah den Leutnant, der am Stamm der Imburana lehnte. Sein Kopf war ihm im Schlaf kraftlos auf die Brust gesunken. Auch Daniel schlief. Sie lächelte ein bißchen. Diese beiden übermüdeten Männer waren es, die ihr bei der Geburt helfen sollten.
Sie hatte jetzt große Schwierigkeiten beim Atmen. Ihr Leib schien immer heißer zu werden. Eine fade Übelkeit stieg in ihr hoch. Aber sie wollte nicht stöhnen. Sie mußte die anderen noch ein wenig ausruhen lassen. Unversehens kam ihr May ins Gedächtnis. Weshalb nur mußte sie jetzt an May denken? Hier in dieser abgelegenen, rauhen Wildnis, weit weg von Mays Gut-

mütigkeit und ihren weichen Händen ... May, die alte Kupplerin. Die einzige von dieser Sorte Frauen, die wirklich liebevoll zu ihr gewesen war. Sie hatte ein Bordell in São Paulo besessen. Allen Mädchen, die bei ihr lebten, hatte die Kupplerin Gutes erwiesen.

Sá Lua sah sie vor sich, mit den krausen, gebleichten Haaren, mit den elegant geschnittenen Kleidern, einer Mode, die man nicht mehr trug. Welche Anstrengungen sie immer gemacht hatte, um nicht zu altern!

Sá Lua fühlte ihre Augen feucht werden. Sie dachte an Mays letzten Liebhaber, einen Mann, der höchstens halb so alt gewesen war wie die Sechzigjährige. Sie hatte ihn besser behandelt als einen Sohn. Manchmal schlug er sie, aber sie beklagte sich nie. Ihre Augen waren dann verschwollen, und ihr bemaltes Gesicht sah älter aus, aber sie blieb unverändert sanft und freundlich. Eines Tages stritten sie wieder, und er sagte, nun würde er gehen. Er packte, und May stand reglos dabei. Er wandte sich zur Kommode, und May begriff. Sie stellte sich vor die Kommode. Ihr alter Hals, den ein hoher Spitzenkragen umhüllte, zitterte. Rauh kam die Stimme: »Nein. Das Bild nicht. Laß wenigstens das Bild!«

Die kräftige Hand schob sie zur Seite. Er packte das Foto, zerriß es, trat zum Fenster und warf die Fetzen auf die Straße. Dann ging er.

Sie stellte sich ans Fenster und sah ihm nach, wie er kleiner und kleiner wurde und für immer verschwand.

Langsam trat sie zur Tür und auf die Straße hinaus; hier bückte sie sich und sammelte mühsam die Fetzen des Bildes auf. Einige hatte der Wind schon fortgeweht ... Gütig und hilfsbereit war die alte May gewesen ...

Eine starke, schmerzhafte Erschütterung nötigte ihr ein Stöhnen ab. Das neue Leben in ihr begann seine eigene Kraft kundzutun, verlangte nach einem Platz außerhalb der Finsternis ihres Leibes.

Der Leutnant stand rasch auf und kam herüber. Auch Daniel erhob sich. Pissy sah zu ihr herüber.
Sá Luas Augen waren wie von dunkler Gaze verhüllt. Des Leutnants Gesicht über ihr glich einer formlosen Masse. Taumel und Schwindelgefühle durchjagten sie wie die Flamme eines Nachtlichts.
»Warum ist es so dunkel?« fragte sie, während sie vor Schmerzen wimmerte. »Warum ist es so schnell dunkel geworden?« Sie spürte eine schwielige Hand auf ihrer Stirn, aus der schlüpfrige Kälte drang.
Daniel sah zum Himmel und stellte fest, daß es noch früh war. Die Sonne würde erst in zwei Stunden untergehen. Angst zerrte an seinen Nerven. Das Kind kündigte an, es wolle zur Welt kommen. Ihm tat die Frau leid, die all das mit solcher Geduld erlitt.
»Warum ist es so früh dunkel geworden?«
Das Schwindelgefühl hielt an. Der Himmel war mit schwarzen Schatten bedeckt, die ineinanderliefen und sich wieder trennten. Die Gesichter der beiden Männer verschwammen, eins durchdrang das andere.
Dann fing der Schmerz im Innersten ihres Leibes an zu wühlen. Erst ein feines Stechen, das schwoll und schwoll, bis ihr der dickliche Speichel aus dem kraftlosen Mund lief. Sie konnte nicht mehr. Dieser Schmerz ging über alles Erträgliche hinaus. Warum nicht sterben? Warum nicht sterben? Feuerkrallen ritzten ihr Rückgrat, hefteten sich wie Klammern an ihre Rippen. Alles riß auseinander. Alles floß zusammen wie flüssige Flammen. Und der Schmerz wanderte langsam, wuchs, dehnte sich, barst voller Grausamkeit. Dies war die Qual des Lebens. Und sie haßte das Leben noch mehr. Warum war der Preis so hoch, den ein neues Wesen forderte?
Die Krämpfe ebbten ab, um noch stärker wiederzukehren und wie Nadeln tiefer und tiefer in die Eingeweide zu stechen. Das Atmen brannte, der Blick trübte sich, und der Schweiß lief wie

flüssiges Feuer den Rücken hinunter. Aber die Stirn war eisig. Sie konnte nicht hören, was sie ihr sagten. Begriff auch nicht, warum sich die Geburt so lang hinauszog.

Sie verlor allen Überblick, und als sie wieder etwas zu unterscheiden vermochte, sah sie nur die besorgten Männer mit den großen Augen, die riesig wurden, weil die Nacht schwarz war und der Schein der Flammen ihre Gestalten verzerrte. Pissy hatte sich nah beim Feuer hingekauert.

Wie oft sich ihr Blick verdunkelte, wie oft die Augen wieder etwas erkannten und sich auf den Rauch richteten, der dem Feuer entstieg, sie wußte es nicht. Der Körper schien sich unter der steigenden Pein der Krämpfe zu erschöpfen. Ihre Widerstandskräfte erloschen, wandelten sich in Ströme von Schweiß.

Gleichgültig zogen droben die Gestirne ihre lautlose nächtliche Bahn.

Die schwielige Hand des Leutnants streichelte das Gesicht der Frau und trocknete ihr die feuchte Stirn. Fragend hob er die Augen zu Daniel. Würde es noch lange dauern? Daniel schüttelte den Kopf. Aber noch dauert es! Noch dauert es!

Er schaute ins Dunkel hinein und sah, daß das Kreuz des Südens sich neigte. Das bedeutete, daß Mitternacht vorbei war. Bis zur Morgendämmerung wird es geboren sein, hatte Daniel gesagt, aber bis dahin standen noch vier Stunden der Qual und der Verzweiflung bevor.

Warum hatte er die Frau in diesem Zustand mitgenommen?

Er durchlebte die Fluchtnacht noch einmal. Eine finstere Nacht. Das Lager schlief. Mitternacht war vorbei. Die Karten, das Spiel, Mauro Duarte. Neue Schulden. Die Demoralisation; vor allem, wenn sie entdeckten, daß er sogar die Gehälter für die Angestellten der Polizeistation verspielt hatte. Die Verzweiflung, in der er nach Hause kam und Sá Lua alles beichtete. Er war wie gelähmt gewesen. Er mußte fliehen, aber wie? Und Sá Lua in diesem Zustand! Aber da hatte sich gezeigt, welch außerordentliche Frau sie war. Sie hatte seine Hände genommen und

mit ihm gemeinsam die Flucht geplant und den Raub des Diamanten. Sie hatte auf Daniel hingewiesen und darauf bestanden, auch Pissy müsse mitkommen. Sie wollten sagen, ihr Reiseziel sei Leopoldina, und in ihrer Lage brauche sie eine Pflegerin. Niemand war geeigneter dafür als Pissy. Die anderen hatten den armen Teufel immer behandelt wie ein räudiges Tier, bis Sá Lua sie bei sich aufnahm. Sie würde ihrer Herrin anhänglich sein wie ein Hund, und darüber hinaus konnte ihr ein Anteil am Diamanten eine ruhigere und bessere Zukunft sichern. Sá Lua bedachte alles und jedes. Sie schlug sogar vor, man solle bei Nacht reisen, denn das sei zuträglicher für die Schwangerschaft, und sie bekämen dann weniger von der grausamen Sonnenhitze ab... Und die Schwangerschaft? Das Kind konnte doch jeden Augenblick zur Welt kommen? Aber da meinte Sá Lua, es werde sicher erst in einem Monat, in Belém do Pará, geboren. Jetzt war es da; die halbe Reise lag noch vor ihnen. Er betrachtete Daniels Gesicht. Seine Augen waren rund, und wenn ein Aufflackern des Feuers darüberhuschte, glichen sie glühenden Kohlen. Mit welcher Ruhe hatte er in jener Nacht Daniel einen Anteil am Diamanten angeboten. Und mit noch größerer Ruhe nahm dieser den Vorschlag an. Als hätte er schon auf all das gewartet. Gewußt, daß das Schicksal ihm diese Gelegenheit zur Flucht bieten würde. Kein Muskel seines Gesichts hatte sich verzogen, kein Funke von Überraschung war in seinem Blick aufgeblitzt, keine Spur eines Lächelns war um seinen Mund zu sehen. Daniel lachte nie. Er konnte nicht mehr lachen.
Der Leutnant schaute sich nach Pissy um. Sie saß hingekauert beim Feuerstoß, tat hin und wieder ein Stück Holz dazu und blies, bis neue Flammen herausschlugen.
Sie brachte es nicht fertig, zu schlafen. Sie beobachtete jede Bewegung der Männer und wartete abseits, bis sie ihre Hilfe brauchten. Sie kam sich unnütz vor, weil sie nichts von Geburtshilfe verstand und sich abgestoßen davon fühlte. Sie war niedergeschlagen, und jedes Stöhnen, das zu ihr drang, weckte ihr

Mitleid. Wie lang das alles sich hinzog! Bald war die Nacht vorbei. Ein Kind brauchte länger als ein neuer Tag, um auf die Welt zu kommen!
Ein durchdringender Schrei brach aus der Frau heraus. Pissy hob die Hände und hielt sich die Ohren zu, um nichts zu hören. Vor Aufregung kamen ihr die Tränen.
Der Leutnant und Daniel traten nah heran und beugten sich über Sá Lua. Pissy ertrug es nicht mehr, kehrte sich ab und sah in die Flammen des Feuers. Aber sie hörte alles, was gesprochen wurde.
»Es hat angefangen.«
»Stützen Sie ihr den Rücken! Sagen Sie, sie muß mithelfen!«
Und die Stimme des Leutnants, die rauh war und bewegt, sagte mitleidsvoll an Sá Luas Ohr: »Du mußt mithelfen. Es geht los. Mach Kraft ... Mach Kraft.«
Daniel rief Pissy und bat sie um ein bißchen Babaçuöl. Sie brachte es. Daniel wußte, das war nicht das beste Öl, aber es war das einzige, das sie hatten. Er befahl Pissy, lauwarmes Wasser bereitzuhalten.
Eine neue Schmerzenswelle stieg heftig in Sá Lua empor. Es war, als solle ihr Leib zerbersten, als schnitte man sie entzwei. Ihre Stimme hatte keine Kraft mehr zum Schreien. Und dann war ihr, als ob etwas sich von ihr abtrennte, als ob etwas in die höchsten Höhen des Himmels hinaufgeschleudert würde. Ihr Körper war wie ausgelöscht, der Schmerz auf einmal verschwunden. Konnte es der Tod sein, daß sie so gar nichts mehr spürte? In den Ohren tönte ein wildes Sausen, und die Schläfenadern klopften im selben Rhythmus wie die schwachen Schläge ihres Herzens.
Fern, ganz fern hörte sie Daniels Stimme. »Das war eine schwierige Geburt, weil die Nabelschnur um den Hals lag.«
Und wieder vernahm sie die Stimme, diesmal etwas näher: »Es ist ein Junge.«
Pissy kam mit dem Wasser. Ihr Magen krampfte sich zusammen. Sie konnte nicht mehr dagegen an. Sie lief zum Fluß und

übergab sich. Und von dort aus hörte sie das erste Wimmern des Kindes. Die Luft, die in seine Lungen drang, machte, daß es seine erste Verzweiflung über den Fluch des Lebens hinausschrie.

Sie mußten nun einige Tage bleiben. Bis Sá Lua sich von der Geburt erholt hatte.
Alle waren sie sehr bedrückt. Angstgefühle begannen den Leutnant ernstlich zu beunruhigen.
Er gab sich nicht mehr der Täuschung hin, der Raub sei vielleicht noch nicht entdeckt worden. Die Polizei von Goiás und Mato Grosso war bestimmt schon auf dem Weg flußabwärts, suchte sie in allen Ecken und Winkeln. Bestenfalls hatten sie das Fehlen des Diamanten erst nach vierzehn Tagen bemerkt.
Und dann hätten sie wohl eine Woche Vorsprung. Aber er glaubte nicht daran. Es mußte ja aufgefallen sein, daß sie gerade gereist waren, nachdem ein Diamant geraubt und der Polizei in Gewahrsam gegeben worden war. Da konnte der eigentliche Besitzer des Diamanten nur mißtrauisch werden. Zweifellos war die Verfolgung schon im Gange, und man hatte hohe Prämien ausgesetzt für den, der sie lebend oder tot ergriffe...
Er schaute zu Sá Lua hin, die eben dem wenige Stunden alten Lebewesen ihre große, volle Brust reichte. Sie sah wieder sehr ruhig aus.
Daniel hatte die Gelegenheit wahrgenommen, den ganzen Vormittag zu schlafen. Jetzt, wo es auf zwei Uhr ging, stand er am Ufer und hatte die Angelleine ausgeworfen, um die tägliche Ration etwas zu ergänzen, die immer schmaler wurde.
Der Leutnant dachte daran, daß nur wenige Meilen entfernt die Ortschaft São Félix lag, wo, wäre der Raub nicht, seine Frau richtig ernährt und gepflegt werden könnte und man ihre und des Kindes Gesundheit nicht aufs Spiel zu setzen brauchte. Man konnte nur warten und hoffen, das Glück werde ihnen weiterhin geneigt sein wie bisher.

Er lehnte sich an den Imburanabaum, schloß die Augen, und auf der Netzhaut blieb ihm als letztes Bild eine Gruppe weißer Reiher, die auf der anderen Seite des Flusses flatterten ... Er schlief lange. Ein klagendes Stöhnen von Sá Lua weckte ihn. Rasch erhob er sich und ging zu seiner Frau. Ihre Augen waren weit aufgerissen. Er rief Daniel.
Ihr Gesicht war rot. Ihr Körper brannte von Fieber. Sie antwortete auf nichts, was man sie fragte.
»Fieber! ...«
»Eine Infektion!«
Das war es, was er gefürchtet hatte. Kein Wunder, daß bei der primitiv durchgeführten, rohen Entbindung dieser Körper, der ein Leben geschlechtlicher Ausschweifungen hinter sich hatte, einen hohen Preis an Elend zahlen mußte.
Es sah übel aus. Sie konnten nichts anderes tun, als die Frau ins Boot legen und zum nächstgelegenen zivilisierten Ort flußabwärts rudern. Dort gab es vielleicht Penicillin, um die Infektion zu bezwingen. Aber die Angst, sie werde die Reise vielleicht nicht überstehen, ließ die beiden Männer in einer furchtbaren Unentschlossenheit.
Dies war nicht das einzig Schlimme, was sich ereignete. Pissy kam eilig vom Flußufer gelaufen. Sie war so erschöpft, daß sie zunächst kein Wort herausbrachte. Ihre Augen lagen groß in den Höhlen. Mit der linken Hand zeigte sie aufs Wasser und keuchte: »Eine Menge Boote kommt den Fluß rauf. Jäger.«
»Jäger!«
Und keine Möglichkeit, sich zu verstecken! Wenn sich die Nachricht von dem Raub schon verbreitet hatte, waren sie verloren. Es blieb ihnen nichts übrig, als abzuwarten, wie bei einem Glücksspiel. Vielleicht wußte noch niemand etwas.
Schon konnte man die Ruder hören, die kräftig ins Wasser klatschten. Und dies Geräusch wurde immer deutlicher. Daniel gewann seine Ruhe zurück.

»Wir geben uns als Diamantensucher aus. Sagen, wir kommen von Balisa und sind auf dem Weg nach Marabá.«
Der Leutnant erbleichte bis an die Lippen, aber er beherrschte sich. Die Boote kamen heran. Viele Boote. Die Jäger waren in nächster Nähe.
Sie hörten sie sagen: »Ein Boot! . . .«
»Hier muß irgendein Edelsteinsucher an Land gegangen sein. Wollen wir nachsehen?«
Man hörte das Geräusch, das der Kiel des Bootes verursachte, als er über den Sand scheuerte. Dann noch einer und viele weitere. Füße stapften durch den Sand. Viele Füße. Und sie kamen immer näher. Jetzt stießen die Jäger auf die verzagte Gruppe, die bei der kranken Frau saß.
Bangen und Ergebenheit in ihr Schicksal lagen in ihren Blicken, und ein gutmütig aussehender Mann, der das bemerkte, sprach mit seinen Gefährten und trat dann vor: »Guten Tag, Leute! Ihr braucht euch nicht zu fürchten, wir haben nichts Böses im Sinn.« Daniel stand im selben Augenblick auf wie der Leutnant und nahm die zum Gruß ausgestreckte Hand.
»Wir sind hier steckengeblieben. Mitten auf der Reise ist dies Kind geboren . . .«
Der Mann kam näher, nahm den Hut ab und guckte mit einem unbefangenen Lächeln, wobei seine Augen zwischen einer Flut von Runzeln ganz schmal wurden. Eine Welle von Zärtlichkeit flog über das rauhe, dunkle Gesicht.
»Junge oder Mädchen?«
»Junge.«
»Wo kommt ihr her?«
»Vom Lager in Balisa.«
»Donnerwetter! Das ist ja am Ende der Welt.«
»Wir hatten gehofft, São Félix oder Santa Isabel zu erreichen, ehe das Kind käme . . .«
»Wer von euch ist der Vater?«
Daniel zeigte auf den Leutnant. Der hatte den Kopf gesenkt vor

Erregung und auch, um die Blässe seines Gesichts zu verdecken.
Der Jäger klopfte ihm freundschaftlich auf die Schulter. »Das erste Kind?«
Der Leutnant nickte.
»Deshalb! Wenn Sie erst mal ein Halbdutzend haben wie ich, dann regt es Sie nicht mehr so auf.«
Sá Lua stöhnte schmerzlich.
Erst jetzt fiel ihm das Gesicht der Frau auf. Es war blaurot angelaufen, und die Augen irrten ruhelos umher. Er kniete neben dem aus Decken und Palmstroh bereiteten Lager nieder und legte ihr die klobige Hand auf die Stirn. Dann drehte er sich entsetzt zu den anderen um: »Mein Gott! ... Die Frau stirbt ja vor Fieber!«
Er sah Daniel fest an: »Wohin wollt ihr?«
»Nach Marabá.«
»Dann legt die Frau schnell ins Boot und fahrt runter bis Santa Isabel. Ihr braucht nicht in São Félix anzuhalten. Die Frau hat eine Entzündung, muß schnell Penicillin haben. In São Félix gibt's keins. Aber in Santa Isabel, der Chef vom Indianerschutzdienst, Valentin, der kann's euch geben.«
Er rief die anderen Jäger heran und sagte: »Kommt, wir helfen den Leuten, die Frau zum Boot zu tragen. Aber paßt gut auf, die ist sehr krank.«
Eine halbe Stunde später legte des Leutnants Boot ab. Der Jäger zog den Hut und rief ihm freundlich nach: »Gute Reise! Bis da sind's viereinhalb Meilen. Die Sonne ist noch hoch. Bis neun könnt ihr in Santa Isabel sein.«
Das Boot entfernte sich und faßte die Strömung. Der Jäger sagte zu den anderen, die sich zur Weiterreise bereit machten: »Was für ein Leben die führen! Und wissen noch nicht mal, wie gefährlich das hier war. Kannst sicher sein, die hatten keine Ahnung, daß jetzt die Xavantes hier auf Jagd sind und sie jeden Moment anfallen könnten ...«

Das Fest

Camura rekelte sich in der Hängematte. Oho! Er hatte in einem Stück geschlafen. Allerdings war er erst sehr spät eingeschlafen, denn das Rasseln der *maracás* und der schrille Gesang der Inans hatten die Nacht durchgellt und natürlich nicht vor Morgengrauen aufgehört. Aber danach waren ihm die Augen gleich zugefallen, und er hatte so fest geschlafen wie das Wasser im Fluß. Er stand auf, reckte die Arme und murmelte »Oho! Camura! Für heute bist du ja noch am Leben!«

Plötzliche Traurigkeit fiel wie ein Schatten über ihn. Was für ein Unsinn! Warum hatte er das bloß gesagt? Er wußte es nicht... Und eine Frage, die er sich noch niemals gestellt hatte, stand jäh in ihm auf: Ob ich diesmal lebend zurückkehren werde?...

Warum dachte er bloß an all so was! Er hatte doch sonst nichts auf Vorahnungen gegeben und war kein Indianer, der an Verwünschungen glaubt.

Valentin riß ihn aus seinen Grübeleien. Er sagte von der anderen Seite des Zimmers her: »He, Freund, schläfst du immer noch? Hast du vergessen, daß heut Festtag ist?«

»Ich komm schon. Muß mich nur noch anziehen. Dann geh ich baden und seh mir den Betrieb an.«

Er hörte, wie Valentin wieder das Haus verließ. Er knöpfte die Hose zu, warf das karierte Hemd über die Schulter und ging hinaus. Auf der Terrasse streckte er sich noch einmal.

Zwischen den vom Gähnen halbgeschlossenen Lidern betrachtete er den erwachenden Tag. Er dachte wieder an den roten Ara, der den Morgen färbte.

Er wandte sich zum Fluß. Von der Böschung aus sah er, daß nie-

mand da war. Er ging gemächlich hinunter. Gähnte noch einmal, als er schon am Wasser stand. In einem Monat würde es so klar sein, daß man die Schildkröten am Grund sehen konnte.
Er öffnete den Hosenschlitz und wollte grade aufs Wasser urinieren, als er sich erinnerte, hier könne es Candirus geben, diese schrecklichen Fischchen, von denen es heißt, sie kommen mit Hilfe des Urins nach oben, dringen in die Blase ein und verursachen nach Schmerzensqualen den Tod ihres Opfers. Man denke nur an den Fall der alten Sabará in Registro. Sie war im Fluß baden gegangen und urinierte im Wasser. Ein Candiru benutzte die Gelegenheit. Man mußte das Tier mit der Spitze einer Schere herausstochern. Zum Glück hatte es die Blase noch nicht erreicht. Aber Camura konnte die Schmerzensschreie der Alten nie vergessen, noch die aufgerissenen Augen und die furchtbare Blutung. All das wegen eines Fischchens, das noch nicht einmal ein richtiger Fisch war. – Da pißte er lieber auf die rote Uferböschung.
Dann hockte er sich nieder und tauchte die Hände ins Wasser. Er bewegte sie langsam in der lauen Flut hin und her.
Seltsam, die Niedergeschlagenheit, die in ihm fortdauerte. Angst war es nicht. Schließlich wird doch ein *caboclo* vom Araguaia, der sein Leben lang mit blutigen Dingen zu tun gehabt hat, wegen eines Raubes mehr oder weniger nicht gleich unruhig oder verzagt. Nein, das war es nicht. Aber er mußte sich eingestehen: Etwas Ähnliches wie Furcht hatte er. Er peitschte das Wasser mit den Händen. Kleine Fischchen schwammen erschrocken davon. Er lachte: Ich werde tatsächlich alt und feige!
Er schöpfte Wasser mit den Händen und befeuchtete sein Gesicht, damit vertrieb er die Trägheit, die ihm noch von der Nacht her in den Augen saß.
Er nahm einen Mundvoll, gurgelte und spülte das Zahnfleisch, in dem keine Zähne mehr saßen.
Nach und nach trocknete das Wasser auf seiner Haut, aber er blieb hocken, matt und unentschlossen. Er schaute auf den Fluß. Der mußte voller Piranhas sein. Wie viele Verbrechen die

Piranhas auffraßen! Er sah nach São Félix hinüber. Der Araguaia war gesprenkelt von schwarzen Flecken. Boote der Carajá-Indianer fuhren in allen Richtungen. Verdammt gute Ruderer, diese Indios! An den kleinen Ankerplätzen des Dorfes schaukelten träge die anderen Boote. Indianer badeten dort; mit kleinen Bogen bewaffnete Jungen warteten zappelig vor Ungeduld auf das volle Tageslicht, um zum Fischfang ausfahren zu können.
Er dachte an seinen Sohn. Kummervoll flogen seine Gedanken zu ihm in die Ferne. Valério war etwa ebenso groß wie diese Knirpse. Und wie sie, lebte er nackt am Flußufer. Der sollte mal zu einem kräftigen Araguaia-Caboclo aufwachsen. Aber waren es wirklich noch über drei Wochen, bis er wieder bei dem Jungen sein konnte? Ein leises Schaudern machte, daß seine Gesichtsmuskeln zuckten: »Und wenn ich meinen Sohn nun nie mehr wiedersehe? – Zum Teufel, bin ich verrückt? – Was hab ich heute bloß? – Das sind ja Albernheiten! . . .«
Er stand auf, und als er sich umdrehte, fiel sein Blick auf Kanaú, der ihm zulächelte.
»Guten Tag, Camura!«
»Guten Tag. Hast du schon lang hier gestanden?«
»Nein. Bin eben gekommen.«
»Wärest du ein *onça,* du hättest mich lebend auffressen können; ich hab dich nicht gehört.«
Kanaú ging langsam ins Wasser.
»Paß auf mit den Piranhas, Bursche!«
»Die Piranhas kennen mich. Die haben Angst vor meinem giftigen Blut.«
Kanaú tauchte und kam wieder an die Oberfläche, wo er das glatte, verklebte Haar schüttelte. Er stieg aus dem Wasser und wrang die Haarspitzen aus, wie die Indianer das machen. »So ein Bad tut einem verdammt gut. Ich war müde, und jetzt ist es wie weggeblasen.«
»Wo hast du geschlafen, Kanaú?«
»Ich hab nur ganz wenig geschlafen, im *Aruanã*-Haus.«

»Dann hast du die ganze Nacht getanzt?«
»Ja.«
Camura kratzte sich am Kinn.
»Ich versteh etwas nicht: Erst gehst du bei den Dominikanern in Conceiçao zur Schule, dann kommst du wieder her und steigst in diese gräßlichen Masken, die nach Öl stinken.«
Kanaú lachte: »Begreif ich auch nicht. Aber wenn man das Ding über den Kopf tut, wenn man sich dreht mit dem Strohrock, wenn man den *maracá* in der Hand hält... dann spürst du irgendwas... Du verstehst das nicht, du bist kein Indianer...«
»Glaubst du denn dran?«
Kanaús Miene wurde ernst und traurig. »Weiß nicht.«
Er log. Er wußte es genau. Wie hätte er an den Gott der Inans glauben können? *Kanansiu-ê!* Ein armseliger Gott, der keine Macht hatte und niemandem half. Aber genausowenig konnte er an den Gott der Weißen glauben, wie er ihn von den Mönchen kannte, der die Hölle erfunden hatte und das Fegefeuer und die Strafe und der so viel Unterschiede machte; der erbärmliche Indianer schuf und ebenso erbärmliche Weiße; der alles mit Drohung erfüllte und mit Ängsten. Nein, er glaubte an nichts. Wenn er einmal stürbe, dann wollte er nicht, wie die Indianer, auf den Grund des Araguaiaflusses gehen, aus dem alle Carajás stammen sollten. Aber ebensowenig hatte er vor, in diesen Dreckshimmel oder in diese Dreckshölle zu kommen.
Er glaubte nicht, daß es eine unsterbliche Seele gab, wie die Mönche behaupteten. Wenn er einmal stürbe, würde er zu Erde werden, und dann war alles vergessen. Das schien ihm die beste Lösung. Sicher dachte er so, weil er weder Weißer noch Indianer war. Er fühlte sich immer als Außenseiter. War er unter Weißen, dann hatte er Furcht vor allem und jedem und mußte immer daran denken, daß nichts ihm zu Recht gehörte. Bei den Indianern quälten ihn ähnliche Vorstellungen, außer wenn er sich unter

den Strohmasken verbarg, um zu tanzen, oder wenn er zum Fischfang auf den Fluß hinausruderte.
Er betrachtete Camura. Ein guter Kerl war der und würde doch über kurz oder lang aus dem Kreis der Lebenden zu verschwinden haben. Ein Mann, der immer nett zu ihm gewesen war und der trotzdem von seinen Händen sterben mußte. Kanaús Blick verdüsterte sich. Camura merkte es nicht, oder wenn er es merkte, meinte er wahrscheinlich, der Mestize sei verstimmt darüber, daß er die Mauern seines Glaubens zu durchbrechen versucht hatte.
Aber es war nicht dieses Problem, das Kanaú so sehr beschäftigte. Er wollte leben! Leben! Ein Recht auf Leben haben wie jeder andere auch. Hatte Camura selbst ihm nicht gesagt, es sei ihnen sogar erlaubt zu töten? Und er wußte, er würde nicht die geringsten Gewissensbisse haben. Keine Reue fühlen zu können, war ein Teil seines Fluchs: der deutlichste Beweis dafür, wie sehr in seinem Blut das Erbgut der Wilden wirksam war. Uaximani hatte keine Gewissensbisse gehabt, als er Oberst Basílio und seine Frau umbrachte, um sie zu berauben. Im Gegenteil, er war ganz vergnügt zum Dorf zurückgekehrt, das Boot voll Krimskrams, und hatte sich nur glücklich und reich gefühlt, weil er nun soviel Zeug besaß. Auf die Frage, was er mit den beiden gemacht habe, erklärte er ruhig, die habe er mit dem Ruder niedergeschlagen und dann den Piranhas vorgeworfen. Und niemand tat ihm was. Denn die Weißen betrachten die Indianer als unmündig. Noch heute lebte Uaximani im Dorf, war frei, heiter und glücklich. Er zog zum Fischen aus, tanzte den *aruanã* und hatte die Schrulle, immer Pfeile zu machen. Keiner seiner Züge verriet irgendein Zeichen von Reue oder Angst. Dunkel mochte er sich daran erinnern, Oberst Basílio ermordet zu haben. Aber das hatte für ihn dieselbe Bedeutung, wie wenn er einen *pirarucu* mit seinem Speer erlegte.
Kanaú sah Camura fest an, aber er konnte mit bestem Willen weder Gewissensbisse noch Angst beim Gedanken an das, was er zu tun vorhatte, in sich entdecken. Und die Überzeugung, daß

er es tun würde, ließ in seinem Inneren eine zynische Sicherheit erstehen, die den trüben Schatten von seinen Augen scheuchte und die Lippen zu einem Lächeln aufwarf, mit dem er den Mann anblickte.
Camura ging auf dieses Lächeln ein. Das war wirklich ein guter und aufrichtiger Indianer! Diesem immer schweigsamen und manchmal etwas trübseligen Burschen konnte er vertrauen. Er klopfte Kanaú auf den Rücken. Es war ihm etwas eingefallen.
»Besorgst du mir das Versprochene?«
»Klar, heute geh ich's holen. Sobald ich Zeit hab, mach ich einen Sprung nach São Félix.«
Camura stieg den Abhang hinauf. Jetzt hatte er herausgefunden, weshalb er sich so matt und unbefriedigt fühlte. Er hatte seit seiner Landung in Santa Isabel fast nichts mehr getrunken. Die Schnapsflasche war auf der Reise, zwei Tage vor der Ankunft, leer geworden. Und er war ohne *cachaça* kein Mensch. Da verlor er Mut, Willenskraft und seinen Humor. Und wenn Schnaps wohltun soll, muß er reichlich sein. Diese Gläschen voll Spatzenrationen, die Valentin ihm gab, waren nichts für ihn. Er konnte nur hoffen, Kanaú werde sein Versprechen einlösen oder Valentin ihm eine hübsche, volle Flasche zur alleinigen Verfügung stellen, weil es ja ein Festtag war.
Die Glocke, die am Amarelãobaum hing, läutete dreimal. Das Fest sollte beginnen. Valentin sah auf die Armbanduhr und stellte fest, daß es Punkt sieben war. Noch einmal ließ er die Glocke drei Schläge tun.
Im Dorf wuchs der Lärm. Die ganze Kinderschar kam in Schulkleidung aus den Strohhütten und näherte sich dem Tor.
Camura saß auf dem Terrassengeländer von Valentins Haus, beobachtete alles und lächelte.
Für diesen Tausendsassa, den Neger Valentin, gab es keine Pause. Er ging und kam, tauchte unter, verschwand, war wieder da, kehrte zurück, immer so voller Eifer, als könne jeden Augenblick die Welt untergehen.

Valentin hatte alle Angestellten des Schutzdienstes von ihren Arbeiten abgezogen, damit sie bei der Vorbereitung des Festes mithelfen konnten. Niemand sollte heute in die Pflanzungen gehen, niemand aus irgendeinem Grund auf der Fazenda bleiben. Der geschlachtete Ochse war um fünf Uhr früh mit einem Boot gekommen. Um fünf Uhr nachmittags sollte das Spießbratenessen losgehen. Camura strich sich mit der Hand über die ausgetrockneten Lippen. Als ob das Spaß machte ohne einen Aperitif zuvor! Aber er wollte Valentin schon noch rumkriegen. Ja, das wollte er.

Einige Männer fegten den freien Platz vor den Häusern. Andere gruben hinter Valentins Haus den Boden weiter aus, wo der Ochse gebraten werden sollte. Am lustigsten war es, die Kinder zu beobachten, die sich jetzt dem Nebenhaus des Schutzdienstes näherten. Das riesige Gebäude, das vor vielen Jahren einmal den Präsidenten der Republik beherbergt hatte, diente vielerlei Zwecken. Zum Festefeiern – heute abend sollte hier das Fest der Weißen stattfinden, mit Ziehharmonika- und Gitarrenmusik –; als Schule, in der die Inanjungen und -mädel tagaus, tagein lesen lernten. Wenn sie es fertigbrachten, verstanden sie bestimmt nicht, was sie lasen, weil sie es auswendig gelernt hatten. Außerdem ... Camura lachte. Ja, sie waren überhaupt Racker. Sobald die Zeit kam, in der die Fische stromaufwärts schwimmen, dachte kein Kind daran, das Schulzimmer zu betreten. Auch wenn sie irgendein anderes Vergnügen im Sinn hatten, verschwanden die Gören spurlos, und es war dann eine schwierige Aufgabe, sie wieder an die harten Holzbänke zurückzugewöhnen ... Außerdem wurde das Haus noch als Unterkunft für die Indianer anderer Dörfer benutzt, die aus irgendwelchen Gründen nicht im Indianerdorf wohnen wollten. Und auch Weiße, die in Santa Isabel anlegten, schliefen hier. In einem Seitentrakt war die Apotheke untergebracht.

Jetzt kamen die Kinder bei Valentins Haus an. Jungen wie Mädchen reichte das Haar bis zu den Schultern, es war geölt und glattgestrichen. Es so herzurichten, kostete viel Zeit. Glänzend von Babaçuöl klebte es unten aneinander. Sie trugen Schultracht, weiße Hemdblusen mit blauen Schlipsen. Auf die Taschen waren die Initialen des Indianerschutzdienstes gedruckt, SPI. Röcke und Hosen sahen aus wie überall in den Volksschulen. Lustig war aber, daß sie über den Blusen Ketten aus bunten Perlen hängen hatten und daß sie Armbänder trugen, die aus Baumwolle gewebt und mit Urucum rot gefärbt waren. An den Beinen trugen sie ähnlichen Zierat, der aber mit langen Fransen versehen war; die schwankten bei jeder Bewegung hin und her. Wie klein dank dieser Aufmachung ihre Füße wirkten! Feierlich ordnete Valentin die Indianerkinder zusammen mit den Kindern aus der zivilisierten Welt, die die gleiche Schultracht anhatten. Er stellte sie in einer Reihe vor dem hohen Fahnenmast auf. Viele Indianer waren aus dem Dorf gekommen, um der Festlichkeit zuzuschauen. Die Frauen trugen Kleider aus Kattun und aus Stoffen mit auffallenden Blumenmustern. Die Männer hatten sich feingemacht, so gut sie konnten. Einige allerdings, die dem Fest keine Bedeutung beimaßen, waren in denselben schmierigen Decken erschienen, die sie alle Tage benutzten.

Camura dachte: Sicher ist Valentin sehr bewegt und möchte am liebsten eine Rede halten. Aber er wußte genau, wie sehr das schlichte Gemüt des Schwarzen unter der Verständnislosigkeit leiden würde. Was sollte man diesen Leuten auch sagen? Daß heute, am 19. April, der »Tag des Indianers« war? Was bedeutete das? Was kümmerte es die Waldmenschen, ob es so etwas gab oder nicht, ob die Regierung ihnen einen Tag weihte oder nicht? Je länger er das alles überdachte, um so trauriger wurde Camura. Auf jeder Reise, die er unternahm, traf er weniger Indianer an und sahen die Überlebenden kränklicher aus. Wußte die Regierung eigentlich davon, oder hatte sie diesen Tag nur festgesetzt, um zu tun, als ob?...

Er stand auf. Schließlich galt er für die Indianer nicht als Mesti-

ze, sondern als *torí*. Und als solcher war er Respektsperson und mußte ein gutes Beispiel geben.
Er näherte sich der Gruppe. Die alten Indianer vollführten einen Höllenlärm. Sie redeten ungewöhnlich rasch in ihrer etwas kehligen Sprache, vielleicht, weil die Weißen sie nicht verstehen sollten. Valentin war ins Haus gelaufen; jetzt kam er zurück und trug die zusammengefaltete brasilianische Fahne ehrerbietig unter dem Arm. Tiefes Schweigen trat ein.
Valentin ging zum Mast. Er atmete kaum noch vor Feierlichkeit. Auf seinem Gesicht lag ungewohnter Ernst. Er knüpfte die Fahne ans Seil und zog sie langsam, langsam hoch. Die Fahne öffnete sich und flatterte oben dann ganz träge und gleichmütig, so wie der Wind es wollte.
Die Indianer sahen sich das ohne die mindeste innere Anteilnahme an. Sie fanden es nur einfach hübsch. Valentin blickte ihnen bewegt in die Gesichter. Er schluckte. Er wußte genau, daß er nichts von seiner Liebe zum Vaterland, keinerlei Verständnis für die symbolische Bedeutung dieses flatternden Tuches und am wenigsten von der übermäßigen Rührung in seiner eigenen Brust auf diese wilden, rauhen Herzen übertragen konnte. Die Schlitzaugen, die die Landesfahne betrachteten, hätten das ausgespannte Fell eines Jaguars nicht anders angesehen. Er überwand seine Erschütterung und klatschte in die Hände, womit er den Kindern das Zeichen gab, daß sie auseinanderlaufen durften.
Das fanden sie herrlich. Schon begann ein ohrenbetäubendes Geschrei. Jedes wollte zuerst zurück im Dorf sein und kämpfte darum, durchs Eingangstor zu kommen, um schnell in den Strohhütten zu verschwinden und sich dieser unbequemen Kleidung zu entledigen ...
Camura wandte den Blick von dieser Szene und sah auf den Fluß, der wie immer gleichmütig dahinströmte, vertraut mit allen Geheimnissen der Urwälder und voll Verständnis sowohl für das, was Valentin empfand, als auch für seine Freunde, die

Indianer . . . Jetzt fuhren Boote in den Hafen der Weißen ein. Sie waren mit trockenen Buritipalmfasern beladen. Die Inans sprangen heraus, machten Bündel davon und stiegen den Abhang empor. Mit zehn Metern Abstand errichteten sie große Pyramiden aus Stroh. Diese Haufen erstreckten sich vom Anfang der Ortschaft der Weißen und am Flußufer entlang bis zum Ende des Dorfes. Das würde bei Nacht wunderbar aussehen.

Valentin wollte sogar einige Raketen loslassen, um das Fest noch schöner zu machen.

Aber nicht nur bei den Weißen herrschte solch ein Hochbetrieb. Im Dorf war es noch schlimmer.

Man hätte denken können, alle Frauen redeten gleichzeitig. Überall sah man sie mit Kalugíkesseln laufen, wobei ihre hängenden Brüste wie Uhrpendel schaukelten. Andere hockten auf dem Boden und rieben Maniok. Die Kinder schmückten sich mit Federn, mit noch mehr Ketten, mit bunten Ohrgehängen, die ebenfalls aus Federn bestanden, mit Troddeln, die ihnen an schwarzen Schnüren auf dem Rücken baumelten. Und all das ging unter Radau vor sich. Dazu zeterten die Aras mit durchdringendem Gekreisch. Die Hunde – und welche Unzahl von Hunden gab es – bellten jeden Augenblick. Die Papageien schwatzten und brachen immer wieder in laute Lachsalven aus.

Wer all diesen Lärm ganz und gar nicht ausstehen konnte, war der alte, zahme Jaburuvogel, der Maluá gehörte. Das arme Tier spazierte langsam und trübselig bis zum Flußufer, weit weg von all dem Tumult. Im Wasser zog es einen Fuß an und schlummerte ruhig sein.

Lange bevor die Sonne daran dachte, unterzugehen, strömten von überallher Menschen zum Fest herbei. Sie kamen von São Félix, vom Hof des João Irineu – wenn ein Fest stattfand, dachten sie nicht darüber nach, ob Xavantes in der Nähe waren oder

nicht –, vom Anwesen des Raimundo Morais, das sehr weit entfernt lag ... aus jeder Richtung, aus jedem Winkel kamen Leute. Eine Woche vor dem »Tag des Indianers« mußte Valentin Boten in die flußabwärts gelegenen Dörfer schicken, um die Indianer einzuladen. Es sah aus, als würde das Fest diesmal schöner werden als in den anderen Jahren. Valentin war seit acht Monaten auf seinem Posten, und jedem gefiel es, mit welchem Schwung der Schwarze alles anpackte. Er war ein fröhlicher Geselle, lebhaft, fleißig, mit offener Hand, das war er ...
Der Ochse drehte sich am Spieß. Und der Duft des garenden Fleisches erfüllte die Luft und breitete sich aus. Camura war glücklich. Es war ihm gelungen, dem Leiter des Schutzdienstes klarzumachen, an einem Tag wie dem heutigen dürfe er niemandem etwas abschlagen. Und das Ende war gewesen, daß er eine köstliche Flasche *cachaça* geschenkt bekommen hatte. Deshalb sahen seine Augen noch kleiner und verschmitzter aus als sonst. Sein Gang war nicht allzu sicher, und was er sagte, klang etwas sonderbar. Aber was schadete das schon? Heute war ein Festtag, nicht wahr?
Er schaute zum Hafen hinunter und schrie: »Oho! Camura! Da kommen noch mehr Leute!«
Und tatsächlich, es kamen immer mehr.
Valentin hatte seinen Anzug aus grobem weißem Stoff und die neuen blanken Schuhe angezogen. Um fünf Uhr läutete er die Glocke. Nun wiederholte sich die Szene vom Morgen. Auch Indianer erschienen in derselben Kleidung.
Valentin fing an, die Fahne herunterzulassen. Die Festgäste umschritten den Mast. Träge kam die Fahne tiefer und tiefer ... Alle klatschten in die Hände, aber keiner dachte daran, die Nationalhymne anzustimmen. Camura lachte. Sicher konnte niemand sie singen. Er selber übrigens auch nicht. Hier, wie in jedem Teil Brasiliens, kannten keine zehn Prozent der Bevölkerung den vollen Wortlaut, und wenn sie ihn kannten, so hatten sie gewiß nicht über seine Bedeutung nachgedacht. Plötzlich

drangen Töne von der Mitte des Flusses herüber. Gespanntes Schweigen. Die Töne wurden vernehmlicher. Wie durch Zauber legte sich ein Lächeln auf alle Gesichter. Auf die der Indianer und der Weißen, der Alten und der Kinder.
Immer lauter und deutlicher wurden die Töne.
Alle riefen:
»Chibíu! . . .«
»Chibíu! . . .«
»Chibíus Ziehharmonika! . . .«
Keiner dachte mehr an die Fahne, die noch nicht einmal ganz unten war.
Alles löste sich auf. Rannte wie wild zum Flußufer. Jeder wollte dabeisein, wenn der Musikant an Land ging.
Valentin nahm allein die Fahne in Empfang, allein legte er sie sorgfältig zusammen, und allein ging er ins Haus, um sie zu verwahren.
Wie schön war die Musik, die der Ziehharmonika entströmte! Hier draußen gab es kein Radio; die Menschen lebten in völliger Abgeschiedenheit. So ein Fest hin und wieder hatte vielleicht den Sinn, ihnen zu zeigen, daß das Leben noch etwas mehr zu bieten hatte, als immer nur den harten Stiel der Hacke zu schwingen und mit dem salzigen Schweiß die Erde zu tränken.
Chibíu wurde mit Hochrufen und Beifallsklatschen begrüßt. Er war sich seiner Heldenrolle durchaus bewußt, stieg aus dem Boot und schleppte den schweren Körper und die Ziehharmonika die Böschung hinauf. Sie gaben ihm das Geleit bis zum Festhaus, und hinten, in einem großen Raum, der viele Aufgaben erfüllte – Schreinerei, Vorratskammer für den Reis, Schlafzimmer und Küche –, ließen sie ihn vorerst auf den Lorbeeren ausruhen, die er seiner ausgeblichenen, melancholischen Ziehharmonika verdankte. Chibíu legte sie sorgsam auf die Hobelbank, zog ein gestreiftes Taschentuch heraus, trocknete sich das verschwitzte Gesicht und steckte die Hände nachlässig in die

Taschen. Als er die Ausschmückung des Saales bemerkte, strahlte er und gab einen hellen Pfiff der Anerkennung von sich: Girlanden aus Zeitungspapier zogen sich in allen Richtungen von Wand zu Wand. Palmwedel umkränzten Türen und Fenster. Bunte Blumen steckten, zu großen Sträußen gebunden, in Carajá-Krügen und gaben dem Ganzen einen geradezu künstlerischen Anstrich.

»Donnerwetter!... Ich gratuliere!...«

Anzügliche Blicke fielen auf Maria Pomba. Das Mädchen wurde feuerrot im Gesicht. Es kicherte verlegen und nervös und senkte die Augen schnell auf die Lacksandalen, die es trug. Mit der Fußspitze ritzte es verschämt den gestampften Fußboden des Saals.

Jetzt hielt sich niemand mehr zurück: Alle prusteten laut heraus. Die Freundinnen umarmten sie. Niemand sprach es aus, aber jeder dachte: »Sie hat natürlich alles so schön gemacht, weil sie wußte, Chibíu würde kommen, um zu spielen.«

»Hab ich nicht gesagt, Chibíu hat sich in das Mädel verknallt?«

»Hast du gesehn, puterrot ist sie geworden!«

»Hm! Das gibt bestimmt 'nen Ring am Finger, das gibt's!«

Und Maria Pomba, das kräftige, rundliche Mädchen mit dem vollen Busen, das besonders geschickt war, alles zu dekorieren, das gerufen wurde, wenn es galt, den Altar für den gelegentlichen Besuch eines Paters aufzubauen oder einen Festsaal zu schmücken oder Blumen in die gefalteten Hände derer zu tun, die sich zur letzten Ruhe gelegt hatten... Maria Pomba konnte, glücklich und verschämt, nur noch stammeln: »Ach, Leute, laßt mich doch!...«

Und ehe ihr aufgeregtes Lachen in verwirrte Tränen umschlagen konnte, drehte sie sich um, drängte durch die Menschenmenge und rannte auf die Terrasse hinaus...

Valentin läutete die Glocke. Das bedeutete das Allerwichtigste: Der Spießbraten war bereit.

Auf der Terrasse am Haus waren Tische aufgestellt. Auch Bret-

ter, die auf Böcken lagen, übernahmen die Rolle von Tischen; alles rohes Holz, Tischtücher gab es nicht; das war auch ganz belanglos, denn das Wesentliche hatte man ja: Teller über Teller, randvoll mit Maniokmehl, und Messer mit aufgespießten Stükken von Ochsenfleisch.
Alle hatten sich zum Festschmaus zurechtgemacht. Der Platz um Valentins Haus füllte sich. Und da waren sie nun, bunt durcheinander. Arme jeder Farbtönung und jeder Art streckten sich nach den Messergriffen aus, und viele Sorten Messer gruben sich in das Fleisch, und das rauchende, duftende Fleisch verspritzte seinen roten Saft auf den Tisch, und vom Tisch tropfte er hinunter und benetzte den Boden.
Alle standen durcheinander. Auffallende, grellbunte Kleider streiften die nackten Körper der Inans. Diese hatten sich so schön wie möglich gemacht. Ihre Körper waren von Kopf bis Fuß rot angemalt. Von diesem Rot hoben sich die vielfältigsten Zeichnungen ab, die mit dem schwärzlichen Saft der Jenipapofrucht ausgeführt waren. Die Haare glänzten von Öl. Die Federn junger Enten klebten an den Zierstrichen der Beine und auf den muskulösen Hinterbacken, die sie mit weichem weißem Flaum bedeckten. Und all diese Verzierungen waren mit dem klebrigen Saft der wilden Bisamblume befestigt, dessen starker Moschusgeruch aufreizend in die Nasenlöcher drang.
Nach kürzester Zeit schon konnte man den Grund der Teller sehen, aber gleich waren wieder Kokosschalen voll geröstetem Mehl da, um sie aufzufüllen.
Ein Witz, eine lustige Bemerkung, ein Scherz, ein Lob steigerten die allgemeine Heiterkeit, während die Zähne sich kräftig in das rote Fleisch gruben und eine Handvoll Mehl nach der anderen in den Mündern verschwand.
Valentin lächelte beglückt. Das war wirklich ein Fest! Die Indianer würden stolz sein, einen so schönen Tag miterlebt zu haben. Seine Augen trafen weit hinten auf Camura, der näher kam und dabei Zickzackspuren auf dem staubigen Boden hinterließ. Er

stupste Chibíu an und zeigte auf den Kommissar: »Ojemine! Der Saufaus! Was der in sich hineingeschüttet hat! Das kann ihn ja umbringen!«

Langsam brach die Nacht herein. Das Spießbratenmahl war zu Ende. Alle hatten tüchtig eingehauen. Zu tüchtig sogar. Einige mußten sich hinlegen, andere verzogen sich in die Ecken, lehnten sich an die Wände. Das Ufer war voll schweigsamer Menschen. Ihr Phlegma erinnerte an das verdauender Königsschlangen. Manche waren so weit, daß ihnen übel wurde, wenn sie nur an Essen dachten.

Aber die Inans machten nicht Schluß. Sie trugen Fleischstücke und Knochen, die noch nicht abgenagt waren, zum Dorf. Dort wurde alles im *Aruanã-Haus* für die Indianer aufgehoben, die von flußabwärts kommen sollten. Die hatten schon Botschaft vorausgesandt mit der Nachricht, sie seien an einem Strand, zwei Kilometer von Santa Isabel, wo sie sich vorbereiteten. Das war der für das Zusammentreffen der Inans aus den Dörfern Btondirú und Créran-Auá vereinbarte Ort.

Die kurzbeinigen und immer ausgehungerten Hunde der Indianer und die Hunde der weißen Bevölkerung säuberten den Hof, indem sie Knochen und Reste fetten Fleisches in ihren Mäulern davonschleppten. Manchmal zeigten sie einander die scharfen, fletschenden Zähne. Sie waren richtige Bestien, die nicht davor zurückscheuten, *onças* anzugreifen. Fielen sie sich gegenseitig an, so kannten sie kein Erbarmen. Sie knurrten vor Haß und jaulten vor Schmerz, wenn sich ihr frisches Blut zu dem gesellte, das vom Spießbraten auf den Boden geflossen war. Diese Kämpfe ermunterten die satten Gäste ein wenig. Ein Funke von Belustigung sprühte in ihren Blicken. Aber dabei blieb es. Niemand stand auf, um die Tiere zu trennen. Im Gegenteil, sie hetzten sie noch weiter auf.

Wer das nicht mochte, war der jeweilige Herr des angegriffenen Hundes, der dann aufstehen und mit aller Kraft einen Stock schwingen mußte, um dem Kampf ein Ende zu machen. Am schlimmsten, wenn das ein Indianer war, denn der nahm die *borduna,* die harte Keule, um zu prügeln, wem immer auch der Hund gehörte. Die Tiere heulten auf und stoben in allen Richtungen auseinander.

Wie eine Träne hing der erste Stern am Himmel. Ein sanfter Wind wehte vom Fluß herüber. Nachdem der Bann gebrochen war, wagten sich auch die anderen Sterne eilig hervor. Die schwarze Nacht breitete sich über den Fluß, und der Fluß gab sich ruhig und glatt, um die Sterne nicht zu erschrecken, die in ihm fischen würden.

Alles war voller Erwartung. In wenigen Minuten sollten die Carajás von unten ankommen. Und wie alljährlich war ihr Einzug in Santa Isabel etwas Überwältigendes. Ein wildes Schauspiel, das sich kaum beschreiben läßt.

Vom kleinen Strand her scholl ein Carajáruf durch die Nacht. Dieser Ankündigung antwortete ein »*Kou*« aus dem Dorf. Jetzt kam der Ruf aus größerer Nähe. Das Dorf geriet in Aufruhr. Viele Stimmen ließen ihre »*Kous*« im Chor widerhallen. Noch stärker wurde der nächste Ruf. Brüllendes Getöse brach los.

Ein Inan kam vom kleinen Strand her in gestrecktem Lauf über den Platz der Weißen. Er hielt vor Valentins Haus an und verkündete atemlos:

»Die Inans! Die Carajás von unten kommen!«

Er drehte sich auf den Fersen um und rannte wieder in Richtung auf das Dorf los. Valentin raffte die Raketen zusammen und mischte sich unter das Volk, das sich auf der Uferböschung drängte. Eine Gruppe Indianer verteilte sich bei jeder der Strohpyramiden und wartete, daß die Gäste um die Spitze der Bucht von Santa Isabel herumkämen. Alle waren aufs äußerste gespannt. Warum brauchten sie bloß so lange? Die Minuten schienen an der Zeit zu kleben, und die Zeit zauderte. Niemand redete. Alle Blicke waren auf die Stelle geheftet, wo die Inans von flußabwärts auftauchen mußten.

Der erwartete Augenblick kam. Eine Feuerzunge zerriß die Dunkelheit und näherte sich. Sie wurde zu einer Fackel, und die Fackel spiegelte sich im Wasser. Der erste Einbaum überwand die Strömung und steuerte Santa Isabel an. Keiner konnte mehr schweigen. Alle Indianer schrien, und zwischen ihren Schreien waren Grußworte zu erkennen. Die Carajás von Santa Isabel riefen: »*Inan Btondirú! Inan Crêran-Auá! Manakerí-ki!*...«
Einer fragte die anderen: »Was schreien sie denn so?«
»Sie sagen: Carajás von Fontoura! Carajás von Mato Verde! Kommt hierher!...«
Hinter dem ersten Boot wurden weitere Fackeln sichtbar. Jetzt konnte man hören, daß sie den Schrei der Möwen und anderer wilder Vögel nachmachten. Zwischendurch antworteten sie auf die Einladung: »*Tiokrê, Inan Raumaló-Dessê!... Tiotôitica!*... Wartet, Carajás von Santa Isabel! Danke!...«
Der, der gefragt hatte, stellte fröhlich fest: »Was für feine Pinkel! Wie nett die sich benehmen!«
»Hast du denn nicht gewußt, daß die Indianer die höflichsten Menschen sind, die's gibt?«
Die Boote furchten das Wasser. Die Fackeln brannten nieder. Noch zwanzig Meter waren sie von Santa Isabel entfernt. Das Gebrüll, die Vogelrufe hatten sich rasend gesteigert.
Ein schrilles »*Kou*« war die Anweisung für die Indianer, die Haufen von Buritistroh in Brand zu setzen. Innerhalb von einer Zehntelsekunde fraßen sich die Feuerzungen in die trockenen Fasern hinein und stiegen in die Höhe. Das Ufer wurde hell. Die Nacht war verschwunden, das Volk plötzlich grell angeleuchtet.
Wilde Funken stoben aus den Augen jedes Anwesenden. Die barbarische Freude über dieses Schauspiel übertrug sich auf alle, die es miterlebten. Die allgemeine Erregung machte es ihnen manchmal schwer, einen Schrei zurückzudämmen, der dem der Indianer sehr ähnlich war und aus ihrem Innern hervorbrechen wollte. Die Boote eilten dem Land zu. Das Getöse wurde gewal-

tiger. Valentin entzündete die Raketen. Ihr Zischen verband sich mit dem Höllenlärm. Dann schwebte das Feuerwerk langsam nieder wie losgelöste Sterne.

Man konnte die Boote im Fackelschein erkennen. Vier Mann saßen am Ruder, und die übrigen standen aufrecht. Alle kamen sie nackt, bemalt und geschmückt. Viele hatten riesige Federkronen auf dem Kopf, groß wie Pfauenräder. Es waren prächtige Kerle mit starken Muskeln, der flackernde Lichtschein ließ die Muskulatur noch deutlicher hervortreten und die Bronzefarbe der Körper, die mit Babaçuöl eingerieben waren, erglänzen. Die Einbäume glitten vorwärts, als trieben die Schreie sie an und nicht die Ruder. Sie kamen in einer Reihe und berührten einander fast. Wer diese Feuerkette von fern sah, mochte sie wohl für die sagenhafte *Buiuna* halten, die große Feuerschlange aus dem Fluß.

Der festliche Zug bewegte sich auf das Dorf zu. Die Feuer auf der Uferböschung wurden eines nach dem anderen angezündet, und die Besucher waren von den Fackeln beleuchtet.

Die Begeisterung erreichte ihren Höhepunkt, als das erste Boot am Strand des Carajáhafens anlegte. Aus allen Kehlen brach ein Gebrüll, als berste die Erde.

Auf der Höhe der Böschung hatten die Indianer auf zehn Meter gestampftem Boden einen Riesenkreis gezogen und rundherum mit je einem Meter Abstand Pyramiden aus trockenem Stroh, dreimal so groß wie die anderen, errichtet. Das Feuer wurde angesteckt. Die nächsten Häuser waren taghell erleuchtet. Niemand dachte daran, daß ein kleiner Funke, vom Wind hinübergetragen, das Dorf in eine einzige höllische Feuerstätte verwandeln könnte. Niemand dachte daran, und *Kanansiu-ê* war in diesem Augenblick genauso von Wildheit erfüllt wie sie. Er würde es nicht zulassen, daß diese tolle, ungestüme Urwüchsigkeit voller heidnischer Gesänge ein böses Ende nähme. Soviel Kraft hatte der Wind nicht, der von den rasend tanzenden Körpern ausging.

Alles war Licht. Zu zweit kamen die Gäste den Uferhang herauf. Sie hielten die Arme verschränkt und warfen die Körper nach vorn und wieder zurück, so daß die Köpfe unentwegt ihre Stellung änderten und man fürchten mußte, die mächtigen Federbüsche und *lôri-lôris* könnten gleich auf der Erde landen.

Vom Dorf brachen sie nun ebenfalls auf, zu zweit und mit verschränkten Armen, mit eigenen Gesängen des Stammes, die auf die Begrüßungen und Ehrenbezeigungen der Ankömmlinge Antwort gaben. Jeder wollte die feinsten und bestformulierten Sätze vorbringen, aber dann wurden diese Sätze wieder abgelöst durch den wilderen Schrei eines seltenen Vogels.

Der lodernde Feuerstoß war den Blicken der Ankommenden durch einen Kreis von Indianern entzogen, deren Verzierungen einzig aus weißen Federn bestanden. Die Carajás von Santa Isabel prunkten mit *lôri-lôris* aus den Federn weißer Reiher, und die schwankten bei jedem Wiegen der Schultern oder des Kopfes.

Nachdem die Krieger getanzt und ihre Kunst im gellenden Absingen ihrer Lieder gezeigt hatten, traten die grotesken und komischen Figuren auf. Tanzend erschienen der Narr und der Verrückte. Dieselben Figuren kamen aus dem Dorf, und sie suchten einander in Gebärden und Scherzen zu übertrumpfen. Manchmal wurden sie sogar reichlich obszön. Immerhin ernteten sie helles Gelächter. Bei dieser allgemeinen, ansteckenden Fröhlichkeit hätte man das Lachen der Weißen von dem der Indianer nicht unterscheiden können, hätte nicht der verglühende Feuerschein die trotz des Federschmucks fast nackten Gestalten und ihre Züge sprunghaft beleuchtet.

Die Feuer erloschen zugleich mit dem Lärm. Eine vorübergehende Erschöpfung lähmte alle.

Maluá, der Stammeshäuptling gewesen war und dessen Wort viel galt, schloß diesen Teil der Feierlichkeiten ab und ordnete an, die Gäste sollten jetzt zum Festmahl ins *Aruanã*-Haus gehen. Mit kleinen Fackeln schlugen sie den Weg dorthin ein.

Die Frauen wurden plötzlich betrübt, die indianischen wie auch die weißen, denn jener Ort war ihnen verwehrt, und sie waren vom weiteren Verlauf des Festes ausgeschlossen.
In dieser Nacht erlaubte Maluá nicht, daß gekämpft würde. Die Inans aus Btondirú und aus Créran-Auá brauchten Ruhe nach der enormen Plackerei des Ruderns. Dabei wußte Maluá genau, sie würden die ganze Nacht hindurch tanzen; und die Sterne am Himmel oben würden vor Ärger über das monotone Geschnarr der Rasseln und die tausendfach wiederholten Worte zu flackern anfangen. Aber als er jung war, hatte auch er nicht ausgeruht und war einem solchen Rat genausowenig gefolgt...

Im *Aruanã*-Haus war Kanaú dabei, sich umzuziehen. Eine tiefe Falte furchte seine Stirn. Schlimme Vorahnungen belasteten ihn. Die Hände wogen schwer. Die Arme verweigerten dem Willen ihren Dienst. Und dahinter steckte nicht etwa Angst. Eher Gereiztheit. Denn alle seine Berechnungen schienen falsche Resultate geben zu wollen.
Er schlang den letzten Strohrock um und band ihn stramm fest, damit er beim Tanz nicht rutschen konnte.
Warum kam das Boot nicht? Was war geschehen? Irgendwas Schwerwiegendes. Oder sollte Iroá eingeschlafen und das Boot unbemerkt entwischt sein? Nein, das war einfach unmöglich. Iroá...
Er lächelte, als er an den Freund dachte, der auf der anderen Seite des Flusses, in eine von Öl stinkende Decke gewickelt, die Augen beim Anblick der Fackeln sehnsüchtig herüberrichten würde. Iroá erriet bestimmt alles, was hier vor sich ging.
Dikuria schalt etwas ärgerlich: »Kan-kú! Ich bin schon fertig. Du brauchst eine Ewigkeit!...«
Kanaú drehte sich zu dem Indianer um, der mit ihm tanzen sollte. Sein Partner hatte die lange, kegelförmige Maske schon aufgesetzt, die mit roten Arafedern verziert war, und in den Händen hielt er die Rasseln.

»Bin gleich soweit, Dikú.«
Er ergriff die Strohmaske und stülpte sie über, nahm die beiden Rasseln und verließ das Haus.
Er stellte sich vor Dikuria und nickte. Dikuria erwiderte das Nicken. Einen Augenblick zögerte er, dann schüttelte er die Rassel zum Rhythmus des Liedes, das der andere angestimmt hatte. Sie kehrten sich zum Vorhof um, der gestampften Lehmboden hatte, und begannen in kleinen Schritten zu gehen, wobei sie die maskierten Köpfe hin und her warfen, so daß die langen Federketten, die oben festhingen, die Bewegung mitmachen mußten...

»Eh! Jacarérîê...«
»Eh! Jacarérîê...«
»Ê ê ê ê ê ê«
»Jacarêrîê... rerâ.«
»Iêrran...«

Der wilde Zauber der Musik riß Kanaú nach und nach völlig hin. Geist und Sinne wurden verzückt. Das indianische Blut in seinen Adern geriet in Wallung. Ein Schleier des Vergessens hüllte ihn ein, alles andere war versunken. Erst viel später, wenn Müdigkeit ihn umfinge, wenn Glieder, Gesicht und Haar von Schweiß klebten, würde er die Gegenwart wieder wahrnehmen können.
Im Augenblick gab es für ihn nur das, was sich um ihn abspielte: die anderen Tänzer, die sich ihm zur Seite hin und her bewegten, die rasch hinter und neben ihm liefen. Alle sangen inbrünstig und riefen *Kanansiu-ê* an, diesen zum Untergang verdammten Gott, dem es trotz seines Verfalls einstweilen noch gelang, seine Macht auszuüben, vor allem auf die Stammesältesten und die Kinder, weil sie entweder noch keine Verbindung mit den Missionaren hatten, oder weil sie nichts von dem glaubten, was ihnen erzählt wurde...
Drei Stunden Tanz. Schritte zurück und wieder vor. Verbeugun-

gen, Verrenkungen. Die Körper wurden salzig von Schweiß. Sie machten eine kleine Pause, und Dikuria, der die Gesänge anführte, dachte ein wenig nach, um eine neue Liederfolge auszuwählen ...

Das Pfeifen eines Jacurutuvogels ertönte von weither.

Kanaú wandte das Ohr von den *Aruanã*-Gesängen ab.

Der klagende Pfiff wiederholte sich.

»He! *Dikú-kú!* ... Hast du den Jacurutu gehört?«

»Er hat schon viele Male geschrien ...«

»Bist du sicher, daß es oft war?«

»Ja. Er piepst schon eine ganze Weile. Wird ein Weibchen sein, das nach einem Männchen schreit.«

Kanaú ersann eine kleine List und sagte zu Dikuria: »Ich tanze nicht mehr. Ich geh in den Wald, ich muß mal.«

Der Freund schalt ihn gutmütig: »Kan ist müde. Kan ist es nicht mehr gewohnt, zu tanzen.«

Kanaú lachte, aber ein Schrecken umkrampfte sein Herz. Er wußte, das war nur das Schaudern vor dem Beginn. War erst einmal der Anfang gemacht, dann würde nichts ihn zurückhalten können. Nichts.

»Dikú, du kannst Uereá rufen, daß er mit dir tanzt. Er singt genauso gut wie ich.«

»Das hatte ich auch vor.«

Er ging ins *Aruanã*-Haus zurück.

Jetzt bekamen seine Bewegungen plötzlich Schwung. Im Nu hingen Strohkleidung und Maske an der Wand.

Er wischte sich mit dem Handrücken den Schweiß von der Stirn, schlüpfte in die Hose und verschwand im Dunkel, noch ehe er das Hemd anhatte.

Er entfernte sich geschwind. Die *Aruanã*-Gesänge wurden leiser. Er blieb im Wald stehen und ahmte den Ruf eines Jacurutumännchens nach.

Er wartete ein bißchen, und schon kam die Antwort. Er hatte sich nicht getäuscht. Es war Iroá.

Er ging dem Freund entgegen.
»Oh, Kan! ... Wie lang hast du gebraucht! ... Ich ruf dich schon seit mehr als einer Stunde ...«
»Ich hab's nicht gehört, Iro. Ist was passiert?«
»Viel. Das Boot ist da ...«
Ein Schauer durchrann Kanaú. Das war ja viel besser, als er es sich vorgestellt hatte. Viel besser. Denn er hatte gedacht, das Boot erst weit unterhalb von Santa Isabel stellen zu können, nach einem großen Wettrennen auf dem Fluß. Nichts davon war nötig ...
»Erzähl, Iro ...«
»Sie haben am kleinen Strand angelegt. Die Frau hat das Kind gekriegt. Ging ihr schlecht. Mußten in Raumaló-Dessé halten wegen Penicillin. Wird zwei Tage dauern. Valentin hatte Penicillin für sie. Der Mann hat's schon gegeben ...«
Jetzt begriff Kanaú alles. Die Geburt hatte das Boot aufgehalten.
Er lächelte und überlegte schnell. Zwei Tage. Er mußte rasch handeln. Denn die schwerbewaffneten Männer für Camura waren auf dem Weg nach Santa Isabel. Wenn alles so lief, wie er es voraussah, hatten sie mindestens fünf Tage Vorsprung vor der Polizei. Und in zwei von diesen fünf Tagen konnten sie an der Mündung des Tapirapés vorbei sein, ohne daß jemand was erfuhr. So war es.
»Und Camura, Iro?«
»Ich bin beim Fest der *torís* vorbeigegangen und hab sie tanzen sehn. Camura ist betrunken. Der weiß nicht mehr, was er tut.«
Kanaú klopfte Iroá auf den Rücken. »Es geht alles viel besser, als ich dachte.«
Die Nacht war viel zu dunkel, als daß Kanaú den besorgten Ausdruck in Iroás Augen hätte sehen können.
»Wenn alles so weitergeht wie bisher, werden wir sehr reich, Iro.«
Aber Iroá schenkte dem nicht allzuviel Glauben. Reiche India-

ner? Und was, wenn nicht alles glatt ginge? Schließlich auch ... wozu reiche Indianer? Das gab's nicht. Keiner wurde reich. Im Gegenteil, die Weißen machten die Indianer immer ärmer und richteten sie zugrunde. Immer mehr Weiße erschienen, um die *pirarucus* zu erlegen und die Wildschweine und um die Reiher und andere Vögel zu vertreiben, die ihnen die Federn für Pfeile und *lôri-lôris* lieferten ...

Er begleitete Kanaú. Chibíus Ziehharmonika füllte mit ihrer Musik den von Lampions und Petroleumlampen erhellten Saal.

Das Schlurren von Sandalen und Schuhen auf dem Boden wurde immer stärker. Menschen hatten sich an die Fenster gedrängt. Jetzt erklang eine kleine Polka. Die beiden traten so unauffällig wie möglich unter die Zuschauer.

Fröhlichkeit strahlte aus jedem Gesicht. Valentin bekam den zahnlosen Mund mit dem angeschwärzten Zahnfleisch überhaupt nicht mehr zu. Mit glänzenden Augen verfolgte er das Tanzvergnügen. Manchmal brach er in herzliches Lachen aus, wenn sein Blick auf Camura fiel, der mit komischen Anstrengungen darauf bestand, im Saal zu tanzen.

Iroá stieß Kanaú an und zeigte ihm das.

Kanaú lachte und zog den Freund am Arm mit sich.

Sie gingen wieder in die Nacht hinaus und verbargen sich im Wald.

»Wo hast du die Flaschen, Iro?«

»Ganz nah.«

»Ich muß schnell machen.«

»Wart, ich hol sie schon.«

Kanaú setzte sich hin und betrachtete die Sterne am Himmel. Es mußte nah an Mitternacht sein. Aus der Ferne waren die *Aruanã*-Gesänge der Indianer und die Ziehharmonikamusik der Weißen durcheinander zu hören. Daraus würde niemals eine Einheit werden! Und immer war das, was von den Weißen kam, schöner und besser; was die Indianer taten, trat dahinter zurück, und sie räumten das Feld. Es war die gleiche Trennung, die auch durch ihn ging, der sich nirgends binden konnte, der zu keiner Seite gehörte... Er gab seinen Gedanken eine andere Richtung, es stand ja nicht in seiner Macht, seine Veranlagung zu ändern.

Seine an die Dunkelheit gewöhnten Augen erkannten Iroás Gestalt. »Hier sind sie, Kan.«

»Gib mir eine davon!« Er zog das Messer aus der Scheide und fing an, den Deckel zu öffnen. »Halt sie noch mal!«

Er steckte die Hand in die Tasche und holte ein kleines Päckchen heraus. »Zünd ein Streichholz an!«

Iroá gehorchte. Ein Ausdruck des Schreckens trat in die Augen des Indianers. Er schluckte. »Wo hast du das her, Kan?«

»Aus der Apotheke des Schutzdienstes. Ich hab den Betrieb gestern ausgenutzt und bin über die Mauer gesprungen. Ich hatte gesehen, daß der Apothekenschrank ohne Schlüssel ist.«

»Und wenn sie merken, es fehlt was...«

»Keine Angst, ich hab nur ein bißchen Pulver genommen. Dann hab ich alles wieder an seinen Platz getan, und niemand hat mich gesehen.«

»Und wenn Camura schreit?«

»Wir holen ihn hierher. Das hier reicht, einen Ochsen umzubringen.«

»Kan, du scheinst verrückt zu werden. Wenn nun Camura das Gift in der Flasche bemerkt?«

»Er ist versessen auf Alkohol, und es ist sehr dunkel, man kann nichts sehen...« Er hatte einen Einfall. »Nimm noch mal die Flasche.«

Iroá tat es. Kanaú zündete ein Streichholz an.

»Stell die Flasche her ins Licht. Nun schau mal!«

Iroá kam näher.

»Siehst du was?«

Der Indianer schüttelte den Kopf.

»Bei Tag könntest du es sehen, aber in solch einer Nacht nicht.«

Iroá murmelte langsam: »*Rebunan-ni*... Gift... Hattest du nicht gesagt, du wollest es mit dem Messer tun?«

»Erst hatte ich es vor. Aber so, auf diese Art, ist es einfacher. Ich gebe ihm das Gift, und er bringt sich um. Camuras Leben hängt von einer einzigen Sache ab: von der Entscheidung des Leutnants.

Ich bin sicher, daß...«

Die Streichholzflamme war erloschen. Nur ein winziges Lichtpünktchen blieb noch, das verglomm.

»Verwechsle die beiden Flaschen nicht.«

»Keine Gefahr. Die andere ist noch zu. Die machen wir erst hinterher auf.«

Geheimnis der Nacht

Die beiden Männer und Pissy blickten fasziniert auf das Schauspiel.
»Mein Gott, was für ein Feuer!«
Santa Isabel war aus der Entfernung von rötlichem Schein übergossen, und der Fluß warf das Licht zurück und schimmerte gleich einem roten Spiegel.
Alle drei gewannen ihre Ruhe zurück. Daniel murmelte befriedigt: »In Santa Isabel feiern sie ein Fest. Muß was von den Indianern sein. Sonst gäb's nicht so viele Flammenstöße.«
Der Leutnant lächelte. Das war ein Glückszeichen.
Sá Lua stöhnte und hob den Kopf. Ihre Augen brannten vor Fieber, und der Kopf schwirrte ihr. Sie begriff nicht, was vorging. Sie wußte nicht, wo sie war. Sie hatte den Zusammenhang mit den Dingen verloren. Die Wahnvorstellungen, die sie befielen, machten, daß sie laut phantasierte. Sie erblickte den Feuerschein und jammerte voller Angst, wobei die Worte in Abständen kamen: »Nein ... tu das nicht ... ich will nicht gehen ... Bringt mich nicht in die Hölle ... ich will nicht gehen ...«
Der Leutnant ließ das Boot ein Weilchen treiben und packte die Frau an den Schultern. Er drückte sie wieder auf den Boden des Bootes.
Sie fuhr fort, heiser zu murmeln: »Laßt mich nicht ... Erlaubt ihnen nicht, mich in die Hölle zu schleppen ... Ich will nicht in die Hölle ... Ich ...«
Der Leutnant tauchte seine Hand ins Flußwasser und kühlte ihr die glühende Stirn. Sanft sagte er: »Ich bin's, Sá Lua. Niemand tut dir was. Mach die Augen zu. Versuch zu schlafen ...«

Die Frau sank in Ohnmacht und wurde still.
Er richtete den Blick auf das Vorderteil des Bootes. Der Feuerschein vom Dorf reichte aus, hier alles erkennbar zu machen. Er unterschied die vermummte Gestalt seines Sohnes auf Pissys Schoß. Er biß die Zähne zusammen. Selbst in diesem Augenblick konnte er den Ekel vor dieser Frau nicht überwinden. Und doch zwangen ihn die Umstände, es zuzulassen, daß sich dies widerliche Schlinggewächs um sein Kind wand...
Er griff wieder zum Ruder und brachte den Einbaum auf den richtigen Kurs.
Daniel brach neuerlich sein Schweigen: »Das ist gut. Wir können auf der anderen Seite entlangfahren und genau bei Santa Isabel den Fluß überqueren. Am kleinen Strand schlagen wir unser Lager auf, ohne gesehen zu werden.«
Dieser Plan wurde durchgeführt. Und dann suchte Daniel Valentin auf und erhielt das gewünschte Mittel. Valentin mußte das Fest verlassen, um nach den Ankömmlingen zu sehen. Er bestand darauf, sie sollten in den Ort kommen. Aber sie wollten nicht. Der Leutnant dankte und rechtfertigte sich damit, daß es nicht gut sei, die Frau zu transportieren. Jetzt konnte sie schon im Schatten eines Baumes in einer am Stamm befestigten Hängematte liegen. Eine Decke als Zeltdach schützte sie vor dem nächtlichen Tau. Außerdem waren die Nächte im April trocken und gesund. Und schließlich zogen sie, als Diamantenwäscher, immer die frische Luft vor und waren seit vielen Jahren daran gewöhnt...
Valentin lächelte und ließ dem Leutnant als Leihgabe seine Injektionsspritze da. Auch gab er ihm Kaffee und andere Nahrungsmittel, die ihnen schon seit langem ausgegangen waren.
Daniel machte ein Feuer an und wickelte sich in seine alte Dekke. Er war sehr niedergeschlagen. Vielleicht aus Angst, weil sie doch noch sehr leicht gefaßt werden konnten, nachdem bisher kaum die Hälfte der Fahrt überstanden war.
Der Leutnant kam heran und setzte sich in seine Nähe. Sá Lua

schlief ruhig. In zwei Tagen würden sie die Reise wohl fortsetzen können.
Eine der größten Gefahren, die ihnen drohte, lag darin, daß sie den Mut verloren. Das wußte der Leutnant. Dieser erzwungene Aufenthalt konnte ihnen schließlich auch helfen, frische Kräfte zu sammeln.
Er sah Daniel voller Mitgefühl an und bemerkte, daß dessen kleine Augen noch melancholischer blickten als gewöhnlich. Da kam ihm ein Einfall. Er rief Pissy herbei, die sich zögernd näherte, sagte, sie solle sich zu ihnen setzen. Alle Runzeln der Frau zogen sich zusammen vor Überraschung. Es mußte ja etwas ganz Besonderes los sein, wenn man sie herbeiholte.
Der Leutnant redete leise, damit Sá Lua nicht aufwachte. Das Kindchen schlief zum Glück fest. Bald würde es wieder hungrig sein, und dann mußte Sá Lua es trotz ihrer Krankheit nähren. Daniel sah Pissy an, deren Augen fragend auf ihn gerichtet waren. Der Leutnant räusperte sich. Dann begann er zu sprechen: »Ich weiß, unsere Reise war bisher schon sehr beschwerlich. Und künftig werden wir noch mehr Mut und Ansporn brauchen. Deshalb will ich euch etwas zeigen, das soll uns wieder neuen Auftrieb geben.« Er knöpfte die Gürteltasche ab und brachte sie in die Nähe des Feuers, öffnete das innere Fach, in dem etwas Geld steckte und ein Päckchen. Dieses Päckchen war es, das ihm schwerer auf die Seele drückte als auf den Rücken. Seine Hände zitterten. Daniel und Pissy machten immer größere Augen. Sie hielten den Atem an. Mit den Fingern knotete der Leutnant den Bindfaden auf und schlug das Stück Wildleder auseinander, in das der Stein eingewikkelt war. Der Rohdiamant kam im Licht des Feuers zum Vorschein. Tausend Funken stoben nach allen Seiten.
»Das kann einen begeistern, nicht? Da kriegt man wieder Hoffnung. Jeder einzelne von uns hat eine bessere Zukunft vor sich...«
Er drehte den Stein in der Hand, und die unregelmäßigen Facetten warfen das Licht zurück wie Blitze.

Keiner der beiden äußerte sich. Sie waren wie geblendet von dem glitzernden Juwel...
Der Leutnant fügte erregt hinzu: »So wie er jetzt ist, im unberührten Zustand, mag er hundert- bis hundertzwanzigtausend Cruzeiros wert sein. Wenn er geschliffen und in der Stadt verkauft ist...« – er lachte schwermütig – »wird er seinen Platz sicher am Finger oder am Hals irgendeiner reichen Frau finden und nichts von dem Blutzoll verraten, den er gefordert hat. Wenn er erst geschliffen ist, kostet er ungefähr...«
Er konnte den Satz nicht fertig sprechen. Eine Stimme ertönte aus dem Wald und führte seinen Gedanken zu Ende: »... eine Million und vierhunderttausend Cruzeiros.«
Sie drehten sich erschrocken um. Die Angst machte sie zu jeder Art von Verteidigung unfähig. Wenn dies ein Hinterhalt war, so mußten sie sich als unrettbar verloren betrachten.
Kanaú trat aus der Dunkelheit vor sie hin.
Er gab sich völlig unbefangen. Ein breites Lächeln der Siegesgewißheit malte sich auf seinem Gesicht.
Die drei konnten die Augen nicht von dem Mann wenden, der sich ihnen langsam näherte. Im Feuerschein bekam sein Haar einen rötlichen Ton, und seine geschlitzten Augen waren kaum zu sehen. Die Hand, die den Diamanten hielt, suchte hilflos nach einem Versteck in der Hüftgegend.
Der Neuankömmling trat heran und setzte sich zu den Reisenden, wobei er nach Art der Indianer die Beine kreuzte.
Er sah sich den Edelstein noch näher an. Es gelang dem Leutnant nicht einmal, die Finger zu schließen. Das Kleinod lag schutzlos und verloren auf seiner Handfläche.
»Ich möchte mich vorstellen, Leutnant: Kanaú, hier im Dorf Raumaló-Dessé geboren.«
Alle drei erlitten Qualen der Angst. Wie konnte er wissen, daß er Leutnant...
Aber es blieb ihnen keine Zeit zu fragen, denn mit verblüffender Sicherheit sagte der Indianer: »Wir haben wenig Zeit, uns zu

unterhalten, Leutnant. Entweder Sie schenken mir sofort Vertrauen, oder Sie sind verloren.« Er zeigte mit dem Finger auf den Diamanten. »Hinter dem sind viele her...«

Etwas mehr Ruhe war in des Leutnants Augen zurückgekehrt.

»Aus dem, was ich gesagt habe, können Sie erraten, daß ich weiß, was es mit dem Diamanten auf sich hat. Es ist alles genauso verlaufen, wie es zu erwarten war, mit Ausnahme der Verzögerung von ein oder zwei Tagen durch die Geburt des Kindes... Wollen Sie den Rest erfahren?«

Der Leutnant nickte zustimmend.

»Ich wiederhole, Sie haben nur wenige Minuten Zeit, sich zu entscheiden. Camura ist hier in Santa Isabel. Ich hab ihn von Leopoldina hergebracht. Wir hatten nicht erwartet, Sie so leicht abfangen zu können, daß das Schicksal Sie so in unserer Nähe zum Anhalten zwingen würde. Camura rechnete damit, Sie an der Mündung des Tapirapés zu schnappen.«

Die Lippen, die bis dahin geschwiegen hatten, öffneten sich, der Leutnant bezwang seine Aufregung und fragte: »Woher wußtest du, daß ich hier am kleinen Strand bin?«

»Von jemandem am anderen Ufer, der am Strand geschlafen hat.«

»Hm...«

»Ich allein kann Sie retten. Wenn Sie mich d a r a n teilhaben lassen.«

Der Leutnant war sich nicht schlüssig. Konnte er dem Indianer trauen? War er nicht das Opfer einer Falle? Und wenn er auf den Vorschlag einging? Irgendwas riet ihm, es zu riskieren. Er betrachtete das lächelnde Gesicht des Indianers. Er erinnerte sich an einen anderen Mann: Mauro Duarte... Sollte er sich wieder irren?... Er blickte zu Daniel und Pissy hin, aber sie sahen noch immer völlig verwirrt aus und waren in keiner Beziehung eine Hilfe.

»Auf welche Weise könntest du mich retten?«

»Camura ist betrunken und hat noch nichts von Ihrer Ankunft hier erfahren. Vieles kommt mir zu Hilfe. Sehen Sie: Die kranke Frau kann nicht reisen. Vielleicht in zwei, drei Tagen. Innerhalb dieser Zeit, oder besser, schon morgen geht es Camura wieder gut, und dann sind Sie verloren. Wenn Sie mich in Ihrem Boot mitnehmen, haben Sie nur Vorteile davon. Ich kenne den Araguaia bis in jeden Winkel hinein. Von nun an wird die Reise immer gefährlicher. Das wissen Sie. Überall gibt es Inan-Indianer. Entweder in den Dörfern oder an den Ufern. Der Regen hat aufgehört. Der Fluß fällt, und da fängt für die Carajás die Sommer- und Jagdzeit an. Nur ich kann dieses Gebiet durchfahren. Und selbst wenn Sie Camura entkommen, es ist eine Schutztruppe von zehn bewaffneten Männern flußaufwärts unterwegs, um Sie zu suchen ...«
»Und was willst du tun, um mir zu helfen?«
»Hören Sie, Leutnant. Ich habe lange in der Stadt gelebt. Ich will nicht bis an mein Lebensende hierbleiben. Ich bin kein Weißer und kein Indianer. Ich bin Mestize. Aber es zieht mich in die Stadt. Auch ich möchte von diesem Leben loskommen ...«
»Und daher?«
»Ich wüßte einen sicheren Ausweg ...«
Er hielt inne. Kein Zug in Kanaús Miene verriet Bedenken vor dem, was er sagen würde. Er erklärte vollkommen ruhig: »Ich kann Camura töten.«
Der Leutnant nahm die Hand zum Kinn und strich den dichten Bart. Noch ein Verbrechen? Aber eigentlich lautete die Frage nicht so, sondern: Noch dies Verbrechen, oder alles ist verloren. Es gab keine Zeit für Zaghaftigkeit. »Wie willst du Camura beseitigen?«
»Das lassen Sie meine Sorge sein. Entscheiden Sie sich, Leutnant. Für eine Sache steh ich ein: Alle werden es für einen natürlichen Tod halten ... Es ist lang nach Mitternacht, das Fest hört bald auf. Ja oder nein?«

»Ich will mit meinen Freunden überlegen.«

Er machte den beiden ein Zeichen, und sie gingen zu den Steinen am Fluß. Es dauerte nicht lange. Sie wußten über alles Bescheid und willigten sofort ein, die gefährliche Karte auszuspielen. Vielleicht hatten sie sogar noch irgendwas Beruhigendes überlegt: daß sie, wenn sie weit genug wären und den Indianer nicht mehr brauchten, ihn umbringen und den Piranhas vorwerfen würden. Sie kamen zurück.

»Wir sind einverstanden. Du wirst das Deine bekommen. Nach dem Verkauf wird der Erlös in gleiche Teile geteilt. Jeder erhält, was ihm zufällt. Der Diamant geht an sechs Personen: an mich, an dich, meine Frau, das Kind, Pissy und Daniel.«

»Ist gut. Den morgigen Tag wird Camura nicht mehr erleben.«

Er erinnerte sich des Ausspruchs Camuras: Er werde den roten Ara der Morgenfrühe nicht mehr sehen.

Rasch wandte sich Kanaú auf den Fersen um und verschwand, von der Nacht verschlungen, in der Wildnis.

Die drei sahen sich an. Sie waren in der Hand dieses Mestizen. Tun konnten sie nichts. Nur abwarten. Würden sie fliehen, so schlug er Alarm. Aber es wäre auch unmöglich, wegen Sá Luas geschwächtem Zustand. Hätten sie den Vorschlag nicht angenommen, würden sie am Morgen gefaßt...

Der Leutnant ging zum Boot hinunter, holte die Waffen und brachte sie zum Lagerfeuer.

Er näherte sich dem Fenster. Die Ziehharmonika quäkte, und vom Boden wirbelte brauner Staub hoch. Er sah hinein, ging fast bis in den Saal. Valentin strahlte, und Camura, der noch besoffener war, bestand immerfort darauf, zu tanzen. Manchmal mußte einer der Tanzenden seine Partnerin stehen lassen, um ihm wieder auf die Beine zu helfen.

Valentin bemerkte Kanaú. Kanaú schüttelte vorwurfsvoll den Kopf. Er machte Valentin ein Zeichen. Der Neger kam zu ihm.

»Wäre es nicht gut, wenn Camura schlafen ginge?«
»Und ob das gut wär! Er will aber nicht.«
»Ach, der geht schon. Ich schwindle ihm was vor, und dann kommt er.«
Er ging in den Saal hinein und berührte den Kommissar an der Schulter. Der drehte sich schwankend um und fiel Kanaú in die Arme. Sein Atem stank nach Schnaps.
»Kanaú, mein Freund!... Mein lieber Freund...«
»Ja, Camura. Komm mal her...«
Er zog den Betrunkenen aus dem Saal und auf die Terrasse. »Ich hab was für dich, Camura...«
Der bewegte die Hand abwehrend und sagte mit schwerer Zunge, während ihm der Speichel auf den Hemdkragen tropfte: »Wenn's über das Scheißboot ist... will ich nicht wissen. Heute bin ich so froh... will nichts von Widerlichkeiten hören...«
»Was träumst du denn von Booten, Camura... Ich wollte dir sagen, Laureano hat dir zwei Flaschen *pinga* geschickt. Aber du bist schon so betrunken, Valentin hätte es sicher nicht gern, wenn ich sie dir gebe.«
»Was soll schon... Valentin... davon wissen? Was geht den mein Leben an...? Wo ist mein Geschenk...?«
»Ja, wenn du willst, dann geb ich sie dir. Bloß, ich hab sie im Wald versteckt. Hatte Angst, ein Carajá könnte sie sehen und trinken...«
»Los! Gehen wir hin!«
Mit einigen Schwierigkeiten führte Kanaú Camura an seiner Seite davon.
Auch in diesem Augenblick blieb Kanaú ungerührt. Er hatte sich vorgenommen gehabt, dem Kommissar eine Chance zu geben. So unwahrscheinlich es auch war, daß er sie ergriff, haben sollte er sie. Keine Spur von Gewissensbissen belastete sein Gemüt. Camura selbst hatte schon lange zuvor sein eigenes Urteil gefällt: »Es ist uns sogar erlaubt, zu töten« – erlaubt, zu töten... Und es war ja doch nicht er, Kanaú, der

das erklärt hatte. Er zog den Betrunkenen in den Wald hinein.
»Wo hast du denn den *pinga?* Am Ende der Welt?«
»Wir sind schon da. Setz dich hierher.«
Camura tat es. Der Indianer entfernte sich, war jedoch bald zurück. Er riß ein Streichholz an und zeigte dem Kommissar die geöffnete Flasche. Camuras Augen funkelten.
»Ist vom guten, Camura. Sieh!«
Er zündete noch ein Streichholz an und beleuchtete die Flasche dicht vor den Augen des Kommissars.
Die winzigen Augen unter den geschwollenen Lidern blitzten vor Gier. Das Wasser lief Camura im kraftlosen Mund zusammen.
Mit rauher Stimme stotterte er mühsam hervor: »Gib schon her, Indio ... verdammter ... Das ist meins ...«
Verdammter Indio? Innerlich lachte Kanaú boshaft. Jetzt war der Augenblick gekommen, Camura eine Chance zu geben. Es sah aber nicht danach aus, daß er sie annehmen würde.
Er hob die Hand mit der Flasche hoch. In der anderen war das Streichholz halb niedergebrannt. Er gab seiner Stimme einen besorgten und zugleich mißbilligenden Ton: »Trink nicht mehr, Camura. Du verträgst es nicht! Du holst dir noch den Tod von soviel Saufen ...«
»Gib her, Gauner! ... Es gehört mir ...«
»Du kriegst es schon, aber sag nicht, ich hätt dich nicht gewarnt ...«
Er zog den Kork aus der Flasche und gab sie dem Kommissar. Das Streichholz erlosch, aber er konnte noch sehen, wie zwei zitternde Hände sie gierig umfaßten. Im Nu hatte Camura den Mund an die Öffnung gepreßt und die Flasche umgedreht.
Kanaú riß ein weiteres Streichholz an. Camura nahm drei große Schluck und ließ die Flasche langsam sinken. Irgend etwas ging vor sich, denn seine Augen wuchsen auf erschreckende Weise. Die Finger öffneten sich, und Kanaú sprang rasch herzu und

packte die Flasche, ehe sie sich auf den Boden entleeren konnte.
Dabei erlosch das Licht. Ein Schmerzgebrüll; ein Körper fiel schwer hin. Wahrscheinlich rollte er sich auf dem Boden und preßte die Hände auf den Magen, der wie Feuer brannte. Eine Gestalt tauchte auf und sprach leise. Aber Kanaú bemerkte es nicht. Einen Augenblick lang war er wie betäubt vor Erregung. Iroá mußte ihn am Arm rütteln.
»Wie ist es verlaufen, Kan?«
»Es geht zu Ende. Er liegt im Sterben.«
Man hörte nichts als diese schrecklichen Laute, die immer schwächer wurden.
»Wo ist die Flasche?«
Kanaú hatte sich in der Gewalt. Erlaubt, zu töten! Töten, um zu leben! Das war's . . .
Er gab Iroá die Flasche und bestimmte überlegen: »Wasch sie im Fluß aus, wo es niemand sieht. Paß auf, daß das Wasser nicht das Papier ablöst. Mach schnell, Iro!«
Iroá fragte den Freund: »Du gehst nicht von hier weg, oder?«
»Nein. Ich muß bleiben und aufpassen.«
Iroá verschwand im Dunkel. Kanaú setzte sich im Wald nieder. Ringsum war alles still. Fern konnte man die klagenden Melodien der Ziehharmonika hören und die Rasseln, die der Nacht ihren monotonen Rhythmus aufprägten. Er hob den Blick zum Himmel. Schmal, gleich einem feurigen Dolch, stieg der Mond auf. Kanaú erbebte; das war kein gutes Vorzeichen. Morgen oder übermorgen würde Neumond sein. Einen Augenblick lang bannte ihn die gelbliche Klinge, dann senkte er den Kopf. Er fühlte nichts. Nur eine krankhafte Neugier, festzustellen, ob der Mann schon tot war, wie er aussah, die genaue Stellung zu erkunden, in der der Leichnam sich befand. Ob er wirklich schon gestorben war? Er dachte daran, mit dem ausgestreckten Fuß zu fühlen. Aber in seinem Inneren regte sich Angst vor bösem Zauber und hielt ihn davor zurück. Es war nicht gut, auf eine Leiche zu treten.

Ungeduldig fuhr er mit der Hand in die Hosentasche, um die Streichholzschachtel zu suchen. Feuer zu machen, war gefährlich. Es konnte jemand vorbeikommen. Es gelang ihm aber nicht, seine Neugier zu beherrschen. Sie war stärker als jede Vorsicht. Er verstand diesen schrecklichen Wunsch nicht. Plötzlich fand er sich über den Kommissar gebeugt, das flackernde Streichholz in der Hand.

Camura war noch nicht tot. Sein Gesicht, vor allem der Mund, krampfte sich zu grausigen Fratzen. Ein dunkler Fleck breitete sich über dem unteren Teil des Gesichts aus, und die Augen schienen zu Glas erstarren zu wollen.

Es mußte wohl das nahende Ende sein. Das, was man sich immer vom Sterben erzählt. Ein Rückblick auf das ganze Leben wurde da vollzogen, und deshalb hatten die Augen des Kommissars jetzt einen Ausdruck von tiefem Schmerz. Camura wußte, daß er starb, auf elende Weise starb. Wenn es anders wäre, hätte sich sein Mund nicht noch einmal unter furchtbarer Mühe geöffnet, um zu murmeln, während klebriger Speichel auslief und die Worte verzögerte:

»Warum hast du das getan, Kanaú?«

Er wollte den Mann nicht ansehen, der ihn anklagte.

Aber die Stimme fuhr schwächer fort: »Ich dachte, du wärst gut...«

Er wollte nicht zuhören, aber es war unmöglich, jetzt wegzugehen. Warum brauchte Iroá so lange?...

»Gott wird dich stra...fen...«

Der Satz kam nicht zu Ende. Camura wollte mit letzter Anstrengung noch etwas vom Leben hören. Und das war, was in der Ferne ausklang, die Musik einer alten Ziehharmonika und eines *maracá,* die ineinandertönten.

Er sah zum Himmel auf. Das war es also, was er am Morgen gefühlt hatte... In letzter Verzweiflung blieb sein Blick nach oben gerichtet. Was war es, was er da sah? Valérios weinende Augen? Oder lösten sich die Sterne auf in der Nacht? Er drehte

sich zur Seite und erkannte den Mond. Bald würde Neumond sein, und das verhieß Unheil.
Er stammelte und merkte, daß die Lippen nicht mehr gehorchen wollten: »Neu . . . mond . . .«
Ein langes Röcheln, und dann war alles still.
Iroá kam mit der sauberen, leeren Flasche. Wieder einmal hatte der Fluß den Beweis für ein Verbrechen getrunken.
Iroá fragte furchtsam: »Ist er tot?«
»Ja.«
Er reichte Kanaú die leere Flasche.
»Wo ist die andere?«
»Hier. Nimm!«
Mit der Messerspitze machte Kanaú sie auf und füllte einen Teil des Getränks von der einen Flasche in die andere. Er näherte sich dem Toten und schüttete ihm etwas *cachaça* aufs Haar und aufs Gesicht. Er fühlte keinen Widerwillen. »Der da« merkte nichts mehr davon. Er benetzte die Kleidung, bis sie ganz vollgesogen war, und legte die Flasche dann zwischen Arm und Brust des Toten. Die andere, die weniger als halbvoll war, stellte er hin als Ersatz für eine Kerze.
»Laß uns gehn.«
»Wohin?«
»*Aruanã* tanzen.«
»Gut. Bist du nicht müde?«
»Doch, schon. Aber wenn wir tanzen, vertuschen wir's besser.«
»Also tanzen wir eine halbe Stunde. Wenn die Hähne krähen, legen wir uns im *Aruanã*-Haus schlafen.«
»Schön.«
Wie zwei Schatten verschwanden sie.

Bis in den Morgen hinein hatte das Rasseln der *maracás* fortgetönt. Aber dann währte es nur noch kurz. Schlagartig erstarben Lärm und Fröhlichkeit des Vortages. Trauer senkte sich über alle. Es war, als habe es nie ein Fest gegeben.

Die alte Dicorreti hatte trockenes Feuerholz im Wald gesammelt und war auf die Aasgeier aufmerksam geworden, die in der Nähe kreisten. Sie entdeckte den Leichnam Camuras, steif und kalt, mit weit aufgerissenen Augen, die streng aufs Leben gerichtet waren, um den Tod zu erblicken. Eilig überbrachte sie Valentin die Nachricht.

Die Kunde von dem Todesfall verbreitete sich mit Windeseile unter den Einwohnern. Im Dorf wurde sie von Haus zu Haus weitergegeben.

Valentin kniete bewegt neben der Leiche des Freundes nieder. Er schluchzte beim Anblick der strengen, starren Augen. Das Gesicht war dunkel, fast blaurot verfärbt. Den Mund, die Lippen umgab ein schwärzlicher Ton. Starker Alkoholgeruch ging von dem Toten aus. Chibíu schob die Leute beiseite, um nah heranzukommen, kniete sich neben Valentin und sagte, nachdem er den ersten Schock überwunden hatte:

»Das dritte Mal, daß ich jemand am Schnaps zugrunde gehen sehe. Er hat zuviel getrunken und dann einen Hirnschlag bekommen.« Er stieß Valentin an, der in Schweigen versunken war. »Wär's nicht besser, ihn ins Haus bringen zu lassen?«

Valentin kam langsam hoch. Er rieb sich den Rücken und murmelte bekümmert: »So ein guter Mann! Kommt von weit her, um unser Fest mitzumachen, und muß dann auf solche Weise sterben! . . .

Wird schwer sein, den Bericht über den Todesfall zu schreiben.«

Er heftete den Blick wieder auf die glasigen Augen.

»Es ist, als hätt er noch was sagen wollen, ehe er starb.«

Sie schafften eine Matte herbei, und vier Männer legten den Leichnam drauf. Langsam trugen sie ihn zum Ort. Vielerlei Kommentare wurden laut:

»Hab ich wohl gesehen: der trank auch zuviel.«

»Das hält keiner aus, wie der gesoffen hat!«

Der Ausdruck der Augen und das im Tode dunkel verfärbte

Gesicht hatten den Indianern Entsetzen eingeflößt. Sie verbreiteten bereits, das müsse *»reuri«*, Zauber der Weißen, gewesen sein. Der große Tisch, an dem sie tags zuvor so fröhlich gegessen hatten, wurde jetzt für die Totenfeier mit einem Tuch aus grobem weißem Baumwollstoff bedeckt. Da sie nicht genügend Kerzen hatten, stellten sie vier brennende Lampen dazu, die dem Verstorbenen den Schattenweg erhellen sollten.
Überall im Ort herrschte Stille. Und diese Stille wirkte um so beklemmender, als es am Vortag geschienen hatte, die Erde müsse bersten vor lärmender Freude.
Maria Pomba suchte im Wald nach violetten Blütendolden. Sie fand es so traurig, ohne Blumen zu sterben. Noch bedrückender war es, zu bedenken, daß Camura mitten im Wald, ganz allein, gestorben war, ohne eine lebende Seele um sich zu haben, die ihm eine Kerze anzündete, ohne eine liebende Hand, die ihm die Augen schloß. Wäre jemand bei dem Sterbenden gewesen, er hätte ihn nicht mit solchen Augen ins Jenseits gehen lassen. Wäre..., dann müßte Valentin nicht tun, was er tat. Niemand hatte je so was gesehen, und die Indianer rissen vor Grauen die Augen auf. Valentin hatte sich einen Kerzenstumpf genommen und tropfte ganz langsam heißes Wachs auf Camuras Lider, damit sie zugingen. Ein langwieriger Vorgang, denn die Haut war ausgetrocknet. Allmählich schlossen sich die Augen, und alle Anwesenden fühlten so etwas wie Erleichterung.
Die Inans aus Btondirú und Créran-Auá wollten die Beerdigung nicht abwarten. Niemand schätzt den Tod, besonders einen solchen, der, wie sie fest glaubten, auf Zauber zurückzuführen war.
Eins nach dem anderen steuerten die Boote die Strömung des Flusses an und trieben traurig stromabwärts. Ohne Fackeln, ohne Rufe. Nur mit dem rhythmischen Schlag der Ruder auf die Bootskanten. Der Federschmuck lag verborgen auf dem Boden der Einbäume. Am Nachmittag sollte Camura auf der anderen Seite des Flusses bestattet werden. Santa Isabel besaß keinen

Friedhof, und sicher würde die Seele des *caboclo* glücklich sein, wenn sie ihren ehemaligen Leib in der Erde des Xavantesgebiets ruhen wußte. Bei der Totenwache waren alle einer Meinung.

»Als ob Valentin es geahnt hätte!«

»Geahnt? Was?«

»Camura müßte sterben von soviel Schnaps.«

»Der arme Kerl! War so ein netter *caboclo!*«

Und der Tote, der die Lobsprüche nicht mehr hören konnte, stieg immer mehr an Wert bei denen, die über ihn sprachen. Es heißt ja: Wenn man erst mal tot ist, gewinnt man an Ansehen...

Kanaú war sehr niedergeschlagen. Valentin ging mit ihm zum Flußufer und wollte wissen, von wem der Kommissar den *cachaça* bekommen hatte.

»Von mir.«

Valentin sah dem Burschen ins Gesicht. In Gedanken wog er Kummer und Niedergeschlagenheit des Indianers ab. Der Arme! Kanaú litt offenbar sehr. Es fiel ihm schwer, den Schmerz des jungen Mannes aufzurühren, aber es war nötig, denn diese Dinge gehörten in den Bericht.

»Von mir, Valentin!« schluchzte er heraus.

Valentin war sehr gerührt über diese Wirkung seiner Frage.

»Wo hattest du denn die Flaschen her?«

»Er bat mich, sie ihm in São Félix zu kaufen. Ich ging hin und sagte zu Laureano, das Getränk sei für ihn. Laureano freute sich, daß Camura wieder hier war. Freute sich so sehr, daß ich nichts bezahlen durfte. Er schickte ihm die Flaschen als Geschenk.«

Kanaú unterbrach sich einen Augenblick und senkte den Kopf. Dann hob er die betrübten Augen und sah Valentin an: »Du kannst Laureano fragen.«

Valentin gab Kanaú einen freundschaftlichen Schlag auf die Schulter: »Ich weiß ja, du lügst nicht. Aber ich muß doch den Bericht machen...«

Sie gingen ins Haus hinein. Es gab ein dauerndes Kommen und

Gehen von Menschen. Der Tag verstrich. Valentins Frau füllte wieder Petroleum in die Lampen, die ausgebrannt waren. Kanaú setzte sich in einen Winkel und verfiel in völlige Geistesabwesenheit. Alle hielten das für »Trauer«. Manchmal blickte er den Mann an, der vor ihm lag. Er gestand sich, daß er eine furchtbare Gleichgültigkeit spürte gegenüber dem Verbrechen, das er verübt hatte. Es war ihm dabei selber klargeworden, wieviel mehr indianisches als weißes Blut in seinen Adern floß. Wie sehr ähnelte seine innere Ruhe der Uaximanis, der nichts empfand, als er den Oberst Basílio totschlug... Er hatte Camura umgebracht und würde noch viel mehr töten, um sich in den Besitz des Diamanten zu bringen. Im Augenblick spürte er nur einen Wunsch: den Fluß zu überqueren, sich mit dem nackten Körper in den heißen, weichen Sand zu legen und sehr viel zu schlafen. Es kostete ihn eine ungeheuere Anstrengung, nicht einzunicken. Seine Müdigkeit war so groß, daß ihm alles fernrückte und er kaum mehr aufnahm, was gesprochen wurde.
Chibíu konnte nicht mit der Sache fertigwerden. Er war eben ein Künstler. Seine Augen sahen rot aus, und manchmal lief ihm die Nase. Tausendmal hatte er schon gesagt: »Ich wußte, es würde was Schlimmes passieren. Ich hab nachts eine Eule gehört, und die rief den Tod.«
»Hab ich auch gehört...«
»Habt wohl geträumt! Wer kann denn eine Eule hören, wenn so ein Krach ist von Musik und *aruanã?*«
»Ich schwör dir, doch! Ich hab die Ziehharmonika gespielt, und trotzdem hab ich sie mindestens dreimal nach dem Tod schreien gehört...«

Sie konnten keinen Sarg zimmern, denn es gab keine Bretter. Deshalb beschlossen sie, eine alte Decke als Leichentuch zu nehmen und den Toten hineinzuwickeln. Und in diese alte Dekke gehüllt, wurde Camura auf den Boden eines Einbaums gelegt und mit violetten und gelben Blüten bedeckt.

Alle Boote, die im Hafen lagen, sowohl die der Indianer als auch die der Weißen, wurden losgemacht und gaben dem Toten das Geleit.
Auch Leute aus São Félix, die nicht zum Fest gekommen waren, stellten sich ein, um am Leichenzug teilzunehmen.
Niemand redete. Nur das Geräusch der Ruder, die das Wasser teilten, durchbrach Stille und Traurigkeit. Der Zug entfernte sich vom Uferstreifen, der noch schmutzig war von verbranntem Stroh. Valentin konnte seiner Beklommenheit nicht Herr werden. Immer wieder quälte eine Frage sein schlichtes Gemüt: »Wie ist es bloß möglich, daß er von so weit kommen mußte, um hier zu sterben?« Noch größer jedoch war die Verzweiflung Laureanos, der die beiden Flaschen geschenkt hatte. Ihn peinigte die Vorstellung, er allein trage die Schuld. Wenn er nicht wäre, lebte der Freund noch und lachte... Doch dann suchte er betrübt nach Entschuldigungen. Immer war Camura aufs Saufen versessen gewesen. Immer...
Von zwei indianischen Rudern bewegt, führte das mit bunten Blüten bedeckte Boot den Zug an. Die anderen Boote mühten sich, in gerader Linie dahinter zu bleiben, denn die Strömung des Flusses war zur Mitte hin sehr stark.
Der Nachmittag versank ohne sonderliche Überraschungen in der gewohnten Farbenpracht des Abends. Vom kleinen Strand aus beobachteten die »Diamantenwäscher« den seltsamen Trauerzug, der den Fluß überquerte. Der Leutnant war sich bewußt, in einer sehr schwierigen Lage zu sein. Ein gefährlicher Bursche, dieser Kanaú! Er hatte das Versprochene ausgeführt. Und bei niemandem Mißtrauen erregt. Wie hatte er das fertiggebracht? Der Leutnant strich sich den Bart. Er würde auf der Hut sein müssen vor diesem Teufel. Man mußte den Indianer beseitigen, ehe der es mit ihnen allen tat. In diesem Augenblick keimte ein Samen, die erste Saat des Mißtrauens. Und sie würde wachsen und wachsen und neuen Verbrechen entgegenreifen...
Eins nach dem anderen, landeten die Boote auf dem weißen

Strand. Man hob den Leichnam in ein Netz und trug ihn zum Wald hin. Hier war die Erde noch von den letzten Regenfällen feucht. Aber weiter drinnen im Wald wurde der Boden wieder hart. Schaufeln hoben das Grab für Camura aus. Langsam wurde der Tote hinuntergesenkt. Niemand mochte eine Rede halten. Maria Pomba erinnerte daran, daß ein Gebet gesprochen werden müßte. Chibíu mit den roten Augen jedoch verhinderte das. Erst jetzt bemerkten sie die Ziehharmonika, die er mitgebracht hatte. Als Erde den Toten bedeckte und ein Kreuz aus rohem Holz stand... als Blumen das Kreuz umkränzt hatten und über die Erde gestreut waren... da bewegten sich Chibíus kunstfertige Finger über die vergilbten Tasten der Ziehharmonika, und Musik entströmte ihr. Das Lied, das Camura am liebsten gewesen war:

»Der Mond steigt hell empor.
Sein Schein ins Herz mir fällt.
Tim-tiri-lim, zur Laute
Besing ich meine Welt...«

Tränen rannen über Chibíus dickes Gesicht. Er wußte, daß Camura erst jetzt, nach seinem Tod, das ganze Lied hörte. Das Lied, in dem der Mond wichtiger war als die Sterne...

Zweiter Teil

Biurasó

Tagesanbruch

»Coarú« – Zauber der Indianer
»Reuri« – Zauber der Weißen

Es dauerte einige Zeit, bis Valentin seine Traurigkeit überwunden hatte. Zwei Tage lang schien er alle Kraft verloren zu haben.

Trübselig läutete er die Glocke, mit der er die Indianerkinder zur Schule rief, freudlos teilte er die Arbeit in Santa Isabel ein. Manchmal setzte er sich ans Flußufer und schaute still über die geheimnisvollen Wasser hin. Von dort rief man ihn zu den Mahlzeiten, aber das Essen lag ihm schwer im Mund und wollte nicht rutschen. Durch seine Schweigsamkeit riegelte er sich innerlich ab, und seine Augen verrieten tiefen Kummer.

Nachts, bei Lampenlicht – und es waren zwei Nächte, daß er das tat –, kritzelte er an dem Bericht über Camuras Tod, den er machen mußte. Wie wurde ihm das bitter schwer! Schwer aus zweierlei Gründen: erstens wegen der Sache als solcher, zweitens, weil seine mangelhafte Bildung es ihm nicht erlaubte, das Schriftstück schnell herunterzuschreiben, und weil es ihm an den schönen Ausdrücken fehlte, die in einen derartigen Bericht gehören.

Anfangs dachte er daran, Kanaú zu rufen, daß er ihm bei diesem Unternehmen helfe. Aber er fürchtete, in dem Burschen den Schlag wieder wachzurufen, den er erlitten hatte. Er wollte nur seine Unterschrift als Zeuge haben.

Er verließ das Haus des Schutzdienstes und spazierte auf der Uferböschung entlang, um sich etwas zu beruhigen.

Wäre nicht das Bellen der Hunde im Dorf gewesen, das Weinen irgendeines Kindes oder das Schlagen eines Nachtvogels, man hätte denken können, alles Leben sei erloschen.

Während dieser Nächte sangen die Carajás nicht. Erst wenn der Vollmond wieder in Sicht war, würden sie die Ängste vor Dunkelheit und Zauber vergessen und neue Lieder für *Kanansiu-ê* anstimmen.
Valentins Aufmerksamkeit wandte sich wieder dem fast noch weißen Blatt Papier zu. Datum des Berichts war der 19. April, der »Tag der Indianer«.
Danach kam der Name Camuras, den nur wenige kannten: »Quintiliano da Silva war auf Besuch gekommen ...«
Sein Handgelenk erlahmte, und er versank erneut in seine lebendigen Erinnerungen an Camura. Wie er seinen Ruf ausstieß; wie er den heraufdämmernden Morgen betrachtete oder wie er betrunken auf dem Fest getanzt hatte. Er sah sein kleines Gesicht vor sich, seine Augen, die wie zwei Schlitze waren zwischen den vielen Runzeln, seinen vom Alkoholgenuß schlaff gewordenen Mund, der das dunkle, leere Zahnfleisch sehen ließ.
– Oho! Camura! ...
Er hob den Blick zur Lampe, in der die eingefangene Flamme leicht flackerte. Dann legte er den Federhalter hin und schraubte das Tintenfaß zu. Heute würde er den Bericht nicht zu Ende bringen.
Er ging in die Nacht hinaus. Als ganz schmale Feuerklinge stand der Mond am Himmel.
Mit sicheren Schritten ging er zum kleinen Strand. Er hatte sich entschlossen, den Diamantenwäschern einen Besuch abzustatten, sich nach dem Befinden der kranken Frau zu erkundigen.
Er folgte dem Pfad. Seltsam, wie die altbekannten Bäume, die den Weg säumten, bei Nacht ins Ungeheure wuchsen, gewalttätig und düster wirkten.
Er hätte hier mit geschlossenen Augen gehen können, ohne einen einzigen Schritt danebenzutun.
In der Ferne wurde Feuerschein sichtbar. Der Fluß spiegelte die Flammen. Sie waren dabei, Kaffee zu brauen. Guter Duft stieg auf.

»Euch allen einen schönen guten Abend!«
»Sie sind im richtigen Augenblick gekommen, Senhor Valentin.«
Daniel suchte in einem Netz herum und zog einen blechernen Becher heraus. Er füllte ihn und reichte ihn Valentin, der sich schon an der Feuerstelle hingehockt hatte, wie es die Bewohner im Landesinneren zu tun pflegen.
Er schlürfte langsam und genießerisch und sagte: »Wie gut so ein heißer Kaffee tut, wenn die Sommerkälte kommt! . . .«
Er sah die Männer an und lächelte. »Jetzt haben wir bald wieder die Zeit, wo morgens alles sofort kalt wird . . .«
Im Feuerschein sahen die bärtigen Gesichter der beiden Männer hart aus. Alle Diamantenwäscher hatten diesen versteinerten Ausdruck. Es waren Menschen, die unentwegt auf ihr Glück warteten, manchmal ein ganzes Leben lang vergebens. Da verloren die Augen ihren Glanz, und die Männer verbargen ihre Gefühle hinter den Falten ihrer von der Sonne ausgezehrten Gesichter. Sie stellten kalte Ruhe zur Schau, die aber auf dem Grunde bitterster Verzweiflung wuchs. Ausdruck bekamen ihre Gesichter nur dann, wenn Leidenschaft sie packte und Haß sie ins Verbrechen trieb. Im übrigen waren sie nicht besser und nicht schlechter als andere auch. Ihre Hände konnten Gutes tun und ebenso das Messer in eine Brust stoßen.
Valentin sah den Leutnant an: »Wie geht's der Frau?«
»Wieder gut. Wir haben vor, morgen nachmittag weiterzureisen.«
»Mann, glauben Sie nicht, das ist noch zu früh?«
»Wir wollen uns nicht überanstrengen. Der Weg ist noch sehr weit.«
»Ja, das ist er. Von hier flußab zieht sich das sehr lang hin. Da werden die Meilen immer länger.«
Daniel nahm sich Tabak und reichte die Rolle weiter an Valentin. Dieser schnitt sich das Zeug auf dem schwieligen Handteller klein und zog ein Maisblatt aus der Tasche.

»Kennen Sie den Araguaia gut?«
»Ich selbst nicht. Aber Daniel ist schon als junger Kerl hier überall gewesen.«
Diese Bemerkung erboste Daniel. Nur die Dunkelheit der Nacht und der schwache Feuerschein verhüteten, daß seine Verärgerung bemerkt wurde. Warum nahm sich bloß der Leutnant so wenig in acht mit dem, was er sagte? Weshalb erwähnte er das »als junger Kerl«? Das Bewußtsein seiner Schuld lastete schwer auf Daniel, und er war nie frei von der Angst, man könne auf irgendeine Weise herausbekommen, daß er die letzten Jahre hinter Gittern verbracht hatte...
Als ein Mann aus dem Landesinneren wollte Valentin den Araguaia gern herausstreichen.
»Dieser Teufelsfluß ist nie gleich. Jedes Jahr hat er die Flußarme anders laufen. Das muß schon ein sehr geübter und erfahrener *caboclo* sein, wenn dem das Boot nicht immer wieder festsitzen soll. Wenn ich Sie wär...« Er lachte und fuhr fort: »Na, ich will keine Ratschläge geben. Jeder muß wissen, was er tut...«
»Sagen Sie's doch ruhig, Senhor Valentin.«
»Wenn ich Sie wär, ich nähm mir einen Carajá mit zur Hilfe.«
»Daran haben wir schon gedacht.«
»Man ist viel sicherer. Verliert nicht so viel Zeit. Und es ist nicht nur das. Weiter unten ist es voll von Carajádörfern. Da gibt es Fontoura, Mato Verde, Grisosti, Antônio Rosa, Jatobá, Tapirapés.
Hm... Diesen verflixten Indianern kann man kaum über den Weg trauen. Ist alles bloß halb zivilisiert. Auf der Seite von Mato Grosso sind jetzt die Xavantes auf Jagd, und dann die Caiapós... Wollen Sie einen guten Rat? Dann reisen Sie nie auf der Mato-Grosso-Seite, nicht am Tag, nicht früh am Morgen. Die Caiapós sind Teufel. Menschen sind das nicht...«
»Mir scheint, Sie können raten, was wir vorhaben. Denn es gibt sogar schon einen Indianer, der sich angeboten hat, uns zu rudern.«

»Wer ist das?«
»Ein junger Mann, er heißt Kanaú!«
»Kanaú! Armer Kerl! Der ist mit dem Kommissar gekommen, der sich totgetrunken hat!«
»Sind Sie einverstanden, daß er uns führt?«
»Wenn der es nicht kann, kann's keiner. Der kennt den Fluß wie seine Hand, und fleißig ist er, und gut und ehrlich ...«
Der Leutnant und Daniel hatten denselben Gedanken. Sie sagten jedoch nichts, sondern setzten gleichzeitig den Becher mit Kaffee an den Mund.
»Wir haben noch was anderes in Ordnung zu bringen, Senhor Valentin.«
Valentin war überrascht. »Was anderes?«
»Ja. Ich möchte wissen, was ich Ihnen schuldig bin. Für das Penicillin und die Vorräte, die Sie uns verschafft haben.«
Valentin lachte. »Das können Sie vergessen.«
»Aber nein. Das ist nicht recht. Schließlich ...«
»Nein, davon wird nicht mehr geredet. Das war vom Schutzdienst und ist gut verwendet. Wär ich in Ihrer Lage, Sie täten mir genau dasselbe.«
Sie schwiegen eine Weile.
Schritte wurden auf dem Pfad laut. Da kam jemand.
»He! Valentin!«
Der Neger antwortete: »Wer ruft da?«
»Ich! Bento da Luz!«
Der Mann kam zum Feuer heran.
»Zum Teufel, was machst du hier um diese Zeit?«
Er sagte allen guten Abend und nahm den Hut ab. Sein lockiges Haar war vom ständigen Gebrauch der Kopfbedeckung ganz zusammengequetscht.
»Wir haben wieder Ärger.«
»In São Félix?«
»In der Nähe. Wir brauchen dich, Valentin. Die Xavantes sind bei João Irineu. Die wissen jetzt den Weg.«

»Die sind doch seit vorigem Jahr nicht dagewesen!«
»Ja. Aber am Ende der Trockenzeit kommen sie immer zu João Irineu. Dieses Jahr sind sie sehr früh erschienen, findest du nicht?«
»Das kann man wohl sagen!«
Valentin drehte sich zum Leutnant um: »Sehen Sie, was für ein Leben wir haben? So ist es. Nie gibt's Ruhe. Jetzt muß ich Messer und Beile zusammensuchen und losziehn. Ich geh nach São Félix und bleib die Nacht da, und morgen ganz früh müssen wir weiter zum Hof von João Irineu.«
»Ist das weit von São Félix?«
Valentins dunkler Finger zeigte auf die andere Seite des Araguaia hinüber: »In der Richtung. Fast sechs Meilen von São Félix.«
Er wandte sich wieder zu Bento da Luz um. »Hast du ein Pferd mit?«
»Ein mageres, aber ich hab eines.«
»Ich nehm meinen eigenen Sattel. Bin nicht gewöhnt, lang zu reiten, muß sehen, daß mein Hintern heil bleibt...« Er lachte.
Daniel bot Bento da Luz Kaffee an. Der dankte und sagte: »Gern, aber nur im Stehen. Wir müssen fort.«
»Und wie geht's mit João Irineu?«
Bento kratzte sich den Kopf. »João Irineu ist ein Problem. Er hat keine Geduld mit den Xavantes; dabei weiß er ganz genau, daß das Land, wo er gepflanzt hat, den Xavantes gehört. Aber er ist nun mal so, er sagt, er denkt nicht daran, Land zu bebauen, damit die Wilden auffressen, was darauf wächst. Deshalb ist es gut, wenn du mitkommst, den Indianern ein paar Geschenke gibst und ihnen sagst, sie sollen wieder in ihr Dorf gehen.«
»Ist ihr Anführer immer noch der große häßliche Kerl?«
»Ja, der. Als sie voriges Jahr abzogen, da haben sie noch einen Ochsen und ein Pferd von Laureano mit Pfeilen totgeschossen. Das war kein gutes Zeichen.«

Der Leutnant fragte: »Aber sind denn die Xavantes nicht friedlicher geworden?«
»Wer kann das wissen? Wenn sie beim Weggehen Pfeile schießen, das ist kein gutes Zeichen.«
»Am schlimmsten ist, daß Irineu keine Geduld hat. Er meint, die Indianer sind tückisch und wissen ganz genau, was richtig ist und was nicht...«
»Diese Einstellung hat schon viele das Leben gekostet...«
Valentin stand auf. Er drückte Daniel und dem Leutnant die Hand.
»Falls Sie bei meiner Rückkehr nicht mehr hier sind, wünsch ich gute Reise. Wenn Sie was brauchen, wir sind für Sie da...« Er lachte. »Und ich wünsch, daß die Frau bald wieder ganz gesund ist.«
Der Leutnant dankte, blieb stehen und sah den beiden Männern nach, die sich entfernten. Ein dankbares Gefühl verschlug ihm die Stimme. Das war wirklich ein guter Mensch...

Valentins Schritte verloren sich in der Nacht. Er hatte seine Tatkraft wiedergefunden. Das Leben verlangte, daß er sich einsetzte, die ungezähmte Wildnis brauchte seine Arbeit. Bald würde er die Xavantes vor sich sehen, und dann, nach seiner Rückkehr, mit größerer Ruhe den Bericht über Camuras Tod wieder vornehmen...
Bald darauf erschien Kanaú. Er und der Leutnant standen einander gegenüber.
Kanaús dunkle Augen funkelten auffallend freundlich, und er unterstrich seine glatten Worte durch ein nichtssagendes Lächeln. Während er redete, blickte er ohne die mindeste Angst in die harten, mißtrauischen Augen des Leutnants.
In dessen Hirn aber blieb der Zweifel wach. Er starrte den Indianer an, der vor ihm stand. Eine Fülle von Fragen beunruhigte ihn. Wer war dieser Mann? Dieser unselige Mischling! Wie mochten seine Zukunftspläne aussehen? Auf welche Weise hat-

te er Camura beseitigt? Daß er den Mann umgebracht hatte, darüber bestand kein Zweifel. Hatte er nicht selber gesagt, er werde ihn auf natürliche Weise verschwinden lassen? Oder war es doch ein Zufall gewesen? Er fühlte das Bedürfnis zu rauchen.
Aber die Gedanken kamen von dem tausendmal überdachten Kurs nicht los. Was hielt der Mestize von der ganzen Sache? Stimmte es, daß er nicht mehr fordern würde als den ihm zustehenden Anteil am Diamanten, oder überlegte er einen Plan, sich seiner ganz zu bemächtigen? Vielleicht nicht. Die indianische Mentalität war zu solchen Folgerungen vermutlich nicht fähig. Obwohl er ja Mestize war. Vielleicht aber würde er gerade deshalb und weil er wußte, daß er nicht mehr zu den Indianern paßte, verzweifelt darum kämpfen, sich Geld zu erwerben, um sich dadurch ein Leben unter den Zivilisierten zu ermöglichen. Und vielleicht hatte er gerade bei den Zivilisierten seine Schurkereien gelernt... Wie auch immer, vertrauen konnte er dem Mann nicht.
»Wenn ich Sie wäre, ich würde dem Vorschlag folgen. Es ist viel sicherer.«
»Aber gibt es denn ein Boot wie das, von dem du sprichst?«
»Sicher. Die Alte hat den besten Einbaum von Raumaló-Dessé, das heißt von Santa Isabel.«
Diese Verbesserung brachte er absichtlich an. Er wollte sich dem Leutnant gegenüber fein ausdrücken. Nur die *torí-caboclos* vom Araguaia kannten den Namen des Dorfes in der Inan-Sprache.
Der Leutnant war noch immer unentschlossen. »Sie wird ein Vermögen dafür haben wollen.«
»Ja, das wird sie wohl. Aber wenn ich mit ihr verhandle, kriege ich es billiger.«
»Was wird sie verlangen?«
»Wenn Sie mit ihr sprechen, mindestens dreitausend.«
»Das ist Ausbeutung!«

»Klar.«

Kanaú dachte voller Zorn: Teuer! Weißer Scheißkerl! Teuer, ja. Aber nicht zu vergleichen mit der Ausplünderung der Indianer durch die *torís*. Spitzbube! Was alles hatten die Weißen den Carajás weggenommen! Sogar die Frauen! Und die Geschlechtskrankheiten? Er erinnerte sich, wie zusammengefallen Coxiarú ausgesehen hatte, und an Coxiarús Frau mit den geschwollenen Augen und dem hohen Fieber. Er dachte an die geraubten Ländereien, den ausgerotteten Wildbestand... Aber er beherrschte sich und gab sich wieder das ruhig-freundliche Aussehen. »Wenn sie Ihnen das Boot verkaufen wollte, würde sie es billig hergeben. Aber da es umgekehrt ist, da Sie es brauchen, nützt sie die Möglichkeit, viel herauszuschlagen. Darum will ich mit ihr reden.«

Der Leutnant überdachte die Sache. Es war gefährlich, seinen Kahn für die Fahrt flußab zu benutzen. Der würde, sobald sich die Nachricht erst einmal verbreitete, mit Leichtigkeit von jedem erkannt werden. Überdies war er schwer und flach, schnitt nicht gut durchs Wasser und hatte viel zuviel Ladung.

Dennoch scheute er vor dieser neuen Ausgabe zurück. Er mußte sparen. Denn niemand konnte voraussehen, was die Zukunft noch bringen würde.

»Und wenn sie nicht verkaufen will?«

»Doch, das tut sie.«

»Aber geht denn alles hinein?«

»Das weiß ich nicht. Aber wir nehmen eben nur das Wichtigste mit.«

»Für wieviel würde sie dir das Boot lassen?«

»Für höchstens zweitausend.«

Kanaú lachte innerlich. Die alte Dicorreti kannte nicht viele Zahlen. Was sie von den Weißen gelernt hatte, reichte nicht aus, um Rechnungen aufzustellen. Sie würde mit Sicherheit *sorodire* fordern, und das konnte bei der kümmerlichen Zahlenvorstellung der Indianer sowohl eins heißen wie zehn, hundert oder tausend.

»Und was machen wir mit dem Kahn?«
»Wenn wir das Boot kriegen, versenke ich ihn und erzähle überall, wir hätten es gekauft, weil der Kahn gesunken sei.«
Der Leutnant strich sich den Bart. Dieser Indio dachte wirklich an alles.
»Mit dem leichteren Boot kommen wir schneller voran, und alles geht besser. Es kann gut sein, daß die Xavantes hartnäckig sind und erst nach sieben, acht Tagen von João Irineus Hof abziehen.«
»Und was haben die Xavantes mit uns zu tun?«
»Ja, sehen Sie: Dann muß Valentin dortbleiben, und wenn Camuras Polizeiboot in dieser Woche eintrifft, müssen sie warten, bis Valentin zurück ist...«
Der Leutnant war beeindruckt. Wie Kanaú doch alles überlegte! Zum ersten Mal fühlte er ein gewisses Wohlwollen. »Mir scheint, du setzt wirklich alles dran, vom Araguaia wegzukommen!«
»Wer täte das nicht, wenn er in meiner Haut steckte?«
Er senkte den Blick, das Problem seines Daseins lastete auf ihm. Dann sah er wieder fest in des Leutnants Augen. Freundlich sagte er: »Wenn Sie jetzt mitgehen wollen, können wir heute nachmittag abreisen.«
»Dann wollen wir das gleich erledigen.«
Er zog den Hut tief über die Augen und ging an Kanaús Seite. Es zeigte sich jedoch, daß die Menschen, Weiße und Indianer, nachdem die Neugier der ersten Tage abgeklungen war, die Fremden nicht mehr beachteten. Es war ja nichts Seltenes, daß Diamantensucher hier auftauchten. Für sie sah die Geschichte des Leutnants so aus: Er war ein Diamantenwäscher auf der Reise, und seine Frau hatte unterwegs ein Kind bekommen. Das war alles.
Die Häuser der *torís* waren armselig. Ein halbes Dutzend oder wenig mehr. Einige mit Ziegeln gedeckt, zwischen denen in der Regenzeit das Wasser ins Haus lief, andere mit Strohdächern,

die ebenfalls den Regen durchließen. Alle gleichermaßen erbärmlich. Große Hunde, mit Kratzspuren von *onças* auf dem Fell, liefen frei auf den Höfen herum und schreckten Hühner und Enten auf, rannten aber vor jedem Papagei davon, der auf dem Boden spazierte.
Sie betraten das Dorf. Aus dem Inneren der Strohhütten kamen Stimmen mit der Frage, was der Weiße wolle. Kanaú gab Auskunft, und die Nachricht wurde sofort von Wand zu Wand in alle Hütten weitergegeben.
Hagere, feindselige Hunde knurrten und zeigten die scharfen Zähne. Stimmen schrien von drinnen, und die Tiere zogen sich zurück, wahrscheinlich eingedenk der Stockschläge, die nach den Anrufen erfolgen konnten.
Mißtrauisch warf der Leutnant verstohlene Blicke ins Innere der Hütten und erblickte, was jedem Weißen dort sofort auffallen würde: träge Indianer, die auf ihren Matten schliefen, Frauen, die Matten oder Töpfe herstellten, und das eine oder andere Mädchen, das nicht mehr zur Schule ging oder sie schwänzte und sich damit beschäftigte, Figürchen aus Ton zu kneten. Spöttische Bemerkungen und verborgenes Gelächter erreichten seine Ohren. Deshalb beachtete er all das nicht mehr; interessierte sich nicht für die Schurze aus Gameleirafasern, die neben den schmutzigen Moskitonetzen in der Sonne trockneten, sondern wollte nur so schnell wie möglich aus dieser dreckigen Umgebung fort, ehe jemand kam, um ihm häßliche, unförmige Puppen, Bananen oder anderen Kram zu verkaufen oder ihn um Tabak, Angelhaken und Geld anzubetteln.
Aber Kanaú hatte die Leute offenbar vorbereitet, denn tatsächlich belästigte ihn niemand. Vielleicht hatte er gesagt, er sei ein gefährlicher Weißer, oder sogar verbreitet, er gehöre zur Polizei, und dadurch in den primitiven Gemütern die Angst vor Soldaten und Polizisten geschürt...
Geduckt traten sie durch die niedere Öffnung, die als Tür diente, in eine kleine Hütte. Wilde Papageien vollführten ein mör-

derisches Geschrei und kletterten am Dachstroh hoch, von wo aus sie entrüstet auf den Mann hinuntersahen, der zusammen mit einem ihnen vertrauten Indianer gekommen war.
Dicorreti rauchte Pfeife und zerfaserte Tucumblätter. Sie richtete die Augen auf den *torí* und grüßte ihn: »*Dateriambú, torí!*«
Kanaú stieß den Leutnant an. »Sie hat Ihnen guten Tag gesagt.«
Der Leutnant fühlte sich noch unbehaglicher. Der Geruch der Hütte stieg ihm in die Nase. Alles stank nach Indianern. »Kann sie kein Portugiesisch?«
»Sie mag es nicht sprechen, wie alle alten Indianerinnen. Sie versteht es und antwortet auf Inan.«
Dicorreti legte ihre Arbeit hin und kratzte sich die vertrockneten Brüste. Sie lachte den Leutnant an und schlug mit der Handfläche auf die Matte, zum Zeichen, daß er sich setzen solle...
Dann bot sie ihm eine gekochte Süßkartoffel an, die sie vorher in den Panzer einer Schildkröte getaucht hatte, der mit gelblichem Öl gefüllt war.
Voller Widerwillen nahm der Leutnant die Speise entgegen; er war gezwungen, sie zum Mund zu führen, denn die Augen der alten Indianerin ließen nicht von ihm ab.
Kanaú fing an, mit der Alten über das Geschäft zu sprechen. Erst schüttelte Dicorreti nur immer ablehnend den Kopf, und ihre rasche Rede glich einer endlosen Litanei.
»Was hat sie bloß so viel zu reden?«
»Das ist die Art der Inans. Sie erzählt, daß sie Witwe ist, keinen Mann mehr hat. Ihre beiden Söhne helfen ihr nicht. Wenn sie Maniok braucht, muß sie einen halben Tag weit zur Pflanzung gehen, um ihn zu holen, denn niemand tut das für sie. Wenn sie Fisch haben will, muß sie ans Flußufer gehen, und niemand gibt ihr was umsonst. Sie will das Boot nicht verkaufen, denn es ist das schönste, größte und beste von allen Carajábooten. Und ihr Mann hat es gemacht, der schon tot ist und ihr kein anderes mehr machen kann. Deshalb verkauft sie es nicht.«
Die Alte machte eine Pause und strich wieder mit der dürren

Hand über die Brüste. Ihre glanzlosen Augen beobachteten den Leutnant.
Kanaú bemerkte gleichmütig: »Sie feilscht, sie streicht den Wert der Ware heraus. Das ist natürlich. Aber ich werde die Alte umstimmen.«
Er wandte sich Dicorreti zu, und glücklicherweise verstand der Leutnant kein Wort.
»Er braucht es, Dicorreti. Dein Boot ist das beste von allen. Verkauf es nicht billig. Er kann zahlen. Er ist ein *torí* und reich.«
Die Indianerin gab eine neue Litanei von sich, in der der Leutnant verschiedentlich das Wort *sorodire* hörte.
»Sei nicht blöd, Dicorreti. *Sorodire* ist zu wenig. Verlang zweimal *sorodire.* Und noch mehr. Er ist weiß und reich und schlecht. Sieh dir doch sein Gesicht an. Fordere zwei Kleider und einen Topf...«
Die Alte nickte lächelnd. Dann hob sie den dünnen Arm und berührte mit der Hand des Leutnants Schulter.
»Torí auire. Torí auire!«
Kanaú übersetzte: »Sie sagt, Sie seien gut und hübsch.«
Die beiden standen auf und besprachen sich außerhalb der Hütte.
»Die Alte ist schlau. Sie pflegt das Boot für einen guten Preis an Jäger zu vermieten. Dicorreti ist die reichste von den Inans. Sie will dreitausend für das Boot.«
Der Leutnant kratzte sich unentschlossen am Kopf. »Das ist viel Geld für mich.«
»Ich hab sie dazu gekriegt, etwas nachzulassen. Sie ist bereit, es für zweitausend herzugeben, wenn sie außerdem zwei gebrauchte Kleider, einen Topf mit Deckel, einen Spiegel und zwei Schachteln Streichhölzer bekommt.«
Der Leutnant zauderte immer noch.
»Für weniger macht sie es nicht. Und wenn Sie mit einem anderen Inan verhandeln wollen, wird das nicht besser, denn sie erzählt natürlich alles herum, und dann fordern die noch viel mehr. Und niemand hat ein so gutes Boot...«

Der Leutnant machte die Gürteltasche los und holte das Geld heraus. Kanaús Augen ruhten funkelnd auf dem mit Bindfaden verschnürten kleinen Wildlederpäckchen. Aber der Leutnant merkte nichts von der Macht dieses Blicks.

Es war ein hartes Stück Arbeit für einen Mann allein, den Araguaia mit einem schweren Kahn zu überqueren. Die Strömung nahm an dieser Stelle immer mehr zu, denn die Bucht von Santa Isabel hielt große Mengen Wasser zurück, und hier, am Anfang des starken Gefälles, schien sich das Wasser mit größter Geschwindigkeit befreien zu wollen, um in andere Gegenden oder zum fernen Meer zu gelangen. Noch schwerer war es dadurch, daß er außer dem Kahn auch noch seinen Einbaum hinüberschaffen mußte, der sich zur Wehr setzte, weil er nicht gezogen, sondern gerudert werden wollte.
Immerhin gelangte Kanaú glücklich ans andere Ufer. Er ruhte erst ein wenig aus, nahm dann aber das Beil, um eilig auszuführen, was getan werden mußte.
Er beugte sich über den Kahn und spaltete die Bodenplanken. Langsam drang das Wasser ein. Die Fischchen rundum flüchteten vor dem Krachen der Beilschläge und kamen dann wieder ängstlich näher.
Es ging Kanaú sehr zu Herzen, als er sah, wie das Wasser den Kahn überflutete. Jedem Menschen vom Araguaia würde es schwerfallen, so etwas zu tun, und mehr schmerzen als ein Verbrechen. Er dachte an all die Mühe, die es den Indianer kostet, sein Boot zu bauen. Erst wird ein Landibaum gefällt und mit fast übermenschlicher Kraft in die Nähe einer Uferböschung geschafft. Dort bleibt dann das Holz einen ganzen Sommer lang liegen, um auszutrocknen. Auch über die Regenzeit läßt der Indianer es dort und befördert es im nächsten Sommer an einen der Strände. Und dann beugt er sich tagaus, tagein über den Stamm, um ihm die nervige Form eines Bootes zu geben. Und mehr als das: Später muß er es auf dem Wasser bis zum Dorf

schleppen, damit er hier den Innenraum durch Ausbrennen erweitern kann. All das kostet Monate und Monate Geduld und Tausende von Axthieben ... Immer heftiger drang das Wasser in den Kahn.

Wie viele Menschen am Araguaia hätten nicht gern ein Boot wie dieses gehabt, um darin von Ort zu Ort Handel zu treiben! Nur einen Motor hätte man ihm einbauen müssen, und fertig wäre es gewesen. Er mochte nicht daran denken, wie unendlich lang es gedauert hatte, diese dunklen Bretter zu einem Kahn zusammenzufügen. Wie gut waren sie genagelt! Und sie besaßen auch noch eine ziemlich neue Abdichtung. Doch er mußte die Zeit nutzen. Jetzt machte er das Boot los, das am Kahn festgebunden war. Mit großer Anstrengung schob er das Vorderteil des Kahns zurück, das sich tief in den Sand gegraben hatte. Das leckgeschlagene Fahrzeug rührte sich und verlor seinen Halt. Es trieb in den Flußarm hinein und davon, wobei es allmählich immer tiefer sank, um auf dem Grund des Wassers Ruhe zu suchen. Von seinem Einbaum aus, den er hatte mittreiben lassen, verfolgte Kanaú den Vorgang. Er wollte sich vergewissern, daß niemand die Reste des Kahns finden konnte.

Die letzten Blasen stiegen an die Oberfläche, als wollte der Kahn Wald und Himmel Lebwohl sagen. Der Fluß war wieder glatt wie zuvor, und kein Mensch hatte etwas gemerkt.

Müde und erhitzt kehrte Kanaú zum Strand zurück. Er beschloß, ein Bad zu nehmen, ehe er sich wieder auf die Rückfahrt machte. Er war so zerstreut, daß er zufällig gerade dort an Land ging, wo Camura begraben worden war.

Er badete. Dann wand er das Haar aus. Und während er sich von der Sonne trocknen ließ, fühlte er sich zur Begräbnisstätte hingezogen.

Er wußte nicht, was ihn dorthin rief. Die Füße gingen und zerrten ihn mit sich.

Hier hatte die Sonne inzwischen alle Feuchtigkeit aufgetrock-

net. Auch der lockere Boden auf dem Grab war ausgedörrt. Die Blumen waren verwelkt und farblos geworden, braunes, struppiges Zeug. Die Liane, die das rohe Kreuz zusammenhalten sollte, hatte sich gelöst, so daß es auseinandergefallen war.
Er kniete nieder und band das entstellte Kreuz wieder zusammen. Jetzt aber erregte etwas Überraschendes seine Aufmerksamkeit. Die Erde war von frischen Fußstapfen gezeichnet. Das waren nicht die Füße derer, die den Trauerzug begleitet hatten. Er erkannte in den Eindrücken die Spuren der Xavantes. Sie mußten hier vor Stunden, vielleicht auch nur vor Minuten vorübergezogen sein.
Er dachte an Valentin, der aufgebrochen war, um ihnen auf dem Hof von João Irineu gegenüberzutreten. Diese vom ersten Hauch der Zivilisation berührten Xavantes waren besonders gefährlich. Ihre Jagdzeit hatte begonnen, sie zogen an den Ufern des Araguaia entlang und verbargen sich immer wieder gleich Schatten. Es war nicht gut, ihnen die Stirn zu bieten, denn jeder beim Schutzdienst wußte, daß die Xavantes, die auf viele Dörfer verteilt lebten, nichts mit der Welt der Weißen zu tun haben wollten.
Er drehte um, nahm sein Boot und kehrte eiligst zurück.

Nur Iroá war bei ihrem Aufbruch dabei. Seine geschlitzten Augen blickten besorgt, und das Lächeln erstarb ihm diesmal auf den Lippen.
Er hatte alle Vorbereitungen mit angesehen. Kanaú war mit Decke und Ausrüstung gekommen.
Die Augen des Leutnants hatten sich verdüstert, als er Kanaús automatische Waffe bemerkte. Er fragte schroff: »Woher hast du die?«
»Hab sie in Goiânia gekauft. Ist ganz neu. Kann fünfzehn automatische und einundzwanzig Selbstladerschüsse abgeben.«
»Gut, gut. Sie kann uns von großem Nutzen sein.«
Der Leutnant gab es auf, den Indianer zu beobachten, und

beschäftigte sich wieder mit dem Boot. Kein Zweifel, es war gut und tief. Es faßte beinahe alles, was sie bei sich hatten, und war viel leichter als der versenkte Kahn.
Daniel, der sonst meist still war, sagte: »Wir sollten bald losfahren, es wird gleich dunkel.« Er zeigte auf die schon tiefstehende Sonne.
»Macht nichts, wenn's finster ist. Wir haben eine schmale Mondsichel, das reicht, um bei Nacht zu reisen.«
So sollte also die Qual der nächtlichen Fahrten wieder beginnen. Nur daß sie jetzt einen guten Führer hatten, wiewohl sie Kanaú keineswegs trauten.
Niemand konnte Kanaús Versprechen vergessen, er werde Camura beseitigen. Und Camura lag jetzt unter der Erde und konnte nicht mehr aufklären, ob er eines natürlichen Todes gestorben oder umgebracht worden war...
Befehle wurden gegeben.
»Die Frauen gehen in die Mitte und setzen sich auf die Ladung. Ich übernehme das Steuerruder. Daniel und du, ihr rudert im Vorderschiff. Du mußt vorn sein, um die Richtung anzugeben.«
Kanaú umarmte Iroá mit einem Lächeln und sagte etwas in Indianersprache zu ihm.
Alle bestiegen das Fahrzeug, und mit Iroás Hilfe schob Kanaú das Boot vom Sand weg. In wenigen Sekunden hatte die Strömung des Flußarms das Boot erfaßt.
Ohne es zu wollen, heftete Kanaú den Blick auf die andere Seite des Flusses, als verabschiede er sich für immer von Camuras Grab. Dann wandte er sich um nach dem kleinen Strand, der ferner rückte und auf dem Iroás Gestalt immer kleiner wurde. Er dachte bei sich selbst: Jetzt heißt es der Zukunft entgegensehen und abwarten, was sie bringt. Ein Gefühl der Freiheit schwellte ihm die Brust und machte, daß das vergessene Lächeln noch lange auf seinem Gesicht blieb.
Er schüttelte diesen Zustand der Verzauberung ab. »Wir sollten den Fluß überqueren, denn in einer Stunde ist die Sonne weg,

und dann können wir an der Klippe von Cotia entlangfahren.«
Das Boot wurde hinübergesteuert. Sie ruderten schweigend und kamen gut voran.
Die Einförmigkeit der Waldufer im Abendlicht wurde nur durch die ärgerlichen Schreie aufgeschreckter Wasservögel belebt. Immer wieder tauchten am Horizont Strände auf und verschönten die Landschaft. Wenn sie den einen erreicht hatten, kam schon das Weiß des nächsten in Sicht. Rosa und weiße Reiher kreisten, um auf einem Urwaldbaum am Fluß ein einladendes Nachtquartier ausfindig zu machen.
»Dieser Schatten da hinten ist die Klippe von Cotia«, sagte Kanaú.
»Ist das die, die drei Meilen lang sein soll?«
»Man sagt, es seien drei Meilen, aber es sind viel mehr. Meilen sind hier in der Wildnis ganz verschieden lang.«
Sie ruderten angestrengt.
»Wir sollten näher heranfahren, denn wir müssen an der Klippe entlang. Die Fahrrinne führt genau am großen Strand vorbei.«
Der Leutnant zeigte sich etwas unentschlossen, und Kanaú begriff, was in ihm vorging.
»Sie brauchen sich nicht zu fürchten, nah heranzusteuern. Zu dieser Zeit sind keine Xavantes am Ufer.«
Die Sonne war nahezu untergegangen. Nur ein kleiner Bogen war noch zu sehen. In Sekundenschnelle würde er versunken sein. Und dann kam die Dunkelheit, der eine mit Gold durchwebte Abendröte voranging.
Daniel fragte: »Was ist denn das?«
»Wo?«
»Dort.«
Alle schauten zu der angegebenen Stelle.
Pissy brach das Schweigen. »Ich seh nichts.«
»Ich auch nicht«, bestätigte Sá Lua.
Aber vor den Augen der drei Männer spielte sich etwas Seltsa-

mes ab. Ein riesiges Feuer wanderte über den sich verdunkelnden Fluß. Die Flammen waren gewaltig und rückten vom Strand her immer weiter zum Wasser vor. Das Boot kam näher heran ... Auf der Stirn des Leutnants trat der Schweiß aus allen Poren. Daniels Hände waren gelähmt vor Entsetzen, und Kanaú riß die Augen auf.

Sein Mund öffnete sich, und heiser brachte er heraus: »Das ist Zauberei. *Reuri,* Zauber der Weißen, *Coarú,* Zauber der Indianer!«

Pissys Geschichte

Führerlos und ohne Steuerung glitt das Boot auf den Sand des Strandes, und der Sand knirschte widerwillig bei dem Anprall.

Das Kind wachte auf und schrie laut.

Die Feuermasse hielt einen Augenblick an, um dann auf die Klippe überzugreifen.

Sie konnten den Blick nicht von der Erscheinung wenden.

Unwillkürlich wiederholte Kanaú, was ihm Gespenster-João am Landeplatz von Leopoldina gesagt hatte: »Das ist der Diamantenwäscher, der sich am Canjiranabaum erhängt hat. Wer ihn sieht, verliert den Verstand!«

Pissy war empört: »Halt den Mund, Quatschkopf! Was mußt du solchen Blödsinn verzapfen!«

Während sie das sagte, betrachtete sie den weißen Grund des Strandes, der durchs Wasser schimmerte, um festzustellen, ob es da Rochen gab. Dann stieg sie ins Wasser. »Ist besser, wir machen das Boot flott, solange wir noch ein bißchen Licht haben. Wenn wir das nicht tun, können wir auflaufen und müssen es ziehen. Und das ist gefährlich wegen der Feuerrochen.«

Daniel war der erste, der diesen Rat befolgte. Der Moment der Erstarrung war überwunden.

Ein unangenehmer leichter Wind begann das Wasser des Flusses zu kräuseln.

Der Leutnant und Kanaú hatten sich den beiden zugesellt, um zu schieben. Sie waren beide erregt.

An des Leutnants Nerven zerrten Gewissensbisse und Angst, daß dies ein schlechtes Vorzeichen sein könne. Der Indianer in

Kanaú sah es ähnlich. Ihm deutete sich alles Üble und Erschrekkende um in bösen Zauber.
Der Wind nahm zu und wirbelte den weißen Sand auf.
»Dieser Wind läßt das Boot bald nicht mehr vorankommen.«
Sie sahen auf die Klippe. Gestrüpp und Bäume waren nahezu schwarz und krümmten sich ächzend.
Es gab keinen Ausweg. Verzweifelt sagte der Leutnant: »Wir halten an der Klippe und warten ab, bis dieser verdammte Wind sich legt.«
»Ist gut. Dann kann man auch das Kindchen besser schützen.«

Sie sammelten genügend Holz, um ein Feuer anzumachen. Der Wind hatte zugenommen, und das hieß, daß sie viel Holz brauchen würden.
Mit Mühe holten sie eine Hängematte aus dem Boot, das von dem aufgewühlten Wasser hin und her geschleudert wurde, und befestigten sie, damit Sá Lua und das Kind ruhen konnten.
»Einen Vorteil hat dieser Wind immerhin: Er vertreibt die Moskitos.«
»Besser Moskitos als Indianer...«, meinte Daniel.
»Red nicht so, sonst kriegen die Frauen einen Schreck.«
Die Flammen der kleinen Feuerstelle schlugen heftig nach einer Seite hin und knisterten unaufhörlich. Ringsum war alles schwarz. Die Männer hatten sich ans Feuer gehockt. Bei dem andauernden Wind war eine kalte Nacht zu erwarten, besonders jetzt, zu Beginn des Sommers.
Pissy hielt sich abseits und betrachtete die Reisegefährten. Sá Lua lag im Dunkeln in der Hängematte. Für sie schien nichts mehr zu existieren als das kleine Bündel Fleisch, das kaum dem Leben entgegenatmete. Eine gewisse Zärtlichkeit überkam Pissy. Wie gut das tat, so ein kleines Wesen zu halten! Ihre Arme spürten noch ein bißchen von der Wärme, die das Kind ausgestrahlt hatte, damals, während Sá Luas Krankheit, im Boot...

Sie richtete den Blick auf die drei Männer, die sich beim Feuer wärmten. Daniel war in Ordnung. Ein schweigsamer, trübseliger Kerl, der niemandem Übles tat. Der Leutnant, ein Ausbund an Bosheit! Sie erinnerte sich der erniedrigenden Behandlung und der Verachtung, die er ihr im Lager erwiesen hatte. Als ob sie ein ekelhaftes Tier sei. Sie betrachtete das bärtige Gesicht des Mannes, das im Feuerschein noch finsterer wirkte. Er trieb Mißbrauch mit seiner Macht, weil er eigentlich ängstlich und feige war. Sie wußte, der Leutnant zitterte vor Furcht wegen der Erscheinung, die sie gesehen zu haben behaupteten. Drei so starke Männer, die Blut schwitzten vor einem Spuk! Aber der wahre Grund war der, daß sie von Gewissensbissen gepeinigt wurden. Spitzbuben und Verbrecher waren sie, einer wie der andere, nichts anderes!

Ihr Blick heftete sich gleichmütig auf Kanaú. Seine Pupillen wirkten im Schatten der Nacht größer als sonst und das Haar im Flammenlicht röter. Diese schmalen Augen, die allein aus Pupillen zu bestehen schienen! Augen einer gefährlichen Katze. Eines Mörders.

Mochte er alle Welt täuschen, für sie war er schlimmer als der Teufel. Wenn sie entscheiden müßte, welcher der beiden schlechter sei, Kanaú oder der Leutnant, sie wäre unschlüssig. Zwei üble Kunden! Zwänge man sie aber, zu sagen, welcher von ihnen sterben solle, so würde sie trotz allem Schlimmen, das sie von dem anderen erfahren hatte, auf den Indianer zeigen. »Der kann mich nicht täuschen, denn ich weiß alles.«

Wieder sah sie die drei an, und ein Gefühl von Ekel regte sich in ihr. »Drei Männer!« Und alle drei fürchten sich vor einem Gespenst! Fürchten sich so, daß sie die Xavantes vergessen, die ganz nahe sein können! Drei Männer – und Männer nannten sie sich schließlich nur wegen des Anhängsels zwischen ihren Beinen –, die Angst hatten! Einer wollte ein Feuer gesehen haben, das übers Wasser spazierte. Der andere einen weinenden Diamantenwäscher mit einem Strick um den Hals, der mitten im

Feuer ging. Der dritte einen Indianer mit feurigem Rücken, der in den Flammen wandelte und sie verfluchte...

Sie wandte den dreien den Rücken und ging zur Uferböschung. Vorsichtig stieg sie hinunter und horchte auf den Wind und das Krachen des Bootes, dessen Heck von dem aufgepeitschten Wasser geschüttelt wurde. Das Tau, mit dem es vorne an einen Pflock gebunden war, spannte sich, als wolle es zerreißen.

Der Wind schien nicht nachlassen zu wollen. Aber sie hatte keine Angst vor dem Wind. Sie hatte vor nichts Angst. Ihr schönes Haar wurde nach hinten gerissen, seine Spitzen verhedderten sich. Der Fluß sah zum anderen Ufer hin völlig schwarz aus. Ach ja, der Fluß! Auf ihn bezog sich alles, was an ihrem Leben gut und schön gewesen war. Und sie kannte ihn von klein auf, vertraute ihm, verstand ihn. Wenn er wütend war, dann brauste er wild, wenn er traurig war, sammelte er die Wasser des Regens in sich und wurde trüb und lehmig. Kam die Zeit der Liebesspiele im Frühling, dann schmückte er seine Ufer mit roten, violetten und gelben Blüten, ließ seine Fluten zum Spiegel ihrer Schönheit werden oder sie langsam auf seinen singenden Wassern dahintreiben. Ja, der Fluß! Den Menschen, die ihm Freunde waren, zeigte er den Fisch und die Schildkröte auf seinem kristallklaren Grund. Und er hielt denen, die er liebte, die großen Schlangen und die Dämonen der Finsternis fern. Deshalb fürchtete sie ihn nicht.

Sie setzte sich vorn ins Boot und tauchte die Fußspitzen ins aufgewühlte Wasser. Wie lau das war! Wäre sie an einem Strand, sie nähme sicherlich ein Bad. Hier aber war die Strömung tief und reißend, und es konnte Piranhas geben.

Wie ein gelber Zwickel ging der Mond auf. In einigen Tagen würde er wieder groß werden. Und sollte der Wind bald aufhören, so könnten sie weiterreisen, in die Nacht hinein. In Wahrheit hatte sie dies Leben satt. Satt. Sie wollte nur ihr Geld bekommen. Irgendwelches Geld. Gleichgültig, ob es ehrliches war oder aus unsauberen Machenschaften stammte. Ob es geraubt war oder im Schweiß des Angesichts verdient, seinen Zweck erfüllte es so oder so.

Eine Gestalt kam heran. Ein Lehmklumpen löste sich und klatschte ins Wasser.

Sie schüttelte ihre Gedanken ab und wartete.

»Hast du keine Angst, so nah am Fluß zu sitzen? Und wenn nun ein Krokodil auftaucht?«

Sie zog den Fuß aus dem Wasser und hielt sich am Boot fest. Der Mestize war gekommen, sich zu unterhalten, sie wußte nicht, weshalb.

Sie lachte innerlich und beschloß, ihn zu ärgern. »Denkst du, ich bin wie ihr und seh alle nasenlang Gespenster?«

Kanaú kam näher und setzte sich neben sie. Er tauchte einen Fuß ins Wasser. »Ist schön warm. Täte gut zu baden.«

Komisch, daß er den gleichen Gedanken hatte. Das stimmte sie ein bißchen nachsichtiger. Wer weiß, vielleicht wollte der Indianer wirklich niemandem Übles tun.

»Das dachte ich auch, als ich herkam.«

Er wandte ihr das Gesicht zu und fragte: »Glaubst du nicht an das, was ich gesehen habe?«

»Natürlich nicht. Ich war schließlich an derselben Stelle und hab nichts gesehen. Und hat etwa Sá Lua was gesehen?«

»Du glaubst es nicht, aber ich schwör's dir bei meiner toten Mutter.« Seine Stimme klang erregt: »Ich schwör dir, ich hab's gesehen. Es war ein Alter mit einem langen, ganz weißen Bart. Aus seinen Augen kamen Tränen, und um den Hals hatte er noch den Strick mit dem Knoten. Er ging mitten im Feuer und sah traurig zu uns her.«

»Sicher hatte er ein Auge auf den Diamanten geworfen ...«

»Du solltest nicht über eine so ernste Sache spotten. Es gibt Leute, die sagen, wer den Mann auf der Klippe sieht, wird verrückt.«

»Dann seid ihr alle schon verrückt! Ich hab noch nie von einem Gespenst gehört, das für jeden anders aussieht: Der Leutnant

hat es für einen großen Indianer gehalten, der zwischen Flammen spazierte. Daniel sah ein riesiges Feuer, das übers Wasser wanderte... Wie ist das möglich, wo ihr doch alle drei zusammen wart und die Erscheinung im selben Augenblick hattet?«
»Es ist Zauber. Ist Rache. Furchtbar.«
Sie dachte nicht daran, sich mit Kanaú herumzustreiten. Die Männer mußten gräßliche Gewissensbisse haben, das war es. Und bald würden sicher noch viel mehr scheußliche Dinge geschehen. Während der letzten Reisetage schon war ihr aufgefallen, wie sehr sich die Nervosität des Leutnants gesteigert hatte. Sie dachte an das, was das Volk im Landesinneren Einsamkeitskoller nennt. Sie fand es besser, jetzt zu den anderen zurückzugehen. Nicht daß sie Angst vor dem Indianer gehabt hätte. Weder vor ihm, noch vor dem Leben. Was sie mit dem Leben verband, konzentrierte sich auf ihr schönes Haar, das ihre abscheuerregende Häßlichkeit noch mehr unterstrich. Doch jetzt hätte sie sich gern oben hingesetzt, um ein bißchen von der Wärme des Feuers mitzubekommen. Später würde sie dann den Boden säubern und ihre Lieblingsstellung einnehmen, zusammengekauert, mit den Händen zwischen den Knien, um zu schlafen. Schlafen tat gut und ließ einen alles vergessen, wie das Wasser im Fluß...
Sie stand auf. Aber Kanaús Hand legte sich fest auf ihren Arm.
»Wohin willst du?«
»Schlafen. Kann sein, daß der Wind bald aufhört. Dann ruft einen der Leutnant gleich, und man muß wieder aufstehen.«
Er gab ihren Arm nicht frei. »Du weißt so gut wie ich, daß der Wind heut nicht mehr aufhört.«
Pissy ließ sich wieder im Boot nieder.
»Was willst du von mir, Kanaú?«
Zum erstenmal nannte sie den Burschen bei seinem Namen.
»Ich will nichts weiter. Bloß ein bißchen mit dir reden. Wir könnten doch Freunde sein, nicht?«

»Was hättest du denn von meiner Freundschaft?«
»Wenigstens wäre ich jemand, dem du vertrauen könntest.«
Ausgerechnet er sagte das! Zum Glück verbarg die Nacht den maßlosen Spott in ihren Augen ... Sie schwieg, neugierig, wie es weitergehen würde.
»Ich seh dich immer so allein, du entfernst dich von den anderen ...«
»Was soll ich tun? Außer Sá Lua mag mich niemand, weil ich so häßlich bin. Da geh ich lieber weg. Dann kann auch der Leutnant mich nicht schlecht behandeln.«
»Du magst den Leutnant nicht?«
Sie hätte gern gesagt, daß sie ihn hasse, ihm am liebsten mit seinen eigenen schmutzigen Stiefeln im Gesicht herumtrampeln würde. Warum war sie so abstoßend? Was konnte sie dafür? Ihre unaufhörliche Qual darüber, daß es so war, hatte sie zu einer Schlange gemacht, die eingerollt auf der Lauer lag, um zuzustoßen, sobald jemand sie hänselte. Ja, sie haßte den Leutnant. Haßte die Bosheit, die Mißachtung, mit der er sie immer behandelte. Und da sie den Leutnant haßte, mußte sich ihr Haß auf alle Männer ausdehnen. Denn sie waren alle gleich. Alle. Vielleicht begegnete deshalb Sá Lua ihr mit einer gewissen Menschlichkeit. Aber nur der Fluß wußte, wie sehr sie unter dem Schicksal litt. Und nun sollte sie diesem Mann vertrauen, der auch noch Indianer war? Einem Kerl, der erst in den letzten Tagen aufgetaucht war und von dem sie genau wußte, wer er und wozu er fähig war ...
»Wer bist du, Pissy?«
Die Stimme des Indianers übte eine unwiderstehliche Anziehungskraft auf sie aus. Vielleicht meinte er es nicht schlecht mit ihr. Wer weiß? Wenn ein Indianer jemanden gern hatte, konnte er anhänglich sein wie ein Hund. Die Reise war noch lang, und vielleicht ...
»Wenn du denkst, ich kann deine Freundin sein, bloß weil du Mitleid mit mir hast, dann irrst du dich.«

»Mitleid mit dir, warum, Pissy?«
»Weil ich widerwärtig bin und die anderen mich darum schlecht behandeln – wie ein ekelhaftes Tier.«
»Nein. Darum geht es nicht. Ich möchte nur mit dir reden. Wissen, wer du bist. Warum du Pissy heißt. Pissy, so heißt doch keiner.« In ihr stürzte etwas ein. Die ganze Widerstandskraft, die ganze Mauer, die sie aufgerichtet hatte, um sich zu verteidigen, um nie mehr jemanden in ihr Inneres einzulassen, die ganze Schutzwehr, die durch Jahre der Vereinsamung hin zu Stein geworden war, fiel innerhalb einer Sekunde zusammen. Zum erstenmal in ihrem Leben gab es jemanden, der solchen Anteil an ihr nahm, daß er sie nach ihrem richtigen Namen fragte.
»Na gut. Wenn du nicht reden willst, dann eben nicht. Wenn du magst, kannst du gehen.«
Er gab ihren Arm frei.
Aber Pissy blieb. Sie, der alle Weichheit fremd geworden war, erinnerte sich ihrer plötzlich wieder mit einem Glücksgefühl. Zögernd und mit unsicherer Stimme begann sie zu sprechen:
»Ich habe einen hübschen Namen. Ich heiße eigentlich Maria Betânia.«
Sie wußte nicht recht, sprach sie zu Kanaú oder zu sich selbst über ihre innersten Geheimnisse. Alles war so anders als sonst. Es sprudelte einfach aus ihr heraus.
»Maria Betânia! Was für ein schöner Name!«
Ein schöner Name für ein so scheußliches Dasein! Faden für Faden entrollte sich ihr bisheriges Leben. Immer hatte sie denselben Kommentar hören müssen:
»Unglaublich! So ein hübscher Name für ein so häßliches Geschöpf!«
Sie war aus Belém gekommen. In Belém war sie zum Leben erwacht. Sie erinnerte sich noch, wie der Pater sie vom Ufer des Araguaia dorthin gebracht hatte. An die Angst vor der großen Stadt. Den Lärm. Das elektrische Licht. Wagen, Straßenbah-

nen, Omnibusse. Die breiten Straßen. Die unzähligen Menschen. Das abgelegene Stadtviertel. Der Pater hatte sie bei Dona Francisca abgeliefert, einer alten Jungfer, die die Kirche besorgte. Eine Betschwester war sie gewesen, mit langen Flechten, schmalen Schultern und verdorrter Brust, die nichts kannte, als Gott mit Herzensergüssen und Seufzern zu belästigen.
»Maria Betânia?« Ihre Augen hinter der dickgerandeten Brille hatten sie mißbilligend angeblickt. Es war, als denke sie: So ein abscheuliches Kind mit dem Namen der Heiligen Jungfrau! Aber sie verbarg ihre Enttäuschung.
Der Pater ließ sie im Zimmer und besprach sich im Hof mit Dona Francisca. Das Mädchen sah sich in dem engen Raum um, den eine Fülle von Heiligenbildern geradezu überschwemmte. Rosen und andere Kreppapierblumen in schreienden Farben umkränzten sie. Und all das war ihr ganz neu. Eine brennende Kerze auf der Kommode vor einem verblichenen Bild des heiligen Josef beeindruckte sie tief.
Dona Francisca kam ins Zimmer zurück und trug sanfte Güte und Ergebenheit zur Schau. Sie war offenbar zutiefst gerührt von den frommen Worten des Paters.
Ihre Blicke schienen sagen zu wollen: »Armes Kind! Ganz allein auf der Welt!«
Sie machte einen Versuch, mit der Hand über das schöne blonde Haar des Mädchens zu streichen.
»Das erste, was wir tun müssen, ist, anständigere Kleider für dich kaufen.«
Zum erstenmal war Pissy damals der Unterschied zwischen ihren Lumpen und dem, was andere trugen, aufgefallen. Das Karomuster ihres Kleides, das ins Violette spielte und ausgewaschen war, ließ es besonders schäbig erscheinen. Dona Francisca fuhr fort: »Diese sind viel zu kurz. Es ist doch nicht nötig, daß alle Welt deine langen, dünnen Froschschenkel sieht.«
Sie war empört, als das Mädchen sich abends nackt ausziehen wollte, um unter die Decke zu kriechen.

»Lieber Gott im Himmel! So schlafen doch nur Jungen! Jungen und Tiere!«
Sie holte ihr ein Nachthemd, in das sie drei- oder viermal hineingepaßt hätte.
Ertrunken in einem Meer von Stoff, rollte das Mädchen sich ein, um zu schlafen.
»Was! Betest du denn nicht, ehe du schläfst?«
Das Mädchen starrte sie mit erschrockenen Augen an.
»Wie alt bist du?«
Sie sagte, sie wisse es nicht.
Ungläubig schüttelte Dona Francisca den Kopf, so daß ihre Zöpfe hin und her pendelten.
»Du mußt sieben oder acht Jahre alt sein. Mein Gott! Welche Unwissenheit! Wie kann man nur so ahnungslos aufwachsen!«
Sie hieß das Mädchen sich hinsetzen.
»In deinem Alter konnte ich bei der Messe sogar schon das Adoremus mitsprechen.«
Was für eine sonderbare Alte! Die redete eine Menge Sachen, die ihr unbekannt waren. Begriff sie denn nicht, daß ihr die Augen fast zufielen vor Müdigkeit, daß ihr Körper zu schlafen begehrte nach so vielen anstrengenden Reisetagen?
»Kannst du dich nicht bekreuzigen?«
»Nein, ich kann gar nichts.«
Sie nahm die Hand des Kindes und zeichnete damit die Stirn, den Mund und die Brust voller Kreuze, wobei das Mädchen die Worte sprechen mußte, die Dona Francisca vorsagte.
Pissy nahm nur den Geruch von Mottenpulver wahr, der dem Ärmel des Kleides entströmte, vielleicht kam er auch aus der Seele der Kirchenbetreuerin.
»Gleich morgen werde ich dir beibringen, wie man betet. Der Vater im Himmel verabscheut Mädchen, die nicht beten.«
Zum Glück ließ sie nun von ihr ab und ging auf ein größeres Bett an der anderen Seite des Zimmers zu.

»Dreh dich jetzt um, denn ich will mich ausziehen.«
Pissy beeilte sich, das zu tun. Es war erheblich angenehmer, die weiße Wand voller Löcher und Flecken anzusehen als die Alte, die so viel seltsames Zeug redete.
Sie hörte das Geräusch von Haken, die aufgingen, und Röcken, die zu Boden fielen. Knacken von Wirbeln und Gelenken. Wieder Knöpfe, die Lärm machten. Neue Haken. Die Schritte der Alten, die zu den Kleiderhaken hinter der Tür ging und wieder zum Bett zurückkam. Das Knarren der Sprungfedern. Ein schwerer Seufzer. Decken raschelten. Eine Nachttischschublade, die aufging. Blättern im Gebetbuch. Sie schlief ein.
»Freches Biest! Vogelscheuche! Kröte! Hexe!«
»Selber Hexe!«
Und jeden Tag raufte sich Pissy in der Volksschule. Mit Jungen und Mädchen. Zerkratzt und mit aufgelösten Zöpfen kam sie nach Hause. Die alte Dona Francisca hatte sich darauf versteift, ihr das Haar zu flechten, das einzig Hübsche zu verstecken, mit dem die Natur sie bedacht hatte.
Der Pater kam und führte im Hof unter dem Mangobaum lange Unterhaltungen mit Dona Francisca. Sie beruhigte sich dann und hielt abends gefühlvolle Reden.
Drei Jahre lang ging das so weiter. Aber es war nicht auszuhalten in dieser Straße. Alle ringsum fühlten sich von Pissys Häßlichkeit abgestoßen und von ihrem Gang, der etwas Schleichendes hatte, wie der eines Tieres.
Da war kein Junge, der sich nicht mit ihr geprügelt, kein Mädchen, das sie nicht zerkratzt und nach dem sie nicht Steine geworfen hatte.
Sie fing an, die ganze Menschheit zu hassen. Keiner taugte was. Auch nicht die Heiligen, die Dona Francisca verehrte. Sonst hätten sie doch einmal ihre Gebete erhört und wären ihr beigestanden! Keine Rede davon! Auch Heilige mochten offenbar die häßlichen Menschen nicht. Denn sogar die Neger erlangten manchmal etwas von ihnen.

Sie lebte ganz in sich verkrochen. Ertrug es nicht mehr, zu hören, was die Alte redete. Abends betete sie schnell und ging früher zu Bett. Denn der Schlaf machte, daß sie alles vergaß. Wenn sie aß, achtete sie nicht auf die Speise, sondern senkte die Augen auf den Teller, als zähle sie alle Bohnen, die gestorben waren, ohne Pflanzen zu werden.
Eines Tages schwänzte sie die Schule und ging am Kai spazieren. Sie wollte die Schiffe sehen, die auf dem Rio Tocantins verkehrten. In einem solchen Motorboot war sie vom Araguaia hergekommen. Ach! Der Araguaia! Der große Fluß!... Sie hatte solche Sehnsucht danach, am Fluß zu sein und mit den anderen Kindern des Dorfes fischen zu gehen. Die Carajá-Indianer zu sehen, wie sie in ihren schwarzen Einbäumen davonfuhren, um Schildkröten zu fangen. Nach allem hatte sie Heimweh. Sogar nach dem Regen, der das Fieber mitbrachte und die Moskitos. Nach der Sonne, der Kälte, dem Sommer. Nach dem harten Boden, auf dem sie sich zusammenkauerte, wenn sie während der kalten Zeit am Feuer schlief. Nach dem Stroh der Hütte, das alt und ausgetrocknet roch. Nach den Lauten der Waldtiere...
Sie pflegte nun Tag für Tag die Schule zu schwänzen und am Flußufer herumzulungern. Wenn sie erst einmal groß war, wollte sie in einem dieser Boote zurückkehren.
Jede Münze, die sie bekam, alles Geld sparte sie für die Zukunft, die baldige.
»Pack deinen Kram zusammen!«
Dona Francisca tat wie besessen. Vielleicht zum erstenmal in ihrem Leben war ihr Röte in die Wangen gestiegen.
»Ich dachte, aus dir könnte was werden, unnützes Ding du!«
Die Alte hatte alles entdeckt. Das Fehlen in der Schule, das Herumstreichen am Kai.
Es war sinnlos, ihr das zu erklären, denn außer ihren Heiligen an der Wand verstand die Alte nichts. Wie konnte sie ihr da von ihren Gefühlen erzählen? Die würde sie nie begreifen; nie ver-

stehen, daß die tausend Masten mit den eingerollten Segeln, die sich am Kai zum Himmel reckten, die Herrlichkeit Gottes besser rühmten als die fettigen Perlen des Rosenkranzes. Nein. Dies Geheimnis gehörte Pissy allein, wenn sie auch nur ein häßliches Mädchen war. Niemandem wollte sie sagen, was sie beim Anblick des Wassers empfand, das träge die Kähne schaukelte oder den eitel Stillhaltenden erlaubte, sich in ihm zu spiegeln. Und dann war da der Markt mit tausend Früchten und Kräutern, deren Düfte in Herz und Sinne drangen. Und der Geruch, der vom Meer kam. Und der Himmel voller Möwen. Und die Menschen, die sich hier herumtrieben und salzig nach Meer rochen. Und alles so frei...

Sie hatte nicht viel zu packen, steckte alle Sachen durcheinander in einen Sack. Die Schulkleidung konnte sie anbehalten. Auf der Türschwelle blieb sie stehen und sah Dona Francisca ins Gesicht, als wolle sie fragen: »Und nun? Wohin geht es jetzt?«

Schweiß brach aus der Stirn der Alten. Ihre Lippen zitterten. Sie mußte ja nun etwas tun. Alles, was sie bisher versucht hatte, um das Herz dieses garstigen Kindes zu gewinnen und seine rohen, unbeholfenen Sitten zu verbessern, war erfolglos geblieben.

Jedenfalls standen sie eine Weile einander gegenüber, und die Kirchendienerin war sich offenbar unschlüssig, was sie tun sollte. Wahrscheinlich überkam sie Angst vor der Entscheidung, die sie gefällt hatte. Angst vor den Heiligen und vor ihren Aussichten auf den Himmel, die sich womöglich verringern würden. Angst, weil sie es wohl doch nicht verstanden hatte, ihr Kreuz auf sich zu nehmen.

Pissy ließ nicht locker mit ihrem Blick, und ihre Augen blitzten. Um nichts in der Welt wollte sie die Gelegenheit verpassen, hier wegzukommen, aus diesem beengten Haus, diesem verhaßten Stadtviertel, dieser Schule, in der ihr über den Unterricht hinaus Erniedrigung und Pein zuteil wurden.

»Gehen wir nicht? Worauf warten Sie? Daß ich auf die Knie falle und um Verzeihung bitte? Das tu ich im Leben nicht!«

Sie zogen los. Die Straße stank wie immer nach dem ganzen Unrat ihrer geduckten Häuser. Gelbhäutige kleine Jungen, die Hemdzipfel überm Bauch zusammengeknotet, standen in den Türen und kratzten sich am Penis. An jeder Ecke schwatzten Frauen miteinander. Sobald sie vorbei waren, wurde darüber gesprochen. Pissy wußte, die würden dem Himmel danken, wenn sie auf Nimmerwiedersehn verschwände.
Der Weg war ihr nicht unbekannt. Es ging zum Haus des Paters. Und der kam heraus, dick und im verwaschenen Pyjama, dessen rötliche Streifen gerade noch sichtbar waren. Züchtig knöpfte er den Kragen zu, um die haarige, ebenfalls rötliche Brust vor Dona Franciscas jungfräulichen Augen zu verbergen.
Die drei sahen einander an. Es brauchte nichts gesagt oder erklärt zu werden. Mit einem schwachen Hoffnungsschimmer ruhten die Augen des Paters und der Alten auf Pissys störrischem, magerem und häßlichem Gesicht. Sie aber blieb ungerührt. Idioten! Was erwarteten sie? Daß sie sich entschuldigte? Wofür denn? Meinten sie, das Schule-Schwänzen und Zum-Hafen-Gehen würde aufhören, wenn sie es täte? Nimmermehr! Außerdem konnte sie ja hoffen, nun an einen Ort gebracht zu werden, der näher am Wasser lag …
Dona Franciscas Wangen bebten vor Erregung, und ihr Mund zitterte. Sie legte die Hände an die Stirn, als sei ihr übel, drehte sich dann rasch um und überließ es den beiden, sich gegenseitig auszuforschen.
»Als ich mich wieder etwas beruhigt hatte, sah ich einen Mann im Pyjama vor mir, und er hatte die Augen voll Tränen.«
Pissy schwieg. Noch immer fegte der Wind über den Fluß. Die Schläfrigkeit war von ihr abgefallen, und sie hatte Durst vom vielen Reden.
»Ich weiß nicht, warum ich dir das alles erzähle. Ich hab noch nie zu jemand davon gesprochen.«
»Erzähl weiter. Ich hab das gern.«
Wie jeder Indianer konnte Kanaú die ganze Nacht zuhören,

wenn erzählt wurde, vor allem eine Geschichte wie diese, die soviel Ähnlichkeit mit seiner eigenen hatte.
»Bist du nicht müde?«
»Nein.«
»Dann wart nur, bis ich Wasser getrunken hab.«
Sie sprang aus dem Boot, füllte die hohlen Hände und führte sie zum Mund. Das laue Wasser lief zwischen ihren Fingern heraus.
»Was für ein Unterschied!« sagte sie. »Das Wasser hier kommt aus dem Rio das Mortes und ist so sauber und wohlschmeckend. Und auf der anderen Seite ist der Araguaia noch voll Erde und Lehm!«
»Wegen der letzten Regenfälle.«
»Schon. Aber es hat doch auch auf dieser Seite geregnet.«
Kanaú lachte. »Es ist nun mal so, der Rio das Mortes ist immer rein und durchsichtig, auch in der Hochwasserzeit...«
Pissy setzte sich wieder ins Boot. »Willst du wirklich, daß ich weitererzähle?«
»Wenn du nicht schlafen willst...«
»Die Müdigkeit ist weg...«
Sie war in ihr eigenes Leben versponnen; war wie abwesend. Und erzählte Kanaú um ihrer selbst willen. Sie schüttete ihr Herz aus, und das war eine ganz neue Erfahrung für sie, die etwas vom Reiz eines Abenteuers an sich hatte und ihr innerlich wohltat. Sie redete. Redete. Erzählte alles, was sie interessant fand. Entweder weil es – wie meistens – besonders traurig, oder weil es – wie selten – besonders lustig war.
Sie kam nun zu einem neuen Lebensabschnitt. Nachdem sie der Frömmelei Dona Franciscas entronnen war, ging die Hoffnung, sie werde nun mehr Freiheit haben, schnell in die Brüche. Der Pater brachte sie in ein von katholischen Frauen geführtes Haus, eine Art Internat, in dem andere Mädchen waren, bedrückt und ebenso schweigsam wie sie, die niemals von dem erzählten, was sie erlebt hatten. Das war auch nicht nötig, denn ihre Herkunft

war vermutlich die gleiche. Sie sahen wie Schatten aus, die lautlos dahinschlichen. Alle waren sie mager und schlugen die Augen nieder. War wirklich einmal eine von ihnen lebhaft und stiftete Unruhe, so wurde sie durch den stummen, strengen Blick einer jener Megären zur Ordnung gerufen, die diese Anstalt leiteten. Über die Zukunft sprach niemand, außer vielleicht ein säuselnder Pater, der bei der sonntäglichen Messe die Predigt hielt. Aber die Zukunft schien aus Strafen zu bestehen oder überaus irreal zu sein. So, als hänge alles davon ab, wie gut Gott gelaunt sei und was er gerade im Überfluß habe. Eine Gabe, die man später dem Wohltäter mit Zinseszinsen zurückgeben mußte.

Pissy konnte das kaum noch ertragen. Ihre Schweigsamkeit wuchs, dagegen verkümmerten die Formen ihres jugendlichen Körpers. Im gemeinsamen Schlafsaal redeten die anderen darüber. Obwohl sie mager waren, rundeten sich doch ihre Brüste, und sie dachten, später einmal würden sie vielleicht heiraten und Kinder haben, die aus diesen Brüsten trinken würden. Pissy machte es nichts aus, daß sie diese Formen nicht hatte. Ihr war der eigene Leib immer unwichtig gewesen. Hatte es was zu bedeuten, ob diese Orangen oder Zitronen wuchsen, solange nicht ein warmes Herz darunter schlug? Ihr Herz aber war vor Einsamkeit erstarrt und hatte jede Beziehung zum Leben verloren.

Sie besuchte die Unterrichtsstunden, und das war die einzige Verbindung zu Lehrerinnen und Mitschülerinnen, die sie besaß. Bei den Mahlzeiten wurde Stillschweigen gewahrt. Und der weiße, lange, kalte Marmortisch wirkte dadurch noch kälter. Gleichmütig wohnte ein weißer Christus an einem schwarzen Kreuz dem allen bei. Pissy ging diese ganze Umgebung auf die Nerven. Es machte ihr nichts aus, wenn sich Fliegen auf ihren Teller und ihr Gesicht setzten, es ärgerte sie aber, wenn sie auf ihrem eingefangenen Haar herumkrabbelten. Ja, das war eingefangen wie der Christus. Sie starrte das Bildwerk an. Ein böser

Wunsch regte sich in ihr: Auf den Tisch wollte sie steigen und es in die Hand nehmen. Und dann wollte sie es zusammendrücken mit aller Kraft, so fest zusammendrücken – und bei dieser Vorstellung kam ihr das Lachen –, daß Christus die Zunge herausstrecken mußte. Manchmal betrachtete sie auch den rostigen Nagel, an dem das Kruzifix hing, in der Hoffnung, er möchte bald gänzlich durchrosten und der Aufseherin auf den Kopf fallen, die mit gesenkten Augen am Tisch saß...

Frohe Feste gab es nicht für sie. Ein Tag glich dem anderen. Stunde reihte sich an Stunde. Sie konnten genau hören, was draußen vorging. Wenn Feuerwerk knallte, wußten sie, das Volk feierte die Johannisnacht. Und in der Karnevalszeit drangen die verbotenen, sündigen Lieder von fern zu ihnen. Weihnachten, ja, das gab es für alle. Da versuchten die Megären so sanft zu sein, als seien sie es, die das Jesuskind zur Welt gebracht hätten. Ihre Augen strahlten Jahresend-Güte aus. Es gab Süßigkeiten zum Nachtisch, und die Mitternachtsmesse schien von überirdischen Wesen und nicht von Menschen gesungen zu werden. Zu Weihnachten hatte ihr Dona Francisca, die unverstandene und bekümmerte Dona Francisca, eine Stoffpuppe geschickt. Die anderen Mädchen, die schon Brüste hatten, waren gerührt, als sie das Geschenk betrachteten. Für sie jedoch hatte der unnütze Plunder überhaupt keine Bedeutung. Frauen waren wirklich albern! Was sollte sie damit anfangen? Wenn sie es einer dieser blöden Gänse gäbe, die würden es doch nicht annehmen. Und sie konnte es ihnen auch gar nicht anbieten, denn sie war mit keiner dieser Idiotinnen genügend befreundet, um ihr ein Geschenk zu machen. Was sollte sie damit anstellen? Sie hatte eine Idee. Sie hängte die Puppe ans Kopfende ihres Bettes, ein gutes Stück entfernt von dem vorgeschriebenen Christusbild, das mit einem roten Bändchen befestigt war, und benutzte sie als Nadelkissen.

Selten war ihnen ein Spaziergang gestattet, als ob sogar die Sonne auf der Straße sie zur Sünde verleiten könne. Sie war schon

ein junges Mädchen, da geschah einmal ein Wunder: Sie durften einen Besuch im Goeldi-Museum machen.
Der Alltag versank ihr, und sie lebte wieder. Da waren die Käfige der Raubtiere mit ihren glänzenden Fellen: Der schwarze Panther mit den scharfen Zähnen, der aufgeregt hin und her ging, als wittere er die entfernte Wildnis, und dann stehenblieb und verzweifelt die Mädchen ansah, die alle, wie Pissy, aus ihrer Stumpfheit erwacht waren.
Teilnahmslos lag der Tapir auf dem Boden und atmete, und es war, als atme die Erde.
Die Vögel flogen immer wieder ungeduldig auf: verschiedene Reiherarten, lärmende Papageien, kleine törichte Sittiche.
Pissy wurde von seltsamer Erregung gepackt. Zum ersten Mal, seit sie hinter Mauern verpflanzt worden war, sah sie sich all dem gegenüber, was zu ihrer frühen Kindheit gehört hatte. Sie nahm jetzt nicht wahr, daß sie gefangene Reiher vor sich hatte, sondern sie sah die weißen Ufer des Araguaiastroms, vollgesogen mit Sonnenschein. Der Fluß rief nach ihr. Er strömte durch ihre Adern, sprach zu ihrem Herzen. Sie war so außer sich, daß sie sich an die Brust griff, als wolle etwas sie zersprengen. Dann hob sie die schmalen, sehr dünnen Hände zum festgeflochtenen Haar, und in ihr erstand der heftige Wunsch, die Zöpfe loszumachen, das Haar aus seiner Gefangenschaft zu befreien, es fliegen zu lassen.
Sie nahm sich zusammen, beherrschte sich, sah sich um. Auch die anderen waren so hingerissen von ihrem Erleben, daß sie Pissys Anfall von jähem Freiheitsdurst gar nicht bemerkt hatten.
Nachts im Schlafsaal wälzte sie sich lange Zeit fiebrig von einer Seite auf die andere. Sie schloß die Augen, und der Fluß fuhr fort, zu rufen. Er bot ihr die weißen Reiher zum Geschenk. Die Flechten schmerzten sie, wenn sie den Kopf auf dem Kissen herumwarf.
Sie war kein Kind mehr. Ihr Körper hatte sich bei aller Formlo-

sigkeit dennoch zu dem eines jungen Mädchens entwickelt. Es war lange her, daß sie Dona Franciscas Haus verlassen hatte. Sie wunderte sich, wie sie so lange hier hatte ausharren können. Keine Sekunde länger wollte sie bleiben. Lautlos erhob sie sich. Sie setzte sich aufs Bett und starrte einen Augenblick lang die Puppe an, die kopfüber dahing und im Halbdunkel deutlich hervortrat. Unvorstellbar, noch einen Morgen hier erleben zu müssen, das ausgeblichene Kleid der Puppe und den vom blutroten Band gehaltenen Christus noch einmal zu sehen.

Sie löste ihr Haar und ließ die feingliedrigen Finger kurz durch seine seidige Fülle gleiten. Das gehörte ihr, nur ihr. Leise zog sie sich an und verschwand im Dunkel. Im Schatten der Mangobäume, unter denen sie sich während der Pausen hinsetzen, von deren Früchten sie aber niemals essen durften, schlich sie sich über den Hof.

Nichts hielt sie hier fest. Der alte Wachhund erkannte sie und kam, um ihr die Hände zu lecken. Sie streichelte den Kopf des Tieres, das ihr zur Seite blieb. Die Mauer war hoch, und es war schwer, darüberzuklettern. Sie lachte heimlich, während sie die richtige Stelle suchte. Seit langer Zeit hatte sie während der Pausen von Fluchtmöglichkeiten geträumt und einen Plan nach dem anderen erwogen. Dabei war ihr Blick auf die Mauer gefallen und dann auf einen der Mangobäume. Und da wußte sie: Sollte sie eines Tages fliehen, das wäre die richtige Stelle. Sie würde auf den Baum steigen, auf einem Ast über die Mauer klettern und auf der anderen Seite hinunterspringen. Der Schatten des alten, borkigen Mangobaums fiel über die staubige Straße, und niemand würde etwas sehen.

Ihre Finger waren wunderbar kräftig, ihr Körper bebte. Sie sog den Duft der Nacht ein, der den Stamm des Mangobaums durchtränkte. All das atmete Freiheit. Und wenn sie auch noch viel unglücklicher werden sollte, sie würde nicht zögern, diesen Weg einzuschlagen.

Der Hund winselte traurig. Sie fühlte die Straße unter den

Füßen. Sie dachte daran, daß sie kaum Geld hatte, aber es würde sich schon eine Lösung finden.
Sie ging in Richtung des Anlegeplatzes. Da waren die Lagerschuppen für die Paránüsse. Geruch von frischer Luft, von Salz, Fluß, lebendigen Menschen.
Sie setzte sich nieder und erwartete den Morgen. Als die Markthalle geöffnet wurde, kaufte sie eine Männerhose und eine Schere. Sie schnitt sich die Haare kurz ab und stülpte einen Strohhut über. Etwas schwieriger war es, einen Winkel zu finden, wo sie sich umziehen konnte, aber auch das gelang. Sie verwandelte sich – und sie lachte über diese Feststellung – in einen häßlichen Jungen, gelbhäutig und kränklich. Ihre hageren Hüften sorgten dafür, daß niemand ihr wahres Geschlecht erriet. Sie wollte sagen, sie komme aus Manaus, und wer konnte wissen, ob das stimmte?
Als ob diese nach Mottenpulver riechenden Betschwestern – wieder mußte sie lachen – sich auf die Suche nach ihr machen würden! Gesetzt den Fall, sie kehrte freiwillig zurück, sie würden sie nicht einmal wieder ins Haus lassen. Ein Geschöpf, das eine Nacht auf der Straße verbracht hatte! ... Von jetzt an würde keiner mehr über sie sprechen. Höchstens, daß die anderen Mädchen ihren Namen flüsterten. Man würde wachsamer sein. Vielleicht einen weniger alten Hund anschaffen.
Sie stellte sich den Pater vor, wie er mit Dona Francisca sprach, die inzwischen noch eingetrockneter sein mußte und sicher weißes Haar an den Schläfen hatte... Die würde ein gutes Stück Schuldbewußtsein abschütteln können und Mut bekommen, ihr Lebenskreuz wieder aufzupolieren.
»Weggelaufen?«
Der Pater würde den Kopf wiegen und traurig die Augen senken, um seinem Kummer Ausdruck zu verleihen. »Ja.«
»Ich wußte, daß sie das tun würde. Maria Betânia war ein Teufel.«
Pissy stellte sich vor, wie die Alte rasch ein Kreuz über die vom vielen Beten verschrumpelten Lippen schlug.

Sie brach ab: »So war's.«
Sie lachte vergnügt.
»Vielleicht war's auch nicht ganz so. Aber ich hab mir diese Geschichte so oft vorerzählt, daß sie genausogut geschehen sein könnte.« Sie sah in die Nacht hinaus, und der Wind wehte noch immer.
Kanaú ließ sich das Erzählte durch den Kopf gehen. Und neugierig wie immer, fragte er: »Was hast du dann in deiner Männerkleidung gemacht?«
»Ich suchte Arbeit und fand nur welche – nein, jetzt lüge ich, ich suchte sie nur da – in einem Bordell. In einem verkommenen Haus der Hafenzone. Zuerst tat ich's nur fürs Essen. Ich hatte solche Angst davor, wieder ins Internat zurückzumüssen, daß ich mich in den Bordellen nach Arbeit umsah. Ich wollte frei bleiben. Jetzt konnte auch kein Pater mehr über mich bestimmen. Nach einiger Zeit lernte ich eine Puffmutter kennen, die nett war, und der schilderte ich meine Lage. Ich verwandelte mich wieder in eine Frau, in eine häßliche, wenig anziehende. Aber es gibt ja immer Betrunkene und Matrosen. Ich machte es wie die anderen, und es ging mir leidlich. Eines Tages fuhr ich flußaufwärts zu den Diamantenzonen. Das ist alles.«
»Und warum bist du aus Maria Betânia Pissy geworden?«
»Findest du nicht, Maria Betânia ist ein hübscher Name?«
»Doch.«
»Ich auch. Er paßte aber nicht zu meinem Aussehen. Einmal war da ein Reisender, der fand mich so häßlich, so abstoßend, so verkommen, daß er vorschlug, sie sollten mich lieber Pißnelke nennen. Der Spitzname blieb haften. Das war mir egal. Später ließen sie die Nelke weg, und da wurde ich Pissy. Mir ist es gleich, wie sie mich nennen.«
»Und was willst du mit deinem Geldanteil anfangen?«
»Da wirst du dich wundern! Ich werde eine Kneipe kaufen oder einen Gemüseladen, und weißt du, wo?«
Sie wartete die Antwort nicht ab. Eifrig sagte sie: »In dersel-

ben Stadtgegend. Ganz dicht bei Dona Francisca. Eine Kneipe bringt immer was ein, und ich möchte alles haben, was ich nie hatte. Dann kann ich sogar abends vor dem Einschlafen lesen.«

»Aber Dona Francisca ist doch sicher schon tot.«

»Macht nichts. Es ist merkwürdig. Ich kann's nicht erklären. Ich hab den Wunsch, wieder da zu wohnen. Einfach das.«

»Wie bist du denn in dieses Boot gekommen?«

»Ich war im selben Bordell wie Sá Lua. Weißt du eigentlich, daß sie auch aus einem Waisenhaus kommt? Vielleicht hab ich ihr deshalb leid getan, und sie hat mich mitgenommen, als der Leutnant 'ne Wohnung mietete. Sá Lua sah, daß ich meinen Lebensunterhalt so nicht mehr verdienen konnte. War alles sehr schwierig ...«

Sie erhob sich von der Vorderkante des Boots und rieb sich die Sitzfläche. »Puh, was für ein hartes Holz! ...«

Auch Kanaú stand auf. »Gehen wir schlafen! Wir haben noch ein ganzes Stück Nacht übrig.«

»Ja.«

Der Wind legte sich immer noch nicht. Pissys Haar flog in alle Richtungen.

Sie stiegen den Hang hinauf. Das trockene Laub raschelte unter ihren Schritten.

Der Leutnant und Daniel kauerten bei den brennenden Holzscheiten und beobachteten, wie die beiden ankamen.

In den dunklen Augen des Leutnants glomm ein böser Funke auf.

»Schwein! Das bringt auch nur ein Indianer fertig, zu so 'nem Weibsstück zu gehen!«

Aber in Daniels Blick lag ungewöhnliche Weichheit. »Er ist jung. Macht nichts!«

Pissy rollte sich etwas abseits zusammen. Sie zog die Decke über den Kopf und war im selben Augenblick eingeschlafen.

Die Xavantes

Der dämmernde Morgen brachte keine Wetteränderung. Das Tageslicht machte die Menschen häßlicher und die Erde schöner. Als ob es für die Erde allein geschaffen worden sei und nicht für die Menschen. Gleichmütig wie immer vollzog die Natur, was zu geschehen hatte. Wenn Wind gebraucht wurde, weckte sie den Wind. War Regen nötig, dann ließ sie ihn sprühen. Der Fluß stieg, sobald die Wasser kamen, und er sank, wenn die Zeit dafür da war. Und deshalb malte sich der Himmel heute mit einer einzigen Farbe, mit Blau. Lichtes Blau überflutete das ganze Himmelsgewölbe. Kein Stückchen, das nicht von Bläue durchtränkt war. Auch nicht der winzigste weiße Wolkenfetzen zog auf. Die Natur brauchte es, dies strahlende Blau. Und der Wind wollte nicht müde werden. Von überallher blies er. Aus jedem Winkel. Als habe er allein das Regiment. Wie aber war es möglich, daß der Wind so wehte und der Himmel wolkenlos rein blieb? Daniel sagte: »Das ist der *geral.*«

Die Augen des Leutnants hefteten sich haßerfüllt auf den Fluß, der sich wand wie eine gewaltige Schlange beim Baden. Verflucht! Der *geral* hatte eingesetzt, grade jetzt, zum ungeeignetsten Zeitpunkt. Mit dem Reisen war's nun fürs erste so gut wie vorbei. Sie würden sich stückweise voranquälen müssen, jeden Augenblick wahrnehmen, in dem es nicht zu heftig wehte. Es fehlten etwas weniger als dreißig Meilen, bis die gefährlichste Stelle überstanden war, die Einmündung des Rio Tapirapés. Und während der letzten vierundzwanzig Stunden hatten sie nicht einmal anderthalb Meilen zurücklegen können. Es hieß, diese verdammte Cotia-Klippe sei nicht drei, sondern fast vier Meilen lang. Wie

viele Tage würde es dauern, daran vorbeizukommen? Und wenn sich der Wind nicht bald legte? Verzweiflung keimte in ihm auf. Aber der Fluß blieb ungerührt. Und der Wind blies über Bäume und Büsche und vertrieb Papageien und Sittiche. Weit weg, an verlassenen Stränden, legten die Möwen ihre Eier.
»Scheißwind!«
Er sah wieder auf den Fluß und auf den beunruhigend blauen Himmel. Keiner von beiden scherte sich um seinen Fluch.
Daniel kam mit einem Gefäß voll Flußwasser zum Feuer zurück. Er scharrte die Glut zusammen und wartete, bis das Wasser kochte, um Kaffee machen zu können.
Sá Lua näherte sich dem Leutnant und strich über sein zerzaustes Haar. »Wir müssen Geduld haben.«
Gereizt antwortete er: »Geduld! Ja! Geduld! Als ob die Polizei, die hinter uns her ist, Geduld hätte!«
»Wenn wir nicht weiterreisen können, kann sie es auch nicht.«
Das war eine ganz vernünftige Überlegung, denn der *geral* wehte nicht nur an dieser Stelle des Flusses. Aber wenn nun die Polizei ein Motorboot hatte? Oder sogar ein großes Fahrzeug, das nicht Gefahr lief, von einer Welle umgekippt zu werden? Er dachte an den versenkten Kahn. Was hatte es nun genützt, den Rat dieses idiotischen Mestizen zu befolgen?
Sá Lua betrachtete das Gesicht des Mannes. Die Sonne hatte es gebräunt und alle seine Falten vertieft. Seine harten Züge schienen von Narben durchschnitten. Der schwarze Bart war voller geworden und steigerte das Funkeln eines krankhaften Hasses in seinen Augen. Sie erschrak über diesen Ausdruck.
»Bitte mach nicht so ein Gesicht! Jeder aus dem Boot ist freiwillig mitgekommen. Alle wußten, daß sie ihr Leben aufs Spiel setzten. Und niemand gibt dir die Schuld an dem, was geschieht. Wenn einer Schuld hat, bin ich es. Wäre das Kind nicht ...«
Des Leutnants Miene besänftigte sich ein wenig, und er stand auf und strich seiner Frau über die Schulter, ohne etwas zu sagen. Er versuchte zu lächeln.

Daniel wartete noch immer gebückt darauf, den Kaffee machen zu können. Als der Leutnant wiederkam, sah er ihn an und bemerkte, ohne die Stimme zu erheben: »Es wird dauern, bis dieser verfluchte Wind vorbeigeht. Wir müssen mit dem Fleisch sparen. Es ist nur noch wenig da.«
Da er keine Antwort bekam, wandte er sein Augenmerk wieder dem Wasser zu, das zu brodeln anfing. Aber dann sagte er noch: »Bei diesem Wind kann man nicht jagen. Und wenn... ich weiß nicht, ob es gut ist, durch Schüsse die Aufmerksamkeit auf sich zu lenken. Vielleicht könnte der Indianer Fische fangen. Wir haben keine Angelhaken, aber er hat Pfeil und Bogen bei sich.«
»Ich werde mit ihm reden.«
Er rief Kanaú und legte ihm dar, was er wünschte. Kanaú lachte freundlich. »Ich will's versuchen. Der Fluß ist wild, und das macht das Wasser trübe. Aber vielleicht gibt es weiter oben einen Platz, der geschützt ist. Es kann auch sein, daß ich einen Schwarm aufspüre, der stromabwärts schwimmt.«
Er verließ den Leutnant und ging zum Fluß. Da hockte Pissy und wusch schmutzige Töpfe.
Kanaú sprang ins Boot. Er holte seinen Bogen heraus und strich darüber. Den hatte Iroá ihm geschenkt. Er nahm zwei Pfeile.
»Wohin gehst du?«
»Ich will sehen, ob ich einen Fisch zu fassen kriege.«
Sie sah ihn bittend an.
»Nimm mich mit. Wenn ich hier fertig bin, hab ich nichts mehr zu tun.« Nach kurzem Schweigen fuhr sie fort: »Der Leutnant kann mich nicht ausstehen. Ich mag nicht den ganzen Tag hier am Ufer sitzen. Du weißt, ich brauche nur in seine Nähe zu kommen, und er fährt auf mich los...«
»Mach zu! Ich warte.«
Die Andeutung eines Lächelns huschte über ihre blutleeren Lippen.
Ihre dürren, verkrümmten Finger arbeiteten noch hastiger an dem Topf.

Man hörte das Geräusch des Wassers, das in das Gefäß strömte.
»Fertig!«
Sie leerte den Topf in den Sand aus.
»Der ist sauber.«
Sie stand auf und strich den Rock glatt, der hochgerutscht und zwischen den Beinen festgeklemmt gewesen war. Sie warf das Haar nach hinten und zog den Rohledergürtel fester an, den sie immer um die Taille trug.
Sie stieg den Hang hinauf und ging in ihrer schleichenden Art an Kanaús Seite.
Der Leutnant sah sie von weitem und murmelte zwischen den Zähnen: »Schönes Gespann von Schweinen!«
Daniel hob die Augen und beobachtete schweigend, wie die beiden in den Wald eindrangen.
Pissy war froh. Alles fiel von ihr ab. Sie fühlte den Wind, und das tat ihr wohl. Das trockene Unterholz knackte. Alles war ungewohnt, aber sie schritt gut aus. Entschieden besser als nach ihrer Flucht aus dem Internat, wo sie als Mann verkleidet gewesen war! Denn vorher hatte sie lange Zeit Sandalen benutzt, so daß ihre Fußsohlen empfindlich geworden waren. Und dann mußte sie auf einmal barfuß gehen. Sie meinte noch jetzt zu spüren, wie weh ihr das getan hatte.
»Wie schön, daß der *geral* gekommen ist!«
Kanaú warf ein: »Der wird die Reise sehr verzögern.«
Er wußte genau, was Pissy hatte sagen wollen. Sie war wie er, und er war wie jedes Geschöpf vom Araguaia. Der *geral* bläst wieder! Das ist ein froher Festtag für alle, die am Fluß wohnen. Der laue Wind streichelt nicht nur die Rücken der Indianer, sondern auch das Gefieder der Aras, die grünliche Haut des Chamäleons, das die Knospen des Embaúbabaumes frißt, den mit roten Linien gezeichneten Panzer der Flußschildkröte und das harte Schuppenkleid des alten Krokodils, das auf einen Strand gekrochen ist, um sich vor der Kälte zu schützen.

Heute würden in allen Dörfern am Araguaia jubelnde Kinderscharen rufen: »Der *geral* ist da! Der *geral* ist da!« Die Carajás würden fröhlich *Kanansiu-ê* zulächeln, zum Himmel spucken und den Fluß segnen, dessen Wasser nun immer mehr fielen: »*Uêrâ* kommt, die Trockenzeit; sie kommt mit dem Wind und bringt die große Kälte mit. Die Inans bauen sich schöne Boote und rudern, um Schildkröten zu fangen, zum Rio das Mortes.« Wenn der Wind sich gelegt hat, dann fahren die schwarzen Boote in die Gewässer des Xavantesgebiets.
Die weißen Frauen aber und die Alten würden wie alljährlich auf die Segnungen des *gerals* hinweisen:
»Jetzt hört das Fieber auf. Mit der Malaria ist für einige Zeit Schluß. Der *geral* bringt uns die Kälte, und die Kälte erlöst uns von der Plage der Stechmücken...«
Sie gingen vorsichtig, dem Flusse folgend, durch den Wald. Nicht der leiseste Vogelruf war in der Wildnis zu hören. Nur das Schreien der Möwen tönte schaurig von den fernen Ufern herüber.
Das Geräusch ihrer Schritte verlor sich im Heulen des Windes, der an den Luftwurzeln der Schlingpflanzen und am trockenen, brüchigen Gezweig zerrte und rüttelte.
Plötzlich und im selben Augenblick verhielten sie den Schritt. In regloser Spannung erstarrten ihre Gesichter. Ein Schatten von Sorge legte sich über sie.
»Hast du das gehört, Pissy?«
»Ja.«
»Ein Motorboot.«
»Noch sehr weit.«
Nur ein überaus scharfes Gehör konnte bei derart starkem Wind ein solches Geräusch wahrnehmen.
Kanaú beruhigte sich wieder. Seine Züge entspannten sich. »Ist noch weit entfernt, kommt noch lange nicht hier vorbei. Erst gegen Abend.«
»Dann können wir heute kein Feuer machen. Ist zu gefährlich.«

»Nicht nur wegen des Bootes gefährlich, sondern auch...« Kanaú bückte sich zum Boden und schob einige trockene Blätter beiseite. Deutlich zeigten sich Fußabdrücke in der Erde. »Da sind sie...«

Gleichgültig betrachtete Pissy die Spuren. »Hier herum sind Xavantes.«

»Dann ist es besser, wir halten uns immer dicht am Fluß. Die Xavantes haben jetzt Jagdzeit. Los, gehen wir.«

Er kam hoch und ging weiter. Sie schwiegen. Nur der Wind strich durchs Laub. Beide vermieden sie jedweden Lärm und horchten aufmerksam.

Wieder vernahmen sie den Motor in weiter, weiter Ferne.

Pissy meinte: »Das ist noch sehr weit weg...«

»Kann sein, daß es gar nicht die Polizei ist.«

»Aber es können auch Leute sein, die schon von dem Raub wissen.«

»Hm. Das ist möglich...«

Erst am Nachmittag kehrten sie zum Lagerplatz zurück. Als sie sich der Feuerstelle näherten, war da nur noch Asche. Etwas Unerwartetes mußte geschehen sein.

Pissy ließ die Schnur mit den Fischen zu Boden gleiten. Beide sahen sich bedeutsam an. Sie liefen zum Hang und dann zum Strand hinunter. Der Leutnant lag in Sá Luas Armen. Er hob den Kopf, als die beiden sich näherten. Haß blitzte in seinen Augen. Zu ihrer Bestürzung hatte er um den Kopf einen weißlichen Lappen gewickelt, auf dem frische Blutflecken zu sehen waren.

Ehe sie fragen konnten, öffnete er den Mund und erklärte wutschnaubend: »Er war das! Dieser Scheißkerl, auf den ich mich verlassen hab.« Er machte eine Pause und sagte dann: »Ihr seid alle gleich, keinem kann man trauen!«

Etwas benommen kam er hoch und legte die Hand an den Gürtel: »Wir sind verloren. Er war gerissener als wir. Seht!« Die Gürteltasche stand halb offen...

Pissy legte die Hand auf den Mund und unterdrückte einen Schrei. Sie faßte ihre ganze Erregung in einen Satz: »Der Diamant!«
»Ja, du Dreckstück, der Diamant...«
Er beruhigte sich etwas und erzählte, was geschehen war. Er hatte Fleisch aus dem Boot holen wollen, und als er sich niederbeugte, um in den Vorräten zu wühlen, sah er einen Schatten über sich. Schnell drehte er sich um, aber nicht schnell genug, um den Hieb abzufangen, mit dem ein Ruder seinen Kopf traf. Sá Lua fand ihn hingesunken beim Boot. Zum Glück war er nicht ins Wasser gefallen, sonst hätten die Piranhas seinem Leben ein Ende gesetzt.
Der Leutnant schnallte die Gürteltasche wieder fest und schob den Revolver an die richtige Stelle.
»Der Idiot muß verrückt geworden sein, denn er hat nicht einmal daran gedacht, eine Waffe und Munition mitzunehmen. Er hat nur das Päckchen mit dem Diamanten.«
Kanaú meinte: »Noch schlimmer wäre es gewesen, wenn er das Boot mitgenommen und uns hier auf der Klippe gelassen hätte.«
Sá Luas Augen hingen an dem gleichmütigen Gesicht des Mestizen. Kein Zug verriet Schrecken oder Angst. In einem Augenblick größter Aufregung, in einer schicksalhaften Stunde, in der alles zerschellt war, auf das sie ihre Zukunft hatten bauen wollen, überlegte er ruhig und durchaus logisch. Sie erschauerte. Erst jetzt wurde ihr die Bedeutung dessen klar, was Kanaú gesagt hatte. Wenn Daniel das Boot mitgenommen hätte, was wäre aus ihnen geworden an diesem Ende der Welt? Das Kindchen wenige Tage alt, und Einsamkeit und Hunger ringsum...
Pissy wagte ein Wort: »Er hat's dagelassen, denn allein wäre er nicht damit zurechtgekommen.«
Der Leutnant sah sie wütend an. Pissy ging weg, ohne noch etwas zu sagen.
Der Leutnant setzte sich jetzt auf den Rand des Bootes. Er grub

mit der Stiefelspitze im Sand herum, und der Wind wehte unentwegt weiter und schwenkte den blutigen Zipfel des Verbandes, der seinen Kopf umhüllte.

»Es ist noch nicht alles verloren.«

Alle drehten sich nach Kanaú um.

»Daniel kann nicht sehr weit gekommen sein.«

Der Leutnant musterte ihn, eine gewisse Hoffnung im Blick.

»In welcher Richtung ist er geflohen?«

Der Leutnant zeigte auf die Wildnis und murmelte nur: »Dorthin.«

»Er kann nicht sehr weit gekommen sein«, wiederholte Kanaú.

»Wie willst du das wissen? Was macht dich so sicher?«

»Ich weiß es. Einer Sache wegen, die er nicht wußte: Die Xavantes haben hier ganz in der Nähe ein Lager. Ein Jagdlager.«

Der Leutnant erhob sich hastig. Jetzt war er nicht mehr der vom Schrecken des Überfalls und von tiefer Entmutigung zermürbte Mann.

»Dann wäre er also eingekeilt zwischen uns und den Xavantes. Hast du was gesehen?«

»Ich hab ihre Spuren gefunden. Wir können Daniel fassen ...«

Er zeigte mit der ausgestreckten Hand auf die Sonne, die noch ziemlich hoch stand. »Wir haben etwa eine Stunde Zeit, ihn zu verfolgen.«

Neue Hoffnung erfüllte den Leutnant. Seine schwarzen Augen zeigten wieder ihren bösen Glanz.

»Gehen wir gleich los.«

Kanaú griff nach seinem Zweiundzwanziger-Gewehr und überprüfte die Waffe gründlich. Er füllte das Magazin mit Kugeln und sah den Mann bedeutungsvoll an. »Meines ist in Ordnung.«

»Ich nehme nur den Revolver mit, der behindert mich im Wald nicht.«

Sá Lua sagte nichts. Aber wieder lebte Furcht in ihr auf. Die

Männer wollten sie allein lassen. Es konnten ja Xavantes hier auftauchen. Konnte sein, daß die beiden nie zurückkamen. Und dann blieben sie übrig. Zwei schutzlose Frauen und das Kind. Aber sie wollte den Leutnant nicht belasten mit ihrer Angst. Die Männer brauchten Ruhe und Mut...

Sie wischte sich die Schweißtropfen ab, die ihr brennend bis über die Augenbrauen liefen. Immer mehr Angst stieg in ihr auf. Warum das bloß? Alles hatte gut geklappt, bis sie zu dieser verfluchten Klippe gekommen waren. Sie begann an Zauber zu denken, obwohl sie eigentlich jeden Aberglauben ablehnte.

Nachdem die Männer die Erscheinung gesehen hatten, war der Wind aufgekommen... Jetzt hatte Daniel das getan... Sie beobachtete die beiden, die darangingen, die Verfolgung Daniels aufzunehmen. Eine letzte und schreckliche Sorge zerriß ihr Herz. Und wenn?... Voller Angst sah sie den Indianer an. Angst vor dem Einfall, der ihr gekommen war: Und wenn der Indio den Leutnant ermordete?...

Aber sie hatte keine Zeit, ihren Zweifel zu zeigen, denn der Leutnant näherte sich und händigte ihr ein Gewehr aus.

»Ihr zwei bleibt hier nahe beim Boot. Es ist genügend Munition da. Wer immer in eure Nähe kommt, auf den schießt du.«

Er wandte sich Pissy zu, die sich noch kleiner zu machen schien.

»Und du Dreckstück, wenn du Sá Lua und das Kind im Stich läßt, dann werf ich dich den Piranhas vor, sobald ich zurück bin...« Der Leutnant blickte Sá Lua mit einem Ausdruck von Zärtlichkeit an, den er nur ihr gegenüber besaß. Seine Stimme wurde weich: »Mach dir keine Sorgen. Wir kommen so bald wie möglich zurück.«

Mit hängenden Armen blieb Sá Lua stehen, als ob alle Kraft sie verlassen hätte. Ihre Augen füllten sich mit Tränen, während die beiden Männer auf der Klippe verschwanden und in die Wildnis eindrangen. Sie war sicher, einer von ihnen würde nicht mehr zurückkehren. Jetzt war sie überzeugt von der Verwünschung, vollkommen überzeugt. Der Geist der Wildnis und des Wahnsinns begann zu wirken. Dieser unselige Diamant, der seinem Finder Schweiß und Leben abgefordert hatte, der die Gier der Menschen auf sich zog, er stank nach Feuer und Schwefel. Einer der beiden kam vielleicht zurück und barg den rohen Stein in der Hand. Der schlauere wahrscheinlich. Vielleicht waren es auch beide; doch dann nur, damit später versucht werde, zu rauben und zu morden. Sie glaubte jetzt an Gespenster, und wenn man ihr irgendeine Hexengeschichte erzählen würde, wäre sie außerstande, sie anzuzweifeln.

Die Männer waren nicht mehr zu sehen. Sie riß sich zusammen und ordnete das Haar, das ihr der Wind in die Stirn geweht hatte. Sie rief Pissy und kletterte auf die Klippe, um das Kind zu holen und an den Strand zu bringen. Still ging sie mehrere Male zu dem Ort, an dem sie gelagert hatten, und brachte nach und nach alle Sachen ans Boot. Erst dann schaute sie zum Himmel und stellte fest, es werde wohl noch eine Stunde bis Sonnenuntergang sein.

»Wir haben noch beinahe eine Stunde Zeit, um bei Sonnenlicht vorzugehen . . .«

Der Leutnant antwortete nicht. Ihn ärgerte der Wind, der sie bedrängte, als sei er ein Spießgeselle des Mißgeschicks.

Kanaú ging voraus und prüfte die Umgebung genau auf Zeichen dafür, daß Daniel hier durchgekommen war. Gelegentlich war dort, wo der Regen die Erde aufgeweicht hatte, eine Spur sichtbar. Bald würde der Wald aufhören und die Ebene beginnen. Es war immer so: Der dichte Waldbestand am Flußufer nahm allmählich ab und öffnete sich zur Steppe, die jetzt noch überschwemmt war, in einen großen, seichten See verwandelt; wie eine gewaltige Woge von Gräsern mit eingesprengten niederen Baumgruppen, die Lichtungen umschlossen, tat sich dann das Land auf.

»Der Wald ist gleich zu Ende.«

Der Leutnant antwortete nicht. Er verzehrte sich in Wut und Angst. Ja, auch Angst. Daniels Flucht nahm in seinem Kopf immer gigantischere Ausmaße an. Sosehr er auch davon freizukommen suchte, er mußte unentwegt darüber nachdenken. Sein eigener Raub des Diamanten erschien ihm dagegen als etwas weit Zurückliegendes, fast Bedeutungsloses. Es war wichtig, lebend zum Lager zurückzukehren, wo die Frau mit dem Sohn ihn erwartete. Jetzt aber wurde jeder Laut, den er vernahm, für seine Ohren zu Schritten. Jeden Augenblick sah er sich von Xavantes umzingelt. Jeder Schatten im Wald, jedes Rascheln des Windes in den Blättern, jede ihm nicht erklärliche Unruhe in der Wildnis, die unbekümmert um die Männer ihren Gesetzen folgte, machte, daß er erschrocken zusammenfuhr. Und dann überkam ihn die größte Sorge, die Indianer könnten bis zum Lagerplatz vorgedrungen sein und Frauen und Kind niedergemetzelt haben. Viele Geschichten, die man über die Xavantes hörte, hatten diesen furchtbaren Ausgang. Wie konnten sich denn die beiden Frauen verteidigen? Nun aber erwachte zum erstenmal ein bißchen Vertrauen zu dieser gräßlichen Person, die sich Pissy nannte, in ihm, und er hoffte, sie würde sich ihrer Haut wehren. Aber wenn die Indianer sie sehr bedrängten? ...

»Schluß ...«

Den Leutnant schauderte. Der Wald hatte aufgehört, vor ihnen lag freies Feld, so weit das Auge sehen konnte. Die Sonne, die das Abendrot zu entzünden begann, übergoß die Gräser mit rötlichem Schimmer. Der Wind durchfegte die Ebene, als glitte er über ein unabsehbares Meer. In einigem Abstand unterbrachen kleine Baumgruppen die Einförmigkeit der Landschaft. Ausgehungerte Insekten stürzten sich auf ihre Augen und krochen beharrlich unter die Lider.

»Der Wald ist zu Ende.«

Der Leutnant blieb stehen. Er drehte sich zu Kanaú hin. »Und jetzt?«

»Wir sind auf dem richtigen Weg. Hier konnte er nicht weit kommen. Der See hört bald auf. Er wird auf diese Bäume zugegangen sein, um Deckung zu finden.«
Sie setzten die Füße in das warme, schlammige Wasser. Es war dunkel und drang mit einem blubbernden Ton in die Stiefel des Leutnants. Der beobachtete das, und es war ihm, als begehre es dagegen auf, daß grade jetzt, wo jeder Sonnentag mehr von ihm auftrocknete, die Männer seinen ruhigen Todesschlaf störten. Alles verhieß Tod. Alles. Er erinnerte sich des Mannes auf der Klippe mitten im Feuer und war auf einmal überzeugt, keiner von ihnen allen, die sich auf dieser Flucht befanden, werde ein gutes Ende nehmen. Er knirschte mit den Zähnen, als er sich die Gestalt Mauro Duartes vorstellte, lächelnd, mit den Fingern den Spitzbart streichend.
»Jemand wie Sie verdient ein besseres Dasein ...«
Und das bessere Dasein, das war dies: Verbrechen, Raub, Flucht, Gier und ein grausamer Diamant, der unter Blutvergießen von Hand zu Hand floh. Alles verhieß Tod. Er dachte wieder an den Mann auf der Klippe und meinte, Kanaús Stimme zu vernehmen, genau wie an jenem Tag:
Coarú – Zauber der Indianer! *Reuri* – Zauber der Weißen! Entsetzt blickte er auf den Indianer, der vor ihm ging. Aber der hatte nichts gesagt. Sein finsterer, gesammelter Ausdruck machte es ganz deutlich, daß er schweigen mußte, seine Aufmerksamkeit nicht vom Boden lösen durfte, wo es die geringste Spur wahrzunehmen galt.
Ein böser Gedanke keimte im vom Haß vergifteten Hirn des Leutnants: den Mischling hier umzubringen, wo niemand die Leiche finden und am nächsten Tag die Aasgeier ihres Amtes walten würden. Aber wie schießen? Die Xavantes waren nahe, und dann? Wie zum Lager zurückkehren? Wie weiterreisen auf diesem gewaltigen, geheimnisvollen Fluß, der nie ein Ende nahm? Der eine Ewigkeit von Entfernung durchmaß?
Er hob die Hand und preßte die müden Finger an die Schläfen,

als könne er auf diese Weise alles in die Flucht jagen, was mit Tod zu tun hatte. Aber alles verhieß Tod. Der Himmel bedeckte sich mit roten Linien, als ob er Blut vergösse. Blut! Blut! Blut von Sá Lua und dem Kind, von Keulen erschlagen auf dem weißen Strand. Blut von Daniel, den sie gleich töten würden. Blut von Kanaú, der neben ihn zu liegen käme und dem es aus dem Hals strömte. Alles verhieß Tod. Alles verhieß Tod. Tod und Wind. Wind, den es nur vierzehn Tage im Jahr gab; Wind, der den Guten Gesundheit verhieß und Kälte, der das Fieber weit davontrug ...

Und wieder blickte er auf Kanaú, dessen Gesicht äußerste Konzentration verriet. Wie ein Automat folgte er ihm, und auch das brachte ihn zur Verzweiflung. Wenn der Indianer stillstand, hielt er sofort an und fühlte, wie ihm der Atem stockte. Wenn der Indianer schneller ging, beschleunigte auch er den Schritt.

»Geht zu Ende ...«

Der Leutnant antwortete nicht. Der See begann aufzutrocknen, große Flecken feuchter Erde tauchten auf. So war es besser. Kanaú sah dem Mann ins Gesicht, der ihm folgte und dabei nervös den Revolver umkrampfte. Dieser eindringliche Blick schien jeden seiner Gedanken durchleuchten zu wollen. Er lächelte, und diesem Lächeln entnahm der Leutnant alles. Es war, als wolle er sagen: »Du wirst mich nicht umbringen. Die Stunde ist noch nicht gekommen. Ohne mich bist du verloren. Die Xavantes sind in nächster Nähe. Du bist nur mutig, wenn du befehlen kannst und Waffen hast. Wenn du noch umkehren und den Diamanten zurückgeben könntest, du tätest es, nicht? Und ohne mich? Hättest du ohne mich Mut, zu tun, was wir vorhaben? Sieh dies Feld an! Hier weht nicht nur der Wind, hier verbirgt jeder Winkel eine Gefahr. Sieh nur ...!«

Völlig sicher, daß er nicht ernstlich bedroht sei, wandte Kanaú seinen Blick wieder vom Leutnant ab und überprüfte alles ringsum. Die Ebene lag in rötlichem Licht, denn der Sonnenuntergang war wie ein Blutvergießen. An Stellen, wo das Wasser getrocknet war, hatten die hohen Gräser ihr frisches Grün verloren und fingen an zu gilben. Nach und nach würde all das Grün absterben und erst mit der Regenzeit im Winter wieder auferstehen.

»Die Sonne geht unter. Wir haben nur noch kurze Zeit Licht...«

Kanaú sprach leise, denn der Wind durfte seine Worte nicht in die Ferne tragen.

Sie schritten wieder aus. Sogar der nackte Rücken des Indianers lag im Widerschein des Sonnenfeuers. Er beachtete die abendlichen Moskitos nicht, ging weiter und untersuchte alles mit größter Aufmerksamkeit. Es war gut, daß der Wind aus allen Geräuschen ein ungeheures Stöhnen und Dröhnen zusammenbraute, in dem auch das Rascheln des Grases unterging, das der Leutnant mit seinen Stiefeln zertrat.

Wie vom Schlag gerührt, blieb Kanaú stehen. Er schien zu Stein erstarrt. Mit aller Kraft umklammerte der Leutnant den Kolben des Revolvers. Bei jedem Atemzug zersprang er fast vor Angst. Das Gras war zerdrückt, und überall auf dem schlammigen Boden zeigten sich Fußabdrücke.

»Hier ist er gegangen.«

Kanaú fand sein seltsames Vorgefühl bestätigt. Wohin anders hatte der Unselige sich wenden können, um dem Tod zu begegnen? Er war gradewegs dahin gegangen, wo die Xavantes sein mußten. Noch einige Schritte weiter, und der Leutnant erschauerte. Unwillkürlich legte er die Hände vor die Augen, um nicht sehen zu müssen, was er sah. In diesem Augenblick brach das ganze Entsetzen, das sich als Folge der Schlaflosigkeit, der atemlosen Flucht, der unaufhörlichen Gewissensqualen aufs höchste gesteigert hatte, in einem heiseren Schrei heraus. Eine große Menge Gras war umgeknickt, und da lag Daniel.

Der ganze Mann glich einem Rückstand des blutigen Abendrots. Er lag auf dem Gesicht. Aus dem zerschmetterten Kopf ergoß sich weißliche Hirnmasse über das gelbe Gras. Die Kleidung hatte sich vollgesogen mit noch warmem Blut. Die Arme

waren verdreht und ihr Fleisch aufgerissen. Am furchtbarsten wirkte der blutige Klumpen da, wo der Kopf gewesen war, von dem man nur noch die weißen Zähne erkennen konnte. Die Holzkeulen hatten gründliche Arbeit geleistet.
Der Leutnant wich zurück und wandte den Kopf ab, aber sein Hals drehte sich unwillkürlich wieder um. Er mußte es sehen. Ein innerer Drang zwang ihn, sich diese Szene unauslöschlich einzuprägen. Kalter Schweiß lief ihm den Rücken hinunter, und fast hätten seine Finger den Revolver ins Gras gleiten lassen. Er faßte sich und schluckte etwas Bitteres hinunter.
Kanaú bewahrte seinen Gleichmut. Wieder regte sich der Haß in der Seele des Weißen. Ein Teufel! Als ob dies die natürlichste Sache von der Welt sei!
»Die Xavantes sind in der Nähe ...«
Kanaú bückte sich zu dem Leichnam und drehte ihn um. Das Blut tropfte auf seine Arme. Aber es war nicht Daniel, den er in diesem Körper ohne Gesicht sah. Es war ein anderer, den er gleichfalls der Begegnung mit dem Tode überlassen und der voll Trauer die Worte gesagt hatte: »Warum hast du das getan, Kanaú?«
Er blickte den zerfetzten Kopf noch eindringlicher an, aber er sah nur die Augen Camuras, der unter der Wirkung des tödlichen Getränks gesagt hatte: »Ich dachte, du wärst gut ... Gott wird dich strafen ...«
Er ließ den Körper los und rieb mit den Fingern das Blut ab, das an seinen Armen klebte.
Leise fragte er den Leutnant: »Wir müssen den Mann genau durchsuchen, nicht?«
Da der andere unbeweglich stehenblieb und mit den Zähnen knirschte, beugte er selbst sich über den Körper und stöberte in Daniels Taschen herum. Aber da war nichts. Die Xavantes hatten nur Daniels Messerscheide und seinen Gürtel zurückgelassen. Die waren ihnen unantastbar, sie rührten kein Rindsleder an. Auch die Kleidung war dageblieben, denn sie mochten nichts auf dem Leibe tragen.

Kanaú beugte sich noch tiefer über den Toten, nahm sich die Arme vor und berührte Daniels Hände. Mit Mühe öffnete er die verkrampften Finger, aber auch sie enthielten nur die Leere des Todes.

Er setzte sich unschlüssig nieder, mußte sich erst ein wenig sammeln. Hätte er den Diamanten gehabt, so würde er den Leutnant an Ort und Stelle umbringen, einen Augenblick benutzen, in dem dieser nicht aufpaßte, und ihm seinen Gewehrkolben auf den Kopf hauen. Fände dann zufällig jemand die beiden Leichen, so hielte er sie gewiß für Opfer der Xavantes. Eine einfachere Lösung, sich der Insassen dieses von Verwünschungen verfolgten Bootes zu entledigen, konnte es nicht geben. Er würde auch keine Skrupel haben, die Frauen später hilflos am Ufer zurückzulassen. Mochten sie verhungern oder die Xavantes das Lager entdecken oder Jäger sie auffinden und der Polizei ausliefern! Alle Welt würde schwören, auch er sei von den Xavantes umgebracht worden, und einzig die Xavantes selber und die Aasgeier wüßten etwas von den Leichen. Auch der Leutnant setzte sich. Er legte die Hand an die Stirn und klagte: »Mein Kopf brennt wie Feuer...«

»Das kommt von dem Schlag.«

Er strich sich über die Stirn und rückte den Verband zurecht.

»Und jetzt?«

»Die Xavantes haben den Stein mitgenommen...«

»Wissen sie denn, was ein Diamant bedeutet?«

Kanaú überlegte ein wenig, ehe er antwortete. »Das glaube ich nicht. Einmal, als Inan-Indianer sie bei der Jagd trafen, haben sie ihnen gar nichts getan. Dies mit Daniel läßt darauf schließen, daß sie wütend waren.«

»Und was werden sie mit dem Diamanten anfangen?«

»Oft flechten sie Fasern zusammen, binden ein Stück Stein dran und hängen es sich um den Hals. Ich hab schon Xavantes gesehen, die das mit Medizinfläschchen getan haben. Sicher hat der, der den Stein genommen hat, sich mit ihm geschmückt. Den müssen wir jetzt ausfindig machen.«

Der Leutnant blickte über die endlose Grasfläche hin. Zu den Bäumen, zu den Bergen, die in der Ferne dunkelten. Wie sollte man in einer solchen Wildnis den betreffenden Indianer aufspüren?

Kanaú hatte eine Antwort auf diese Überlegungen: »Das wird nicht schwer sein. Sie haben ihr Lager dort drüben.« Er zeigte auf eine Baumgruppe. »Wenn es dunkel ist, zünden sie Feuer an. Während der Jagdzeit tanzen sie nachts. Sie glauben, daß niemand es wagt, in ihre Nähe zu kommen.«

»Wenn es so ist, was haben sie dann von Daniel gedacht?«

»Daniel haben sie aus zwei Gründen umgebracht. Einmal haben sie gemerkt, daß er auf der Flucht war, und dann lief Daniel auf ihr Lager zu. Sicher haben sie ihre Frauen bei sich, und sie wollen nicht, daß jemand die sieht.«

»Das heißt, wenn sie uns entdecken . . .«

Kanaú lächelte und stieß mit dem Fuß an Daniels Leiche. »Dann geht's uns ebenso.«

Der Leutnant konnte das Gesicht des Indianers nicht mehr erkennen. Die Sonne war untergegangen, und Mückenschwärme umsummten sie.

»Wir müssen weg von hier.«

»Weshalb? Der fängt noch nicht so bald zu stinken an . . .«

Dem Leutnant graute es offenbar, sich noch länger neben Daniels Leiche aufzuhalten. Trübe Erinnerungen kehrten zurück, und vor allem war da die Angst. Die Angst . . .

»Wir müssen eine Stelle suchen, von der aus wir das Feuer der Xavantes sehen können.«

»Hier ist der beste Platz. Während der Nacht kommen sie nicht zurück. Jeder Indianer fürchtet sich vor Geistern und Zauber.

Wenn wir hier weggehen, treffen wir möglicherweise eine Gruppe, die von der anderen Seite kommt und sich auf der Jagd verspätet hat.«

»Es wimmelt von Stechmücken.«

»Wenn wir Feuer machen könnten und frisches Gras hineintun, würde das die Moskitos wegtreiben.«
Aber der Leutnant dankte dem Himmel, daß sie kein Feuer machen durften. Er wollte Daniels zerfetzten Körper nicht noch einmal sehen, der im Flackertanz der Flammen gleichsam in Bewegung geraten würde. Der zermalmte Kopf mit den freigelegten Zähnen würde sie im Feuerschein angrinsen.
Wieder tat ihm der Kopf weh.
»Ich glaube, ich werde noch verrückt vor Schmerzen.«
Kanaú zeigte Erbarmen: »Wenn wir zurück sind, legen Sie sich im Boot hin, und dann geht der Schmerz vorbei.«
Der Leutnant konnte an nichts mehr glauben. »Wenn wir zurück sind ...«
Ein Frösteln vermehrte seine Qual. Wie gut, daß sie kein Feuer hatten. So würden sie wenigstens den Toten nicht aufwecken. Der verlor sich im Dunkel der Nacht, die nun voll hereingebrochen war.
Kanaús Stimme kam jetzt von seiner Seite. Immer wieder hatte er den Eindruck, der Indianer ersinne eine Möglichkeit, ihn zu ermorden. Was half es schließlich, daß die Nacht sie verbarg? Obwohl er die Augen der Moskitos wegen fast ganz geschlossen hielt, erschien Daniel vor ihm, so wie sie ihn gefunden hatten. Sá Lua tauchte, am Strand kauernd, das Kind in den Armen, vor ihm auf, neben ihr, zusammengerollt, das Scheusal. Und neue Sorgen schlichen sich in seine Gedanken. Wie, wenn in diesem Augenblick die Milch in Sá Luas Brust versiegte? Dann müßte das Kind vor Hunger sterben ... Er sah in die Nacht hinaus und spürte Kanaús Atem neben sich. Er wußte, der Indianer war mit zusammengekniffenen Augen dabei, seine Angst zu messen. Nicht einmal nachts ließ er davon ab ...
»Die Moskitos werden immer mehr.« Das war das einzige, was er herausbrachte, um sich zu ermannen.
»Weil der Wind sich gelegt hat. Heute nacht gibt es keinen

Wind mehr. Wären wir am Fluß, so könnten wir bis zur Morgendämmerung weiterfahren, bis der Wind wieder aufsteht...«
Im Leutnant regte sich der Haß von neuem. Das geschah ihm recht, daß Daniel so hier lag! Der einzige, dem er glaubte trauen zu können, hatte so gehandelt und die Gefährlichkeit dieser unheilvollen Reise derart vergrößert. Schwein!
»Wir dürfen nicht viel reden. Wir besprechen jetzt den Plan, und dann müssen wir vollkommen still sein. Sehen Sie bloß...«
In der Ferne stiegen Flammen hoch wie große Leuchtkäfer, die in die Nacht flogen.
Bleischwer ging der Atem des Leutnants. »Das sind sie...«
Kanaú fragte: »Haben Sie Streichhölzer?«
Der Leutnant tastete seine Taschen ab.
»Hab ich. Wofür?«
»Ich hab auch welche. Später sag ich Ihnen, wofür...«

Der Wind hörte völlig auf. Und der Wald kam zur Ruhe. Nur ganz fern ließen die Möwen ihr übliches Gekreisch hören. Sá Lua hatte das Kind auf den Schoß gebettet und schaute die Sterne an, die sich munter auf der jetzt glatten Oberfläche des Flusses spiegelten.
Pissy sagte leise: »Was für ein Pech! Wenn die Männer hier wären, könnten wir die ganze Nacht weiterreisen, bis morgen früh der Wind wieder weht.«
Sá Lua antwortete nicht. Ihr graute. Bei Nacht verwandelte sich die Klippe in eine riesige schwarze Schlange. Vom Strand aus wirkte sie noch viel mächtiger. Als ob sie bis zum Himmel reichte. Nacht der tausend Ängste in der Wildnis. Es war ihr nicht danach zumute, sich zu unterhalten. Nicht einmal auf das zu antworten, was Pissy ihr zugeflüstert hatte. Jedes Wort aus ihrem Munde konnte einen Indianer aufmerksam machen oder ein Tier oder eine andere Gefahr des Waldes. Sie wollte lieber

das Kind an sich drücken und seine Wärme an ihrer Brust fühlen; ihre Energien nur darauf verwenden, es einzuwiegen, wenn ihr das nötig schien. Jedes Geräusch konnte drohende Gefahr bedeuten. Wann würde diese Reise enden? Sie hatte das trostlose Gefühl, als reise sie seit Erschaffung der Welt. Die Geburt des Sohnes hatte sich vor so langer Zeit ereignet, sie wußte nicht einmal mehr, wann. Das Dorf Santa Isabel, Valentin, die erste Begegnung mit Kanaú, all das war in weiter Ferne versunken. Und doch trennten sie nur wenige Tage davon...

»Wenn wir wenigstens ein Feuer machen könnten. Zum Glück ist es nicht kalt.«

Pissy schwieg einen Augenblick, aber gleich darauf setzte sie ihren Monolog fort.

»Ich bin eigentlich sicher, daß die Männer bald zurückkommen. Kanaú weiß sich überall zu helfen.«

Die Angst schlug ihre Krallen tief in Sá Luas Herz. Sie unterdrückte ein Schluchzen. Und wenn die Männer doch nicht zurückkehrten? Oder wenn sie so lange ausblieben, daß die Xavantes vorher das Lager entdeckten? Es tröstete sie, die Waffe an ihrem Körper zu fühlen. Im Ernstfall würde sie das Gewehr zuerst auf das Kind richten und dann auf sich selbst. Sie hätte gern gebetet, aber die Lippen gehorchten ihr nicht. Wenn ein Gebet ihn erreichen konnte, dann vernahm Gott wohl auch ihre Herzensangst. Sie lächelte niedergeschlagen. In weit zurückliegender Zeit einmal, in einer anderen Phase ihres Lebens, hatten Rosenkränze und Gebete die Form grausamer Peitschen angenommen. Sie meinte, die Hände der Gefährtinnen noch spüren zu können, mit denen zusammen sie durch die Straßen São Paulos gegangen war, sie alle ausgestoßene Geschöpfe der Gesellschaft. Nein, ein Gott, der alles sah, der in den Herzen las, brauchte keine Formeln, auf die sie sich jetzt, trotz ihrer Angst, nicht besinnen konnte. In ihrer Ungewißheit über die Zukunft erwog sie bald dies, bald jenes. Einmal glaubte sie zu wissen, die Männer würden zurückkommen, und zwar lebend... Im nächsten Augenblick wurde ihr das Herz schwer, und sie war sicher, daß diese Unternehmung kein gutes Ende haben konnte. Alles würde fehlschlagen. Es war nur eine Frage der Zeit...

Wieder unterbrach Pissy das Schweigen. »Ich hab vom Fluß her ein Geräusch gehört. Du nicht?«

Sá Lua horchte gespannt. Waren es nun ihre ungeübten Ohren, vielleicht auch die Ängste, die sie erfüllten und die sie nur mit Mühe zu unterdrücken vermochte, sie konnte keinen verdächtigen Laut wahrnehmen. Sie war gerührt, denn sie erfuhr wieder einmal, wieviel sie Pissys Aufmerksamkeit schuldig war. Hätte sie diese Unglückliche nicht bei sich, sie wäre tot vor Schrecken. Stammelnd brachte sie heraus: »Ich hör nichts, nichts...«

»Ich paß schon auf.«

Die Frau schwieg.

Sá Lua lauschte noch einige Zeit, und ihre Augen füllten sich mit Tränen. Sie hatte das Bedürfnis, laut zu weinen, durfte aber das schlafende Kind nicht wecken. Sie hätte gern geredet, um die Angst zu verjagen, aber auch das verbat sich jetzt. Sie wollte doch nicht verhindern, daß Pissy verdächtige Geräusche wahrnehmen konnte. Was mochte es sein, das sich näherte, obgleich sie nichts hörte? Sie vertraute auf Pissy und auf den unfehlbaren Instinkt, den diese, als ein Geschöpf der Wildnis, besaß. Sie wagte nicht zu fragen, ob sie noch mehr herausgefunden hatte.

Eine Sternschnuppe durchlief den Himmel. Sie sah mit feuchten Augen nach oben und verfolgte das Auslöschen des Sterns. Alles starb. Und die Männer, die im Dunkel der Nacht durch die Wildnis gingen... Heiß strömten die Tränen nieder. Sicher würde ein neues Verbrechen begangen werden, sicher würden sie Daniel umbringen, um den Diamanten zurückzugewinnen. Daniel, der wie ein folgsamer Hund gewesen war, der so hilfsbereit zugegriffen hatte, als das Kind zur Welt kam... und nun hingestreckt wurde von einem Schuß in den Kopf. Tot. Es war der Zauber. Sie zweifelte nicht, daß es der Zauber war. Seit die anderen ihn am Abend gesehen hatten, den Mann im Feuer, den

Geist des Erhängten, wie sie sagten, verschlimmerte sich alles. Und es schien noch ärger werden zu wollen...

»Jetzt hab ich's genau gehört.«

Sie drückte den Schenkel der Frau, die neben ihr saß. »Um Gottes willen, was hast du gehört? Was...«

Pissy griff ihre Hand mit aller Kraft und preßte sie. »Pst... sprich leise...« Ihre Stimme war wie ein Hauch, klang aber unverzagt. »Es ist ein Boot, das da kommt. Ein Indianer.«

Sie wollte fragen, woher Pissy wisse, daß es ein Indianer sei, aber sie hatte weder Stimme noch Erregung unter Kontrolle. Es war wohl besser, abzuwarten, was Pissy sagen würde, sobald sie reden konnte.

»Nur ein Indianer versteht es, so lautlos zu rudern. Krieg keinen Schreck, es ist ein guter Indianer. Die Xavantes haben keine Boote und können auch nicht schwimmen. Es ist ein Carajá.«

Sie fühlte sich sehr erleichtert. Dann war also die Gefahr zum Glück nicht so groß.

Danach geschah etwas Erstaunliches. Entweder, weil sie nun wußte, worum es sich handelte, oder weil ihre Angst nachgelassen hatte, konnte sie jetzt gut hören, wie das Ruder das Wasser teilte.

Dann, wie das Boot auf den Strand glitt. Darauf die Füße, die ins Wasser platschten, und wie das Boot auf den Sand hinaufgezogen wurde.

Der Druck von Pissys Fingern auf ihrer Hand blieb stark und gebot Vorsicht. Pissys Mund näherte sich ihrem Gesicht. Sie fühlte ihren Atem ganz dicht. »Ich will nah herangehen und sehen, was los ist. Sei ganz ruhig.«

Es fiel ihr schwer, Pissys Hand freizugeben. Sobald diese sich losgemacht hatte, glitt sie über den Sand, als sei sie eine Schlange. Nichts war zu hören. Wie machte sie das bloß? Eine kleine Weile hielt sie den Atem an. Ihr Herz klopfte stark. So stark, daß das Kind davon aufwachen konnte. Deshalb zwang sie sich zur Ruhe und überließ sich willenlos, wie ein Tier, dem blinden Geschick.

Eine Stimme begann, von Schluchzen unterbrochen, einen großen Klagegesang. Die jammervollen Töne ließen die Nacht noch trostloser erscheinen. Die Melodie war von ergreifendem Schmerz erfüllt. Das Herz des Sängers öffnete sich der Nacht und verströmte Trauer und Leid.

Sá Lua war tief betroffen, ihre Augen füllten sich mit Tränen um dessentwillen, der da so gramvoll sang.

Der dunkel tönende Trauergesang steigerte sich zunächst, um allmählich ruhiger zu werden.

Es war doch wenigstens ein lebendes, ein menschliches Wesen, das sich in ihrer Nähe befand! Sie wäre gern aufgestanden und hingegangen, um diesen Menschen zu trösten. Aber sie gab der Anwandlung nicht nach. Niemand durfte erfahren, wer sie waren und weshalb sie hier lagerten.

In der Nähe bewegte sich etwas. Sie strengte die Augen an, um das Dunkel zu durchdringen. Es war Pissy, die sich näherte.

Ihr warmer Atem hauchte wieder über ihr Gesicht.

»Es ist ein alter Indianer ... gleich fährt er ab. Dann erzähl ich dir.«

Der warme Atem entfernte sich; Pissy legte sich ruhig auf den Boden.

Der Indianer sang weiter. Der Fluß füllte sich mit Sternen. Die Männer waren immer noch nicht zurück.

Sá Luas Augen wurden schwer von Schlaf und wollten immer wieder zufallen. Der Gesang rückte ihr fern. Nur hob sie ab und zu die Hand, um eine Mücke zu vertreiben, die hartnäckig in der Nähe ihres Ohres summte ...

Sie schloß die Augen, und die harte Wirklichkeit der Welt versank, während sie sich dumpfer Erschlaffung überließ.

Sie erwachte, als Pissy sie schüttelte.

Der Trauergesang war verstummt, und das Boot wurde aufs Wasser geschoben. Dann teilte das Ruder die Flut, und das Boot strebte der Strömung zu. Es verschwand flußabwärts.

Nun erklärte Pissy: »Es war ein alter Indianer, der weinte. Die

Carajás singen, anstatt zu weinen. Sie besingen ihren Schmerz. Seine Frau ist gestorben. Wir waren dem Tod sehr nah. Das hab ich vorhin nicht sagen mögen, denn du hättest vielleicht Angst bekommen. Nicht, weil er uns hätte hören können. Er hätte nichts gemerkt, denn er weinte...«
»Aber warum weinte der Indianer?«
»Er hatte seine Frau im Boot. An Altersschwäche gestorben, aber er sagte in seinem Gesang, es sei Zauber gewesen. Er erzählte von seiner Heirat. Sprach von den großen Fischzügen, die er unternommen hatte, um seiner Frau gute Fische zu bringen. Er erzählte aus seinem Leben und sagte zum Schluß, als seine Frau sterbenskrank gewesen sei, habe sie gebeten, auf den Fluß gebracht zu werden. Sie wollte im Sterben die Sterne sehen und nicht die Alten aus dem Dorf, die kommen würden, um singend um sie herum zu klagen. Da sie doch sterben und auf den Grund des Flusses zurückkehren müsse, wollte sie im Boot sterben und dabei die Sterne sehen. Da tat er nach ihrem Willen. Sie starb, und er ruhte müde am Strand aus.«
Pissy schwieg.
»Und wohin geht er jetzt?«
»Jetzt fährt er den Fluß hinunter bis zu seinem Dorf. Gleich morgen früh ist die Beerdigung. Danach wird er noch viele Nächte lang weinen. Vor allem, wenn der Mond scheint...«
»Woher weißt du das alles, Pissy?«
Pissy lächelte im Dunkel. »Das weiß ich, weil ich lange Jahre am Araguaia gelebt habe und die Inans oder Carajás gut kenne.«
»Verstehst du eigentlich alles, was sie sagen?«
»Ja.«
»Warum hast du mir nie davon erzählt?«
»Ich hatte nie Gelegenheit dazu.«
Sá Lua sagte nichts mehr. Sie fürchtete sich vor Pissy. Welch geheimnisvolle Frau das war! Sie sah sie jetzt ganz anders als bisher. Aber sie versagte sich weitere Fragen.
Von dem Boot auf dem Fluß war nichts mehr zu hören. Trotz-

dem war des Indianers Stimme ihr noch deutlich in Erinnerung. Der traurige Alte tat ihr leid, und es durchschauerte sie, wenn sie daran dachte, wie nahe ihr die tote Frau gewesen war. Überall war der Tod. Und warum nur blieben die Männer so lange aus?

Es war nicht nur ein Feuerstoß, der im Dunkel der Nacht emporloderte: Es brannten sechs Feuer, die zu einem Kreis angeordnet waren. Die wenigen Bäume, die den Platz umstanden, nahmen im Flammenschein gigantische Ausmaße an. An dieser Stelle war der Boden gesäubert, und sie hatten kleine, niedere, runde Hütten ringsum errichtet.
Die Frauen hockten auf dem Boden und kauten schweigend irgend etwas. Tabak konnte es nicht sein, denn die Xavantes rauchen nicht. Ungeachtet der Anstrengungen der Jagd dieses Tages hatten sich die Männer umfaßt, so daß sie eine bronzefarbene Kette bildeten; mit den Füßen stampften sie den Rhythmus ihres Gesanges und gingen dabei bald nach rechts, bald nach links.

»*Rubê Marabaquê... Hum-hum!...*
Rubê Marabaquê... Hum-hum!...
Marabaquê!...
Marabaquê!...
Hum-hum!
Marabaquê!...
Marabaquê!...
Hum-hum...«

Sie machten eine Pause, und dann sangen sie weniger guttural:

»*Ri-ri-ri-ri-ri-ri!*
Hum-hum...
Ri-ri-ri-ri-ri-ri!
Hum-hum...«

Danach fingen sie wieder dröhnend mit der ersten Strophe an. Kanaú und der Leutnant hielten sich unbeweglich still im Gestrüpp verborgen und beobachteten alles.
Wie die Schlangen kriechend, waren sie bis hierher vorgedrungen. Sie wußten, daß jedes Geräusch ihnen den Tod bringen konnte.
Es mußte ein Kriegsgesang sein, dennoch hatten sich die Xavantes die Köpfe nicht rot bemalt, wie sie nach Berichten tun sollen, wenn sie voller Wut sind.
Welch ein armseliger Tanz, dachte Kanaú. Es läßt sich doch kein indianischer Tanz mit dem *aruanã* der Carajás vergleichen! Keiner ist so reich an Melodien und Rhythmus.
Die Xavantes, die Herren der Steppe, die gefürchteten Jäger, waren abgemagert vor Hunger. Bei einigen von ihnen konnte man die Rippen zählen. Prachtvoll stark und wohlgebaut waren ihre Beine. Während sich bei den Carajás, den Herren der Gewässer, die das Ruder führen und zu schwimmen verstehen, die Brust entwickelt, sind es bei den Läufern, die auf den weitgedehnten Ebenen jagen, die Beine. Zu Fuß durchkreuzen sie die ganze Region des Roncador-Gebirges, kennen jeden heimlichen Winkel am Rio das Mortes und wandern bis zu den Grenzen ihres Gebietes, das auch noch Pará umfaßt. Dann kehren sie wieder zurück, weil in der Nähe des Rio Tapirapés die Caiapós eingefallen sind. Viele Morde, die man den Xavantes zuschreibt, sind von den Caiapós verübt worden.
Der Leutnant wagte kaum, zu atmen. Er bezwang seine Angst, denn er mußte zumindest den Versuch wagen, den Diamanten wiederzuerlangen.
Kanaú prüfte den Hals jedes einzelnen Tänzers. Als er das, was er suchte, nicht bei ihnen fand, suchte er es an den Männern, die bei den Feuern standen. Er berührte den Arm des Leutnants und zeigte auf einen Xavante, der aufgestanden war, um das Feuer wieder anzufachen. Die Flamme fiel auf ein Halsband aus Babaçu-Fasern und löste blendendes Funkeln aus. Hier also

befand sich der Stein, der Sinn ihres Lebens und ihrer Flucht war. Der Rohdiamant, mit einer einfachen Schnur umwickelt, schmückte den Hals des Wilden, für den er nicht mehr bedeutete als irgendein einfacher Kieselstein.
Der Indianer trat mitten auf den Platz und wartete auf eine Möglichkeit, sich den Tanzenden einzugliedern.
Das war der Augenblick, den vorbedachten Plan auszuführen. Kanaú klopfte dreimal auf den Arm des Leutnants. Er fühlte, wie jener zitterte, aber die Gelegenheit durfte nicht verpaßt werden.
Kanaú spannte sich wie ein Bogen, und in einer Sekunde stand er vor dem Xavante.
Einen Augenblick war alles wie gelähmt. Der Gesang erstarb in den Kehlen. Der Tanz stockte. Unheimlich schauriges Gebrüll brach aus jeder Brust. Keiner wußte, woher der Carajá aufgetaucht war. Kanaú keuchte vor Aufregung. Er war in Schweiß gebadet.
Während seine rechte Hand die Zweiundzwanziger hielt, griff die linke rasch nach oben. Die Finger faßten den Diamanten und rissen ihn mit brutalem Ruck vom Hals des Xavantes. Der stand wie versteinert. Zwei Schüsse knallten vom Wald her. Das war der Leutnant, der den Indianern anzeigte, daß mehr Leute zum Schutz des Carajás versteckt seien.
Die Xavantes wurden von Furcht befallen. Nicht ohne Grund erzählt man sich, sie hätten ein wahres Grauen vor den Waffen der Weißen. Ohne den von ihm angefallenen Indianer aus den Augen zu lassen, wich Kanaú rückwärts bis zu dem Punkt des Gestrüpps, von dem er ausgegangen war. Er hatte den Diamanten in den Mund gesteckt und hielt das Gewehr im Anschlag auf die Indianer, die beim Lärm der Schüsse zusammengelaufen waren.
Noch drei Schritte. Er hatte die Stelle fast erreicht... Wenn die Xavantes nicht sofort angriffen, konnten sie den Wald und die Dunkelheit der Nacht erreichen.

Ein großer, finster aussehender Xavante löste sich aus der Menge und kam auf Kanaú zu.
Kanaú wartete, bis er auf der Höhe des Indianers war, der den Diamanten gehabt hatte. Sowie er neben ihm stand, fuchtelte er mit der Waffe und drohte, auf seine Brust zu zielen. Er wußte, es handelte sich um den *Imomam*, den Häuptling des Stammes. Der *Imomam* blieb stehen. Seine Augen waren fest auf die Waffe gerichtet, aus der die Botschaft des Todes kommen konnte. Würdevoll hob er den Arm und zeigte auf den Wald.
Seine Stimme klang nicht so sehr nach Haß. Eher schien er einen Rat geben zu wollen.
»*Motô!... Motô!...*«
Seine Finger wiesen hierhin und dorthin auf den Wald, als wolle er die anderen warnen, von denen er wußte, daß sie dort noch versteckt seien.
»*Motô! Uasaí uim!*«
Er schluckte und begann dann wieder in seiner kehligen Redeweise drohende Worte zu sprechen. Dann schlug er sich kräftig auf die Brust. Er zeigte nachdrücklich auf den Wald und sagte noch zweimal: »*Motô!... Motô!...*« Er senkte den Arm.
Kanaú wandte sich um und erreichte den Leutnant mit einem Sprung. Der Leutnant schoß noch einmal.
»Wir müssen rennen!«
In eiligem Lauf stürzte Kanaú, vom Leutnant gefolgt, davon. Sie liefen etwa fünfhundert Meter. Er hörte des Leutnants Schnaufen, das weniger ein Zeichen der Ermüdung als der Angst war.
Er hielt an und befahl dem noch völlig verwirrten Leutnant:
»Jetzt die Streichhölzer!«
Beide bückten sich und rafften einen Haufen trockenes Gras zusammen. Den entzündeten sie als Fackel und steckten damit das Buschwerk an. Das Gras knisterte, und die Flammen wuchsen. Sie fuhren fort, das Gestrüpp in Brand zu setzen, und zwar in Form eines V, wobei sie immer weiter flohen. Der Grasboden

loderte, und jetzt waren es keine einzelnen Feuerzungen mehr, sondern eine um sich fressende Flammenflut.
Sie hielten an, um zu Atem zu kommen.
»Wenn es noch wehte, wär's das Werk eines Augenblicks.«
Sie liefen wieder und zündeten das Gras an anderen Stellen an. Das Feuer galoppierte funkenstiebend davon, wie ein Rassepferd.
»Jetzt kommen wir bis zum Wasser.«
Der Rückweg war viel leichter. Die Helligkeit, die sie im Rücken hatten, half ihnen sehr.
Sie machten von neuem eine Atempause.
Der Leutnant hatte seine Ruhe wiedergewonnen.
»Wo ist der Diamant?«
Kanaú überlegte blitzschnell. Er konnte den Stein zurückhalten und den Mann beseitigen. Wenn er jedoch sein Ziel verfehlte oder der Leutnant nicht gleich starb, war er selber in Gefahr, getötet zu werden. Sie waren einander zu nahe, als daß der Leutnant danebentreffen konnte. Er öffnete die linke Hand und übergab den Diamanten.
»Noch zehn Schritte, dann sind wir am See.«
Sie eilten, und bald fühlten sie die Nässe. Wieder das blubbernde Geräusch, als das Wasser in des Leutnants Stiefel drang.
»Gefahr droht nun nicht mehr.«
Trotzdem verringerten sie ihre Eile nicht. Als sie mitten im See waren, drehten sie sich um.
Was sie erblickten, war ungeheuerlich. Es sah aus, als sei die Nacht selber in Brand geraten. Der Widerschein des Feuers auf dem See band Himmel und Erde. Und die Schwärze der Nacht wurde noch tiefer durch die immerfort aufsteigenden Rauchwolken.
»Sie müssen nach der anderen Seite geflüchtet sein, wenn sie nicht ersticken wollten.«
»Wann wird das Feuer aufhören?«
»Das wird noch lange dauern, denn in der Morgendämmerung,

kurz vor Sonnenaufgang, setzt der Wind wieder ein, und die Flammen greifen weiter um sich.«

Kanaú hielt inne. Sein Körper war von Moskitos zerstochen und naß von Schweiß, der Erschöpfung nahe.

Er hob die Waffe über den Kopf und setzte sich ins schlammige Wasser, das über Nacht abgekühlt war. Er blieb nur einen Augenblick so, um sich zu erfrischen, richtete sich gleich wieder auf. Die Hose war glitschig vom schmutzigen Wasser, aber der Körper hatte neue Kräfte geschöpft. Er erhob sich und sah nach der Feuersbrunst.

»Da werden viele Schlangen umkommen ...«

Der Leutnant fragte: »Was hat der große Indianer gesagt?«

»Wir sollen machen, daß wir wegkommen! Für die Carajás, die diesen Xavantes jetzt begegnen, wird es schlimm sein. Gehen wir weiter.«

Als sie den Wald erreicht hatten, schauten sie auf das Feuer zurück, das sich immer noch ausbreitete.

Kanaú konnte sich nicht enthalten, festzustellen: »Nur einer kann sich nicht mehr retten.«

»Wer?«

»Daniel. Der ist jetzt schon zu Asche verbrannt.«

Der Leutnant fühlte, wie ihm der Schweiß den Rücken herunterlief.

Die Flußjäger

Wieder war das Boot auf dem Weg flußabwärts. Auf dem Boden lag der Leutnant in brennendem Fieber, das sowohl eine Folge des Hiebs als auch der durchlebten Aufregungen war.

Kanaú hatte sich ans Heck gesetzt und lenkte das Boot mit dem Steuerruder.

Alle schienen zu schlafen. Am sternenübersäten Himmel begann der Mond zuzunehmen. Kanaú ließ das Boot allein seinen Weg suchen, verhinderte nur, daß es ganz mit der Strömung trieb.

Die Augen wollten ihm zufallen, aber er hielt sich wach, damit sie weiterkamen, ehe der Wind wieder aufstand. Sie wollten so schnell wie möglich von dieser Stelle weg, denn sie fürchteten einen Racheakt der Xavantes.

Das Boot schien den Weg allein zu finden, denn einmal näherte es sich dem Ufer mit den hohen Bäumen, der Seite von Mato Grosso, dann wieder fuhr es auf den weißen Strand der Insel Bananal zu oder wandte sich davon ab.

Kanaú ließ sich alles noch einmal gründlich durch den Kopf gehen. Er bereute es, den Leutnant nicht in dem seichten Gewässer getötet zu haben. Es würde schwer sein, eine andere Gelegenheit zu finden. *Lateni,* der Tiergott des Bösen, schlug seine zerstörerischen Klauen ins Herz des Mestizen. Oder war es *Coarú,* der Zauber der Indianer, der es mit zersetzendem Gift durchtränkte?

Er versuchte, seine Gedanken einen anderen Weg gehen zu lassen, aber sie kehrten mit tückischer Hartnäckigkeit immer wie-

der an denselben Punkt zurück. Wenn er sich des Leutnants entledigt hätte, die Frauen wären kein Problem gewesen...
Er drückte das Ruder ins Wasser, um das Boot wieder in Gewalt zu bekommen, und tat zwei Schläge, sich von dem Zauber zu befreien.
Daniel war tot. Camura ebenfalls. Wenn der Leutnant...
Er blickte zum Himmel auf. Die Mondsichel sah aus, als verstehe sie alles, was er dachte.
Mitternacht war vorüber. Die Müdigkeit drückte auf seine Lider. Er schlummerte gelegentlich ein, und wenn er dann zwischendurch die Augen auftat, meinte er, auf der Grasebene zu liegen und die Bäume schwarz vor dem Flammenmeer hochragen zu sehen. Er wischte sich die Lider und erkannte, daß es die düster riesenhaften Bäume des linken Ufers waren, dem das Boot sich allzusehr genähert hatte.
Er lenkte es wieder auf den richtigen Kurs. Die Tiere, die in der Nähe genistet hatten, schrien und flohen erschrocken, Reiher und andere Wasservögel hoben die schweren Schwingen und suchten Unterschlupf an ruhigeren Plätzen der Wildnis.
Er sah zurück. Alle schliefen. Der Leutnant stöhnte bisweilen und murmelte unverständliche Worte. Pissy lag an der Stelle zusammengerollt, an der sonst Daniel gesessen und gerudert hatte. Er glaubte, den zusammengeschlagenen Daniel vor sich zu sehen, mit den weißgelben Zähnen im zerschmetterten Kopf...
Ein leichter Windstoß peitschte das Wasser ringsum auf. Vom Wald her nahm das Rauschen des Windes zu. Wenn es ihnen gelang, noch etwas weiter zu fahren, konnten sie am Dorf Btondirú vorbeikommen, das die Weißen Fontoura nannten. Soweit es sich berechnen ließ, waren sie keine zwei Meilen mehr von dort entfernt. Aber der Wind würde es wohl nicht zulassen, denn kleine Wellen schlugen jetzt andauernd gegen Boot und Ruder und spritzten Tropfen über die Schlafenden.
Die verhexte Klippe von Cotia lag weit hinter ihnen. Die Strän-

de von Goiás breiteten sich aus wie weiße Flecken. Er steuerte das Boot in ihre Richtung. Der Wind wurde heftiger. Wenn er das Boot wendete, würde niemand es merken, so groß war ihre Erschöpfung nach den ausgestandenen Ängsten der vergangenen Nacht.

Er suchte eine Stelle, die leicht zugänglich war, und ließ das Boot auf den Sand gleiten. Das Holz schurrte, der Einbaum legte sich ein bißchen schräg und hielt an. Kanaú sprang ins Wasser und zog ihn noch etwas höher auf den Strand. Eine Wolke von Möwen schrie verängstigt auf und kreiste über ihnen.

Die anderen wachten auf.

Sá Lua fragte, was los sei, und er erklärte nur: »Der Wind ist wieder da.«

Sie luden Hänge- und Liegematten aus. Dann half Kanaú Sá Lua und Pissy, den fiebernden Mann herauszuschleppen. Sie legten ihn auf eine Matte. Er stammelte unzusammenhängende Worte, ließ alles teilnahmslos mit sich geschehen.

Sá Lua setzte sich nahe bei ihm hin und wickelte das Kind warm ein, denn der Morgentau kühlte die Körper aus.

Kanaú riet ihr: »Sie sollten sich noch etwas hinlegen und schlafen, denn der Wind hört jetzt nicht auf. Wenn es erst hell wird, suchen wir einen geschützteren Ort und richten uns besser ein.«

Er nahm seine alte Decke und das Zweiundzwanziger-Gewehr.

»Ich schlafe hier in der Nähe. Sollte irgend etwas sein, so rufen Sie mich.«

Er wollte schon weggehen, als ihn Sá Lua fragte: »Wie spät ist es jetzt?«

Kanaú sah zu den Sternen auf und schätzte die Zeit ab: »Zwei Uhr morgens.«

Sá Lua setzte sich neben den Leutnant und sah, wie die dunkle Gestalt sich ein Stück weiter entfernt niederließ. Pissy war mit Kanaú gegangen.

Die beiden trugen am Strand trockene Zweige zusammen. Dann züngelte eine Flamme in die Nacht hinauf, und Sá Lua konnte erkennen, wie sie sich nah beieinander hinlegten. Sie hätte gern gefragt, ob es nicht gefährlich sei, hier Feuer anzumachen, aber sie wagte es nicht. Schließlich mußte Kanaú wissen, was er tat. Sie schmiegte sich an den Leutnant, um etwas von seiner Körperwärme abzubekommen. Der Wind warf feine Schichten Sand über sie. Sie bedeckte den Kopf und schlief ein.

Kanaú wickelte sich in die alte Decke ein und betrachtete eine Weile den Sternenhimmel. Hier oben wehte der Wind nicht soviel Sand auf wie weiter unten.

»Kanaú, warum hast du Feuer gemacht? Es ist gefährlich.«

»Keine Angst. Das Feuer ist niedrig. Wer es von weitem sieht, denkt, wir sind Carajás aus Fontoura.«

»Trotzdem ist es gefährlich. Wenn ich du wäre, ich machte es aus.«

»Nur noch ein bißchen, damit wir warm werden.«

Pissy sah zum Himmel auf. Sie bemerkte das Siebengestirn.

»Das Siebengestirn versteckt sich den ganzen Mai über, ohne einmal aufzutauchen . . .«

»Warum sagst du das?«

»Ach, nichts weiter. Ist 'ne Geschichte, die sie erzählt haben, als ich klein war.«

Sie schwieg, aber dann fiel ihr etwas ein, und sie fragte: »Warum haben dich die Xavantes eigentlich nicht getötet, Kanaú?«

»Ich war bewaffnet. Das hatten sie gesehen. Sie sahen auch, daß ich ein Indianer war, nur kein Carajá, weil ich die Zeichen unter den Augen nicht habe. Sie dachten wohl, ich sei ein anderer Indianer, der zu den Weißen hält . . . Das muß es gewesen sein, oder die Angst vor der Waffe, die ich in der Hand hatte. Und dann schoß der Leutnant aus dem Wald. Da bekamen sie einen Schreck. Ich muß sagen, es war großes Glück. Nicht einmal ich hatte geglaubt, wir würden den Diamanten wiederfinden.«

»Waren es viele?«

»Eine Menge. Unser größtes Glück war, daß sie keine Hunde hatten. Sonst hätten sie die auf unsere Fährte gehetzt.«
»Erzähl noch mal, wie das mit Daniel war.«
»Das hab ich dir schon erzählt.«
»Glaubst du wirklich, daß er im Feuer verbrannt ist?«
»Ging doch gar nicht anders.«
»Daniel war ein guter Kerl.« Pissy gähnte. »Daniel war ein guter Kerl ... Er muß den Einsamkeitskoller gekriegt haben ...« Sie drehte sich um und zog die Knie an, um zu schlafen.
Ein Jacurutuvogel piepste in einiger Entfernung.
Kanaú richtete sich auf den Armen hoch.
»Hast du gehört, Kanaú?«
»Ja. Das ist ein Eulenmann, der sein Weibchen ruft. Er ist traurig und allein.«
Der Vogel piepste noch einmal.
Kanaú antwortete auf seinen Ruf.
Pissy fragte: »Was tust du da?«
Kanaú lächelte. »Nichts. Ich ärgere das Tier. Jetzt hofft er, daß ein Weibchen für ihn da ist.«
»Du bist boshaft.«
Kanaú legte sich hin und bedeckte den Kopf. Die Müdigkeit fraß an all seinen Muskeln. Fest schlossen sich die Augen, nachdem sie nicht mehr wachen mußten wie während der zurückliegenden Stunden.
Die Flammen des Feuers wurden kleiner, und solange sie noch nicht ganz erloschen waren, flackerten sie im Wind unruhig hin und her.
Sie mochten eine Stunde geschlafen haben, als Pissy aufwachte und Kanaú rüttelte. »Kanaú! ... Kanaú! ... Wach auf!«
Mit einem Sprung war er auf den Beinen.
»Es ist ganz nah!«
Ein starkes Geräusch kam von der Mitte des Flusses her. Die beiden gingen zur Feuerstelle und warfen Hände voll Sand in die restlichen Flammen, um sie ganz zu ersticken.

»Ob sie es nicht gesehen haben?«
»Nein. Die denken, es war was anderes.«
Das Feuer war gelöscht. Das Geräusch auf der Flußmitte wurde stärker.
»Ich hätte mir schon denken können, daß es diese Nacht vorbeikommt.«
»Das ist eins von den großen Motorschiffen. Nur so eins kann bei dem unruhigen Wasser weiterfahren.«
Pissy schien sich an etwas zu erinnern.
»Ich glaub, ich weiß, welches das ist. Ich hab eine Unterhaltung in Santa Isabel gehört. Es muß die ›São Francisco‹ sein, die sie in Baliza repariert haben ...«
»Wenn's die ist, dann wird unsere Reise jetzt schlimm.«
Pissy fragte nicht, weshalb, denn sie wußte genau, daß die Nachricht von dem Raub mit der »São Francisco« überallhin gelangen würde. Es war das einzige Motorschiff, das Passagiere von Baliza nach Santa Maria do Pará beförderte ...
Beide gingen zu Sá Lua. Der Leutnant saß auf der Matte und schaute in die Richtung, aus der der Lärm kam.
»Das ist die ›São Francisco‹ ...«
Wütend ballte der Leutnant die Faust. »Verfluchte Stunde, in der sie dich Unglücksschiff repariert haben! Warum reißt dich die Flußströmung nicht auf den Grund der Hölle?«
Das Rattern wurde immer lauter und übertönte das Brausen des Windes.
Alle legten sich flach auf den Strand. So würde man sie von weitem für Baumstämme halten, die beim Absinken des Wasserstandes am Strand zurückgeblieben waren.
Jetzt wurde das Schiff mitten auf dem Strom sichtbar. Man hörte den Lärm der Schraube, die das Wasser durchschnitt. Zwei Lichter brannten und spiegelten sich im wütend aufschäumenden Fluß.
Das Motorschiff fuhr an ihnen vorbei und entfernte sich in die Nacht hinein. Sie blieben noch liegen und sahen den Lichtern

nach, die immer kleiner wurden und die man, wären sie nicht farbig gewesen, für Sterne des Himmels hätte halten können …

»Jetzt wird es schlimm. Denn alle Welt weiß nun schon …« Der Leutnant legte die Hand auf die Wunde am Kopf. Das Fieber war während der Ruhepause gesunken, aber die Schmerzen hielten an.

»Jetzt wird es ganz schlimm.«

Niemand sagte etwas. Mutlos verbrachten sie den Rest der Nacht am selben Ort …

Niemals hätte ein schönerer Tag am Araguaia heraufdämmern können. Der Himmel war pures Gold. Der Fluß flüssiges Gold in ständiger Bewegung, vom Wind aufgewirbelt. Und der Wind sauste und blies den Sand in alle Richtungen.

Kanaú erwachte als erster und weckte die anderen.

»Wir müssen das Lager abbrechen.«

Pissy gähnte. »Reicht's nicht, erst noch Kaffee zu machen?«

»Nein, hier ist's zu gefährlich. Wer will, kann sich das Gesicht waschen, dafür ist Zeit.«

Kanaú gab das Beispiel, indem er die Füße ins laue Wasser des erwachenden Flusses steckte. Die unverschämten *miguelinhos* mit ihren rotgezeichneten Rücken, die es überall am Araguaia gibt, kamen herbeigeschwommen und zwickten ihn in die Zehen. Kanaú badete und schüttelte dann den Körper, um wieder zu trocknen.

»Los, Leute! Wir können hier nicht bleiben.«

Der Leutnant erhob sich etwas schwankend. Sein Kopf schien so schwer zu sein, daß er kaum das Gleichgewicht bewahren konnte.

Sein Bart war so sehr gewachsen, daß sein Gesicht kleiner und die Augen noch schwärzer aussahen als sonst. Sie waren nur noch zwei glanzlose dunkle Flecken. Wie ein Automat gehorchte er Kanaús Stimme.

Pissy beobachtete ihn und sagte sich im stillen: »Dem Mann geht's hundsmiserabel!«
Aber sie gab ihren Gedanken nicht nach, sondern half mit, die Sachen ins Boot zu laden.
Der Wind wühlte in den Wassern des Flusses. Zur Mitte hin jagte die Strömung.
Kanaú sagte: »Wir sind jetzt nah beim Dorf Btondirú. Wir sollten einen Nebenarm suchen und uns dort verstecken. Auf dieser Seite werden wir bald einen finden.«
Alle stiegen ins Boot. Der Leutnant erhob keinen Widerspruch, als Kanaú das Steuer nahm. Sie wußten, daß sie in der Hand des Indianers waren und daß nur er es vermochte, sie ans Ziel zu bringen.
Sie verließen den Strand und entfernten sich immer weiter. Die Sonne stieg empor und vertrieb den Rest der Nachtkälte. Die Sitze im Boot waren jetzt anders verteilt. Sá Lua hatte ihren Platz nahe bei Kanaú, Pissy saß in der Mitte. Der Leutnant, der achtern lag, beobachtete Kanaú mit düsterem Blick. Nur Sá Lua wandte ihm den Rücken zu; hin und wieder wiegte sie ihr Kind, das vor sich hin greinte.
Pissy sagte zu ihr: »Dem Kindchen geht's aber heute gar nicht gut.«
Sá Lua lächelte nur.
Das Wasser schlug gegen das Boot. Manchmal benetzte eine höhere Welle einem von ihnen das Gesicht.
Das Schweigen, zu dem sie verurteilt waren, lag wie ein Fluch über ihnen. Und der Haß begleitete ihre Fahrt wie der Schatten des Bösen.
Das Kind wimmerte. Sá Lua wiegte es in den Armen. Das Ruder schnitt durch die Flut, und sowie Kanaú den Blick vom Horizont wandte, begegnete er den Augen des Leutnants, die keine seiner Bewegungen außer acht ließen. Er riß sie nur dann von Kanaú los, wenn er die Hände in den Fluß tauchen mußte, um Wasser für seinen Durst zu schöpfen. Der Kopf schmerzte nun

nicht mehr so sehr. Er war nur schwer. Dazu lechzte die Kehle fortwährend nach Wasser. Es war, als sei der ganze Körper verschmachtet, als bewege er sich ohne Saft und Kraft, als verweigerten die Muskeln seinem Willen den Dienst.
Ja, er mußte … er mußte diesen Mischling bei erster Gelegenheit beseitigen. Der hatte bestimmt dasselbe vor. Wenn sie erst am Tapirapés vorbei waren, dann wollte er es tun.
Wieder tauchte er die Hände ins Wasser. Der Durst. Dieser unlöschbare Durst.
Kanaú ließ sich nichts von dem entgehen, was er tat. Der Mann hatte den Einsamkeitskoller. Er senkte die Augen und begegnete Pissys verschleiertem Blick, der prüfend auf ihn gerichtet war. Was mochte sie denken?
Pissy aber hatte, als sie Kanaú so ansah, nur eine einzige Frage, nein, keine Frage, sondern eine Gewißheit: Die Männer hatten gelogen. Sie glaubte nicht mehr, daß Daniel von den Xavantes umgebracht worden war. Die beiden hatten es getan. Ihre Hände waren bedeckt mit neuem Blut. Deshalb fürchteten sie den Zauber. Sie glaubte kein Wort mehr von der ganzen Geschichte. Sie hatten Daniel im Wald verfolgt und ihn erschossen. Dann waren sie aus Furcht vor den Xavantes, die jetzt ihre Jagden abhielten, müde und verängstigt zurückgekehrt. Deshalb gab es diesen überstürzten Abzug von der Cotia-Klippe … Wer mochte den entscheidenden Schuß auf Daniel abgegeben haben? Daniel war ein guter Kerl. Das einzige, was von der ganzen Geschichte stimmte, war der Brand der Grassteppe. Sie hatten alles ausmerzen wollen, was das Verbrechen verraten konnte. Sie sah Kanaú noch einmal an. Der Indianer wich ihrem Blick aus und suchte den Horizont ab. Sie sah, wie sich seine Lippen auftaten und zwei Worte ihnen entschlüpften: »Der Nebenarm!«
Alle wandten sich der Richtung zu, in die er wies. Der Fluß bildete nach rechts eine Abzweigung.
Ein Gefühl der Erleichterung ergriff jeden einzelnen. Es war, als bedeute dieser Nebenarm so etwas wie die Rettung. Er erschien

so wichtig wie die Mündung des Tapirapés. Dabei war er nicht mehr als ein Unterschlupf für die Nacht. Ohne diesen Nebenarm würden sie jeder Gefahr schutzlos ausgeliefert sein. Und nachdem das Motorschiff flußabwärts gefahren war, konnte keine Vorsichtsmaßnahme genug sein.

Kanaú erklärte: »Dieser Nebenarm fließt fast gegenüber von Btondirú zurück in den Strom. Auf der andern Seite des Dorfs, auf diesem Flußufer, gibt es die Häuser einiger Weißer. Wir müssen bei Dunkelheit zwischen beiden durchfahren. Aber der Fluß ist breit, und da er jetzt noch hoch steht, sind die Indianer bisher nicht an den Strand gezogen, um da zu schlafen. Wären wir einen Monat später dran ...«

Der Nebenarm war wie ein Engpaß durch die Wildnis, eine von den vielen Kapricen des Flusses. Jedenfalls erschien er zu geeigneter Stunde und als ein Segen des Himmels.

Kanaú lenkte das Boot in die Strömung, die es mit sich zog, so daß es schneller dahinglitt. Erwartungsvoll fuhren sie in den Flußarm hinein. Der machte zunächst einen großen Bogen. Wie immer an solchen schmalen Nebenarmen gab es hier Reiher und viele andere Vögel. Sie stoben erschrocken davon und schimpften auf die Eindringlinge.

Der Wind kam kaum hierher. Nur ein leises Rauschen in den hohen Wipfeln der Uferbäume und ein stärkeres Glucksen des Wassers brachten etwas Leben in die reglose Stille der Natur.

Kanaú ruderte angespannt. Er beobachtete die winzigsten Kleinigkeiten an der Krümmung dieses Wasserwegs. Seine Augen untersuchten jedes Detail. Sie spähten nach Spuren der einzigen, vor denen er sich, abgesehen vom Wind, fürchtete: der Flußjäger. Aber er erzählte niemandem von seinen Sorgen. Die Regenzeit war dies Jahr früher als sonst zu Ende gegangen. In ihrer Gier nach Geld hatten wohl auch sie früher gerüstet und waren, bis zu den Zähnen bewaffnet, hergekommen. Es gab dann am ganzen Araguaia, sei es auf der Seite von Mato Grosso oder auf der von Goiás, keine Flußabzweigung und keinen See,

die sie nicht gleich auskundschafteten. Sie machten jeden Ort ausfindig, an dem das Wild Zuflucht suchen konnte. Außerdem boten sie den Carajá-Indianern Kleidung, Moskitonetze und Nahrungsmittel an, damit sie ihnen als Führer dienten.
In Dörfern der Weißen, wie Fontoura und Mato Verde, hielten sie kurzfristig an, um ihren Proviant zu ergänzen. Meistens kauften sie alle Vorräte an Zucker und Trockenfleisch auf, die in den Läden der kleinen Ortschaften sowieso immer knapp waren. Auch Munition und den unentbehrlichen Schnaps nahmen sie mit. Kanaú hatte Angst, sie könnten hier auf einen dieser Trupps stoßen. Es war gut möglich, daß das Motorschiff einem solchen in Fontoura Bescheid gegeben hatte.
Aber vorerst schien nichts darauf hinzuweisen, daß sich hier Jäger aufhielten.
Das Kind greinte. Der Leutnant erwachte aus seiner Teilnahmslosigkeit. »Was, zum Teufel, hat denn das Kind heute?«
Sá Lua sagte mit Zärtlichkeit in der Stimme: »Der Junge ist nicht ganz in Ordnung.«
Sie wiegte das Baby noch eifriger. Sie wollte es gegen alles verteidigen; auch gegen grobe Worte...
Kanaú steuerte schräg auf ein Dickicht von Sumpfpflanzen zu.
»Wir fahren das Boot am besten hier mitten zwischen dies Gezweig. Da gibt's zwar Moskitos, aber es ist gut versteckt. Jenseits ist ein Strand, den diese Pflanzen gleichfalls verdecken. Wer hier vorbeifährt, sieht das Boot nur, wenn er vorher davon weiß.« Alle duckten sich, und das Boot glitt mitten in das Buschwerk hinein.
Auch wenn der Nebenarm völlig austrocknete, würden die Sträucher noch als dürres Gestrüpp stehenbleiben und erst dann wieder grünen, wenn die Regenzeit einsetzte und der Araguaia anschwoll. Jetzt saßen sie voller Beeren, und sobald wieder Ruhe herrschte, würden die Pacufische fast einen Meter hoch aus dem Wasser springen, um nach den schmackhaften Früchten zu schnappen. Kanaú lächelte, als er daran dachte. Da sie ja doch

kein Wild erlegen durften, weil ein Schuß auf sie aufmerksam machen konnte, wollte er wenigstens hier mit Pfeil und Bogen nach Fischen schießen. Um nichts in der Welt würde er sich von der Gruppe entfernen. Keiner traute keinem – man durfte keine Gelegenheit geben...

Das Boot erreichte den Uferstrand.

Der Leutnant stand auf. Pissy schwang sich über den Rand ins Wasser und nahm Sá Lua den Jungen ab, um ihr aussteigen zu helfen. Sie hielt das Kind in den Armen und fühlte die gleiche Freude, die sie nur einmal vorher empfunden hatte. Sie betrachtete das Gesichtchen, das noch bläulichrot war von der langen Nacht im Mutterleib, und lächelte. Niemand wußte bisher, wie das kleine Geschöpf heißen sollte. Es war keine Zeit gewesen, darüber nachzudenken. Sicher hatte Sá Lua schon einen Namen ausgewählt, aber noch niemandem etwas gesagt.

Sá Lua sprang heraus. Kanaú erhob sich und schritt durch das ganze Boot. Am Strand zog er es hoch und band das Vorderteil an einem der Sträucher fest.

»Wir wollen hier einen Platz suchen.«

Sie gingen bis zum Rand eines kleinen Waldes, wo sie Schutz vor der Sonne hatten. Da wollten sie ein Feuer machen und zum Kaffee ein Stück Fleisch am Spieß braten.

Kanaú ging zum Boot zurück, um Pissy beim Ausladen des Gepäcks zu helfen.

»Hast du gesehen, Kanaú? Der Leutnant wird immer sonderbarer.«

Kanaú lächelte und streckte die Hand aus, um die Sachen aufzunehmen. »Das hat nichts zu sagen. Er ist schwindlig von dem Hieb. Wird schon vorbeigehen.«

Er log, obwohl er wußte, daß Pissy ihm nicht glaubte. Diese häßliche Frau war gar nicht so dumm, wie er gedacht hatte. Die würde ihm vielleicht einiges zu schaffen machen.

Sie gab keine Ruhe: »Trotzdem, ich glaube, es geht ihm schlechter.«

Kanaú sagte nichts mehr und wandte sich ab. Er hob zwei Töpfe auf. »Welcher von denen?«
»Keiner. Nimm den Kaffeekessel. Wir brauchen keinen Topf. Wie schön! Heute braten wir nur das Fleisch im Feuer.«
Kanaú bemerkte eine seltsame Bewegung in den Wasserpflanzen. Erst verfolgte er sie nur mit den Augen, dann ging er vorsichtig auf den Rand des Strandes zu. Er machte drei Schritte und winkte Pissy, ihm leise nachzukommen.
Sie trat neben ihn.
»Sieh nur, was für ein Untier, Pissy!«
Ein großes Krokodil wärmte sich in der Sonne. Als es die Menschen witterte, öffnete es den Rachen und ließ ein wütendes Schnauben hören. Faulig riechender Atem kam aus seinem Schlund. Pissy spuckte auf den Boden.
»Schmutziges Biest!«
Gemächlich verfügte sich der große Saurier ins Wasser und schwamm davon, wobei er eine Furche hinterließ und die Pflanzen zum Schwanken brachte.
»Das Tier hat geschlafen. War eins von den ganz großen. Für die Haut hätte man hundertzwanzig Cruzeiros gekriegt!«
Pissy merkte, mit welchem Bedauern Kanaú dem sich entfernenden Krokodil nachschaute.
»Los, sie warten auf uns.«
Sie kehrten zu den anderen beiden zurück, mit ihrer schlimmen Nachricht: »Wir müssen weniger Fleisch essen. Es ist kaum mehr was da. Reicht vielleicht nicht mal, bis wir am Tapirapés sind!«
Er lieferte Sá Lua das Fleisch ab und ging wieder zum Flußufer, zog sein Messer aus dem Gürtel und schnitt einen Zweig ab, um einen Spieß daraus zu fertigen.
Ehe er sich aufrichtete, sah er auf den Fluß. Jetzt war es nicht ein Krokodil, das seine Aufmerksamkeit auf sich lenkte: Er sah die Pacufische, die da schwammen. Und wie viele waren es!
»Heute abend können wir Fisch essen. Ich will da unten Pacus schießen.«

Pissy sah ihn böse an. Immer fand er eine Möglichkeit, wie man Töpfe dreckig machen mußte.
Das Kind, das am Strand gebettet war, wimmerte leise.
Der Leutnant sagte ärgerlich zu Sá Lua: »Hat es nicht Hunger?«
»Nein. Das ist es nicht. Es will die Brust gar nicht haben.« Um den Beweis für das zu erbringen, was sie gesagt hatte, machte sie die Brust frei und nahm den Jungen in die Arme. Er schloß das Mündchen um die Brustwarze, drehte aber unmittelbar danach den Kopf weg...

Sie ruhten sich aus. Leuchtendes Abendrot verkündete das Herannahen der Nacht. Reiher flogen der Sonne zu, und ihr Gefieder bekam einen tiefrosa Farbton. Papageienscharen zogen sich mit wildem Gekreisch in den Urwald zurück, um die Nacht zu erwarten. Weiße Reiher, die die Nähe der Menschen nicht argwöhnten, ließen sich ruhig nieder, um im Laubwerk der Bäume Schutz zu suchen.
Das Leben der Wildnis folgte unbeirrt seinen Gesetzen. Der Wind hörte nicht auf.
»Wenn der Wind nicht wäre, hätten wir hier viele Moskitos.«
Dem Leutnant ging es besser, aber seine Bewegungen verrieten innere Unruhe. Man spürte, er wartete nur auf eines: daß die Nacht vorrückte und der Wind sich legte, damit man weiterreisen konnte.
»Etwa gegen elf Uhr können wir aufbrechen.«
Der Leutnant blickte in den farbenfrohen, lichterfüllten Abend hinein. Elf Uhr! Welch großer Trost!...
Er setzte sich und steckte die Hand in die Tasche. Aber das, was er suchte, war nicht drin.
»Ich würde gern eine Zigarette rauchen.«
Pissy sah Kanaú an. Sie wußte, daß er Tabak hatte.
»Ich auch. Aber ich hab keinen Tabak.«
Kanaú sah Pissy anzüglich ins Gesicht und lächelte dann

unschuldig. Sie senkte den Blick und mischte sich nicht in diese Angelegenheit. Die Männer durchschauten einander. Und an Kanaús Stelle hätte sie wahrscheinlich ebenso gehandelt.
Sie stand auf und nahm den Topf. Sie hatte ihren vermaledeiten Dienst zu versehen. Wenn sie es nicht tat, mußte es Sá Lua tun. Es war widerlich, die Hand in diese Schmiere zu tun. Die Pacus waren hier so fett, daß man nicht mal Schmalz brauchte, um sie zu kochen oder zu braten.
Auch Kanaú erhob sich. »Ich will baden.« Er begleitete die Frau.
Der Leutnant folgte ihnen mit haßerfüllten Blicken. »Drecksschweine!...«
Während Pissy die Reste aus dem Topf spülte, kam Kanaú näher, lockerte den Gürtel und knöpfte die Hose auf.
»Warum hast du dem Mann keinen Tabak gegeben?«
»Er behandelt mich wie einen Hund.« Er machte eine Pause und fuhr dann fort: »Es wäre besser für uns...«
Er war völlig nackt und hatte sein Glied jetzt nach Art der Indianer hochgebunden. Er tat einen Fuß ins Wasser. »Das Wasser ist schön warm.«
»Ich merk's.« Unbewegt sah sie zu, wie der Bursche tiefer hineinging. »Sind hier keine Piranhas?«
»Doch. Aber ich tauche nur ganz kurz unter.«
Kanaú verschwand im Wasser und erschien sofort wieder, um das Wasser aus dem Haar nach allen Seiten hin auszuschütteln. So wie Kanaú aussieht, dachte Pissy, ist er ganz und gar Indianer, obwohl er wie ein Weißer spricht und anderen vorzumachen sucht, er sei ein Weißer.
Sie hielt mit ihrer Arbeit inne und sah zu, wie er sich in der Sonne trocknete. Er war ohne jeden Zweifel ein sehr schöner und männlicher Indianer. Aber nichts zog sie zu ihm hin. Sie brauchte niemanden. Wirklich, sie wollte nur das Geld haben, das ihr aus dem Erlös des Diamanten zufiel, und dann ein ruhiges Leben in Belém do Pará führen. Zum ersten Mal kam ihr ein

sonderbarer Einfall, als sie an Belém do Pará dachte. Wenn man sie nun dort ausfindig machte? Sie beruhigte sich. Quatsch! Es war auch viel zu früh, an so was zu denken.
Sie schaute Kanaú zu, der sich anzog. Was hatte er wohl sagen wollen mit dem: »Es wäre besser für uns ...«? Aber sie fragte nicht. Sie schmiedete eigene Pläne.
»Mach bald Schluß, denn die Krokodile kommen, wenn sie den Fettgeruch wittern.«
»Ich weiß. Bin schon fertig.«
Sie warf den Topf ins Boot und hielt sich an seiner Kante fest, um sich aufzurichten. Sie wischte die Hände am Rock trocken, zog den Rohledergürtel wieder fest und ging zurück.

Es war abgemacht worden, daß die Zeit, in der der Wind wehte, zum Ausruhen genutzt werden sollte. Feuer durfte nicht brennen. Alle mußten auf verdächtige Geräusche achten und gegebenenfalls die anderen wecken. Der Wind war abgeflaut, aber er blies immer noch. Die Moskitos umsummten sie. Alle lagen in ihre Decken gewickelt und versuchten sich vor ihnen zu schützen.
Es war nichts zu hören als das Schwirren der Insekten und der Nachtvögel. Gewohnte Naturgeräusche der Wildnis.
Plötzlich stützte sich Kanaú auf die Arme.
Pissy bemerkte es und tat dasselbe. »Was ist, Kanaú?«
»Pst! Still! ...«
Der Leutnant setzte sich auf, Sá Lua ebenfalls. Es war tiefe Nacht.
Der schmale Mond, der am Himmel stand, konnte Dunkel und Wildnis nicht erhellen.
Sie hielten den Atem an. Die Blicke hefteten sich auf Kanaús Profil, das sich gegen die flimmernden Sterne abhob. Er drehte sich um und flüsterte: »Rollt die Decken zusammen und kommt.«
Aufgeregt befolgten sie seine Anordnung.

»Keinen Lärm machen!«
Sie gingen zum Boot und setzten sich hinein.
»Alle hinlegen!«
Der Leutnant zog den Revolver aus der Gürteltasche und legte sich. Irgend etwas Gefährliches war im Anzug. Er wußte, der Indianer hatte jetzt nicht gelogen. Er legte sich ganz nieder.
Kanaú bog die Zweige des Buschwerks zusammen, um das Boot zu verdecken.
Erst danach erklärte er leise: »Es kommen zwei Boote den Nebenarm herauf. Das können nur Krokodiljäger sein. Die haben sicher alles erfahren und suchen nun die ganze Gegend ab. Carajás sind es nicht, denn sie haben einen anderen Ruderschlag.«
Kanaú legte sich außerhalb des Bootes hin, fast den ganzen Körper im Wasser.
»Wenn sie mit Taschenlampen hier herüberleuchten, darf niemand hochblicken. Die Augen können uns verraten.«
Er schwieg und fühlte, wie das nur noch von einem leichten Wind gekräuselte Wasser gegen sein Gesicht spülte. Die *miguelinhos* kamen sogar jetzt in der Dunkelheit und zwickten ihn überall.
Aber Kanaú war unempfindlich geworden. Zum Glück gab es hier im seichten Wasser am Strand keine Piranhas.
Die Pflanzen schwankten leicht über dem Boot.
Der Wind würde sich wohl bald legen.
Diese Flußjäger waren wüste Gesellen. Sie fürchteten sich vor keinem Teufel und machten sich ohne Zaudern an jede Beute heran, die sich ihrer Gier zeigte.
Pissy spitzte die Ohren, um verdächtige Geräusche herauszufinden. Aber vorerst hörte sie nichts. Sie erinnerte sich an das große Krokodil, das wenige Stunden vorher hier zwischen den Pflanzen aufgetaucht war, genau an dem Platz, wo Kanaú jetzt lag...
Der Indio hatte wirklich Mut. Dieser Gedanke führte sie zu einem anderen: Hatte Kanaú das nicht vielleicht nur ersonnen,

um sie alle um den Verstand zu bringen, sie in Verstörung und Wahnsinn zu treiben? Aber bald zerstreute die Wirklichkeit jeden Zweifel. Sie selbst vernahm das Geräusch der Ruder, die das Wasser teilten. Alle hörten sie es. Sie waren wie erstarrt vor Entsetzen. Keiner rührte sich. Sie atmeten kurz und keuchend. Wie viele mochten es sein? Und was, wenn sie entdeckt würden?

Der Lärm der Ruder wurde stärker und stärker. Sie durften die Köpfe nicht heben, um das Ausmaß der Gefahr abzuschätzen. Die unzähligen Moskitos, die hier zwischen den Pflanzen hausten, überfielen das Boot und stachen in jede unbedeckte Körperstelle. Das Gesumm über den Gesichtern war fast noch unerträglicher als die Stiche.

Die Boote näherten sich. Die Ruder platschten lauter. Sie arbeiteten sich langsam gegen die Strömung an. Jetzt konnte man schon Stimmen unterscheiden. Hin und wieder durchbrachen kurze Wechselgespräche die Stille der Nacht. Die Reiher flogen lärmend von den Bäumen auf. Nachtvögel schimpften auf die Störenfriede der Einsamkeit.

Und die Ruder schafften die Kähne flußaufwärts. Ganz dicht waren sie schon.

Die Angst hätte sie fast dazu gebracht, ihr Versteck zu verraten. Sá Luas Lippen öffneten sich zu einem Gebet. Der Leutnant war von Kopf bis Fuß in Schweiß gebadet. Nur Pissy ließ alles mit einer gewissen Ruhe auf sich zukommen. Sie lauschte angespannt, um zu verstehen, was die Jäger sagten.

Kanaú rührte sich nicht. Seine Reglosigkeit war so vollkommen, daß die anderen ihn in ihrer Angst völlig vergaßen.

Die Boote mochten etwa zwanzig Meter entfernt sein. Es waren nur zwei. Aus den sicheren, regelmäßigen Ruderschlägen konnte man schließen, daß jedes mit vier Mann besetzt war. Jetzt waren sie beinahe vor dem Röhricht.

Eine grobe, heisere Stimme fragte: »Nichts hier, Isidoro?«

Aus dem anderen Boot kam die Antwort: »Keinerlei Anzeichen.«

Eine dritte Stimme riet: »Leucht mal diesen Strand mit der Taschenlampe ab!«
Ein gelber Schein huschte über die Pflanzen und prallte auf das Weiß des Strandes, dort, wo sie gelagert hatten. »Nichts zu sehen! Die haben sich nicht auf diesen Nebenarm getraut.«
»Zur Hölle mit den Teufeln!« fluchte eine andere Stimme. Einer pfiff, wurde aber gleich getadelt.
»Schnauze, Irineu!«
Der lachte dröhnend: »Siehst du nicht, daß hier keiner ist?« Er lachte noch einmal und rief: »Her mit dem Schnaps, mir ist kalt!«
»Du bist schon voll, du Hund!«
Das Licht der Taschenlampe glitt noch einmal über den Strand und streifte das Dickicht. Kanaú tauchte mit dem Kopf unter. Er hob ihn gleich wieder, denn er wußte, das Licht würde nicht lange auf den Pflanzen liegenbleiben. Wie gut, daß ihm eingefallen war, das Boot im Gestrüpp zu verstecken. Sonst müßten sie die Jäger jetzt mit Kugeln empfangen. Und dann würde es ihnen schlecht ergehen. Denn die würden nicht von ihnen ablassen, solange noch einer lebte. Er seufzte erleichtert. Dieser Diamant forderte einen hohen Preis ...
Die heisere Stimme äußerte sich verstimmt: »Zé Butelo muß mir 'ne bessere Taschenlampe geben. Diese Tranfusel leuchtet nicht gut. Geht immer aus.«
»Rudert, Leute, rudert! Wir wollen rauf zu denen am Araguaia oben!«
Die Ruderschläge entfernten sich. Der Wind trug Kanaú den Geruch der verschwitzten Männer zu. Sie waren jetzt wohl fünfzehn Meter weit fort.
Plötzlich weinte das Kind.
Sá Lua wiegte es verzweifelt hin und her, und für einen Augenblick war es ruhig.
Aus einem Boot wurde gerufen: »Habt ihr gehört?«
Keiner antwortete; alle lauschten. Die Ruder bewegten sich ganz behutsam.

Aber es war alles still.
Die heisere Stimme erklärte den anderen: »Ich glaub, ich hab ein Kind weinen gehört.«
Der, der immer lachte, lachte von neuem.
»Was faselst du bloß zusammen?! Verwechselst 'ne Schildkröte, die Eier legt, mit 'nem heulenden Kind!«
»Halt 's Maul, Blödian!«
Sá Lua erstarrte. Das Kind bewegte sich unruhig in ihren Armen. Gleich würde es wieder zu wimmern anfangen. Es wimmerte.
Der Leutnant flüsterte aufgeregt: »Gib ihm die Brust.«
Sá Lua antwortete leise: »Hab ich schon. Es will nicht.«
Der Junge greinte lauter.
Die heisere Stimme sagte: »Hört sich doch an wie ein weinendes Kind!«
»Nee, find ich nicht. Ist sicher eine Schildkröte.«
»Los, umdrehen, wir fahren ein Stück zurück!«
Sie ließen die Ruder los, und das Boot kehrte um, langsam von der Strömung getrieben.
Das Kind zappelte. Gleich würde es noch einmal weinen. Außer sich streckte der Leutnant die Hand aus und legte sie auf den Mund des Kindes, um es am Schreien zu hindern. Er fühlte den schwachen Atem in seiner schwieligen Hand.
Die Boote waren wieder ganz nahe.
Der Lichtkegel tastete suchend den Strand ab.
»Du bist besoffen, Mundino. Hier ist keiner.«
Einen Augenblick noch ließen sie die Ruder ruhen, dann betätigten sie sie wieder, aber diesmal möglichst ruhig, damit sie auf jedes Geräusch achten konnten.
»Nichts da. Kommt oft vor: Man meint, da weinte wer, und dann ist es eine Schildkröte.«
»Ja. Wenn's ein Kind wär', würd's noch mal weinen.«
»Nun aber nichts wie weiter!«
Der, der immer lachte, pfiff jetzt. Er lachte und sagte dann lärmend: »Bohr, bohr, bohr, dann kriegst du Zuckerrohr . . .«

Die Ruder tauchten kräftig ins Wasser, und das Boot setzte seine Fahrt stromaufwärts fort.
Jetzt bemerkten auch die anderen den Schweißgeruch der Körper. Diesen scharfen Geruch, der allmählich verflog.
Das Entsetzen hatte sie alle gelähmt. Niemand rührte sich. Unterdessen entfernten sich die Boote immer mehr. Sie zogen weiter und weiter. Die Nacht verschlang das Geräusch der Ruderschläge. Die Jäger waren fort.

Sie warteten noch eine halbe Stunde. Alles blieb still. Kanaú erhob sich; das lange Liegen im Wasser hatte ihn ausgekühlt. »Das wäre überstanden.«
Er fing an, die Zweige wegzuschieben, die über das Boot hingen. Zitternd kamen die Menschen hoch.
Pissy streichelte die Sträucher voller Dankbarkeit. »Ohne euch wären wir nicht mehr am Leben.«
Mit zitternder Stimme fragte der Leutnant: »Und nun? Was sollen wir tun?«
Kanaú riet: »Der Wind legt sich jetzt. Am besten wär's, wir fahren weiter flußabwärts. Mitternacht kommen wir an Fontoura vorbei. Da schläft jetzt alles.«
Sá Lua schluchzte leise. Dann verlor sie die Herrschaft über sich, und ihr Wehklagen wurde fast zum Geschrei. Der Leutnant legte beruhigend den Arm um sie. Auch er war in völlig überreiztem Zustand. Von Tag zu Tag hatten sich die Aufregungen gesteigert, da konnte man schon bis zum Wahnsinn getrieben werden.
Lange ließ er sie so weinen und hielt sie umfaßt wie ein Kind.
Kanaú und Pissy wußten nicht, was sie machen sollten. Sie warteten, daß es vorbeiging.
Der Leutnant sagte leise: »Komm, gib mir das Kind, damit du dich ein bißchen ausruhen kannst.«
Sá Lua hörte zu weinen auf und umklammerte den Jungen mit aller Kraft. Ruckartig riß sie sich aus der Umarmung des Man-

nes und stand im Boot auf. »Komm nicht in meine Nähe! Niemand darf in meine Nähe kommen!« Sie sprang ins Wasser und ging langsam mit dem Sohn über den Strand.
Aus seiner Betäubung erwacht, folgte der Leutnant seiner Frau.
Kanaú und Pissy sahen wie gebannt der Szene zu.
Der Leutnant holte sie ein. »Sá Lua! Warte ...« Er rührte leicht an ihre Schulter.
Sie drehte sich um. Ihre Tränen waren versiegt, und an Stelle des Zornes, der sie im Boot überkommen hatte, war sie jetzt von unheimlicher Sanftmut.
»Laß mich. Niemand darf mir das Kind wegnehmen ...«
»Aber das will ja auch niemand. Ich möchte es nur ein bißchen tragen, damit du ausruhen kannst.«
Sá Lua lächelte trostlos und sprach mit derselben Sanftmut stockend: »Laß. Es ist warm. Es ist noch warm ...«

Sie setzte sich an den Strand und sagte nichts mehr. Lange Zeit wiegte sie das Kind, schweigend und zärtlich. Niemand wagte es, das stumme Einwiegen zu stören.
Pissy näherte sich ihr mit großer Behutsamkeit und redete auf sie ein.
Die beiden Männer, die weit entfernt waren, erfuhren nie, was die Vagabundin ihr gesagt hatte. Aber sie sahen, wie Pissy ihr half, aufzustehen. Und daß die beiden auf sie zukamen.
Jetzt trug Pissy das tote Bündel gegen ihre magere Brust gedrückt.
Sie wandte sich diesmal furchtlos an den Leutnant: »Wir müssen das Kind begraben.«
Des Mannes Hände griffen an die Kopfwunde und sanken dann schwer herab. An der rechten Handfläche haftete das rote Mal des Verbrechens. Bis ans Ende der Ewigkeit würde er den schwachen Atem an den harten Schwielen spüren.
Wie Bleigewichte waren die Hände. Nur die Hände ...

Heiser und verzweifelt brach es aus ihm hervor: »Ich will's nicht sehen! Ich will's nicht sehen!«
Er entfernte sich zum Strand hin. Tränen standen in seinen trüben Augen. Er setzte sich auf den Rand des Bootes. Betrachtete seine Hände. Er brauchte sie nicht anzusehen, um ihr Gewicht zu fühlen. Diese Hände. Wenn er jetzt den Diamantenaufkäufer erblickte. Wenn ihm Mauro Duarte jetzt, eben jetzt begegnete. Der Mann mit dem Spitzbart, der unentwegt lächelte. Der Mann, der alles so sicher wußte ... Der würde es spüren, was es mit dem Gewicht einer Mörderhand auf sich hat. Er würde es machen wie Daniel, der die Finger um den Hals seiner Frau geschlungen hatte. So lange würde er mit den Händen drücken, bis der Hals sich in eine weiche Masse verwandelt hätte, haltlos ... schlaff ... tot ... Er sah dorthin, wo die anderen gestanden hatten. Aber er konnte nichts unterscheiden.
Kanaú geleitete die beiden Frauen bis zum Saum eines kleinen Waldstücks. Hier war der Boden noch feucht von den letzten Regenfällen.
Das war der geeignete Platz für das Kindergrab.
Kanaú kniete sich nieder und begann mit dem Messer die Erde auszuheben.
Sá Lua folgte ihm. »Ich will auch helfen.«
Ihre Stimme war ruhig, und ihre Finger griffen unbedenklich in den feuchten Grund. Sie merkte, daß der Sand warm war. Gut, daß die Erde sich erwärmte, um ihren Sohn aufzunehmen. Plötzlich hockte sie sich auf die Füße und ließ Kanaú allein weitermachen.
»Seit heute früh war er nicht wohl. Nicht einmal trinken wollte er ...«
Pissy fühlte, wie sich ihr Herz zusammenkrampfte. Sie war sonst nicht so. Dies jedoch hatte sie ergriffen. Sie war schon daran gewöhnt, das Kind zu umsorgen. Und nun lag es tot in ihren Armen, und seine Mutter redete und redete ...

»Wie lang hat es gedauert, bis es geboren war. Und in einem Augenblick...«

Kanaú richtete sich auf den Knien auf und vertrieb die Mückenschwärme von seinem Gesicht. »Es reicht schon.«

Aber es war, als habe Sá Lua die Bedeutung dessen, was er sagte, nicht wahrgenommen, denn sie redete und redete.

»Nicht mal einen Namen hatte er. Ich wollte so gern, er solle Maurício heißen. Ist das nicht ein schöner Name?«

Pissy nahm sich zusammen, um nicht zu weinen, und antwortete: »Ja. Maurício ist sehr schön.«

Erst jetzt begriff Sá Lua, was der Indianer und die Frau, die vor ihr standen, wollten. Ihr Mund klappte kraftlos auseinander. »Wir müssen ihn begraben, nicht?«

Da sie nicht antworteten, trat sie ruhig auf Pissy zu. »Gib ihn mir. Ich will ihn ins Grab tun.«

Pissy reichte ihr das kleine Bündel.

Sie drückte es erst an die Brust, dann ans Gesicht, kniete gelassen nieder und legte das tote Kind auf den Boden. Sie häufte Erde über den kleinen Körper. Und die Erde schmiegte sich warm um ihren Sohn.

Kanaú wollte ihr helfen, aber sie bat ihn: »Nur ich! Niemand sonst.«

Ihre Hände häuften das Erdreich, bis zum Schluß nur ein kleiner Hügel von Sand zu sehen war.

Sie kam auf den Knien hoch und hob die Augen zu den beiden.

»Wird er kein Kreuz bekommen? Keine Blumen?«

Pissy half ihr, sich aufzurichten.

»Bring die Frau zum Boot!«

Pissy tat es. Die beiden gingen langsam davon.

Kanaú packte ein paar große trockene Äste, die das Hochwasser in der Nähe abgelagert hatte, und schleppte sie zum Grab. Dort schichtete er sie, einen nach dem anderen, zu einer Pyramide auf.

Das tat er, damit die Krokodile die Leiche nicht entdeckten und auffräßen.
Kaum war er damit fertig, da durchfuhr ihn ein Grauen.
Vor seinen Augen war plötzlich die Nacht verschwunden, und die Abendsonne übergoß alles mit ihrem Licht. Eine Ziehharmonika spielte und spielte.
Die Musik kannte er. Wie gut kannte er sie! Chibíu hatte mit Tränen in den Augen Camuras Lieblingslied angestimmt:

»Der Mond steigt hell empor,
sein Schein ins Herz mir fällt.
Tim-tiri-lim zur Laute
besing ich meine Welt . . .«

Er steckte die Finger in die Ohren, um die Musik nicht hören zu müssen.
Wurde auch er verrückt?
Er rieb sich die Augen, und alles war wie zuvor. Die Nacht war wieder Nacht, und der Mond am Himmel nahm ständig zu und glich jetzt schon nicht mehr einem Säbel aus Feuer.

Einsamkeitskoller

Der Wind legte sich, und die Natur, seiner stundenlangen Peitschenschläge müde, entschlief. Das Schweigen des Himmels, an dem der wachsende Mond und die Sterne um die Wette funkelten, übertrug sich auf die irdischen Dinge. Nur selten einmal durchbrach ein vereinzelter Schrei schauerlich die Stille der Einöde.

Das Boot glitt ruhig dahin, denn die Wasser des Flusses, den der Wind nicht mehr aufrührte, schliefen, und schlafend strömten sie friedlich zu Tal.

Kanaú blickte zum Himmel. Nach den Sternen berechnete er die Zeit.

Er allein ruderte. Der Leutnant saß vorn, kehrte ihm den Rükken zu und starrte aufs Wasser, und seine schwarzen, traurigen Augen stürzten sich in die Nacht, als begehre er, Teil der Finsternis zu werden. Kanaú wußte, was im Inneren des Mannes vorging. Alle seine Gebärden, auch die gewöhnlichsten, verrieten Angst, Reue, Gewissensbisse. Und all diese Empfindungen strömten zusammen, um ihn der Verzweiflung auszuliefern. Auch gaben sie ihm die Gewißheit, daß keiner lebend davonkommen würde, der in dieses blutige Unternehmen verstrickt war. Hatte sich nicht von Anfang an alles unheilvoll gegen sie verschworen? Waren nicht alle ihre Pläne fehlgeschlagen? Zur Umkehr war es zu spät. Und was ließ sich von der Reue erwarten? Einzig der Tod. Der passive Tod. Die Rückgabe des Diamanten an die Vorgesetzten und die Strafe für den Raub. Das Gesetz des *garimpo* würde nach seiner eigenen Entscheidung auf ihn angewendet werden: Entweder würden sie ihm eine Waffe geben, damit er sich selbst richtete, oder sie brächten ihn in einem Boot an eine einsame Stelle, und während sein Blick auf den Wald fiel oder den Himmel...

Er lächelte verzweifelt. Sein Geist verwirrte sich immer mehr. Der Preis des Steines war unmenschlich hoch. Was würde sein, wenn sie lebend über die Einmündung des Rio Tapirapés hinauskämen? Noch nervöser wurde sein Lächeln. Er selber fühlte, was die andern zum Glück nicht bemerkten: wie seine Umnachtung ständig fortschritt. Was würde sein, wenn sie den Tapirapés heil hinter sich ließen, dem sie sich jetzt näherten? Danach bekäme der Araguaia wieder ein breiteres Bett. Aber wie viele Meilen fehlten noch bis Belém do Pará? An wie vielen Ortschaften mußten sie vorher noch im Schutz der Dunkelheit heimlich vorüberfahren? Und wenn sie eines Tages den *garimpo* von Marabá erreichten, was dann? Sollten sie den Stein an die Diamantenhändler aus der Stadt oder die Aufkäufer dieses Lagers verkaufen? Nein. Dann könnten sie sich ebensogut gleich der Polizei stellen. Jedenfalls war das Land nach der Mündung des Araguaia in den Rio Tocantins dichter besiedelt und der Fluß mehr befahren. Vielleicht wurde ihre Reise von da an sogar ungefährlich. Nun aber kamen ihm neue Fährnisse in den Sinn: die großen Wasserfälle, die reißenden Strömungen, deren Strudel jeden unerfahrenen Ruderer in die Tiefe zogen. Da kam man nur vorbei, wenn es eine seitliche Abzweigung gab. Ohne eine solche war man des Todes. Doch der Indio war ja da, um ihnen den Weg zu zeigen. Also...

Er legte die Hand an den Kopf und strich dann mit dem Handrücken über den Bart, der so lang geworden war, daß er sich ganz seidig anfühlte. Die Wunde näßte nicht mehr.

Kanaú teilte ihm mit: »Wir kommen jetzt aus dem Nebenarm heraus.«

Wieder verfing er sich im Netz seiner Gedanken. Nur Irrsinnige verheddern sich so. Er wollte nicht denken, aber er mußte es. Er war wie ein Verbrecher, der vom Tatort nicht loskommt. Der

Diamant war mit Blut getauft und brachte Fluch mit sich. Was würde sein Schicksal sein? Er stellte sich einen weißen Hals vor, so weiß wie den Hals der Frau, die Daniel erwürgt hatte; oder eine weiße Hand, so zart wie Sá Luas Hand, und darauf blitzte spielerisch das Juwel. Lässig lächelnd vorgezeigt als modische Laune von einem Glückskind, das nicht ahnte, daß Blut aus jeder Facette sprühte. Und das Geld, das er ihnen eingebracht hätte? Sie würden nur noch vier sein, bis die Reise endete, vielleicht auch drei, zwei. Wieviel würde der Stein denjenigen bringen, die übrigblieben? Ob das ausreichte, alle Verbrechen und Gewissensqualen aus dem Gedächtnis zu tilgen? Würde er Sá Luas Augen Frohsinn und Licht wiedergeben können, die er ihnen zugleich mit dem Sohn geraubt hatte? Warum dachte er daran? Seine Augen füllten sich mit Tränen, und wiederum wogen seine Hände bleiern schwer. Der schwache Atem, den er gegen die Schwielen der harten Hand gespürt hatte... Warum dachte er daran? Und wenn schon er so darunter litt, wie erst Sá Lua? Er hatte keinen Mut, sich zu ihr umzudrehen und ihr die Hand hinzustrecken, um sie zu trösten. Er hatte keinen Mut, sich umzudrehen, denn er wollte das erstarrte Gesicht der Frau nicht sehen.

Doch war es, als sei Sá Lua zur Ruhe gekommen. Ihr Gesicht war klar, das Auge trocken. Völlig trocken. Eine Erinnerung nach der anderen tauchte in ihr auf und erfüllte sie mit Zärtlichkeit, obwohl es ihren Körper nicht mehr gab. Ja, ihr Körper war nicht mehr vorhanden. Sie fühlte ihn nicht. Als hätte der Tod in ihr genistet und sie empfindungslos gemacht. Das Herz schlug, aber es verlieh ihr keine Kraft mehr. Sie existierte, aber sie lebte nicht. Doch das machte keinen Unterschied. Sie versuchte, ihre Arme zu spüren, aber die hatten sich nur das Gefühl der Leere erhalten, der Abwesenheit des Kindes, das gestorben war. Auch die Brüste hingen schwer von Leere. Es schien ihr, als atme sie nicht oder, falls sie es doch täte, als dränge die geatmete Luft durch alle Poren ein, um, kaum fühlbar, sofort wieder zu entweichen. Wie durchsiebt war sie in ihrer Fühllosigkeit. Der Tod hatte die Herrschaft übernommen. Sie dachte nicht mehr an die Zukunft. Es war ihr gleichgültig, wohin sie gelangten. Der Diamant existierte für sie nicht mehr. Sie fühlte nicht Hunger noch Durst, nicht Kälte noch Angst. Sie hätte tausendmal an Jägern vorbeikommen oder in der Nähe von Xavantes lagern können, alles war ihr ferngerückt. Weit lag der Tag, an dem sie die Flucht begonnen hatten, weit die Geburt des Kindes, weit sein Tod... Alles war verloren, und sie verhielt sich still, ohne die andern mit ihrer Trauer zu stören. Keine Klage kam über ihre Lippen. Das Boot hatte keine Bedeutung: Es war zu einem Irrenhaus geworden. Mochten sie umkehren, mochte der Fluß in der Gegenrichtung zu fließen beginnen, was hieße das schon? Sie schaute in die Nacht hinein, die immer ewige Nacht, in der der Ruderschlag das Pulsieren der Zeit bezeichnete, die niemals aufhörte. Alles war so, weil es so sein mußte. Der Sohn war gestorben, weil sie einmal, aber das war vor langer, langer Zeit, Gott gebeten hatte, oder irgendein überirdisches Wesen, er möchte ihn aus der Welt nehmen. Dieser Irgendwer hatte sie erhört und dem Kindchen das Erwachen in das Blutvergießen erspart. Es war in das Reich der Schatten geboren worden und zwischen die Fänge des Todes geraten. Es wäre niemals heil davongekommen. Nun ruhte es warm im Herzen der Erde. In eine große, wilde Blume von vielen Farben würde es sich verwandeln. Weshalb also weinen? Ihre Augen waren ausgetrocknet. Sie fühlte die Nachtluft in sich eindringen und das auflösen, was in ihr noch lebendig war. Wie schade, daß er keinen Namen bekommen hatte: Maurício.

Sanft wandte sie sich zu Pissy um.

»Maurício ist doch ein schöner Name?«

Die schluckte. »Ja. Wunderschön.«

Wieder schwieg sie, und unbeweglich reiste sie mit dem Fluß, der still und wie schlafend talab floß.

Aufs neue zerhämmerte das Ruder die Zeit. Tan. Tan. Tan. Tan...

»Seht, dort!«
Alle blickten in die Richtung, in die Kanaú zeigte. Winzige Lichter glühten im Dunkel.
»Ist noch weit weg. Ist das Dorf Btondirú, für die Weißen Fontoura. Auf dieser Seite steht das Haus von Antonio Gomes. Da wohnen mehrere Familien. Ist noch weit.«
Die Augen hingen wie verzaubert an den fernen Lichtern. Es war endlich etwas anderes, dies zu sehen und nicht nur die üblichen Sterne, die schwarzen Ufer mit den hohen Baumsilhouetten und das nichtssagende Weiß der vielen Strände. Mit der Zeit wuchsen die Lichter und wurden deutlicher.
Kanaú riet ihnen, sich im Boot niederzulassen und sich möglichst zuzudecken. Er wollte dicht bei den Weißen vorüberfahren, denn die Nacht war schon weit vorgeschritten, und zu dieser Zeit schliefen die Weißen. Die Lichter im Dorf deuteten auf den Beginn irgendeines Festes hin. Sein Indianerblut weckte freudige Erinnerungen in ihm. Wie hatte er das vergessen können? Die Carajás von Btondirú kündigten das große Maifest an. Das Fest von *Kotú reka.* Das Fest der großen Schildkröte. Da würden sie tanzen und *Kanansiu-ê* um Segen für ihre Fischzüge und um Fruchtbarkeit für ihr Land bitten. Wie schön wär's, nichts fürchten zu müssen, nicht auf der Flucht zu sein wie ein Verbrecher und beim Dorf mit dem Boot anzulegen! Wenn das möglich wäre, würde er jetzt den *aruanã* tanzen und seine Stimme zusammen mit den anderen Indianern erheben. Ein weiches Glücksgefühl regte sich in ihm. Aber er wollte jetzt nicht daran denken. Denn schließlich hatte er sich an diesem großen Raub beteiligt, um von seiner Bindung an das Indianertum loszukommen. Mit Geld könnte er Weißer sein. Und wenn er Heimweh bekäme? Iroá hatte ihm versichert, daß alle heimkehrten, die am Fluß geboren waren. Wenn er Heimweh bekäme, würde er eines Tages zurückkommen. Niemand würde etwas Nachteiliges über ihn wissen. Und selbst wenn man etwas erführe, so war es Gesetz, daß Indianer nicht verantwortlich gemacht wurden für

ihr Tun. Er würde nicht verhaftet werden, und bald wäre vergessen, was er getan hatte. Wenigstens dafür war das indianische Blut nütze, das ihm durch die Adern rann.
Die Lichter wurden immer größer in der Nacht. Die Lieder immer lauter. Der Fluß verbreiterte sich und teilte sich in einige Arme auf, Sandbänke stiegen aus den Fluten und durchbrachen die Wasseroberfläche. Wer hier nicht Bescheid wußte, konnte leicht mit dem Boot auf eine Sandbank auflaufen. Es war gefährlich, nachts den Fuß ins Wasser zu tauchen, denn gefleckte Rochen, Feuerrochen, buddelten sich gern an diesen Stellen ein.
Zum letzten Mal empfahl ihnen Kanaú, sich im Boot hinzulegen. Sá Lua schien nichts mehr zu begreifen. Pissy mußte sie mit freundlichen Worten in die Mitte des Bootes ziehen. Sie gehorchte wie eine Puppe.
Gesänge erfüllten die Nacht. Kanaú wußte, was sie bedeuteten. Er konnte sich seine Stimmung kaum erklären. Aber er spürte, wie der Gesang seinem Gemüt wohltat und wie er die Nachwirkung der überstandenen Gefahren abklingen ließ.
Die Rasseln wurden in rhythmischen Abständen geschüttelt, und Kanaú nahm den Geruch der Masken wahr. Den Geruch nach schweißfeuchtem Stroh.

»*Kanansiu-ê-é-ê-é-ê*
Kanansiu-ê-é-ê-é-ê...
Manakeri-ki.
Kalugí auire Kay...
Auire Kay...
Auire Kay...«

Die Carajás baten ihren Gott, er möge ihnen erscheinen. Es gebe süßen *kalugí* für ihn, Alkohol aus gegorenem Reis. Damit er der Erde Fruchtbarkeit schenke und dem Fluß... Im Geiste sang Kanaú die Worte mit. Wie schön das aus der Entfernung klang!
Er sah die Füße vor sich, wie sie im gleichen Augenblick auf-

stampften, sah, wie sich die großen Masken neigten und in den Bewegungen des Tanzes schwankten, sah die Ketten aus bunten Federn.

Er schloß die Augen und erblickte alles, nahm an allem teil. Kräftig umfaßte er den Rudergriff, um in die Wirklichkeit zurückzukehren. Allmählich ließ der naturhafte Rausch, der ihn gepackt hatte, nach. Das Wissen um die Gefahr stellte sich der Verzauberung entgegen.

Er konnte nicht rudern, sondern nur das Steuer halten, damit das Boot nicht in die Strömung geriet.

Die Umrisse der von den Weißen bewohnten Häuser zeichneten sich auf dem Uferhang ab. Geruch von Vieh und Stall lag jetzt in der Luft. Sie mußten ganz dicht an der Böschung der Weißen entlangfahren. Der Flußarm führte unmittelbar dort vorbei. Die Gesänge der Indianer und der Lärm ihrer Rasseln überlagerten jedes andere Geräusch.

Die Häuser von Fontoura wirkten im Dunkel sehr groß. Man konnte neben dem Haus von Antonio Gomes ein anderes erkennen, von dem nur noch Ruinen standen, die während jeder Regenzeit mehr einstürzten.

Die vielen Stromschnellen im Flußarm sprangen eilig bergab. Das Boot sauste mit großer Geschwindigkeit dahin. In diesem Augenblick ließ Kanaú das Ruder los und beugte sich nieder. Keine lebende Seele war zu sehen. Das Fahrzeug verlor die Richtung und kreiselte langsam.

Am Ufer heulte ein Hund auf. Dann bellte er ausdauernd.

Das Boot entfernte sich immer mehr. Eine Stimme fragte: »War das ein Boot, Raimundo?«

»Nein. Bloß ein großer Baumstamm, der vorbeikam und das Tier erschreckt hat...«

Kanaú lächelte. Wieder einmal hatte die nächtliche Dunkelheit ihnen aus der Patsche geholfen.

Er setzte sich auf und brachte das Boot wieder in die Gewalt und auf den richtigen Kurs.

Das Ufer rückte fern. Er erinnerte sich, daß diese Stelle des Flusses der Strömungen wegen eine der schwierigsten war.
»Ihr könnt euch schon wieder hinsetzen.«
Die anderen überwanden ihre Angst und richteten sich auf. Wieder vernahm Kanaú den Gesang und die Rasseln.

»Kanansiu-ê-é-é-é…
Manakeri-ki…«

Es kam eine weite Flußbiegung, und das Dorf Btondirú versank in der Nacht.
Kanaú tröstete die Gefährten: »Diese Gefahr liegt hinter uns.«
Kräftig ruderte er weiter. Ein Anflug von Hunger und Schläfrigkeit befiel ihn. Aber er ruderte fort. Er wußte, daß sie innerhalb einer Stunde oder wenig mehr gezwungen sein würden, anzuhalten. Bei erster Gelegenheit wollte er mit dem Boot an einem geschützten Strand oder hinter Wasserpflanzen landen.
Er war ruhiger geworden. Vielleicht wegen der glücklich überstandenen Gefahr oder weil sich die fortwährende innere Spannung durch die Musik gelöst hatte, deren er immer bedurfte.
Pissy war ganz in sich zusammengekrochen. Der Leutnant döste im Halbschlaf. Sein Kopf hing vornüber, schnellte aber immer wieder hoch, als beharre er darauf, Wächter seines Kummers und seiner Gewissensqual zu sein. Nur Sá Lua schlief nicht. Mit glanzlosem Blick starrte sie unermüdlich in die Nacht, als erwarte sie irgend etwas, das kommen müsse.
Kanaú ruderte noch lange Zeit. Seine Augen verlangten nach Schlaf. Angestrengt beobachtete er den Himmel. Die Sterne verschwammen ineinander und schienen den Glanz zu verlieren.
Er steuerte die Seite von Mato Grosso an, wo zwar die Strände kleiner waren, dafür aber die Klippen mehr Schutz boten. Er lächelte, denn eben fiel ihm etwas Erfreuliches ein: Innerhalb von zwei Tagen konnten sie den Tapirapés erreichen. Damit

ging das Ufer von Mato Grosso zu Ende. Nördlich des Tapirapés lag linker Hand der Staat Pará.
Kanaú überquerte den Araguaia, der hier sehr breit war. Seine Ufer lagen mehr als einen Kilometer voneinander entfernt. Und dieser ganze weite Wasserspiegel war durch viele Tausende von leuchtenden Sternenaugen mit dem Himmel verbunden.
Er erreichte den Strand. Wie viele Male würde er das noch tun müssen? Aber das schreckte ihn nicht. Für den Indianer werden die Tage von Einförmigkeit beherrscht. Zum Leben am Fluß gehört es, das Boot an einem Strand anzulegen und wieder loszumachen. Der Strand ist ebenso wichtig wie das Wasser, wie die Sonne und wie der Tanz.
Er suchte eine Stelle, an der er gut hinaufgleiten und landen konnte. Das Ruder streifte den Sand, und gleich würde das Vorderteil des Bootes das vertraute Knirschen auslösen. Er hielt an und gab das Steuerruder frei, und schon schob sich das Boot auf den weißen Sand.
Die anderen erwachten voller Schrecken.
»Es ist nichts! Bald wird es hell. Dann steht der Wind auf. Ist besser, wir bleiben in diesem Versteck.«
Er sprang ins Wasser und ging nach vorn, um das Boot festzumachen. Der Leutnant kam ihm zu Hilfe.
Kanaú zeigte auf ein kleines Wäldchen mit niedrigen Bäumen oben auf der Klippe.
»Wir wollen das Boot mit Grünzeug verdecken und den Tag über dort ausruhen.«
Der Leutnant war einverstanden und half Kanaú, Zweige abzuschneiden und zum Einbaum zu tragen.
Die Frauen hatten Decken und Matten ausgeladen und warteten, bis die Männer fertig waren, um hinaufzusteigen.
Sá Lua kam allen Anordnungen wie ein Automat nach. Es war einerlei, ob man schlief oder nicht.
Kanaú reckte sich, steckte das Messer in die Scheide und schob den Gürtel zurecht.

Die anderen gingen mit, als er die Böschung hinaufkletterte. Nachtvögel flogen, mit unsichtbaren Schwingen flatternd, davon.
Kanaú suchte einen Ort, von dem aus sie den Fluß und das versteckte Boot übersehen konnten.
Er säuberte eine Stelle und machte den anderen ein Zeichen, daß hier der geeignete Lagerplatz sei.
Er wickelte sich als erster in seine alte Decke. Der Moschusduft aus dem Wald und die Feuchtigkeit, die von dort kam, verbanden sich zu einem Geruch der lebendigen Natur – es erinnerte an den feinen Dunst des Regens, wenn er auf trockenes Erdreich fällt. Genüßlich sog er diesen letzten Balsam der sterbenden Nacht ein. Er sah zum Himmel auf, bevor er einschlief. Immer blickte er so zum Himmel. Und jedesmal erfuhr er die gleiche, seltsame Verzauberung. Noch herrschte die Nacht, aber bald würden auch die letzten Sterne schlafen gehen. Wie hoch der Himmel von hier aus war! Die Sterne durchlöcherten das Geäst der kleinen Bäume, um alles sehen zu können. Die unbewegten Bäume waren in Schweigen versunken. Kein Zweig regte sich. Er jedoch wußte, daß es bald zu Ende war mit der Ruhe, daß dann der *geral* die Äste wieder schütteln würde. Noch zwei, drei Tage würde das so weitergehen. Danach würde dann auch er ein Jahr lang ausruhen. Er schloß die Augen und sank in tiefen Schlaf.
Pissy hatte sich etwas abseits zusammengerollt. Der Leutnant saß an einen Stamm gelehnt. Sá Lua verließ den Platz. Sie wollte niemanden in der Nähe haben. Nicht einmal Pissy. Sie ging, um sich weiter weg hinzusetzen, und verlor sich in der Nacht, den Blick auf den Fluß gerichtet.
Dem Leutnant sank der Kopf auf die Brust. Erschöpfung und Aufregungen der letzten Nächte lasteten schwer auf jedem einzelnen.
Das Schweigen der Nacht gab ihnen ein Gefühl der Sicherheit und Ruhe.

Als der Morgen erwachte, stand der *geral* wieder auf, aber keiner von ihnen merkte es.

Er wurde von der Helligkeit geweckt, die auf seine Augen fiel. Der ganze Himmel war rot. Er lächelte. Noch nie hatte *Kanansiu-ê* einen schöneren Morgen erschaffen! Das war nicht die Sonne, es war der Rücken von *Kanansiu-ê,* der sich in den weißen Wolken badete! *Kanansiu-ê* hatte alle seine Aras mit den größten roten Flügeln fliegen lassen und bereitete sich auf den täglichen Jagdzug vor.
Er richtete die Augen auf den Fluß. Da überkam ihn ein seltsames Gefühl. Er betrachtete den Fluß, als müsse er Abschied nehmen. Aber es war kein Abschied, wie ihn jemand nimmt, der fortgeht, um zurückzukommen. Es war etwas Unwiderrufliches.
Er stützte den Körper auf die Ellbogen, um besser sehen zu können und einer erdrückenden Beängstigung Herr zu werden.
Der *geral* verfing sich wild in den Fransen seines glatten rötlichen Haares.
Er bemerkte, daß der Leutnant, überwältigt von Müdigkeit, umgesunken war.
Pissy lag noch genauso da, wie sie sich hingelegt hatte. Nur war jetzt die Decke über ihre Augen gezogen. Er wandte den Blick ab und suchte Sá Lua. Er schnellte hoch. Der Platz war leer, und die im Stich gelassene Decke hing an einer wilden Schlingpflanze. Kanaú schüttelte Pissy. Sie rollte sich auseinander wie eine Schlange. Ihre kleinen, schlafverklebten Augen blickten fragend, was denn geschehen sei.
»Die Frau ist verschwunden.«
Sie bemerkte die Decke und verzog den Mund zu einem anzüglichen Lächeln: »Vielleicht ist sie baden gegangen.«
»Kann sein. Aber ich muß das genau wissen.«
Er stieg die Klippe hinunter und ging am Strand entlang. Da war nichts. Nur der sehr lange, sehr schmale und sehr weiße Strand, der wie ausgefranst wirkte.

Der vom Wind aufgewühlte Fluß mochte ein großes Geheimnis verbergen.

Er kehrte zu den anderen zurück. Pissy hatte sich wieder zugedeckt und schlief weiter.

Etwas ärgerlich rief er sie. Sie setzte sich auf.

»Und nun?«

»Sie ist verschwunden. Wir müssen den Mann wecken.«

Er ging zum Leutnant und schüttelte ihn. Der erwachte schlaftrunken, die Augen voller Angst. Diese Augen, die auf immer neue Tragödien gefaßt zu sein schienen.

»Die Frau ist weg.«

Sie mußten es zweimal sagen, ehe er die Bedeutung des Satzes erfaßte.

Er erhob sich und schloß die Gürtelschnalle. Sein Mund stand offen, Speichel lief über die ausgetrockneten Lippen. Ohne ein einziges Wort begleitete er Kanaú und Pissy. Sie gingen den Abhang hinunter und ins Wasser, das noch warm war, obwohl die Sonne nicht schien. Sie durchwateten den kleinen Flußarm und betraten die Sandbank. Sie hatten sich nicht geirrt. Sá Luas Füße waren im Sand abgedrückt. Man konnte sehen, daß sie ein bißchen stehengeblieben war, um sich über die Richtung klarzuwerden, in die sie gehen sollte.

Sie folgten den Fußstapfen, die den Strand gegen den Hauptarm des Flusses zu überquerten. Niemand sagte etwas. Sie folgten nur den Tritten. Und die Tritte im Sand wiesen einer nach dem anderen in dieselbe Richtung. Bis sie ans Ufer kamen. Der Fluß war aufgewühlt vom *geral*, und die vordersten Spuren wurden schon ausgelöscht von den höher schlagenden Wellen. Schweigend blickten sie den Fluß an.

Der Leutnant murmelte düster: »War das beste so.«

Er drehte sich um und ging zum Lager zurück.

Pissy bückte sich und betrachtete die Fußabdrücke im Sand. Der letzte war vom linken Fuß. So ein kleiner Fuß. So wohlgebildet. Der Wind nahm zu und löschte die Fußspuren am Strand.

Er sagte nichts mehr. Er lehnte sich an denselben Baum, unter dem er den Rest der Nacht ausgeruht hatte, und stand da auf der Lauer mit jenem Blick eines Wahnsinnigen, der durch alles hindurchsieht. Seine Pupillen waren zwei finstere Flecken. Er nahm die Hand nicht von der Gürteltasche. Sein Ausdruck bekundete Feindseligkeit allem und jedem gegenüber. Für ihn war die Natur zu einem menschlichen Wesen geworden. Er haßte den Wind und hatte das Verlangen, mit dem Revolver nach ihm zu zielen und zu schießen, zu schießen ... Die Zweige der Bäume waren Arme, die ihm drohten. Die wirren Schlingpflanzen und Lianen wurden zu schwarzen Fingern, die in Schlamm und Blut wühlten. Alles verwandelte sich in Menschen. Menschen, die nach Rache dürsteten. Nur diese beiden dort waren Tiere. Waren Schweine. Dreckschweine, die ihn in irgendeinem Augenblick umbringen würden. Von jeher hatte er diesem Luder mißtraut. Wie freundschaftlich war sie von Sá Lua beschützt worden, und nun tat sie sich mit dem Indio gegen ihn zusammen. Die beiden wollten ihn ermorden. Sich des Diamanten bemächtigen und den Erlös untereinander teilen. Aber das sollte ihnen nicht gelingen.

Er sah, wie sich die zwei gegenseitig halfen. Schmutzig. Beide in Hockstellung. Er hielt den Spieß mit Fleisch, sie versorgte das Feuer.

Der Duft des sich bräunenden Fleisches erweckte keine Gelüste in ihm. Der bittere Geschmack, der in ihm hochstieg, verschlug ihm jeden Appetit. Er hatte keinen Hunger. Obwohl er den Gürtel jeden Tag enger schnallen mußte. Obwohl die Arme ihre Muskelkraft verloren und seine Haut einen dunkleren, stumpfen, kränklichen Ton bekommen hatte. Die verbrecherischen Hände wurden unverhältnismäßig groß, und jetzt, ja, jetzt wogen sie wie Blei. Sie waren so schwer, daß es ihm nicht einmal mehr gelang, den Atem des Kindes auf den groben Schwielen zu fühlen ...

Das Kind hatte sich in irgend etwas Trauriges verwandelt, das in

die Vergangenheit gehörte. Hatte es wirklich einmal existiert? Die Frau, die in den Fluß gegangen war, konnte ja gar nicht die seine gewesen sein. Unmöglich. Solche Vorstellungen wurden ihm zur Gewohnheit. Erschöpfung und Gram merzten die wahren Erinnerungen aus. Der Kopf schmerzte ihn nicht mehr. Manchmal neigte er zu der Annahme, nicht er, sondern ein anderer sei Zeuge des Massakers der Xavantes gewesen, dem Daniel zum Opfer gefallen war. Wer war eigentlich Daniel? Ein Reisegefährte von Anfang an oder jemand, der sich von irgendeinem Dorf aus hatte mitnehmen lassen?
Er senkte den Kopf und fühlte sich schwindlig. Die Augen brannten ihm, und ein ungewohntes Zittern befiel nach und nach alle seine Muskeln. Ihm war, als könne er von einem Augenblick zum nächsten von Betäubung befallen und unbeweglich werden. Auf dem Boden entdeckte er einen ausgetrockneten Käfer, der halb von Sand verschüttet war. Sein blanker Panzer glitzerte. Er streckte die Hand aus, um ihn aufzuheben, aber die Hand wollte nicht bis zu dem toten Tier hinlangen. Seine steifen Finger weigerten sich, es zu umschließen. Das Tier blieb unerreichbar und schimmerte weiter auf dem Boden.
Daraufhin hob er die Hände verzweifelt und unter größter Anstrengung bis zur Stirn und preßte sie schmerzhaft. Es schien, als erwärme sich sein Blut wieder, und die Augen hörten zu brennen auf. Er lockerte die Glieder und fühlte sich erleichtert, weil die Muskeln ihm wieder gehorchten.
Er hob den Kopf, und sein Blick fiel auf die beiden, die ihn beobachteten. Ein Funke von Haß blitzte in seinen dunklen Augen auf. Er sah, daß die Frau etwas zu Kanaú sagte. Er konnte es nicht verstehen, denn sie sprachen leise. Aber er brauchte es auch nicht zu hören, er erriet, was sie sagten. Sie verabredeten den richtigen Augenblick. Sie warteten darauf, daß er einmal nicht auf der Hut war, um dann über ihn herzufallen und ihn zu ermorden, um sich des Diamanten zu bemächtigen. Höllengeier!

Er wollte sich aufrecht hinstellen, war aber zu schwach und lehnte sich wieder zurück.
»Schau, Kanaú!«
»Ich seh's.«
»Ob er nicht was essen will? Er hat schon lange nichts mehr gegessen. Geht ein vor Hunger.«
»Wenn's nur der Hunger wär'! Er ist im Begriff überzuschnappen. Es fehlt nicht mehr viel, dann bringt er uns um.«
Kanaú stand auf.
»Wohin gehst du?«
»Ich will ihm ein Stück gebratenes Fleisch bringen. Vielleicht nimmt er's.«
Pissy ging mit Kanaú auf den Leutnant zu. Ihre Finger verkrampften sich und drückten auf die mageren Hüften. Als der Indianer herankam, zog der Leutnant den Revolver und wartete. Mit heiserer, tonloser Stimme fragte er: »Was willst du?«
Kanaú trat unerschrocken näher. Er streckte ihm die Hand mit dem Essen entgegen. »Sie haben sicher Hunger.«
Der Leutnant hob die linke Hand und schlug in einer Anwandlung von Raserei auf das Fleisch. Der Spieß löste sich aus Kanaús Hand, und alles fiel in den Sand.
Der Mestize kam nicht aus der Ruhe. Er sah das beschmutzte Fleisch an, bückte sich und nahm es auf. Er reinigte es mit den Fingern und sagte leise: »Es ist unser letztes Stück Fleisch.«
Er drehte dem Leutnant den Rücken und kehrte dahin zurück, woher er gekommen war.
Pissy beobachtete ihn forschend und fragte: »Was tun wir jetzt?«
»Ich weiß es nicht. Er ist vollkommen wahnsinnig.«
Kanaú hatte einen Einfall. Seine Augen erhellten sich.
»Was ist?«
»Weißt du was? Der Mann kann auf die Idee kommen, uns zu töten. Ich will mich vorsehen. Ich geh zum Boot und hol mein Gewehr.«

»Ich komm mit. Ich bleib hier nicht allein mit einem Verrückten.«
Die beiden gingen zum Strand. Sie redeten nicht. Der *geral* blies heftig. Pissy sagte niedergeschlagen: »Dieser Wind hört überhaupt nicht mehr auf!«
Sie wateten durchs Wasser und betraten den Strand.
Ein fürchterlicher Schrei veranlaßte sie, stehenzubleiben. Sie drehten sich um und sahen, daß der Leutnant ihnen folgte. Er ging eben ins Wasser.
»Halt, oder ich schieße!«
Kanaú meinte: »Besser, wir gehorchen.«
Der Leutnant torkelte auf sie zu. Blieb vor ihnen stehen und lächelte irre. Er schien völlig durchgedreht.
»Ich weiß, was ihr vorhabt. Ihr täuscht mich nicht. Ihr wollt zum Boot, euch die Waffen holen und mich ermorden. Aber das soll euch nicht gelingen. So werdet ihr mich nicht los!«
Schwankend ging er rückwärts weiter und sah dabei aus, als könne er jeden Augenblick umfallen, nur noch der Wahnsinn hielt ihn aufrecht. Mit dem Revolver zielte er auf die beiden. Er lachte, und die Runzeln in seinem Gesicht, die sich durch das Abmagern und die Sonnenbestrahlung vertieft hatten, wurden groß wie Notenlinien unter einer Lupe. Während er das Boot umkreiste, sah er sie unverwandt an und schrie:
»So! Das habt ihr wohl nicht erwartet, was?«
Mit der freien Hand räumte er das schützende Laubwerk fort und dann das Gepäck, bis er zu den Waffen kam.
Kanaú sah, wie er auch seine Zweiundzwanziger ergriff. Aber er konnte nichts tun.
Der Leutnant hatte alles zusammengerafft, umfaßte die Waffen mit dem linken Arm und drückte sie gegen die Brust.
Deutlich erkannte Kanaú den gelblichen Nußbaumholzgriff seiner Zweiundzwanziger dazwischen. Trotzdem rührte er sich nicht. Der Mann war verrückt und würde schießen. Nur sich selber konnte er einen Vorwurf nicht ersparen: Warum hatte er sein

Gewehr im Boot gelassen? Es war auch sonst immer dageblieben. An so etwas hatte er nie gedacht.
Der Leutnant schwankte jetzt noch heftiger. Das Gewicht der Waffen war für seinen geschwächten Körper zu viel. Er überquerte den Strand und warf das ganze Bündel in die tiefe Strömung des Flusses. Als er zurückkehrte, lachte er noch stärker, noch wahnwitziger. »Einverstanden? Na schön. Jetzt bin nur ich allein bewaffnet. Denn ich will nicht mal dies . . .« Er beugte sich über das Boot und nahm Kanaús Bogen und Pfeile: »Nicht mal dies übriglassen. Wir haben die Rollen getauscht. Ihr zwei seid in meiner Hand.«
Er packte den Beutel mit der Munition und ließ ihn den Waffen folgen. Auch Bogen und Pfeile schwammen mit der Strömung davon.
Pissy sagte nichts, aber sie wußte, was Kanaú überlegte. Sie hatten das letzte Stück Fleisch gegessen. Sie hatten keine Waffen mehr, sich zu verteidigen. Er konnte nicht einmal mehr mit Pfeil und Bogen Fische schießen. Zu allem Fluch, der schon auf diesem Boot lag, drohte jetzt eine weitere Geißel: der Hunger.
Immer noch lächelnd, blieb der Leutnant vor ihnen stehen. Er betastete seine Patronentasche.
»Das einzige, was wir jetzt noch haben, ist dies. Viele Kugeln und bloß einen Revolver. Aber der gehört mir. Kommt mir nicht nah, sonst schieß ich euch tot.«
Er ging über den Strand und kletterte die Böschung hinauf.
»Seine Augen!« rief Pissy. »Seine Augen! So was hab ich noch nicht gesehn!« Sie packte Kanaú am Arm. »Ich hab eine Idee, Kanaú. Warum nehmen wir nicht das Boot und fahren den Fluß runter? Dieser Mann ist wahnsinnig und wird uns umbringen. Laß ihn hier. Die Tiere geben ihm den Rest.«
Kanaú sagte nichts. Er ging zum Boot, aber er hatte einen anderen Plan.
»Das können wir nicht tun, Pissy. Der macht's nicht mehr lange.«

Er legte die Sachen hinein und bedeckte es wieder mit dem Laubwerk. Der Verlust des neuen Gewehres schmerzte ihn sehr. Wie war er von allen, die es gesehen hatten, beneidet worden! Und welche Schwierigkeiten hatte er als Indianer gehabt, es in der Stadt zu kaufen. Es gab keine bessere Waffe für die Flußjagd.

Endlich war er mit dem Boot fertig.

»Willst du wieder in seine Nähe gehen?«

»Ja, wir müssen bei ihm bleiben. Uns nichts entgehen lassen, was er anstellt. Es ist die einzige Rettung für uns.«

Sie wateten durch das Wasser und stiegen langsam den Hang hinauf.

»Und wenn er uns auflauert und schießt?«

»Wir müssen es wagen. Vielleicht fühlt er sich jetzt sicher und hat sich wieder unter den Baum gesetzt... Wenn der richtige Augenblick gekommen ist...«

»Wirst du es tun?«

»Natürlich. Entweder sein Leben oder unseres...«

Die Krallen der Wildnis

Kanaú hatte richtig überlegt. Der Leutnant war wieder zum selben Baumstamm zurückgekehrt. Er saß mit dem Rücken zur Wildnis, aber seine irren Augen waren auf sie gerichtet. Zeitweilig blickten sie so starr, als seien sie aus Glas. Kanaú und Pissy konnten nichts tun, als eine Gelegenheit abwarten. Der Wind wollte sich nicht legen, und die starke Sonne schläferte sie ein. Pissy gähnte in einem fort, mühte sich aber, nicht einzuschlafen. Dennoch verschwanden ihre kleinen Augen beinahe unter den Lidern. Ein Durcheinander von absonderlichen Geräuschen und fremdartigen Dingen erfüllte ihre Gedanken. Sekundenlang sah sie sich mitten in Landschaften und zwischen Gegenständen versetzt, die ihr unbekannt waren und von deren Existenz sie nie etwas geahnt hatte. Eine schwebende, lautlose Welt glitt an ihr vorüber. Sie öffnete die Augen, und alles verflüchtigte sich. Sie wollte nicht einschlafen. Aber ihr Körper versagte den Gehorsam. Wie gern wäre sie eben jetzt gestorben. Das Leben war so schwerelos geworden, so unbewußt, so unwichtig. Jetzt sterben würde ihr gar nichts ausmachen; es wäre ein Hinübergleiten vom Schlaf in eine tiefere Dunkelheit, ohne daß sie es fühlte.

Sie machte die Augen auf. Wehrte sich. Gähnte. Versuchte, den Körper aufzurichten. Aber der laue Wind, die Hitze, die aus den Tiefen der Erde stieg, das geheimnisvolle Rauschen der Wildnis, sie machten ihre Anstrengungen zunichte. Immer mehr sank sie in sich zusammen. Es schien ihr, als dringe sie in die Erde hinein wie die Wurzel eines großen Kastanienbaums. Und ihr Schlaf war sanft wie die feuchte, dunkle Erde. Aus weiter Ferne hörte sie Kanaús Stimme:

»Schlaf ein wenig! Ich paß schon auf.«
Sie wollte noch dankbar lächeln, es gelang ihr aber nicht mehr. Kanaús Gestalt, seine nackte, bronzefarbene Brust ging unter in dem großen Dunkel, das alles umfaßte. Sie sank in einen tiefen Schlaf der Erschöpfung.
Auch Kanaú legte sich hin, gab dabei aber auf den Mann acht. Die Augen des Wahnsinnigen wirkten riesenhaft in dem mageren, zerklüfteten Gesicht und wurden noch drohender durch die Umrahmung, die der schwarze Bart und die buschigen Augenbrauen bildeten. Sobald er einschlafen würde, wollte er sich vom Wald aus heranschleichen und ihn entwaffnen. Er mußte nur die Nacht abwarten. Die alles verhüllende Nacht...
Er rührte sich nicht aus seiner Stellung; auch er hatte sich des lauen Windes zu erwehren und eines dringenden Bedürfnisses nach Schlaf, das ihn immer wieder in Versuchung führte. Sobald er aber einschlief, war alles verloren. Hatte er bis hierher durchgehalten, warum mußte er dann jetzt schlafen, da alles dabei war, sich von allein zu lösen. Er dachte an den Diamanten und lächelte. Viel Geld. Geld, das ihm allein gehören würde. Er blickte auf die schlafende Frau, die schwach war und häßlich. Die? Mit der größten Leichtigkeit würde er sich ihrer entledigen. Gefährlich war einzig die Schlucht des Tapirapés. Sie waren nur noch eine Tagereise oder wenig mehr von dem Engpaß des Flusses entfernt. Er gab sich keiner Täuschung darüber hin, daß alle Anwohner, sowohl die vom Indianerschutzdienst als auch die Carajás, die in der Hut des Schutzdienstes lebten, wie die Tapirapés-Indianer, die sich aus Furcht vor den Caiapós in der Nähe hielten, verständigt worden waren. Er wußte, daß sie alle auf der Lauer lagen. Ein solcher Diamant hatte großen Wert. Er brauchte nur an ihn zu denken, den Diamanten, dann erhellte ein Lächeln sein Gesicht. Der Diamant war dort, weniger als zehn Schritt entfernt, und drückte in der Nierengegend auf den Rücken eines Irrsinnigen. Aber er konnte nichts tun. Mehr als eine Million Cruzeiros steckten da ungenutzt, ihm nicht

zugänglich. Aber er war vollkommen sicher, daß seine Finger das Kleinod betasten, daß er es besitzen würde. Er drückte die Finger zusammen, um sich seine Gedanken zu bestätigen. Die ganze Kette blutiger Geschehnisse hatte sich zu seinen Gunsten entwickelt. Der Diamant kreiste in einem Strudel von Blut, einem Wirbel von Verbrechen, von Gier. Aber bis jetzt war es nur Blut, das Weiße vergossen hatten. Er war wie ein Bote der Rache. Die Weißen verströmten ihr Blut, damit er, Kanaú, sich von seinem indianischen Blut befreien konnte. Das Geld sollte ihm helfen, kein Indianer mehr zu sein. Erst würde er in einer der Hauptstädte des Nordens leben, in São Luís oder Teresina. Dort gab es viele *caboclos.* Nachdem er mehr Erfahrung gesammelt hätte, würde er in eine größere Stadt ziehen. Jetzt überfielen ihn Zweifel. Ob man es nicht herausfände? Nicht merkte, daß er Indianer war? Sein Gesicht verriet ihn doch immer. Er verbannte diese quälende Überlegung. Bis dahin würde er schon eine Lösung finden.

Der Arm war ihm eingeschlafen, und er rieb ihn, um das Blut wieder in Bewegung zu bringen.

Weniger als ein Monat und schien doch wie ein Jahrhundert. Er hatte alles erreicht. Fast alles. Das Schicksal hatte sich so gefügt, als wolle es alle seine Wünsche erfüllen. Erst die Belohnung von Camura. Dann das Größere: der Anteil am Gewinn. Daraufhin hatte er Camura beseitigt. Es reute ihn nicht. Es bestand auch keine Gefahr, daß man das Verbrechen entdeckte. Camura war tot, ganz tot. Mit versiegelten Lippen von der Erde verschlungen. Er allein hätte ihn verklagen können. Doch die Erde war stumm. Valentin würde beim Himmel schwören, Camura habe sich zu Tode gesoffen. Der Bericht darüber mußte schon bei den Behörden vorliegen. Danach kam Daniel. Das einzige Üble, was er dem Unglücklichen angetan hatte, war das Anzünden der Grasebene, aber da war er ja schon tot gewesen, völlig tot, und hatte nichts mehr gespürt. Dann das Kind: So ein hübsches Kind! Dann hatte Sá Lua kein Interesse mehr am Diamanten gehabt und nur den Tod gesucht, die Abkehr von irdischen Gütern. Jetzt…

Der Leutnant sah unentwegt auf die beiden.

Jetzt fehlte nur der noch. Und dann?

Er sah sich die Frau an, das Stück Mensch, das Pissy hieß. Der Zauber des Dämons *Lateni,* des Tiergottes des Bösen, setzte sein Werk unablässig fort. Diesen Lumpensack da brauchte er nicht zu töten. Aber *Lateni* zischelte in seine Ohren: Warum denn mit ihr teilen? Was darf ein solches Geschöpf vom Leben erwarten? Was soll die mit dem Geld anfangen? Er erinnerte sich ihrer Zukunftspläne. Eine Kneipe aufmachen, hatte sie gesagt, oder so was Ähnliches. Er lachte verächtlich. Der Erlös dieses Diamanten konnte doch nicht für eine Kneipe oder einen Grünkramladen verwendet werden! Die Frau war närrisch…

Er änderte seine Haltung. Stützte das Kinn auf den anderen Arm. Dem Leutnant entging keine seiner Bewegungen.

Er tat, als beachte er ihn nicht. Mit dem Wind kam ein Geräusch vom Fluß.

Er stutzte und weckte Pissy.

Sie sah ihn fragend an.

»Gehn wir hin.«

Sie standen auf und liefen bis zum Abhang. Dort legten sie sich, zwischen Buschwerk versteckt, auf den Boden.

»Das sind sie.«

»Sie? Wer?«

»Die Polizei. Camuras Polizisten.«

Er meinte die Stimme des Kommissars zu hören, wie er erzählt hatte, er hätte nur um einen großen Kahn mit zehn bewaffneten Männern gebeten…

»Camura hat es mir angekündigt. Es sind zehn.«

Das Fahrzeug entfernte sich.

»Und wenn wir Zeichen machten?«

»Würden sie kommen und uns alle drei töten. Weißt du nicht,

daß das Gesetz des *garimpo* jeden Edelsteinraub im Lager mit dem Tod bestraft?«
»Aber wenn wir sagen, wir wissen von nichts?«
»Was nützt das? Das glauben sie doch nicht...«
»Das stimmt.«
Sie beobachteten, wie das Schiff auf dem bewegten Fluß kleiner und kleiner wurde.
»Kanaú, was sollen wir tun?«
Er schaute sie fragend an.
»Das Fleisch ist zu Ende. Wir haben nur noch ein bißchen Mehl. Auch vom Kaffee und vom Rohzucker ist kaum mehr was da... Was kann man machen?«
»Ich hab mir das schon überlegt. Aber du mußt mir helfen.«
»Was hast du vor?«
»Weißt du, wo wir hier sind?«
»Ja. Wir sind an Fontoura vorbei und müssen ungefähr zwei Meilen von Mato Verde sein, nicht?«
»Richtig. Mato Verde ist ziemlich groß. Fast wie São Félix. Da kann man nicht halten, um was zu kaufen. Aber es gibt was anderes, was wir tun können, um uns zu helfen. In Mato Verde liegt das Carajá-Dorf Créran-Auá. Auch da können wir nicht anlegen, denn die Carajás wissen Bescheid und liefern uns für Geld aus. Besonders mich, denn mich mögen die Inans nicht, weil ich für sie ein Weißer bin und die Kreise unter den Augen nicht habe...«
»Und wie willst du's dann machen?«
»Da kannst nur du helfen, Pissy. Wir dürfen den Leutnant nicht aus den Augen verlieren. Du bleibst hier, und ich sorge für Essen.«
»Aber in Mato Verde? So weit weg?«
»Nein. Nicht da. Ich kenne den Fluß gut und die Leute, die da leben. Drei Kilometer von hier, wenn man durch den Wald geht, liegt ein Carajá-Friedhof. Da gibt's Essen, denn die Carajás bringen den Toten immer Nahrung. Bananen finde ich bestimmt und vielleicht auch Melonen.«

»Die willst du holen?«
»Wenn du auf den Leutnant aufpaßt.«
»Und falls nun die Männer von dem Schiff wegen des Gegenwindes in der Nähe an Land gehen?«
»Ich fahr nicht mit dem Boot. Es wäre leichter, aber im Wald bin ich besser geschützt. Du gehst in die Nähe des Leutnants zurück und legst dich hin, als ob nichts geschehen wäre. Wir müssen das schon wagen, wenn wir nicht verhungern wollen. Ich bin noch vor Dunkelheit zurück.«
»Hast du keine Angst, unbewaffnet zu gehen?«
»Ich hab das Messer. Ich schneide mir einen Speer aus hartem Holz.«
»Dann geh rasch, und halt dich nicht auf...«
Pissy kehrte zum Leutnant zurück und legte sich zusammengerollt nieder.
Eine Meile durch den Wald gehen machte Kanaú nichts aus. Vor allem, weil er sich gut auskannte. Manchmal wurde der Baumbestand spärlich, und er mußte durch große, seichte Seen waten, die von der Überschwemmung des Flusses herrührten und mit dem Fallen des Wassers austrockneten. Hier war der Graswuchs grün und wogend. Der Fluß stand noch hoch. Innerhalb weniger Tage würde die Sonne das letzte Wasser aufgesogen haben, dann war es mit dem See vorbei, und die Grasebene verwandelte sich in ein gelbes Meer. Es sah hübsch aus, wie der Wind die Halme zu Wellen formte. In diesem atmenden Grün verbarg sich keine Tragödie. Da war nichts, was an die dürren Felder erinnerte, die in der Nacht von Daniels Tod verbrannten. Diese Wildnis lebte im Frieden ihrer Einsamkeit. Ein einzelner Reiher, der das Herannahen des Menschen witterte, flog davon. Auch eine Schar Wildenten machte sich erschrocken auf die Flucht. Der See wurde ganz flach, und Kanaú kam wieder in einen Wald. Zwischen den Bäumen konnte er den übersonnten, vom Wind aufgewühlten Araguaia sehen.
Das Ufer bildete eine Erhebung. Einen kleinen Berg, wenig

höher als eine Klippe. Er ging weiter, ohne sich vom Fluß zu entfernen oder tiefer in die Wildnis einzudringen.

Er benutzte einen Pfad, der bei jedem Schritt breiter wurde. Dabei kam er immer mehr nach oben. Von der Bergkuppe aus überblickte er den Fluß und konnte feststellen, ob jemand dort war. Nichts. Niemand. Es herrschte Schweigen. Sogar der Wind besang das Schweigen.

Ein Gefühl der Ehrfurcht befiel ihn, als er sich dem Ort näherte, den er hatte aufsuchen wollen. Eine Lichtung öffnete sich im Wald. Umgehauene, ausgetrocknete Bäume lagen ringsum, und dazwischen war das Erdreich sauber gejätet. Es sah aus, als habe hier jemand vor langer Zeit eine Rodung angelegt. Und schließlich war es ja auch eine solche: ein Acker der Toten.

Wie gut er das alles kannte! Jetzt fühlte er sich wieder ganz als Indianer. Hier beerdigten die Carajás ihre Toten. Der Platz machte einen verlassenen Eindruck. Er trat behutsam auf, denn jeder Fleck war geheiligt. Es rührte ihn, alles so wiederzusehen, wie er es erwartet hatte. Vor vielen Jahren war er einmal hier gewesen. Jetzt kam er wieder, und nichts war verändert. Das Hochwasser hatte den Schutzwall zerstört und einige flache Tongefäße bloßgelegt, wie sie die Inans zur Bestattung ihrer Toten benutzten. Aus manchen sehr alten, zerbrochenen Krügen war weißes Gebein auf die Erde gefallen.

Ehrerbietig ging er weiter. Er wußte, daß er die Stätte entweihte; die Angst vor bösem Zauber regte sich stärker in ihm. Er schwor und bewegte dabei die Lippen, nur Hunger habe ihn dazu getrieben. Er betete für die Seelen, die umherirrten, für die, die auf dem Grunde des Flusses schliefen, und für die, die auf den Sternen wohnten und sich in die tausend Augen der Nacht verwandelten, und er versprach, es werde dies das erste und letzte Mal sein ...

Die große Stille steigerte seine Angst und seinen Aberglauben.

Er untersuchte sorgfältig den Boden und entdeckte frische Spu-

ren. Kein Zweifel, hier war noch gestern jemand gewesen. Er schaute sich um, voller Angst, er könne beobachtet werden. Er ging rings um den Platz, aber da waren nur Schlingpflanzen, die im Wind schaukelten. Er erschauerte, denn er glaubte, die Seelen der Abgestorbenen bewegten die Lianen.
Er wandte sich der Mitte des Friedhofs zu. Nichts als Verlassenheit. Wie stumm doch der Tod machte! Und so viele von denen, deren Reste als ein paar weiße Knochen hier lagen, hatten während mancher mondhellen Nacht den *aruanã* getanzt.
Er gab seinen Gedanken eine andere Richtung. Verweilen durfte er hier nicht, denn Pissy war der Willkür des irren Leutnants ausgeliefert. Er fürchtete, der Mann könne sich infolge einer Wahnvorstellung mitsamt dem Diamanten in den Fluß stürzen, und dann wäre der ganze Aufwand umsonst.
Er raffte sich zusammen und lief zwischen den abgeplatteten Tonkrügen entlang. Er fand, was er brauchte. Die Erde war umgewühlt und hob sich farblich von der Umgebung ab. Hier war jemand beerdigt worden. Er erinnerte sich, daß Pissy ihm von der alten Indianerin erzählt hatte, die nicht im Dorf sterben wollte. Er näherte sich dem Grab. Ein Gefäß mit *kalugí* stand darauf, zwei Büschel reife Bananen lagen da und eine große Melone. All das hatte der Gefährte ihr hiergelassen, damit die Seele der Frau sich auf ihrer Reise verköstigen könne.
Mit zitternden Händen nahm er die Bananen und die Melone. Zerknirscht betrachtete er die lockere Erde. Am liebsten hätte er zu der Toten gesagt: Es tut mir leid, dir die Nahrung für deine große Reise zu stehlen. Aber du warst alt und brauchst nicht mehr viel, dich zu ernähren. Wir sind zwei und haben keine Waffen, um zu jagen.
Langsam zog er sich von dem Ort zurück. Er schaute sich um. Niemand beobachtete ihn. Nur die Lianen schaukelten lautlos. Es wäre alles andere als angenehm, wenn man ihn dabei ertappte, wie er die Speise der Toten stahl...
Er nahm denselben Weg zurück, den er gekommen war. Dies-

mal ging es schneller. Sogar der See schien kleiner geworden zu sein.
Der Abend begann mit seinem Farbenspiel. Wolken von Sittichen stoben über den Himmel. Die Papageien mit ihrem unverständlichen Kauderwelsch suchten die Babaçupalmen auf, um dort zu schlafen. Rosa Reiher flogen zum Fluß. Ihr Gefieder leuchtete im Abendrot farbig auf. Und der Wind heulte, als singe er Sterbelieder.
Kanaú durchwatete den See und betrat den Wald.
Mit dem Boot hätte ihn der Rückweg mehr Zeit gekostet, so gern und mühelos er auch ruderte.
Schon kam er dem Ort näher, an dem er Pissy und den Leutnant zurückgelassen hatte. Da hallte ein Schuß durch den Wald. Ein wilder Schrei antwortete dem Echo.
Lauschend blieb Kanaú stehen. Er wollte abwarten, ob der Schütze noch einmal feuerte. Aber es kam nichts mehr. Nur Stille trug der Wind heran. Hier gab es keinen Zweifel. Es konnte nur der Leutnant gewesen sein. Er rannte. Sicher würde er Pissy mit zerschmettertem Kopf vorfinden oder in einem Strom von Blut, der ihrer Brust entquoll. Er bedauerte es, die Frau mit einem Verrückten allein gelassen zu haben, der einen Revolver trug.

Ihre Augen waren vor Entsetzen geweitet. Sie brannten wie Kohle, die das Grauen entzündet hatte.
Sie versuchte, sich zu bezwingen und ihre dünnen Arme wieder unter Kontrolle zu bekommen, die vor Angst schlotterten. Sie holte tief Atem, und das Herzklopfen, das ihr fast die Rippen gesprengt hatte, ließ nach.
Sie konnte den Blick nicht von dem Bild wenden, das sie vor sich sah. Der Leutnant röchelte noch. Blut lief auf den Boden und durchtränkte den Sand. Weißliche Hirnmasse war dort verspritzt. Der Schuß war durch den Mund gegangen und hatte den Hinterkopf aufgerissen.

Der Mann lag auf dem Bauch und bewegte sich noch ein wenig. Dann wurden die Arme steif. Einen kurzen Augenblick zuckten die Beine, dann war alles vorbei.
Pissy war noch keiner Bewegung fähig. Sie schien in eine Wurzel verwandelt zu sein, die in der Erde festsaß. Was sie vor sich sah, war der tote Mann. Der Mann, der sich ihr genähert, der Revolver, der in der Sonne geblinkt hatte; die Augen zwei flackernde schwarze Höhlen. Sie war bis zur Uferböschung gelaufen. Er immer hinterher. Torkelnd. Schaum vor dem Mund. Ihre Kräfte hatten nachgelassen, die Beine den Dienst versagt, und sie hatte sich auf die Erde gesetzt, stumm vor Angst, und nur den Revolver gesehen, der immer größer wurde, immer näher rückte. Und Kanaú, der jeden Augenblick zurück sein mußte, kam und kam nicht. Die Zeit war vergangen, und nichts existierte als der schußbereite Revolver sechs Handbreit vor ihrem Gesicht. Hinter dem Revolver der Mann, der sabberte und zu lächeln begann. Verrückt, völlig verrückt.
Dann war etwas Sonderbares geschehen. Seine schwarzen Augen hatten sich von ihr gelöst und richteten sich auf den Fluß. Sein Lächeln war erstorben, und er hatte mehrmals geschluckt. Sie war seinem Blick gefolgt, hatte aber nichts erkennen können. Nur den schwindenden Tag und den Wind, der sich auf dem Fluß breitmachte. Der Leutnant hatte sich an die Kehle gegriffen und mit heiserer, erstickter Stimme gesagt:
»Er! Er hat mich gerufen. Der Feuermann. Wir sind alle verhext. Das war dieser verfluchte Indianer!«
Wieder hatte er sie angesehen. Mit höhnischem Lächeln.
»Du und er! Meint ihr, ihr könnt mich töten? Das soll euch nicht gelingen!«
Darauf ein Beben, und sie hatte gedacht, er werde in Ohnmacht fallen. Aber mit einer unvorhergesehenen Bewegung hatte er die Waffe zum Mund gehoben und abgefeuert.
Eine Sekunde war er wie unentschieden stehen geblieben, hatte

dann einen Schritt getan, sie dabei gestreift, und war schließlich vorwärts zu Boden gestürzt.
Da lag er nun. Ein roter Faden lief ihm aus dem Mund. Nach und nach sog sich der Sand voll mit Blut.
Der Schuß hallte immer noch grausig in ihren Ohren, und die Stimme des Selbstmörders rief: Du und er! Du und er! ...
Mit äußerster Anstrengung gelang es ihr aufzustehen, und jetzt beruhigten sich ihre Nerven. Ein Gefühl der Erleichterung stellte sich ihrer Angst entgegen. Drei Stunden lang hatte sie diese Anspannung durchgehalten, als sei ihr klargewesen, was geschehen mußte. Alles war zu Ende und der Mann tot. Die Toten tun nichts Böses mehr.
Sie ordnete ihre Gedanken. Blickte sich um. Gott allein, falls es ihn gab, hatte dies alles mit angesehen. Kanaú war nicht zurückgekommen. Sie riß sich zusammen und kniete bei dem Mann nieder. Ihre Hände zitterten, als sie sich über ihn beugte. Die Finger des Toten waren noch warm. Sie konnte sie ohne Schwierigkeit öffnen und den Revolver an sich nehmen. Der Griff war feucht von Schweiß. Sie wischte ihn am Rock ab. Einen Augenblick setzte sie sich hin, um sich mit neuem Mut zu wappnen. Der Körper des Mannes war nicht schwer. Vorsichtig drehte sie ihn um, um sich nicht mit Blut zu besudeln. Jetzt genoß sie ein Gefühl der Sicherheit. Alle Angst war verschwunden, und es kostete sie keine Überwindung, diesen Mann anzurühren. Es machte ihr nichts aus, mit den Händen über ihn hinzutasten. Solange er lebte, hatte sie sich ihm nie genähert. Sie haßte ihn. Der Tote jedoch erregte in ihr keine Furcht, nur Verachtung. Als er lebte, war er ein Feigling gewesen, der seine Machtstellung mißbraucht hatte. Der Tote wurde für sie, nachdem der Schrecken verflogen war, zu einem Stück Nichts.
Sie schnallte die Gürteltasche ab und zog daran. Auch das Leder war auf der Innenseite feucht verschwitzt. Die Gürteltasche roch unangenehm wie der Körper des Mannes, der einen scharfen,

sauren Geruch nach angesammeltem Schweiß und Schmutz ausströmte.
Als sie den Gürtel hatte, setzte sie sich zwei Meter hinter der Leiche nieder.
Es war eine andere Art Aufregung, die jetzt ihre Finger erzittern ließ. Ihr Herz schlug heftig. Sie öffnete die Gürteltasche. Noch stärker wurde ihr Herzklopfen. Sie griff hinein. Fühlte, was sie suchte. Zögerte etwas und ließ den Diamanten drin. Sie wollte sehen, was sonst in der Tasche war, ehe sie den Diamanten betrachtete. Eine Handvoll Geld kam zum Vorschein. Geld! Und das gehörte ihr! Alles würde jetzt ihr gehören! Sie brauchte die Scheine nicht zu zählen. Es waren viele, und wenn sie erst über den Tapirapés hinaus waren, konnten sie sich Essen, Kleidung und – sie lächelte – sogar ein Stück Seife kaufen.
Sie warf das Geld in ihren Schoß. Die Finger griffen aufs neue in die Tasche. Sie zog den Diamanten heraus. Ganz langsam, als ob er überaus schwer wäre. Das Herz schlug ihr bis zum Hals. Sie legte ihn auf die Handfläche. Die Abendsonne brach in funkelnden Blitzen aus dem Stein. Ihr war, als halte sie die Sonne selbst in ihrer Hand. Und dabei war der Stein noch nicht einmal bearbeitet, geschliffen.
Ohne den Blick von dem Kleinod zu wenden, fiel sie auf die Knie. Dabei rutschten die Geldscheine vom Rock auf den Boden, und der Wind jagte sie in alle Richtungen.
Pissy fühlte, wie sich zum erstenmal nach vielen Jahren ihre Augen mit Tränen füllten. Sie küßte den Diamanten, drückte ihn ans Herz, hielt ihn an ihr Gesicht. Durch ihn tat sich für sie das Leben auf. Der Weg zum Leben. Der Diamant war die Sonne, er lebte, er regte sich. Während sie ihn zwischen ihren kralligen Fingern hielt, kam es ihr nicht verwunderlich vor, daß seinetwegen so viele Menschen den Tod gefunden hatten. Aber für sie war er das Leben. Das volle Leben! Jetzt würde sie jemand sein. Würde frei atmen können, sich kleiden und leben. Anständig leben.

Sie setzte sich vorsichtig hin. Innerlich jubelte sie vor Glück. Was gingen sie Daniel, Sá Lua, das Kind und der Leutnant an? Alle tot. Sie aber lebte und atmete. Die anderen waren tot, nur tot. Sie, die Herrin des Schatzes, durfte atmen, sich des Daseins erfreuen, leben! Die Toten waren ihr gleichgültig. Nicht einmal in dankbarer Erinnerung wollte sie sie behalten. Sie hatten ihr ja dieses Erbe nicht aus Freundschaft hinterlassen, sondern nur, weil sie aufgehört hatten, zu existieren. Die Zukunft lag dicht vor ihr und war wie ein einziger Hoffnungsschimmer. Sie würde dafür kämpfen. Es war ihr, als habe ihr der Diamant von jeher gehört. Sie wollte kämpfen, mit allen Kräften kämpfen, damit er ganz ihrer blieb.
Sie beruhigte sich und betrachtete zuversichtlicher als je die hundert unberührten Facetten des Diamanten. Sie umschloß ihn mit den Fingern, eifersüchtig auf die Sonne und furchtsam, öffnete die Gürteltasche und legte den Stein ehrfurchtsvoll hinein. Dann kroch sie auf den Knien herum, die verstreuten Geldscheine wieder einzusammeln. Viel Geld! Und das war noch wenig demgegenüber, was der Diamant ihr einbringen würde. Bisher hatte sie nicht so gedacht. Nie so ganz geglaubt, ihren Anteil wirklich in die Hände zu bekommen, wenn der Gewinn in Belém geteilt würde. Als sie jetzt die Scheine hielt, fühlte sie sich von Gier gepackt. Das alles war noch zu wenig. Sie wollte mehr. Sie wollte ihr Geld gut anlegen. Sie würde für immer reich sein. Niemals hatten sich ihre Hände so zärtlich bewegt wie jetzt, wo sie kniend die Scheine aufnahm. Kniend vor dem Blut der Armen, dem Blut der ganzen verfaulten Menschheit. Sie tat alles auf einen Haufen und steckte es wieder dahin, wo es immer gewesen war. Sie legte die verschwitzte Gürteltasche um und schnallte den Gürtel ins letzte Loch. Sie fühlte nicht den mindesten Widerwillen, als sie sich damit umschnürte und den schweißgetränkten, stinkenden Gürtel am Leib fühlte.
Sie lud den Revolver wieder und steckte die Waffe in ihren

Behälter. Jetzt war sie sicher. Sie setzte sich unter einen Baum und wartete auf Kanaú.

Ruhig berichtete sie über den Verlauf der Dinge, und der Indianer starrte sie verblüfft an. Diese Frau schien keine Nerven zu haben. Sie verbarg vor ihm die Furcht, die sie empfunden hatte, und einen Rest von Erregung, der sichtbar hätte werden können, während sie erzählte.
»Ich dachte, er würde auf mich zielen.«
Kanaú betrachtete den Körper des Toten.
»Das war die Hexerei!«
Kanaú erbebte.
»Er sagte: Du und er! Du und er!«
Sie schwieg und beobachtete Kanaú, der sich ziemlich bedrückt setzte. Sie merkte, daß der Mestize Angst hatte. Aber sie traute ihm nicht. Der Diamant, den sie am Rücken spürte, warnte sie. Vielleicht stellte Kanaú sich furchtsam, um ihr Vertrauen einzuflößen. Der Diamant flüsterte ihr ins Ohr: Hast du schon vergessen? Dieser Indianer ist hinterlistig! Du weißt es doch!
Ein paar Minuten lang sagte Kanaú nichts. Wie gebannt sah er auf den toten Mann. Die letzten Fliegen des Abends umschwirrten ihn und versuchten, ihm in den Mund zu kriechen. Mücken nippten am Speichel und an dem Faden geronnenen Blutes. Rote Ameisen wanderten über die Leiche.
»In einer Stunde ist Nacht. Wir sollten von hier weggehen.«
Pissy lächelte.
»Und der Wind?«
»Der Wind ist schwächer geworden. Wir sind nur zu zweit. Da ist es einfacher. Das Boot ist leichter.«
»Dann laß uns gehen.«
Sie erhob sich.
Aber Kanaú blieb sitzen. Er fragte vorsichtig: »Hast du den Diamanten genommen?«
Pissy heftete den Blick auf die Augen des Indianers und versuch-

te, einen Doppelsinn in diesen Worten zu lesen. Es war jedoch offenbar nur das dahinter, was er gefragt hatte. Sie klopfte mit den Fingern auf die Gürteltasche.
»Ich hab ihn. Hier ist er drin.«
»Paß auf, daß du ihn nicht verlierst. Willst du mir nicht lieber die Waffe geben?«
Der Kampf hatte begonnen. Sie mußte umsichtig vorgehen. Kanaú sollte nicht wissen, daß sie vor ihm auf der Hut war. Sie tat bescheiden.
»Laß sie doch mir, Kanaú. Sieh, Kanaú, wir beide sind allein übriggeblieben von allen. Du mußt mir genauso vertrauen, wie ich dir vertraue. Ich behalte den Revolver und den Stein. Ich kann auch schießen. Und du hast schon das Messer. Ich muß schon deshalb die Waffe haben, weil meine Hände frei sind. Während du ruderst, kannst du nicht so gut schießen wie ich...«
»Das stimmt.« Er stand auf und sah den Leichnam an. »Wir können ihn nicht so lassen. Morgen kommen die Aasgeier und machen auf ihn aufmerksam.«
»Und wenn...« Sie sah zum Fluß hinunter.
»Daran hab ich auch gedacht.«
Sie trat zu dem Toten. »Hilfst du mir? Der Mann ist leicht. Nur Haut und Knochen.« Er faßte ihn an den Armen, sie an den Beinen, und so schleppten sie ihn fort.
»Vorsicht, daß du keine Blutflecken kriegst.«
»Ich komm nicht so nah an den Körper ran.«
Sie gelangten zur Böschung und stiegen abwärts. Ein Rinnsal von Blut bezeichnete ihren Weg. Als sie das Wasser durchwateten, wurde auch seine Oberfläche von Blut befleckt. Am Strand hielten sie an, um auszuruhen.
Kanaú sah sich den Leutnant genau an. Im letzten Sonnenlicht wirkte das Gesicht des Mannes erschreckend bleich. Die geöffneten Augen verrieten nicht Schmerz, sondern Wahnsinn. Der lange, sehr schwarze Bart zeigte Spuren von eingetrocknetem

Blut. Die Narbe von Daniels Hieb war geschlossen und dunkelrot gefärbt.
Kanaú schaute zu Pissy hin, bereit, den Weg fortzusetzen. »Bringen wir ihn dahin, wo er die Waffen versenkt hat.« Sie schleppten die Leiche weiter, erreichten den Fluß und legten den Körper nieder, um noch einmal zu verschnaufen.
Kanaú zog ihm die Stiefel aus, und die stinkenden, schmutzigen Füße wurden sichtbar. Er schleuderte die Stiefel ins Wasser.
»Das muß ich machen«, erklärte er, »denn es darf kein Beweisstück hierbleiben.«
Er beugte sich über den Körper und zog ihm das Hemd aus. Wie sauer der Mann roch! Der Brustkorb zeigte die Rippen. Die starken Knochen hoben sich unter der Haut ab. Die behaarte Brust und die ebenso schwarzen Haare der Achselhöhlen glänzten in den letzten Sonnenstrahlen, die auf den Strand fielen. Er knöpfte die Hose auf und zog sie herunter. Der nackte, vormals so kräftige Mann war völlig abgemagert. Wahnsinn und Hunger hatten ihn verwüstet.
Kanaú bündelte die Kleidung und warf sie voll Abscheu ins Wasser. Sie trieb ein wenig, dann sank sie, von der Strömung weggerissen.
»Jetzt er.«
Er sah Pissy an. Sie war gleichmütig.
»Wenn du nicht magst, brauchst du nicht zu gucken.«
Sie lächelte. Als ob ihr heute ein nackter Mann was ausmachte! Sie hatte in ihrem Leben viel dürrere und viel schmutzigere gesehen. Sie zuckte mit den Schultern.
Kanaú schleifte den Leutnant durch den Sand bis zum Rand der Sandbank. Er legte ihn parallel zum Fluß und stieß ihn mit dem Fuß ins Wasser. Der Körper drehte sich auf die Seite und rutschte hinein. Das Blut bildete farbige Flecke auf dem Wasserspiegel.
Es gab einen großen Aufruhr. Aber der kam nicht vom Wind. Es war eine andere Art Unruhe. Das Wasser brodelte und koch-

te. Pissy starrte auf den Körper, an dem von allen Seiten gezerrt wurde und der untersank. Sie öffnete die Lippen:
»Widerliche Viecher, diese Piranhas!«
»Wenn man die Kleider nicht auszieht, dauert es sehr lang.« Der Körper verschwand.
Sie gingen zurück. Mit dem Fuß löschte Kanaú den Blutstreifen aus, den der Leichnam hinterlassen hatte.

Noch ehe die Nacht völlig hereingebrochen war, glitt das Boot sorgenvoll dahin. Obwohl die Gegenströmung zurückgegangen war, hatte sie doch noch nicht aufgehört. Das Vorschiff kämpfte gegen die Wellen an und stöhnte bedrohlich. Pissy richtete ihre Aufmerksamkeit auf Kanaú, dessen Gestalt vor dem Sternenhimmel riesig wirkte. Die Glückseligkeit, die sie empfand, seit sie sich den Diamanten angeeignet hatte, dauerte fort. Alles nahm schicksalhaft seinen Lauf, und sie war überzeugt, der Stein mußte ihrer sein und bleiben. Niemand würde ihn ihr jemals nehmen dürfen. Sie dachte nicht gern an den blutgezeichneten Weg, den er zurückgelegt hatte, bis er in ihre Hände gelangt war. Das mit Sá Lua, dem Kind und Daniel nahm sie sich nicht weiter zu Herzen. All das war unwirklich, und die Reise begann eigentlich erst jetzt. Wichtig war es, das Päckchen mit dem Stein am Körper zu fühlen. Sie mußten an der Mündung des Tapirapés vorbei. Noch ein weiterer Tag, dann waren sie dort. Bald würde der Wind, wie gewöhnlich, schwächer werden und aufhören und danach das Boot mit großer Schnelligkeit zu Tal fahren, weil der Strudel es anzog, die Engstelle, wo die Tapirapés-Berge das Wasser in eine schmale Schlucht hineinpressen.
Sie hatte den Revolver auf dem Rock liegen. Aber sie brauchte nicht bange zu sein, denn so schnell würde ihr Kanaú wohl nicht entgegentreten. Sie legte sich in der Mitte des Bootes zur Ruhe. Kanaú, der am Heck saß und ruderte, erschien noch größer. Sie wandte die Augen ab und zählte die Himmelsdiamanten, die

von Nacht zu Nacht weniger Leuchtkraft hatten, weil der Mond zunahm. Wie gut, daß sie nun dicht beim Tapirapés waren. Morgen nacht... Sie war besorgt. Würden sie heil durch die Schlucht kommen? Sie beruhigte sich selbst und lächelte. Es mußte ja gelingen. Kanaús Pläne schlugen nie fehl. Sie schloß die Augen. Da war keine Gefahr; vorerst konnte sie ruhig schlafen.

In Kanaú wuchs die Angst. Die Nacht war für Indianer wie ein Vorbote von Schrecknissen. Der Tapirapés kam näher, und der Gedanke daran machte ihn verzagt. Er quälte sich mit absonderlichen Vorstellungen, erinnerte sich an Dinge, von denen er einmal gehört hatte, erlebte Szenen, die sich fortwährend wiederholten. Vergebens mühte er sich, dieses inneren Aufruhrs Herr zu werden. Die Entbehrungen mußten schuld sein. Früchte und Mehl reichten eben nicht aus für seinen starken Körper. Er betastete Arme, Beine und Bauch und stellte fest, wieviel er abgenommen hatte. Wenn sie erst über den Tapirapés hinaus waren, würde alles besser. Er kehrte zu seinen Überlegungen zurück. Nicht einmal bei Nacht konnten sie durchkommen. Die Polizisten, die Indianer: Sowohl die wenigen Tapirapés als auch die Carajás, dazu die Männer, die beim Indianerschutzdienst arbeiteten, hatten bestimmt schon von allen Seiten die Schlucht umstellt. Das einzig Richtige war, den Tapirapés am linken Ufer entlang stromaufwärts zu fahren und weit oben zum rechten Ufer überzusetzen. Dann mußten sie durch den Wald gehen und in einem großen Bogen den Araguaia erreichen. Auf diese Weise blieb die Schlucht des Tapirapés weit hinter ihnen. Trotz aller Gefahr hatte dies noch einen anderen Vorteil. Zwei Meilen vom Sitz des Schutzdienstes entfernt lag die Pflanzung der Tapirapés. Sie gingen jeden Tag dorthin und kehrten bei Dunkelwerden wieder zurück, denn sie hatten Angst vor den Caiapós. Tagtäglich starben Indianer des Tapirapésstammes. Vor ganz kurzem noch besaßen sie ein Dorf, in dem mehr als zweihundert Indianer von Jagd und Ackerbau lebten. Sie waren hervorragen-

de Schützen, und der Wald war ihnen so lieb wie den Carajás das Wasser. Die Caiapós überfielen das Dorf, töteten viele Männer und verschleppten die Frauen. Da verließen die Überlebenden das Dorf und zogen an die Mündung des Rio Tapirapés, wo sie in der Hut des Indianerschutzdienstes leben konnten. Es gab nur noch sechsundvierzig von ihnen, und auch diese waren kränklich. Kanaú dachte traurig, die Indianer sollten wohl untergehen. Auch von den Inans oder Carajás starben ja immer mehr dahin. Je weiter die Weißen vordrangen und ihre Zivilisation brachten, um so geringer wurde die Lebenserwartung der Indianer. Wie recht hatten die Xavantes und die Caiapós, wenn sie die Weißen erschlugen und erschossen. Morgen würde er in die Nähe der Caiapós kommen. Aber er glaubte fest, er würde ihnen nicht in die Hände fallen. Diese Teufel konnten überall sein. In großer Zahl lebten sie verstreut von Pará bis Mato Grosso. Ihre Gebiete schienen keine Grenzen zu haben, an die sie sich hielten. Verschlagen näherten sie sich den Baracken der Weißen, lächelten, redeten die Siedler mit »Väterchen« an, ließen sich drei, vier Tage lang von ihnen verköstigen und spionierten dabei ihre Sitten und Gebräuche aus. Dann verschwanden sie und kamen wieder zurück, um sie hinterlistig zu ermorden. Sie warteten ab, bis die Siedler zur Pflanzung gegangen waren, und raubten dann alles aus. So hatten sie es auch bei dem schwarzen Feliciano gemacht. Sie wandten ihre alte Taktik an und führten den Angriff drei Tage später durch. Die Hütte fing Feuer. Sogar die Lebensmittel. In zwei Säcke Mehl, die sie nicht mitschleppen konnten, schnitten sie Löcher und verschütteten den Inhalt auf dem Boden.
Kanaú suchte die Dunkelheit zu durchdringen. Er hatte den Eindruck, in der Ferne Licht zu sehen. Er steuerte das Boot auf die Seite von Goiás. Er rief Pissy. Die Frau streckte sich und kam hoch. Flüsternd sagte er: »Wir kommen an Mato Verde vorbei.« Sie blickte angestrengt ins Dunkel.
»Die kleinen Lichter dort sind Feuerstöße der Carajás von Créran-Auá.«

Größere Lichter kennzeichneten die Häuser der Weißen. Eine Kuh muhte irgendwo weit weg traurig in die Nacht hinein.
»Keine Gefahr, aber besser ist es schon, wenn du dich hinlegst.«
Sie gehorchte.
Das Boot schoß an den Stränden von Goiás entlang. Kanaú stellte sich vor, wie es wäre, wenn die Bewohner von Mato Verde ahnten, daß sie vorbeifuhren. Dann würden die Leute von Lucio da Luz und andere sofort die Verfolgung aufnehmen.
Nichts geschah. Die Lichter auf der gegenüberliegenden Seite des Flusses verloren sich, und das Boot drang weiter in die Nacht vor.
Sie hatten jetzt nahezu Halbmond. Er mochte ihn nicht ansehen. Camuras Stimme sprach durch den Mond. »Du, Kanaú? Ich dachte, du wärst gut...«
Warum mußte er immer daran denken? Er wollte sich doch an all das nicht erinnern. Er kämpfte die Angst nieder und sagte zu Pissy: »In vier Stunden kommen wir am Dorf Grisosti vorbei, und in der Morgenfrühe, wenn das Boot schnell macht, an Jatobá. Dann können wir die Tapirapés-Berge sehen.«
Pissy gähnte und unterbrach ihn: »Das hast du mir schon dreimal erzählt.« Sie schwieg, aber gleich darauf fragte sie: »Hast du Angst, Kanaú?«
Er fühlte das spöttische Lächeln der Frau.
»Nein. Ich rede nur, um nicht einzuschlafen.«
Mehr sagte er nicht. Es war dringend nötig, sich Pissys zu entledigen. Aber gleichzeitig gebot ihm die Angst, Ruhe zu bewahren. Er wollte sich erst von ihr befreien, wenn sie die Tapirapés-Schlucht hinter sich hatten und das Schlimmste überstanden war.
Er nickte für kurze Zeit ein. Er fühlte sich schlapp und müde. Das Ruder lag fest in seiner Hand, das war die Macht der Gewohnheit. Er kämpfte sich hoch. Sie mußten bis zum Morgen dicht am Tapirapés sein. Wieder übermannte ihn der Schlaf.

Plötzlich erschien ihm für einen Augenblick der Erhängte von der Cotia-Klippe, von Flammen umgeben, mit weißem Bart, wie er durchs Feuer schritt, ohne sich zu verbrennen. Er blieb stehen, nur um ihm zu sagen: »Auch du entgehst dem Zauber nicht, Kanaú!«

Er schreckte hoch und öffnete die Augen, sein Herz klopfte heftig und kam nur langsam zur Ruhe. Er schöpfte Wasser mit der Hand und benetzte die Augen. Er hatte geträumt. Aber der Satz saß in ihm fest: »Auch du entgehst dem Zauber nicht, Kanaú!«

Er ruderte mit aller Kraft. Und je mehr er ruderte, um so schwächer fühlte er sich. Der Kopf war ihm schwer. Das leichte Ruder war wie ein Baumstamm. Seine Kräfte nahmen ab. Die Augen fielen ihm zu. Der Körper sank um. Er riß sich zusammen. Setzte sich wieder richtig hin. Der Schlaf packte ihn stärker. Was hatte das alles für einen Zweck? Dahinter stand doch nur der Tod. Der Körper hielt nicht mehr stand. Sein Wille gehorchte ihm nicht. Verzweiflung peinigte ihn; er wollte gegen all das ankämpfen und konnte es nicht. Er sackte im Boot zusammen und legte sich das Ruder über die Brust. Das Boot kam aus dem Kurs und trieb die ganze Nacht mit der Strömung.

Erst im frühen Morgendämmern wachte er auf. Sein Körper war zerschlagen und matt. Er strengte die müden Augen an, die Gegend auszumachen. Zwei schwarzgrüne Buckel hoben sich aus der ebenen Landschaft.

Er weckte Pissy.

»Sieh! Das Tapirapés-Gebirge ...«

Pissys Augen waren noch erfüllt vom Frieden der Nacht und wurden feucht. Sie blickte in den blutroten Morgen hinein, auf die Hügel, die ihre schwarze Färbung verloren und ihre Kuppen am Sonnengold entzündeten, auf den bläulichen Fluß, der zwischen den stillen weißen Stränden schlief, die Urwälder in der Ferne, in denen der Tag mit dem Flügelschlag Tausender Vögel und mit tausend Lauten begann, und den *geral,* der den Wasserspiegel mit seinen ersten Stößen aufstörte.

»Wie schön!«
»Ich bin zur richtigen Zeit aufgewacht. Wir haben Glück gehabt, daß die Nacht ziemlich dunkel war. Ich bin eingeschlafen und habe nicht bemerkt, wann wir an Grisosti und Jatobá vorbeigefahren sind...«
Er steuerte das Boot auf die Seite von Mato Grosso. Noch zwei Stunden Rudern, dann hörte Mato Grosso auf, und sie waren auf dem Gebiet des Staates Pará. Wenn sie aber zwei Stunden länger ruderten, würden sie zwangsläufig von Indianern gesichtet werden, die den Sommer an einem der Strände verbrachten. Kanaú sah sich deshalb nach einem Schlupfwinkel um, wo sie sich verstecken konnten.
Der Mond wurde schon zur Gefahr. Noch eine geringe Zunahme der Helligkeit, und man würde sie auf dem Fluß fahren sehen. Äußerste Vorsicht war nötig. Der Wind wirbelte unwillig, als wisse er, daß seine Lebensdauer bald ablief.
Die Tapirapés-Berge wuchsen schwarz in die Nacht; nur auf den Kuppen lag mattes Mondlicht.
Das Boot glitt stromabwärts.
»Sprich nicht mehr! Wir machen es wie verabredet.«
Pissy kroch unten im Boot zusammen. Seit sie sich als Besitzerin des Diamanten fühlte, hatte sie Angst. Wenige Kilometer, vielleicht nicht einmal zwei, trennten sie noch von der Freiheit. Wenn der Tapirapés hinter ihnen lag, gewann das Leben ein anderes Gesicht. Sie hatten geplant, einen schmalen Flußarm zu benutzen, der sich zwischen die großen Strände des Tapirapés und die Ufer von Mato Grosso schob. Es mußte schon mit dem Teufel zugehen, sollten sie es nicht schaffen, diesen Flußarm zu überqueren.
Kanaú wußte wohl, daß das Wasser hier sehr seicht war. Aber das Boot wog nicht viel, und der Fluß hatte noch nicht den Tiefstand der Trockenzeit erreicht. Manchmal scharrte das Ruder im Sand, dann sprang Kanaú ins Wasser, um das Gewicht zu verringern, und zog den Einbaum, damit er nicht auflief. In sol-

chen Augenblicken achtete er nicht auf die Feuerrochen, die sicher hier wie überall vorhanden waren.
»Sieh mal, Pissy!«
Die Frau kam ein wenig hoch. Der aufgewühlte Fluß schien Feuer gefangen zu haben. Gegen die Helligkeit wurden die Umrisse mehrerer Hütten sichtbar. Mann konnte die Gesänge des *aruanã* vernehmen. Hunde balgten sich lärmend. Wütende Stimmen vertrieben sie, und die Hunde trollten sich winselnd.
»Das ist das Sommerlager der Carajás. Sie sind vom Anlegeplatz am Tapirapés hierhergezogen und wohnen am Strand. Es ist die Zeit des Fischfangs.«
»Hören sie uns nicht?«
»Nein. Der Wind steht dagegen. Aber wir müssen dicht bei ihnen vorbei.«
Das Boot glitt am letzten Stück von Mato Grosso entlang. Die Bäume waren hoch und schirmten den Mond ab.
Sie fuhren nun ganz in den Flußarm hinein. Der Strand mit den singenden Indianern rückte fern. Vor ihnen tauchten schwache Lichter auf.
»Das ist der Posten vom Indianerschutzdienst am Tapirapés. Wir dürfen jetzt nicht mehr sprechen. Der Wind bläst dorthin.«
Das Ruder schnitt so behutsam ins Wasser, daß es nicht zu hören war. Beider Augen hefteten sich auf das Licht der ins Blickfeld tretenden Häuser. Die Tapirapés-Berge stiegen höher. Die Sorge, das Boot könne stranden oder der enge Flußarm keine Durchfahrt bieten, war geschwunden, denn jetzt wurde der Fluß immer breiter und strebte der Einmündung in die Wasser des Rio Tapirapés entgegen.
Sie verfolgten ihren Weg weiterhin dicht am Ufer von Mato Grosso entlang. Kanaú kannte sich hier gut aus. Er war in dieser Gegend oft auf Krokodiljagd gewesen. Weiter oberhalb durchsetzten Seen den Fluß, und diese Seen strotzten von Krokodilen,

Pirarucufischen und Piranhas. Man konnte von hier aus schon die zusammengedrängten Wasser des Araguaia und des Tapirapés sehen, die auf die Schlucht zuströmten. Kanaú und Pissy hatten bei diesem Anblick den gleichen Gedanken: Wenn niemand den Schutzdienst verständigt hätte, könnten sie innerhalb von zehn Minuten die Grenze überqueren und wären in Sicherheit. Unglaublich, daß ihr Leben von einem Stück von fünfzig Metern Länge abhing! Aber sie durften es nicht wagen. Die Indianer wußten Bescheid. Beide Seiten der Schlucht waren bewohnt. Die Polizei hatte den Indianern ohne Zweifel Geld und Geschenke angeboten, um ihren Beistand zu gewinnen. Dies bewiesen die Lichter, die von kleinen Feuerstellen auf der anderen Seite ausgingen. Kanaú meinte, sie rechneten wohl jetzt jederzeit mit der Ankunft des Bootes.
Er ruderte ganz dicht an Mato Grosso entlang. Es war die äußerste Grenze, das letzte Stück dieses Staats. Vielleicht würde er diese ganze Gegend niemals mehr wiedersehen. Das ging ihm zu Herzen. Er suchte, sich dagegen zu wehren, aber sein Geist war verstört von Angst.
Der Posten des Indianerschutzdienstes lag auf der Höhe der Böschung. Die Häuser waren im Dunkel zu erkennen. Durch die offenen Fenster drang der Lichtschein der Petroleumlampen. Auf der einen Seite befand sich das Dorf der Carajás, das jetzt verlassen dalag, weil sie jeden Sommer an den Strand zogen. Sie lebten in ständiger Furcht vor den Caiapós, die sie dauernd ihre Nähe fühlen ließen, wenn sie auch nicht Mut hatten, den Posten anzugreifen. Am Strand bildete das Wasser immer einen gewissen Schutzwall. Auf der anderen Seite lag das winzige Dorf der Tapirapés, die von Tag zu Tag zusammenschmolzen.
Kanaú ruderte mit noch größerer Vorsicht. Sein Körper hielt sich so straff, die Sehnen waren so angespannt, man hätte meinen können, er atme nicht.
Mato Grosso lag hinter ihnen. Er ruderte weiter den Tapirapés

hinauf. Er hielt sich am linken Ufer, um nicht in die Strömung zu geraten. Er wollte noch ein wenig weiter aufwärts fahren bis zu einem der großen Seen. Diesen See, der von großen Bäumen umgeben war, wollte er überqueren und dann wieder auf den Fluß treffen. Der hatte dort weniger Gefälle und bot einem geschwächten und übermüdeten Körper keine großen Schwierigkeiten.

»Amanôn«, der Tanz des Todes

Auf allen Seiten war Wald. Unermeßlicher Urwald, der drohend und finster aufstieg. Gewaltige Wipfel bogen sich im Wind. Mit lauten Schreien fuhren erschreckte Vögel auf. Der Tapirapés war sehr schwarz und nur in der Mitte vom zunehmenden Mond beleuchtet. Die Sterne spiegelten sich in der düsteren Flut.

Das Boot stieß an Land. Kanaú erbebte. Pissy stand auf. Leise sagte er: »Nun sind wir schon auf dem Boden von Pará.«

Pissy stieg ans Ufer und wartete. Kanaú zog das Boot zwischen dichtes Buschwerk, wo er es halb verdeckt und fest angebunden zurückließ.

»Wer weiß, ob wir es nicht noch einmal brauchen.«

»Ich hoffe nicht . . .«

Kanaú war unglücklich, den Einbaum verlassen zu müssen. Er lächelte wehmütig und betrachtete ihn lange. Wieviel Mühe hatte seine Herstellung gekostet!

Ihm fiel etwas ein, und er hob das Gesicht zum Himmel und schrie dreimal, wie ein Jacurutu.

Pissy ärgerte sich über den schauerlichen Ruf.

»Was mußt du denn grade jetzt eine Eule nachmachen?«

»Wenn irgendein Indianer in der Nähe ist, wird er darauf antworten. Jeder Indianer antwortet auf den Ruf des Jacurutu . . .«

»Laß uns von hier weggehen.«

Er hätte sie gern um den Revolver gebeten, aber er wagte es nicht. Er wußte, sie würde ihn nicht hergeben. Und darauf bestehen, hieß Verdacht erwecken.

»Kennst du diesen Wald auch wirklich?«
»Ich weiß genau, wo wir sind. Hier wagt sich nicht jeder her, während der Fluß Hochwasser hat. Die Ebene wird dann überschwemmt und morastig. Siehst du, wie feucht hier noch der Wald ist?«
Pissy bemerkte den starken Geruch, den die nächtliche Wildnis ausströmte. Die laue Feuchtigkeit, die vom Boden aufstieg, trug ihr eine verwirrende Fülle von Düften zu, die von frischen Kräutern und zerfallenden, modernden Stämmen zu kommen schien. Der Mond, der auf dem Fluß noch unansehnlich gewirkt hatte, spielte hier im Wald eine viel größere Rolle. Sein Licht fiel grell durch jede Lücke ringsum und warf ungeheuerliche Schatten auf den Boden.
Kanaú ging voran, und Pissy folgte ihm auf dem Fuße. Der Urwald und die Nacht erschlossen sich in geheimnisvoller Großartigkeit. Manchmal kamen sie über weite Lichtungen; da lag alles voll von morschem Gezweig, das unter ihren Tritten auseinanderfiel und Humusgeruch ausdünstete. Trockenes Laub raschelte, wenn sie darauf traten. Kanaú schlug mit dem Messer den Weg zwischen verflochtenen Luftwurzeln und Lianen frei. Um Tucum-Palmen und das Buschwerk wilder Bananen machten sie Bogen, denn diese bezeichneten überschwemmte Stellen. Die Bäume wurden immer größer. Das war mit seiner ganzen Fruchtbarkeit Pará, unabsehbar und rätselhaft. Je weiter sie nordwärts vordrangen, um so dichter wurde die Wildnis.
Kanaú wußte, daß dieses Urwaldgebiet sich noch weit erstreckte, um dann in Wiesenland überzugehen. Bis dahin mußten sie sich viele Stunden lang durch das verflochtene Dickicht schlagen.
Pissy stöhnte. Kanaú fühlte ihren Atem an seinem Hals.
»Meine Füße können nicht mehr . . .«
»Noch ein bißchen Geduld, dann kommen wir zur Pflanzung der Tapirapés.«

Er ging ein Stück, blieb stehen und warnte: »Sprich jetzt nicht mehr und versuch, keinen Lärm zu machen.«
Bromelien, die, unerkennbar im Dunkel, auf der Erde wuchsen, zerrissen die Füße der Frau. Kanaú selbst spürte hin und wieder, wie ihm scharfe Halme die Haut auf der Brust zerschnitten. Moskitos umsummten die Gesichter und zerstachen Rücken und Arme. Auch andere Insekten schwirrten, angezogen vom Geruch der Körper, in Schwärmen herbei.
Lateni, der Gott des Bösen, ging wieder in Kanaús Gedanken um. Warum drehte er sich nicht unversehens nach hinten und erschlug die Frau? Dann würde er der Herr des Steines werden, einziger und uneingeschränkter Besitzer. Er würde die Waffe an sich nehmen und sich sicher fühlen. Aber er verdrängte die bösen Gedanken; es war auch noch zu früh. Warum ein Verbrechen begehen, wo doch der Urwald selber es übernommen hatte, dies schwache Weib zugrunde zu richten? Es war nicht nötig, den Diamanten mit noch mehr Blut zu beflecken. Vor allem ... er hatte Angst. Seit einigen Tagen hatte er Angst. Sich selbst verhehlte er das nicht. Den anderen würde er versuchen, etwas vorzumachen. Die Frau diente ihm als Gefährtin. Die Wildnis war voll böser Rachegeister. Er wußte nicht, ob sie zu *Kanansiuê* gehörten oder der Macht des weißen Gottes untertan waren. Es war ihm auch nie gelungen, das Rätsel seines eigenen Wesens zu lösen. Warum überfiel ihn diese Furcht grade jetzt, wo er all seinen Mut brauchte? Warum steigerte sich dieses Grauen? Welcher Teil seines Blutes sprach stärker in ihm? Der indianische Ursprung oder der von den Weißen vererbte Makel? Er schauderte. Was mußte er auch jetzt grade daran denken, wo die Wildnis äußerste Aufmerksamkeit von ihm forderte, die Verläßlichkeit aller Sinne? Nein, er wollte die Frau nicht töten. Er war sicher, daß sie nicht mehr weit gehen konnte. Er bekam sich wieder in die Hand und konnte die Krallen *Latenis* von sich weisen.
Das Messer war unentwegt an der Arbeit, ihnen Durchschlupf

zu schaffen. Die Nacht besaß tausend Augen und gebot über tausend Schreie; der Urwald hatte tausend Krallen und tausenderlei Arten der Rache. Jeder Schatten, den der Mond erzeugte, war wie eine Warnung, jeder Ruf eines verirrten Äffchens aus den Tiefen der Verlassenheit bedeutete eine Drohung, jedes gespenstische Flattern eines unsichtbaren Vogels, jedes schaurige Kreischen einer Fledermaus lockte das Unheil näher.
Kanaú blieb plötzlich stehen. Er konnte ein erregtes Zucken der Schultern nicht unterdrücken. Er bückte sich, hob einige Blätter vom Boden auf und hielt sie an die Nase. Sie hatten einen Geruch von frischem Babaçuöl, vermischt mit Moschus. Er reichte sie der Frau.
»Hier müssen vor kurzem Indianer gegangen sein.«
»Ob das Tapirapés waren?«
»Nein. So riechen die Tapirapés nicht. Ich war schon mit ihnen auf der Jagd und weiß das...«
»Dann...«
Er wollte der Frau seine Befürchtungen nicht mitteilen. »Sei jetzt still.«
Sie setzten ihren Weg fort. Der Wald war überall derselbe. Pissy hatte Sehnsucht nach dem Fluß. Ihre Füße bluteten und waren von Dornen zerstochen. Aber das war das wenigste. Denn nicht nur Müdigkeit, sondern auch Hunger begann sie jetzt zu quälen. Seit mehr als zwölf Stunden hatte sie nicht mehr richtig gegessen. Für den ganzen Tag hatten einige vom Indianerfriedhof gestohlene Bananen und etwas Mehl ausreichen müssen. Alle Augenblick überkam sie ein Frösteln. Sie tröstete sich mit dem Gedanken, daß sie nun bald zu der Pflanzung der Tapirapés kommen mußten. Da gab es sicher Bananen, Maniok, Zuckerrohr und Süßkartoffeln. Vielleicht fanden sie auch ein paar von den gerollten Sagokuchen vergessen auf dem Boden. Die Indianer essen sie so gern mit Bienenhonig...
Sie ging langsamer, ihr war elend zumute, und sie wehrte sich kaum noch gegen die Mücken. Wie schön wäre es doch, wieder

in der Nähe des Flusses zu sein. Ein ungewohntes Angstgefühl stieg in ihr auf, und sie mußte die Hand auf den Mund pressen, um nicht zu schreien. Was sollte sie am Fluß tun? Ehe sie hinkam, mußte sie den Indianer loswerden. Ja! Sie wollte sich keiner Täuschung hingeben: Kanaú mußte sterben, ehe er sie umbrachte. Sie machte sich nichts vor. Unmöglich, daß sie beide überlebten und den Erlös des Diamanten teilten. Sie aber wollte leben. Leben!... Wie jedoch den Fluß hinabgelangen ohne Boot? Wie am Ufer entlang die Entfernung zurücklegen, die den Tapirapés von Furo de Pedra trennte? Man sagte, es seien nur sieben Meilen. Sie hatte auf ihren Reisen den Eindruck gehabt, daß es viel mehr war. Der Urwald begrenzte den Fluß bis zur Klippe von Rosário. Dort zu warten, bis jemand vorbeifuhr, der sie nach Furo de Pedra mitnahm, wäre eine Lösung. Wie sollte sie jedoch erklären, auf die Klippe dort gekommen zu sein? Wenn sie einen Carajá träfe, würde sie ihm Geld anbieten und könnte dann mit ihm den Araguaia hinunterfahren. Auf die Weise wäre sie gerettet. Ob sie aber durchhielte bis Rosário? Wie schade, daß sie Kanaú töten mußte. Ihr Vertrauen in ihn war so beschaffen, daß sie den Revolver niemals in die Tasche zurückgesteckt hatte.
Kanaú hielt an, um zu horchen. Pissy blieb ebenfalls stehen. Auch sie vernahm ein dumpfes Geräusch, das aus der Nacht kam.
»Wir sind nah bei der Rodung der Tapirapés. Dort müssen Menschen sein.«
Sie gingen weiter. Der Wald wurde spärlicher. Die Indianer hatten hier Bäume gefällt, um Ackerland zu gewinnen. Meistens erstreckten sich ihre Anpflanzungen über drei bis vier Kilometer. Die Tapirapés waren bekannt für ihre Neigung zum Ackerbau. Ein Angstschrei hallte durch die Finsternis und schreckte die Nachtvögel auf. Gleich darauf ertönten noch weitere Schreie, als flehte jemand um Hilfe.
Pissy berührte Kanaús Arm.
Die Stimme war verstummt.

»Gehen wir.«
Eine seltsame Vorahnung erschütterte Kanaú; er schwankte, ob er der Frau davon erzählen sollte oder nicht. Er beschloß zu reden.
»Die Tapirapés sind auf ihrem Land. Der Schrei klang wie *amanôn.*«
»Was ist *amanôn*?«
»Ein Tanz von Irrsinn und Tod. Einmal habe ich gesehen, wie sie eine Frau lebendig begruben, und sie schrie genauso.«
Pissy erschauerte. »Ich denke, die Tapirapés sind gute Indianer?«
»Die besten von allen. Es ist eine Kulthandlung. Wenn eine Frau sich nicht verhält, wie sie soll, schleppen sie sie tief in den Wald, und alle Männer schlafen mit ihr. Dann schaufeln sie eine Grube und beerdigen sie lebend. So was muß das gewesen sein. Sie sind dann alle wie besessen.«
»Ist das wie der *itianté* der Carajás?«
Kanaú drehte sich erschrocken zu Pissy um. »Woher weißt du davon?«
Pissy blieb unbefangen. »Ich weiß es eben. Wenn man so lange wie ich am Araguaia lebt, dann erfährt man diese Dinge. Ich hab in Leopoldina einen Fall von Besessenheit erlebt. Eine Indianerin mit *itianté*...«
Kanaú ließ das Thema fallen. Aber Pissy beunruhigte ihn. Nur Indianer wußten um diese Dinge. *Itianté* war ein fast heiliger Wahnsinn.
»Los! Weiter!«
Der Urwald wurde immer lichter. Die Wildnis hatte einer unabsehbaren Pflanzung weichen müssen.
»Das ist die Rodung.«
Sie hörten jetzt schon die Trauergesänge und das hohle, rhythmische Stampfen des Tanzes.
Sie gingen am Rand der Lichtung entlang, wobei sie vorsichtig über die geschlagenen Stämme kletterten.

»Warte hier. Ich hole etwas zu essen.«
Pissy glitt zu Boden. Sie versteckte sich hinter dem Stamm eines gefällten Baumes.
Sie sah, wie Kanaú in dem riesigen Maisfeld verschwand. Seine Schritte waren lautlos. Der Lärm des Tanzes und die kehligen Gesänge drangen bis hierher. Ihre Füße schmerzten, und sie empfand die nächtliche Kühle unangenehm. Sie rieb sich die Füße. Den Revolver hatte sie auf den Rock gelegt. Das Päckchen mit dem Stein in der Gürteltasche drückte sie am Rücken. Sie lächelte glücklich. Das wog jede Art menschlichen Elends auf. Ihr schien, daß man mindestens sein halbes Leben hingeben müsse, um so etwas zu erlangen. Und das geschah eben jetzt.
Sie legte die Hände auf ihr Haar und fühlte, wie weich und wellig es war. Sie hatte nie Zeit gehabt, es zu pflegen. Ihre Finger strichen über die goldenen Strähnen, und das tat ihr gut. Es war das einzig Schöne, was sie besaß. Sobald sie in Belém war, mußte sie sich des Haares annehmen, das ihr weit über die Schulter fiel.
Sie stützte die Hand auf den Boden und fühlte, wie sie an etwas Schleimiges stieß, das sich bei der Berührung regte. Es war eine harmlose Kröte.
Sie betrachtete den Himmel und den zunehmenden Mond. Die Sterne waren zahlreich wie Funken in der Glut eines großen Feuers. Sie fingen an, ihr vor den Augen zu verschwimmen. Es kribbelte ihr in den hageren Oberschenkeln. Aber die Angst war vorbei. Der Diamant flößte ihr ein glückliches Gefühl der Sicherheit ein. Sie schloß die Augen, blieb aber dennoch wachsam. Jetzt hörte sie ein Geräusch und beobachtete das Maisfeld. Der Mond neigte sich begehrlich auf die Maispflanzen nieder, und die Blätter wurden zum Meer, über das der *geral* als leichte Brise hinstrich.
Kanaú näherte sich. »Ich hab Bananen gefunden, auch Mais und Kartoffeln. Wenn wir morgen weit von hier sind, können wir das braten. Nimm jetzt einmal Bananen. Ich hab sie aus einem Vorratshaus der Indianer geholt.«

Der Duft der reifen Bananen regte ihren Appetit an. Sie aß, und ihr Körper fühlte allmählich neue Kraft.
»Bist du ganz in der Nähe gewesen?«
»Ja. Es ist der *amanôn*. Wenn du fertig bist, können wir hingehen und sie beobachten.«
»Nein, ich mag nicht.«
»Es besteht keine Gefahr. Sie tanzen mitten auf der Rodung um ein großes Feuer. Wenn der Mais nicht wäre, könntest du von hier den Feuerschein sehen. Die Frau haben sie schon eingegraben. Jetzt tanzen sie auf der Stelle, damit die Erde fest wird.«
»Ich hätte nie gedacht, daß die Tapirapés so was machen.«
»Nur eins ist schlimm: Sie tanzen jetzt bis morgen sehr spät.«
»Was ist dabei?«
»Sie versperren uns den Weg. Wir können es nicht wagen, vorbeizugehen. *Amanôn* ist ein Kulttanz des Todes. Wenn sie uns entdecken, töten und begraben sie uns. In solchen Stunden lassen sich nicht mal die Caiapós mit ihnen ein.«
Pissy erinnerte sich an den Geruch des anderen Indianers, den sie an den Blättern verspürt hatten.
»Glaubst du, das waren Caiapós?«
»Hier herum gibt es sicher Caiapós. Wahrscheinlich haben sie sich den *amanôn* angesehen und sind wieder abgezogen. Das ist kein Spaß.«
Kanaú erhob sich. Er trug ein Büschel Bananen und einige Maiskolben. »Nimm du die Kartoffeln . . .«
»Wohin gehen wir?«
»Wir wollen zurück in den Wald. Hier ist es zu offen und zu gefährlich. Wir verstecken uns und warten, bis die Tapirapés mit dem *amanôn* Schluß machen.«
»Wie schade! Hier sind fast keine Mücken.«
Pissy wurde wieder bange. Die Caiapós? Aber dann lachte sie über diesen Gedanken. Das hatte Kanaú gesagt, um sie zu erschrecken. Wenn die Bedrohung durch die Caiapós wirklich so groß wäre, würde er sich nicht erdreistet haben, dorthin zu

gehen. Sie suchten sich eine andere Stelle im Wald, an der sie vorher nicht vorbeigekommen waren. Der Trauergesang des *amanôn* verlor sich in der Ferne. Schreie und Lieder, Kreischen und Grunzen aus unsichtbaren Mündern der Nacht waren unaufhörliche Bedrohung.

Sie setzten sich nahe nebeneinander. Pissy war fest entschlossen, sich wachzuhalten, denn sie glaubte verloren zu sein, wenn sie einschliefe. Kanaú lehnte an einem dünnen Baumstamm und blickte ins Dunkel der Wildnis, in die winzige Flecken bleichen Mondlichts einfielen. Die Bäume waren fast schwarz und gingen in den Himmel über. Er war müde. Morgen, bei Sonnenschein, würden sie wieder an den Araguaia kommen. Er wollte noch etliche Nahrungsmittel aus der Pflanzung mitnehmen, und am Flußufer dann, jenseits der Schlucht von Tapirapés ...

Seine Gedanken gerieten durcheinander. Es war dringend nötig, daß er ausruhte und seine Kräfte wieder sammelte. Er schloß die Augen. Er merkte wohl, daß die Frau etwas sagte, aber er kümmerte sich nicht darum. Er beugte sich vor und sank in tiefen Schlaf.

Pissy beobachtete ihn. Ihre Augen hatten sich auf die Dunkelheit eingestellt, und es entging ihr keine seiner Bewegungen. Sie fragte leise: »Schläfst du?«

Sie erhielt keine Antwort. Kanaú war noch mehr zusammengesackt.

Lange blieb es ganz still.

Sie fühlte sich nicht schläfrig, denn ihre Gedanken waren ausschließlich mit einem beschäftigt: Bald würde der Morgen anbrechen! Bald würde der Morgen anbrechen, und Kanaú schlief. Warum sollte sie das jetzt nicht ausnutzen? Er schlief. Worauf wartete sie? Heute hatte sie die letzte Gelegenheit, sich ihre Zukunft zu sichern. Und dies war der gegebene Augenblick. Warum wartete sie noch? Die Zeit drängte. Ihr Körper haftete wie festgeklebt am Boden; der Revolver lag ihr schwer in der

Hand. Sie wollte das nicht tun; aber es mußte sein. Einer von ihnen hatte zu sterben. Wenn der rechte Moment dafür käme, würde er sie ohne jedes Mitleid umbringen. Offenbar fühlte er sich des Gelingens seiner Pläne sehr sicher, da er arglos an ihrer Seite eingeschlafen war. Worauf wartete sie? Ihre Hand schloß sich um die Waffe, und die Waffe erwärmte sich durch die Wärme ihrer Finger. Sie mußte sich entscheiden: entweder der einsame Gang durch die Wildnis und das Leben oder der Tod und der Verlust des Diamanten. Dumpfer Haß stachelte sie auf. Der Diamant gehörte ihr. Niemand durfte ihn ihr nehmen. Niemand. Leise kniete sie sich hin. Kanaú schlief. Sie vernahm sein leichtes Schnarchen. Sie nahm ein Stückchen Holz und warf es ihm aufs Gesicht. Sie wartete einen Augenblick. Er mußte wirklich sehr müde sein. Er hatte sich nicht geregt. Und wenn er nur so tat als ob und selber mit einer List auf der Lauer lag? Aber auch dann mußte sie es wagen.

Sie kroch auf dem Boden hin. Hielt den Atem an. Näherte sich ihm. Nichts war zu hören als sein leises Atmen, das im Gezirp der Waldgrillen unterging.

Sie hob die Hand und versetzte ihm einen Hieb mit dem Kolben des Revolvers.

Es gab einen harten Ton, und der Körper sank sogleich um, wobei er vom Baumstamm wegrutschte.

Sie war verblüfft über ihren eigenen Mut. Sie brauchte nicht zu fürchten, daß er sofort zu sich kommen werde. Er war allzu geschwächt. Sie wollte Kanaú seinem Schicksal überlassen. Mochte doch die Wildnis ihn richten, wie es ihm gebührte. Sie konnte sich nicht entschließen, wegzugehen, um eine Liane zu holen, hatte es aber eilig, ihn anzubinden. Da fiel ihr etwas ein. Sie lockerte die Gürteltasche und zog den Rohledergürtel ab, den sie immer um die Taille trug. Mit einiger Anstrengung hob sie den Mann hoch und lehnte ihn an den Baum. Sie nahm seine Hände hinter dem Baum zusammen und band sie aneinander fest. Dann schlang sie den Gürtel noch zweimal herum und

schloß ihn mit der Schnalle. Niemand würde Kraft haben, diese Fessel zu zerreißen. Und wenn er sie auch am Holz des Baumes scheuerte, dies war ja kein Seil, das sich abwetzen ließ.
Sie setzte sich an ihren alten Platz, um das Heraufdämmern des Morgens abzuwarten. Es gelang ihr nicht, einzuschlafen. Und jetzt war es weniger die Nachtkälte, die ihr einen Schauer über den Rücken laufen ließ.
Die Vögel der Frühe verkündeten das Kommen des Tages. Fröhliches Tirilieren und buntes Gezwitscher klangen durcheinander.
Pissy saß immer noch an derselben Stelle. Die Helligkeit, die durch die Bäume brach und im Tau aufblitzte, machte nun auch die Umrisse von Kanaús Gestalt deutlich. Er war noch nicht zu sich gekommen. Das Blut war ihm über das rechte Auge und auf die Brust gelaufen. Wie dünn er geworden war! Oben auf dem Kopf klebte geronnenes Blut. Boden und Gras hatten Blutspritzer abbekommen, und dunkle Ameisen wanderten darüber hin.
Pissy hatte vor, bald aufzubrechen. Sie wollte nur warten, bis Kanaú aufwachte.
Sie stand auf und schüttelte den Mann. Wischte das Blut vom Auge. Hob die Lider hoch. Nichts. Sie legte ihr Ohr an seine Brust, paßte aber auf, daß ihr blondes Haar nicht von Blut beschmiert wurde. Nein, er war nicht tot. Sein Herz schlug leise ...
Sie bewegte seinen Kopf hin und her. Rief ihn beim Namen. Ein leises Stöhnen wurde hörbar. Er fing an, sich zu regen. Pissy erschrak. Sie sollte weggehen, ohne das zu tun. Aber Bosheit bestimmte ihr Handeln. Sie mußte ihm erklären, ihm sagen, warum sie es so gemacht hatte. Sie wollte gern aus dem Wald herauslaufen, fort von dem angebundenen Mann, der anfing, zur Besinnung zu kommen, aber es gelang ihr nicht, die Kräfte zu überwinden, die sie festhielten.
Kanaú öffnete die Augen, lautes Stöhnen drang aus seiner Keh-

le. Er wollte die Hand zu der Stelle führen, an der es ihn schmerzte, aber es gelang nicht. Erst allmählich würde er begreifen, daß er gefesselt war. Noch lag alles verschwommen vor ihm. Als er sich bewegte, floß wieder warmes Blut aus seiner Wunde und lief über sein erhobenes Gesicht. Er heulte auf wie ein Tier. Schloß die Augen und machte sie wieder auf. Allmählich wurde alles klarer. Die Schatten über dem Auge und der große Fleck, als den er die Wildnis sah, begannen sich voneinander abzuheben. Die Bäume hörten auf zu schwanken und wurden ruhig. Ihm gegenüber erkannte er Pissy ganz so, wie sie war. In seinem Hirn wurde es licht. Er durchschaute alles. Er öffnete den Mund. Jede Bewegung verursachte neue Schmerzen in seinem Kopf.

Matt murmelte er: »Du ...«

Sie blickte ihn an, ohne zu antworten.

»Warum hast du das getan? Gib mir das Messer. Schneid die Stricke an meinen Handgelenken auf ... Worauf wartest du?«

Sie trat näher zu ihm heran. Grausam betonte sie jede Silbe: »Niemals, Kanaú. Hier bleibst du für immer. Der Urwald wird über dein Schicksal entscheiden. Ich habe wenig Zeit. Aber ich will dir etwas erzählen, was du nicht weißt.« Pissys Augen funkelten wie die einer wütenden Schlange. »Ich mußte das tun, denn sonst hättest du es mit mir getan. Lüg nicht! Du wirst sterben. Streit es ab, daß du mich umbringen wolltest! Los, leugne es doch! Hattest du nicht gemeint, es sei sehr leicht, mich zu morden? Du hast dich geirrt. Es gibt eine Menge Dinge, die weder du noch sonst wer über mich weiß. Ich hab Sachen gesehen, die kein lebendes Wesen sonst gesehen hat ...«

Sie machte eine Pause, um zu Atem zu kommen.

Kanaú bezwang das Schwindelgefühl, das in seinem Kopf wogte. Er nahm sich zusammen, um nicht wieder in Ohnmacht zu fallen. Verletzt, wie er war, bestand für ihn kein Zweifel darüber, daß er die Frau nur mit sehr viel Ruhe dazu bringen konnte, ihn wieder zu befreien.

»Pissy! Du bist im Begriff, verrückt zu werden. Bist vom Zauber behext. Wahrscheinlich, weil *amanôn* hier ist. Nimm die Stricke von meinen Händen, solang es noch Zeit ist...«
»Täusch dich nicht, Kanaú. Ich hab Eile, und du bleibst auf jeden Fall gefesselt. Ich glaube nicht an Zauberkram. Kann sein, daß es ihn gibt, aber nicht für mich. Du wolltest mich töten. Hast bloß auf die richtige Stunde gewartet. Aber ich wußte das. Ich wußte viel. Ich hab dir mein Leben erzählt, aber ich hab nicht alles gesagt. Wir haben das gleiche Schicksal. Du bist Mischling und ich auch. Dein Vater war Weißer, meiner Indianer. Ich fühle genau wie du. Aber ich kann leichter zu den Weißen gehören als du. Ich bin häßlich und abstoßend, aber man sieht mir nicht an, daß ich Indianerblut habe. Und künftig werde ich ganz zu den Weißen gehören.«
Kanaú unterbrach sie: »Ich wollte dich nicht töten, Pissy. Warum machst du mich nicht los? Ich hätte nicht den Mut, einen Menschen zu töten! Was willst du in dieser Wildnis tun ohne mich? Die Tapirapés feiern *amanôn.* Ich wollte es dir nicht erzählen: Die Caiapós halten ganz in der Nähe Wache. Ich schwör dir's. Wer soll dich den Fluß hinunterfahren, wenn du mich hierläßt?«
»Ich hab dir noch was zu sagen. Du hältst mich nicht zum Narren. Du wolltest mich umbringen, ja. Ich spreche und verstehe die Inan-Sprache. Ich hab gehört, wie du den Ruf der Jacurutueule nachgemacht und deinen Freund damit benachrichtigt hast. Ich hab noch mehr gesehen. Ich war im Wald versteckt und hab dich beobachtet, und nur Gott und ich wissen, daß du Camura vergiftet hast. Ich hab alles gesehen. Und dies ist die Strafe für deine Schlechtigkeit. Kein Zauber ist das, nein. Es ist deine Strafe. Du wirst sterben.«
»Du bist verrückt, Pissy. Ich bleibe hier, und Iroá kommt und befreit mich. Du aber, du wirst den Tapirapés oder den Caiapós in die Hände fallen. Und wenn du ihnen entgehst, schnappt dich die Polizei. Dieser Diamant stinkt nach Blut...«

Pissy stand auf.
Kanaú zuckte zusammen. »Hast du denn wirklich Mut, mich gefesselt im Urwald zurückzulassen?«
Sie drehte ihm den Rücken.
Kanaú sammelte alle Kraft und schrie der Frau nach: »Geh nur, du Bestie! Was fängt ein Stück Vieh wie du mit einem Diamanten an oder mit Geld? Die Caiapós sind hier und sorgen dafür, daß du verreckst! Ich werde noch sehen, wie die Aasgeier über dich herfallen!«
Sie blieb stehen und kam zurück.
»Die Caiapós sind hier, nicht? Schön. Sie können mich töten, aber vorher bist du dran.«
Sie hob den Revolver und feuerte dreimal in die Luft. »Wenn sie in der Nähe sind, dann kommen sie dahin, wo sie die Schüsse gehört haben.«
Sie wandte sich zum Wald um und verschwand.

Kanaú war allein. Mit seinen schmerzenden Augen durchforschte er die Wildnis, in der er gefangen war. Jetzt, bei Tageslicht, konnte er die verschiedenen Baumarten erkennen. Neugierige Vögel setzten sich auf die nächsten Zweige, flogen aber bald wieder davon, als ahnten sie Gefahr.
Zunächst stellte er fest, daß er an einen Imburanabaum gefesselt war. Ringsum schwankten die Laubkronen im *geral*. Da war ein Baumriese, den wilde Kletterpflanzen ganz eingesponnen hatten.
Ein Landi mit schwarzer Rinde, der eines Tages vielleicht gefällt und zu einem Einbaum verarbeitet würde, stand noch friedlich und unbehelligt da. Ein Pequizeiro, der im Frühling reichen Blütenschmuck trägt. Tucum-Palmen. Die Mirindiba, die einsame Kastanie, die irgendwie hierhergeraten war, größer und düsterer als die anderen. All diese Bäume waren durch Schlinggewächse und Lianen miteinander verbunden. Rote Schmarotzer wuchsen wie Blutstropfen an ihren Stämmen.

Der feuchte Dunst nahm zu, als die Sonne höherstieg. Das Erwachen des Tages hier im Wald war ruhig. Der Himmel rötete sich nicht so wie am Araguaia.
Bienen umsummten eine Pflanze und trugen den goldenen Pollen ihrer Blüten davon.
Kanaú senkte die Augen. Wieder fühlte er sich benommen. Er war verloren! Verzweiflung überfiel ihn. Am Ende dieses blutigen Abenteuers war es ausgerechnet eine Frau wie Pissy, die das beste Teil erwischte. Nicht einmal eine richtige Frau war dieses Luder! Dazu fehlte es ihr an Fleisch und Formen. Eine Laus. Ein Wurm. Er versuchte, die Arme mit Gewalt zu befreien, die schon halb eingeschlafen waren, konzentrierte alle Kraft auf die Handgelenke. Er merkte, daß er sehr fest gebunden war. Verzweifelt rieb er eine Hand gegen die andere. Dann begann er, die Handgelenke gegen den Baumstamm zu scheuern. Er fand heraus, daß nicht ein Strick ihn band und daher alle Anstrengung umsonst war. Aber er wollte leben, sich befreien. Er rieb weiter. Das Leder schnürte ihm die Handgelenke zusammen, er gab jedoch nicht auf. Das Schwindelgefühl war verschwunden. Nichts als ein eiserner Wille, sich loszumachen, beherrschte ihn. Der Selbsterhaltungstrieb nötigte ihm unerhörte Kraftanstrengung ab. Oh, diese Frau! Sollte es ihm gelingen, sich zu befreien, er würde sie erwürgen, ihren Hals zerquetschen! Die Handgelenke schmerzten immer mehr. Der Riemen erwärmte sich; die Rinde wurde durch die dauernde Reibung brennend heiß. Aber er hörte nicht auf. Die Caiapós waren in der Nähe. Wenn er nicht bald freikam, faßten sie ihn. Er fühlte, wie sein geschwächter Körper naß wurde von Schweiß. Die Moskitos überfielen ihn, er konnte sich ihrer nicht erwehren. Er ließ die Hände nicht ruhen. Seine Schultern erlahmten. Immer schneidender wurde der Schmerz in den Handgelenken. Er fühlte etwas Warmes an den Fingern entlanglaufen. Blut. Es half alles nichts …
Wenn er doch das Messer in die Hand kriegen könnte! Aber Pissy hatte es mitgenommen. Vor Erschöpfung fiel er in Ohn-

macht. Als er wieder zu sich kam, war der Tag schon vorgeschritten. Sein Körper war voll roter Flecken und schwoll an. Das waren die *borrachudos*, kleine Stechmücken, die ihn marterten. Auch andere in den Urwäldern Parás heimische Insekten zerstachen ihm die Glieder. Und winzige Moskitos kamen in ganzen Wolken und drangen ihm in die Augen. Er hob und senkte die Lider, um sich zu verteidigen. Es war die reinste Hölle. Dann hätte die Frau ihn lieber töten sollen. Alles hatte seinen Sinn verloren. Warum fanden ihn die Tapirapés nicht und machten *amanôn* mit ihm? Warum kamen die Caiapós nicht schneller? Sie würden kommen, mußten längst, von den Schüssen angelockt, auf dem Weg sein...
Eine Hoffnung regte sich noch in seiner Qual. Dreimal ahmte er den Ruf des Jacurutus nach. Aber vergeblich wartete er auf Antwort. Es kam keine Erwiderung. Iroá weilte fern. Er hatte bestimmt keine Vorstellung, welche Gefahren sein Freund zu bestehen haben würde. Für Iroá war alles viel einfacher. Sein Boot war klein, und Kanaú hatte überall Spuren hinterlassen, die nur die Augen eines Indianers zu lesen vermochten. Er hatte Vertrauen in den Freund. Ob er aber noch rechtzeitig kommen würde?
Er dachte wieder an Pissy. Der Urwald würde sie zugrunde richten. Und der Diamant? Wer bekam schließlich all das Geld? Die Caiapós kannten den Wert des Steines. Wenn sie ihn entdeckten, würden sie ihn wohl in Conceição do Araguaia oder in Santa Maria verkaufen. Die Caiapós waren richtige Teufel. All diese Überlegungen erregten ihn sehr, und seine Augen, die voll schwirrender Moskitos saßen, füllten sich mit Tränen. Der Diamant war fluchbeladen. Sicher würde er einmal dem gehören, der sich am wenigsten darum bemüht hatte. Sein Besitzer würde jemand sein, der nichts von dem großen roten Schatten ahnte, der über ihm lag.
Er nahm einen sonderbaren Geruch wahr. Sofort hörte er auf, sich zu bewegen, und lauschte nur noch. Da kam etwas. Er erin-

nerte sich an den Geruch der Blätter. Sie waren es. Hatten wirklich nicht lange gebraucht. Er vernahm das Geräusch der Schritte auf dem Boden. Er ließ den Kopf hängen und stellte sich tot. Das Dickicht gegenüber öffnete sich. Die Caiapós erspähten den angebundenen, toten Mann. Sie sprachen eine Sprache, die niemand verstand. Ihre Köpfe waren bis zur Mitte hin kahl geschoren wie Glatzen. Runde Pflöcke hingen ihnen an den Unterlippen. Sie lachten über den toten Mann. Kamen ihm aber nicht in die Nähe.
Wieder sagten sie irgend etwas und lachten. Kanaú merkte, daß sie die Bogen in seine Richtung spannten, und wußte, sie würden schießen. Jeder Indianer freut sich, seinen Feind mit einem Pfeil treffen zu können, auch wenn der Feind schon tot ist. Das gilt als ein Beweis der Machtüberlegenheit. In diesem Augenblick hallten Schüsse aus dem Wald. Sie redeten wieder miteinander und versandten ihre Pfeile. Sie warteten das Ergebnis nicht ab, schauten nicht einmal nach, ob sie ihr Ziel getroffen hatten. Wieder verschwanden sie im Dickicht. Dort gab es einen lebenden Menschen, der schoß, und das war viel aufregender.

Wohin sie sich auch wandte, der Urwald war immer dichter verflochten. Die Unberührtheit der Wildnis setzte sich gegen den Eindringling zur Wehr. Pissy versuchte mit den Händen die winzigen Mücken zu entfernen, die ihr immer wieder unter die Lider drangen und einen fortgesetzten Juckreiz erzeugten, so daß die Augen tränten. Ihr Mut schwand.
»Ich bin verloren, mein Gott! Wohin soll ich gehen?«
Sie sah, wie der Morgen heraufdämmerte. Was blieb ihr übrig, als weiterzugehen? Hielt sie an, dann gab es keine Rettung. Sie mußte ihre ganze Kraft einsetzen. Die Füße bluteten. Sie hatte wieder die gleiche Schmerzempfindung wie damals auf den Straßen von Belém, als sie aus dem Fürsorgeheim entwichen war. Das konnte doch gar nicht sie selber gewesen sein. Nein,

das damals war eine andere Person. Denn jetzt fühlte sie sich so verzagt, daß sie glaubte, niemals mehr aus diesem endlosen Urwald herauszukommen und sich auch nie irgendwo anders befunden zu haben als hier. Sie riß sich zusammen und versuchte, klar zu denken.

»So darf es nicht weitergehen. Sonst werde ich verrückt. Ich muß mir den Beweis geben, daß der Einsamkeitskoller mich nicht unterkriegen kann.«

Sie sah eine etwas hellere Stelle im Wald und strebte darauf zu, wobei sie sich häufig bücken, auf den Knien kriechen mußte, um sich durch dorniges Bambusgestrüpp zu arbeiten. Sie entdeckte ein Waldstück mit ungeheuren Bäumen und drang tiefer ein. Alle diese Bäume waren von derselben Art, sahen gleich aus. Ihr war, als sei sie schon viele Male an ihnen vorbeigekommen. Das Aussehen des Urwalds wiederholte sich immer wieder. Wenn sie doch wenigstens wüßte, wo der Fluß lag, den sie gestern verlassen hatten. Oder wenn es ihr gelänge, die Pflanzungen der Tapirapés zu erreichen. Was machte ihr der *amanôn* schon aus? Da wüßte sie wenigstens, daß sie sterben würde. Müßte nicht in Ungewißheit darüber verharren, welcher Art ihr Ende sein würde. Die Wildnis war das Furchtbarste. Wie noch nie zuvor stieg die Angst in ihr hoch. Sie sprach sich Mut zu: »Bald ist das überstanden. Ich gewöhne mich daran. Das macht jeder durch, der sich verirrt.«

Sie ging, sie schleppte sich, sie wischte sich die weißen Moskitos aus den Augen, sie beobachtete die Sonne, die durch die Baumwipfel niederbrach, und ihre Angst flackerte stärker auf. Sie erinnerte sich, daß, wer sich in der Wildnis verirrt, vergeblich im Kreise läuft, bis er den Tod findet, bis er auf einen Indianer stößt oder wilden Tieren zum Opfer fällt. Sie fühlte, wie es ihr eiskalt über den Rücken kroch. Unsichtbare Augen beobachteten sie. Viele feindselige Augen. Aber der Wald war finster und offenbarte sich ihren Befürchtungen nicht. Alles war im Verborgenen. Sie blieb stehen und atmete tief. »Ich werde wahnsinnig!«

Schreckliche Selbstgespräche führte sie im Geist:
Wo ist dein Mut geblieben? Dein Indianerblut? Alles aus? Nur wegen ein bißchen Dickicht? Wartet nicht noch viel mehr auf dich? Los, lauf! Weshalb bleibst du stehen? War es nicht dies, was du dir gewünscht hast?
Sie setzte sich auf den Boden und strich über ihre blutenden Füße. Schlamm hatte sich in die Wunden gesetzt. Die Haut an den Zehen war abgeschürft. Die Wildnis zehrte alles auf. »Mein Gott! Wohin soll ich nur gehen?«
Der Revolver zitterte in ihrer Hand. Der Patronenbehälter war jetzt so schwer. Die Gürteltasche, die ihr auf den Schenkeln hin und her rutschte, belästigte sie. Das Päckchen mit dem Diamanten, das ihr gegen den Rücken gepreßt wurde, schmerzte ihren empfindlich gewordenen Körper.
Sie hatte noch mehr abgenommen. Sie war so dünn, daß sich die Gürteltasche auf ihren Hüften nicht abstützen konnte.
Sie warf sich an einem Baum nieder und blieb ein paar Sekunden zusammengekauert liegen. Aber dann raffte sie sich wieder auf und ging weiter. Mehr Dornen. Mehr Schmerzen. Die Arme wurden von scharfen Gräsern zerschnitten.
Da sie keine Richtung hatte, schlug sie den gangbarsten Weg ein.
Bald war sie wieder zur Umkehr gezwungen, denn sie stieß auf eine Barriere von stacheligen Pflanzen. Sie sah unzählige wilde Bananen und wich zurück, weil sie hier überschwemmtes Gebiet und Sumpf fürchten mußte. Reue streckte ihre Fangarme aus. Sie hätte Kanaú nicht festbinden sollen. Vielleicht wollte er sie nicht töten. Er hatte recht gehabt, als er sagte: Niemand kommt ohne Führer heil durch diesen Wald.
Die Gürteltasche verletzte ihr die Hüfte. Sie hatte nicht mehr die Kraft, sie weiterzutragen. Sie nahm einige Kugeln heraus, ergänzte die Ladung des Revolvers und ließ Gürteltasche samt Patronenbehälter auf dem Boden liegen. Den Diamanten preßte sie zwischen die Finger der linken Hand.

Sie mußte weitergehen. Sie wollte leben. Der Diamant rief in ihr die Wirklichkeit wach. Den Lebenswillen. Leben wollte sie! Wüßte sie, wie sie zu der Stelle zurückfinden könnte, an der sie Kanaú verlassen hatte, sie ginge wieder hin. Und wenn er noch nicht tot wäre, würde sie ihn um Verzeihung für ihre Schlechtigkeit bitten, seine Wunde behandeln ...
Niedergeschlagen ließ sie den Kopf hängen. Das nützte jetzt alles nichts. Ihre Wunden schmerzten, und sie fühlte nur noch Erschöpfung. Das Gesicht brannte ihr von den Kratzern, die ihr die Krallen der Wildnis zufügten. Manchmal legte sie den Handrücken darauf und spürte neue Risse. Wenn sie die Hand nachher ansah, waren Blutstropfen daran. Wie schwer der Revolver wog! Sie fühlte die Wärme der Luft, die sie atmete. Aber sie ging immerfort. Sie hörte verdächtige Laute ringsum. Mit entsetzten Augen suchte sie die Wildnis zu durchdringen. Alles war still.
Wieder kauerte sie sich hin und legte die Waffe auf den Schoß. Sie öffnete die Finger und betrachtete den Diamanten. Tränen liefen ihr über die Backen und tropften auf den Stein.
Was nützte der noch? Die vielen tausend Cruzeiros? Eine Menge Geld und kein Sinn darin. Sie hatte gekämpft: Es war der Mühe nicht wert gewesen. Blut verlangte nach Blut. Das war der Preis des Diamanten. Sie bildete sich nicht mehr ein, sich retten zu können. Sie hielt den Stein in die Sonne und sah, wie Myriaden kleiner Lichter nach allen Seiten geschleudert wurden. Welch wunderbarer Glanz! Wie würde der Stein erst funkeln, wenn er geschliffen wäre! Sie senkte die Hand und schloß die Finger.
Sie erhob sich wie schlafwandelnd und begann wieder zu gehen. Es war einerlei, ob sie vorwärts ging oder zurück. Alle Wege führten zur gleichen Verdammnis. Der Tod lauerte hinter jedem Baumstamm der Wildnis und wartete auf den rechten Augenblick für seinen Angriff. Sie hatte nicht die Kraft, die Waffe ans Ohr zu setzen und zu schießen. Vielleicht würde sie es später

tun. Wie der Leutnant. Es schauderte ihr, als sie an die Leiche des Leutnants zurückdachte. Wie das Blut herausgeflossen war aus dem zerschmetterten Schädel, und wie der Körper sich im Fluß bewegt hatte, als er von den roten Piranhas gefressen wurde.

Sie drückte die Finger fester zusammen, als wollte sie den Diamanten anflehen, ihr Kraft zu verleihen. Sie fühlte ihn naß von Schweiß gegen ihren Handteller.

Alle waren des Steines wegen umgekommen. Sie glaubte nicht an Zauber, aber das Blut, das um seinetwillen geflossen war, schrie zum Himmel nach Rache. Schließlich, warum sollte nur sie davonkommen? Ihr Verbrechen war von allen vielleicht das geringste.

Mußte sie aber auf so unsinnige Weise sterben? Sie hatte doch wohl ein besseres Ende verdient, einen Ausgleich für ihr elendes, unglückliches Leben. Sie fing an, über alles zu lachen. Aus Verzweiflung. Sie lachte, weil sie Maria Betânia hieß. Weil man sie Pißnelke genannt hatte. Weil daraus die Abkürzung Pissy geworden war. Weil man sie nicht als Frau ansah. Weil sie eine Laus war, ein Wurm. Denn nur, weil all das so war, mußte die Wildnis ihr zum Grab werden. Die Wildnis würde den Stein als ein Diadem auf ihr schönes Haar legen. Sie hob die Hand und glättete die goldenen Strähnen. Ihr Haar war so schön, es war eines solchen Diadems würdig. Sie lachte über ihr Haar. Lachte lauter. Und noch lauter. Sie schüttelte sich vor Lachen wie eine Verrückte. Sie lachte so, daß sie nicht einmal merkte, daß der Wald zu Ende ging und ein riesiges Sumpfgebiet sich vor ihr auftat. Lachend lief sie darauf zu. Wenige Schritte nur trennten sie vom Sumpf, und der Sumpf bedeutete die Nähe des Flusses.

Sie hörte ein Geräusch, das vom Wald kam. Sie drehte sich um und lächelte. Was sie sah, konnte nicht wahr sein. Angst spiegelte ihr das vor. Sie lachte über ihre Angst. Angst, die im hellen Sonnenschein Gespenster erzeugte. Sie glaubte nicht daran. An

diese nackten Männer, die Pfeile und Bogen trugen und runde Pflöcke in den Lippen. Die ihre Köpfe bis zur Mitte geschoren hatten, als wären es Glatzen. Sie sah, wie sie die Pfeile auf sie anlegten, aber sie lachte.
Ein Stoß schleuderte sie zu Boden. Sie fühlte im ersten Augenblick keinen Schmerz. Nur ihre Bewegungen waren durch den Einschuß gelähmt.
Sie sah auf ihre Brust und auf ihre mageren Schenkel. Mit tödlichem Schreck wurde ihr bewußt, was geschehen war. Die langen Pfeile zitterten noch. Sie hatten nach ihr geschossen wie auf ein Tier. Dumpfer Haß gab ihr die Kraft, sich hochzustemmen. Ihre Beine bebten, als hätten sie das Vibrieren der Pfeile übernommen. Ihr Blick war getrübt. Sie hob den Revolver und zielte. Sie schoß. Aber ihre unsichere Hand traf nur die Rinde der Bäume. Sie wollte aufstehen und fliehen und konnte es nicht. Der Revolver war so schwer, warum sollte sie das Gewicht tragen, wo sie doch keine Kugeln mehr hatte? Sie ließ ihn fallen und kroch nach vorn. Sollte der Tod auch solche Trugbilder schaffen? Ihre Hände berührten den Morast des Sumpflandes. Sumpf! Dann war sie ja aus der Wildnis heraus. Verfluchte Indianer! Bis sie der Rettung nahe war, hatten sie gewartet, um sie zu vernichten. Und wofür? Nur um sich einer Waffe zu bemächtigen. So machten sie es auch mit den Sammlern von Paranüssen und mit den Gummizapfern. Sie hatte oft erzählen hören, daß die Caiapós töteten, um Waffen zu erbeuten. Mühsam drehte sie den Kopf und sah den Revolver am selben Platz liegen. Noch hatten sie ihn nicht aufgehoben. Glücklicherweise wußten sie nicht, was sie in der linken Hand verschlossen hielt. Dieser Diamant gehörte ihr. Einzig und allein ihr. Nur mit dem Tod würde sie ihn teilen.
Sie kroch näher zum Wasser. Sie wollte so gern den Fluß erreichen. Vielleicht kam jemand der Schüsse wegen dorthin und rettete sie. Sie wollte doch leben! Wollte leben, um zu rechtfertigen, daß sie eines Tages geboren war! Um zu erfahren, ob das

Leben Sinn hatte. Wenn die Polizei sie entdeckte, dann wollte sie sagen, daß sie Kanaú festgenommen habe, und so könnte sie wenigstens die Prämie von fünfundzwanzigtausend Cruzeiros gewinnen, die für die Rückerstattung des Juwels ausgesetzt war.

Sie schleppte sich weiter. Jetzt fühlte sie, daß große Wunden ihr an Brust und Beinen zehrten. Sie hörte neues Zischen, verspürte neuen Aufprall, diesmal am Rücken. Aber sie hielt nicht an. Sie wollte leben. Sie wandte sich dahin, wo alles überschwemmt war.

Das Wasser kam über ihren Körper. Ihr Blick verdunkelte sich immer mehr. Mit der freien Hand zog sie sich tiefer in den Morast.

Mit letzter Kraft klammerte sie sich ans Leben und klagte: »Ich sterbe! Ich sterbe! ... Jetzt, wo ich den Diamanten habe! Jetzt, wo ich am Fluß bin und gerettet. Verfluchte Indianer! ...«

Sie stürzte vornüber. Der Mund kam unter Wasser, und der faulige Geruch des Sumpfes rief die Erinnerung an das Ende der letzten Regenzeit wach. Aber den Stein hatten sie nicht entdeckt. Sie zog die linke Hand nach vorn, so daß sie den Diamanten an ihr Haar brachte. Sie öffnete die Finger, und der Tod erlaubte ihr, sein letztes schimmerndes Funkeln in sich aufzunehmen. Die Hand sank auf das Kinn. Der *geral* wühlte in den aufsteigenden Dünsten, verfing sich in ihrem schönen Haar und breitete es über die Hand.

Ein Zucken noch. Blasen stiegen im schmutzigen Wasser auf, und es wurde still. Der Tod hatte in der Besessenheit des *amanôn* auch diesen Fall gelöst. Und er hatte Pissy den Willen getan, ihr das gewünschte Diadem für ihr Haar zu schenken. Jetzt gehörte der Diamant keinem mehr. Die Erde allein besaß ihn wieder. Er kehrte dahin zurück, woher er stammte. Mit jedem Jahr, das vorüberging, würde er tiefer hinabsinken, wenn die Regenzeit einsetzte und sich alles hier in eine riesige Wasserwüste verwandelte.

Er würde hinabsinken bis zu den Wurzeln der Erde. Und da würde er für immer bleiben, für immer...

Kanaú lebte. Aber er wußte nicht, ob es Leben war oder Traum. Er öffnete die Augen und tauchte nur kurz zu klarem Bewußtsein auf. Manchmal meinte er, Iroá komme und binde ihn los. Er sei gerettet und lebe. Es stimme gar nicht, daß ihn die Caiapós mit Pfeilen beschossen hätten. Er sah die Maiskolben vor sich, sah, wie die Grillen aus dem Wald die Körner zernagten. Er hatte keinen Hunger. Nicht einmal Schmerzen. Nur diese Schläfrigkeit, die ihn zermürbte. Er schlief ein und wachte auf. Einmal befand er sich in der Wildnis und starb, dann wieder sah er sich in der Stadt. Sogar als Jungen erlebte er sich. Wie ihn die Mönche nach Conceição do Araguaia brachten, um ihn etwas lernen zu lassen. Er erinnerte sich noch des Abschieds von Iroá in Santa Isabel. Der Freund konnte nicht damit fertigwerden, daß er fortging. Übrigens wurde Iroá jedesmal traurig, wenn er abreiste.
Die Mönche waren sehr gut zu ihm gewesen. Sie hatten ihn Lesen und Rechnen gelehrt. Sie sagten ihm auch, er dürfe sich, wenn er eines Tages zu seinem Stamm zurückkehre, nicht die Lippe durchbohren und die Omarira-Kreise unter den Augen einschneiden lassen. Sie klärten ihn darüber auf, daß er kein Indianer sei, sondern Halb-Weißer. Sie nahmen ihm den Glauben an *Kanansiu-ê*, überzeugten ihn aber nicht, daß der Gott der Weißen der wahre sei. Sie machten, daß er hart wurde und anspruchsvoll. Er war gewiß, er müßte eher zu den Weißen gehören als zu den Indianern. Die gütigen Mönche, die ihn von *Kanansiu-ê* entfernten, erweckten die ersten Regungen von Ehrgeiz in ihm.
Er erinnerte sich, wie er, inzwischen schon ein junger Bursche, heimgekommen war. Wie das Motorboot in Raumaló-Dessé anlegte, das er fortan, als Weißer, Santa Isabel nennen wollte, und wie ihn Iroá dort erwartete, unverändert, mit demselben breiten Lächeln auf dem braunen, häßlichen Gesicht...

Er erbebte, und es gelang ihm, in die Wirklichkeit zurückzukehren. Er würde sterben, wenn sie ihn nicht bald retteten. Er hatte viel Blut verloren, und der Pfeil, der seine Glieder durchbohrte, brannte wie lebendiges Feuer. Es kümmerte ihn nicht, daß die Fliegen auf seinen Wunden saßen und die Moskitos ihn umsummten. Er verlangte nur nach einem, nach Iroá. Wo war Iroá, daß er nicht kam? Wieder sah er den Iroá seiner Kindheit vor sich. Wie er von allem hören wollte: Wie es in Conceição do Araguaia aussah. Wie die Weißen in einer Stadt lebten. Über alles wollte er Bescheid wissen. Seine Kleidung anprobieren.
Dann entdeckte er, daß er mannbar wurde. Daß es nun an der Zeit war, die Kreise unter den Augen zu machen, den Kopf zu scheren und den ganzen Körper schwarz anzumalen, wie es die anderen Burschen des Stammes taten. Iroá wollte es tun. Kanaú aber hörte nicht auf den Freund. Er lachte über all das. Schließlich war er ein Weißer. Iroá wurde traurig. Noch trauriger, als Kanaú darauf bestand, unter den Weißen zu leben. Er hatte den Freund wirklich verloren.
Wieder machte Kanaú die Augen auf und sah sich den Maiskolben gegenüber, die von den dunklen Grillen aufgefressen wurden.
Dann trug ihn der Schlaf weg, und er befand sich in der Stadt. War es nun Rio oder São Paulo? Wie viele Hupen! Welch ein Betrieb von Straßenbahnen und Wagen! Es empörte ihn, daß er überall Aufsehen erregte wegen seiner geschlitzten Augen, seiner sonnendunklen Haut. Er war kein Weißer. War kein Weißer.
»Du mußt an den Araguaia zurück, Kanaú. Du bist ein Indianer und hast kein Recht, in einer Stadt zu leben. Du bist schon mehr als ein Jahr hier und hast genügend Dummheiten gemacht.« Es war der Leiter des Indianerschutzdienstes, der das sagte. Was er über ihn verhängte, war ihm ein Schlag. War Verdammnis. Aber er würde wiederkommen. Als er aus dem Amtszimmer ging, hörte er noch, wie der Leiter seinem Sekretär erklärte: »Die

Laster nehmen sie zuerst an! Der da lebt in den Tanzlokalen ... Trinken tut er wie ein Weißer ...«
Er stöhnte erschöpft: »Warum kommt Iroá nicht?«
Er verspürte unendliche Müdigkeit. Die Lider waren schwer. Es schien ihm, er würde einschlafen, um niemals mehr aufzuwachen.
Er ließ den Kopf sinken. Als er die Augen aufmachte, entdeckte er, daß die Nacht sich wieder über die Wildnis gebreitet hatte und daß die Wildnis ihre vielstimmigen Lieder sang. Der Wind blies nicht mehr. Er lächelte. Der *geral* war plötzlich vorbei. Bis zum nächsten Jahr!
Der Duft der Nacht brachte ihm eine gewisse Erleichterung. Der Wald war ruhig und schien keine Gefahren zu bergen. Nur leise Laute von unsichtbarem Getier belebten seine Schönheit. Träumte er? Er horchte angespannt. Nein, das war kein Traum. Der Ruf des Jacurutu ertönte in nicht abreißender Folge. Mit großer Anstrengung gab er Antwort. Die Brust tat ihm weh, und er fiel neuerlich in Ohnmacht.

Die hohe Sonne des Tages lag auf seinem Körper. Er sah nicht mehr den Urwald vor sich. Auch die Maiskolben waren verschwunden. Er sah nichts als den Himmel und das Gezweig der Bäume. Er lag auf dem Boden. Iroás braunes Gesicht beugte sich lachend über ihn.
»Ich bin's, Kanaú. Kannst du mich sehen?«
Kanaú lächelte matt.
Iroá strich ihm leicht mit der Hand über die Stirn.
Leise sagte Kanaú: »Du ... hast lang gebraucht, Iroá. Fast hättest du mich nicht mehr angetroffen.«
»Ich konnte nicht kommen, Kanaú. Die Caiapós sind hier auf der Jagd. Seit vorgestern nacht hatten sie dich umstellt. Ich kam nicht durch. Ich hielt mich ganz in der Nähe auf, aber es war zu gefährlich. Ich hab viele Male wie ein Jacurutu gerufen. Hast du das nicht gehört?«

»Nein.«
»Das kommt, weil du sehr verletzt bist.«
»Bin ich das, Iro?«
»Ja. Aber das heilt wieder. Als ich ankam, warst du bewußtlos. Das war gut. Denn so konnte ich die Pfeile herausziehen, ohne daß du es fühltest. Ich bin fast die ganze Nacht gegangen und hab dich getragen. Erst vor zwei Stunden hab ich eine Pause gemacht, um etwas auszuruhen.«
»Ich hab nichts gespürt.«
»Ich will dich bis zum Strand tragen, Kan. Der Posten des Schutzdienstes ist voll Polizei. Da wäret ihr bestimmt auf dem Fluß nicht vorbeigekommen . . .« Iroá erinnerte sich an etwas.
»Und der Diamant?«
»Die Frau . . .«
»Ich weiß. Du sollst jetzt nicht mehr reden. Bald trag ich dich weiter. Die Medizinmänner der Carajás legen Kräuter auf deine Wunden, und du wirst gesund. Wir verstecken dich, und später fahren wir wieder nach Santa Isabel zurück.« Er lächelte Kanaú an, um seine Worte glaubhaft zu machen.
»So weit komm ich nicht mehr . . .«
Iroá lachte noch mehr. »Natürlich kommst du. Wir sind ja dicht beim Fluß. Ich hab gesehen, wo dein Boot angebunden ist. Meines hab ich daneben festgemacht. Wollen wir jetzt weitergehen?«
Kanaú sagte leise: »Ja.«
Iroá hob ihn vorsichtig über die Schulter. »Tut es weh?«
»Fast gar nicht.«
Iroá wußte, daß Kanaú so antworten würde, auch wenn er starke Schmerzen hätte.
Sie machten sich auf den Weg. Gegen Mittag gelangten sie zu dem Sumpfgebiet. Jetzt mußten sie nur noch durch den Wald hinuntergehen, der den Morast umgab, um zum Boot zu kommen.
Aasgeier kreisten über dem Sumpf.

»Was kann das sein?«

Ohne Kanaú abzusetzen, ging Iroá in den Sumpf hinein, um nachzusehen. Als sie die Nähe der Menschen bemerkten, flogen die Vögel auf. Pfeile starrten zum Himmel.

»Sieh mal, Kan.«

Kanaú sah hin, ohne irgendeine Empfindung.

»Das ist Pissy.«

Seine Augen gingen prüfend über den ganzen Körper, um sich über eines Sicherheit zu verschaffen.

Iroá sagte: »Sind die Caiapós gewesen. Die haben alles mitgenommen.«

»Ja, alles, Iro.«

Kanaú sah weder die Waffe noch die Gürteltasche, in der der Diamant gewesen war. Er lächelte traurig. Was lag daran? Die Caiapós hatten die beste Beute gemacht.

Er betrachtete die Aasgeier, die sich ringsum in den Bäumen niedergelassen hatten, um zu warten, bis die Menschen weitergingen.

Er dachte an seine Verwünschung zurück, die Worte, die er ausgesprochen hatte, als Pissy ihn verließ: »Ich werde noch sehen, wie Aasgeier über dich herfallen!«

Kanaú schloß die Augen.

Iroá setzte den Weg fort, der zum Boot führte. Über seine Schultern rann der Schweiß. Er keuchte vor Anstrengung.

»Nur noch wenige Schritte, Kan...«

Ohne die Augen zu öffnen, sagte Kanaú zu Iroá: »Hast du bemerkt, Iro, daß der *geral* aufgehört hat?«

»Für diesmal, Kan. Nächstes Jahr kommt er wieder...«

Roter Ara

Er regte sich vorsichtig auf seiner Matte und fühlte den ganzen Körper wie eingehüllt in angenehmes Wohlsein. Nach und nach nahm unfaßliche Ruhe von ihm Besitz. Kanaú wußte, daß er tödlich verwundet war, daß er sich während langer Zeit fieberschwer auf dieser Matte herumgeworfen hatte. Jetzt aber erschien sie ihm als ein behagliches weiches Lager. Sonderbar, diese Empfindungen! Entweder hatte das Fieber seine Fähigkeit, wahrzunehmen, zerstört, oder ihm waren durch ein Wunder, durch Hexerei, alle Schmerzen vergangen.

Er bewegte sich noch einmal, und das Wohlbefinden hielt an. Sicher hatte er während seiner Krankheit viele Tage und Nächte lang im Fieberwahn verbracht und war jetzt auf dem Weg, gesund zu werden.

Seine Gedanken klärten und ordneten sich, und vor seinem Geist wurde es licht. Er wußte jetzt, daß er sich im *Aruanã*-Haus befand. Deshalb hatten seine Augen ein Strohdach über sich, und an der einen, offenen Seite sah er, wie der Himmel den Glanz von tausend Sternen aussprühte. Im Sternenlicht zeichneten sich ihm gegenüber die großen, ehrwürdigen Masken ab, die Maisstrohkostüme, unter denen die Gesänge erschollen, die bis zu den Ohren *Kanansiu-ês* drangen.

Er lächelte, als er an *Kanansiu-ê* dachte. Jetzt überkam ihn tiefe Frömmigkeit. Ach, wenn es *Kanansiu-ê* doch gäbe! Wie gern würde er den *Kanansiu-ê* der Inans nach einem Tag ermüdender Jagd in seiner großen roten Hängematte ruhen sehen. Dann wollte er ihn lächelnd bitten, ihm etwas Hübsches auf seinen Rücken zeichnen zu dürfen, der voller dunkler und roter Linien war.

Danach würde er ihn bitten, ob er seine schwarzen Haare flechten könne. Diese schwarzen Haare, die sich, wenn *Kanansiu-ê* zu lange schlief, in die Erde senkten und zu Baumwurzeln wurden und von denen ein einzelnes sich, wenn er es aus dem dichten Schopf verlor, in *ramalalá* verwandelte, die große Schlange, oder in bläuliche Schweinsfische tief auf dem Grunde der Gewässer ...
So hatte es der alte Maluá immer erzählt. Das alles würde geschehen, wenn er die Erde verließe, um durch die Wälder des Himmels zu wandern oder die Ruhe des Flusses aufzusuchen, aus dem er geboren war ...
Doch weshalb an den Tod denken, jetzt, wo er sich so wohl, so lebendig fühlte?
Die Brust wurde ihm eng, und er meinte, das *Aruanã*-Haus stürze über ihm zusammen, die Wände fielen ein. Er bekam kaum noch Luft. Er streckte die Hände und stellte überrascht fest, daß die verletzten Arme ihm gar nicht weh taten. Mit den Fingerspitzen glitt er über die geflochtenen Fasern der Matte. Er zählte die Knoten, die er mit den Händen erreichen konnte. Jeder einzelne war sorgfältig von einer Carajáfrau ausgeführt worden. Er sah die Inanfrauen vor sich, wie sie sich über die Faserbündel beugten und mit flinken Fingern das Geflecht fertigten, wobei sie die Brüste auf die Arbeit stützten. Und die fertigen Matten dienten als Ruhelager für die vom Fischfang ermüdeten Männer, für die Kranken, für die unentwegt um Milch bittenden, greinenden Kinder und sogar für die trägen, auf einen Mann wartenden Jungfrauen.
Tarimarú tauchte vor seinen Augen auf, wie sie den Leib unter der fettigen Decke versteckt und nur die schwellenden Brüste unbedeckt und frei gelassen hatte, die bei jeder ihrer Bewegungen auf der Matte wogten.
Die Stimme Maluás verfolgte ihn: »Tarimarú wartet auf einen Mann, Kanaú. Dieser Mann könntest du sein.«
Diesmal verbarg Tarimarú ihre Augen nicht hinter den Haaren, wie sie es in der Hütte Maluás getan hatte. Im Gegenteil, sie zog

die Kette aus weißen Glasperlen zurecht, die sie um den hübschen Hals trug, und lachte ihn mit all ihren weißen Zähnen an …

Er legte die Hand über die Augen, als wolle er das Trugbild vertreiben. Da sah er, daß sich eine Gestalt über ihn beugte. In Iroás Augen lag der Widerschein der Sterne. Er kam dicht an sein Gesicht heran und fragte leise: »Was hast du, Kan?«

Ein glückliches Lächeln strahlte aus Kanaús Blick. Wie schön Iroás Stimme klang. Wie der Wind, der die Wasser des Flusses kräuselt. Er wandte den Blick zur Seite und hatte wieder das deutliche Gefühl, das Strohdach neige sich auf Iroás Kopf, und die Inans, die nahebei, in ihre öligen Hüllen gewickelt, schliefen, wüchsen bei jedem Atemzug auf erschreckende Weise.

Er fühlte Iroás warme Hand auf seiner Stirn. Sicher sprach der Freund so leise, weil er die anderen nicht wecken wollte.

Wie klein und anders dies *Aruanã*-Haus war! In Raumaló-Dessé, ja! Dort hatten die Masken von *Kanansiu-ê* und *Lateni,* dem Gott des Bösen, mächtig und eindrucksvoll ausgesehen. Und jedes Jahr waren die jungen Burschen des Stammes ausgezogen, um neue Federn und neue Fasern zu holen, sie auszubessern. Sie stellten auch Farben aus Pflanzen her, um die Masken zu bemalen.

»Was hast du, Kan?« fragte Iroá wieder.

Glücklich öffnete Kanaú die Lippen, und seine Stimme kam schwach und zitternd. Iroá näherte sein Gesicht, um ihn besser verstehen zu können.

»Heute … ist Festtag. Ich will mich mit Tarimarú verheiraten. Hörst du nicht? Die Frauen machen *kalugí.* Das Dorf ist geschmückt. Maluá wird die *omarira* in mein Gesicht ritzen, nicht, Iro?«

Iroá war im Innersten erschüttert. Im Halbdunkel des *Aruanã*-Hauses sah er die ausgezehrte Gestalt des Freundes und merkte, wie sein Leben immer mehr entwich. Die Stirn glühte unter seiner Hand. Aber Iroá drängte allen Kummer zurück und beherrschte seine Stimme, als er antwortete:

»Ich höre alles, Kan. Die Frauen bereiten das Fest vor. Maluá wird dein Gesicht ritzen, und dann bist du ein Inan für alle Zeit...«
Ein Stöhnen entrang sich Kanaús Brust. Die Wände schrumpften, und das Dach senkte sich jetzt immer tiefer. Er konnte kaum noch atmen.
»Iro...«
»Was ist, Kan?«
»Ich möchte dich um etwas bitten.«
»Sag es nur, ich tu es, Kan.«
»Ich möchte nicht mehr hier schlafen. Laß mich nicht hier.«
Iroás Gram wuchs. Er erriet fast, worum Kanaú bitten würde.
»Trag mich hier weg. Ich möchte die Nacht um mich fühlen. Erinnerst du dich, als ich ein Junge war, mochte ich nie krank werden...«
»Damit die Alten aus dem Dorf nicht kämen und dicht bei dir ihre Klagen anstimmten, nicht, Kan?«
»Trag mich fort, Iro. Bald kommen die Frauen, um zu weinen und zu singen...«
»Sie kommen nicht, Kan. Wir sind im heiligen *Aruanã*-Haus. Hier darf keine Frau eintreten.«
»Trag mich fort, Iro. Ich möchte den Fluß sehen. Ich muß zurück zum Fluß.«
Er wollte sich aufrichten, aber die kraftlosen Arme konnten den Körper nicht stützen.
»Iro, es geht mir gut. Absolut gut. Ich fühle nichts mehr. Die Wunden tun nicht weh. Ich bin nur schwach.«
Er hob die abgemagerten Arme, auf denen die Heilkräuter, die der Medizinmann aufgelegt hatte, anzuschwellen schienen.
»Ich bin nur schwach, Iro.«
Er kroch auf der Matte und drohte auszurutschen. Ungeduldig hielt er inne.
»Du mußt mir helfen, Iro. Das Haus stürzt ein. Ich will nicht hierbleiben. Ich will gleich nach Raumaló-Dessé zurück, und

nur du kannst mir helfen. Sonst muß ich bis zum Fluß kriechen.«
Aus seiner Stimme klang Verzweiflung.
Iroá bettete ihn wieder auf der Matte und sagte beschwichtigend: »Sei ganz still, Kan. Ich bring dich hin. Ruhe ein wenig aus, ich trag dich gleich fort. Mach die Augen zu.«
Kanaú gehorchte, denn er wußte, daß Iroá ihn noch nie angelogen hatte. Sein durch die Anstrengung beschleunigter Atem kam wieder zur Ruhe. Er hörte das Schnarchen der anderen Inans, die von alldem nichts bemerkt hatten.
Iroá beugte sich über ihn und sagte sanft: »Jetzt komm. Leg deine Arme um meinen Hals und sieh, ob du dich aufrecht halten kannst. So ... Ich werde dich tragen.«
Er richtete Kanaú von der Matte auf. Mutlosigkeit überkam ihn. Das war sein Freund. Das war der Körper seines Freundes. Ein wilder Zorn fraß sich in seine Verzagtheit. Elende Caiapós, die Kanaú in ein solch ausgebranntes Bündel verwandelt hatten. Einen Körper, der nichts wog. Jeder Caiapó, der ihm in Zukunft begegnen würde, sollte dafür sein Blut auf die Erde vergießen. Und die Erde sollte sich auftun gleich einer Blüte, um diesen Körper zu empfangen, dessen Leben erlosch.
Er spürte den schwachen Atem des Freundes an seiner Brust. Wie war das alles bloß möglich? Wo war der Kanaú, der so oft mit ihm gekämpft hatte? Kanaú, der durch die Kraft seiner mächtigen Arme Herr des ganzen Flusses gewesen war? Der die anderen Kämpfer der Inans und der Javaés, die es wagten, ihn herauszufordern, so bedrängt hatte, daß sie fast erstickten? Kanaú war nur noch ein Bündel Leben, das mühevoll atmete. Dessen Augen in den Höhlen versanken und dessen vorstehende Backenknochen sich durch die gebräunte Haut bohrten.
Er trat hinaus. Die Nacht glich einem Meer von Sternen. Ein weicher Wind kam bald von hier, bald von dort und bewegte Iroás geöltes Haar. Kanaú schmiegte sich in Iroás Arme, und

Iroá fühlte, daß der Freund zugleich tief betrübt und glücklich war.
Er ging langsam, damit er ihm keine Schmerzen verursachte.
Auch die Nacht wandelte gemächlich dahin. Das Sommerdorf lag in ruhigem Schlaf. Die behelfsmäßigen Strohhütten für die kalte Zeit waren ebenso schlecht gebaut wie das *Aruanã*-Haus.
Der feine Sand knirschte unter Iroás Füßen. Aus einem der Häuser ertönte eine Stimme: »*A mô bô?*«
»Ich, Iroá.«
»Willst du abreisen?«
»Ich will auf den Fluß hinausfahren.«
Die Stimme schwieg. Ein Hund bellte in der Ferne. Dann trat wieder die gewohnte nächtliche Stille ein.
Iroá blieb stehen und sah, daß Kanaú eingeschlafen war. Er rief ihn an: »Kan, schau! Der Fluß.«
Der Freund hob mühsam den Kopf, und ein leichtes, müdes Lächeln erschien auf seinem Gesicht. Seine Augen, die seit vielen Tagen stumpf gewesen waren, bekamen wieder Glanz. Die erloschenen Pupillen gewannen Leben.
Da war der Fluß. Immer würde er bleiben. Der große Fluß, ihrer aller Freund, der jeden Durst stillte. Der *Bêê-Rokan* der Carajás! Der Araguaia der Weißen oder *torís,* da war er, strömte schweigend dahin und zerteilte die Nacht.
Nachts floß er langsamer talab, denn seine Wasser waren dann schwer von Schlaf. Deshalb auch trieben die Sterne soviel Mißbrauch mit ihm und stiegen nieder, um sich in ihm zu baden, ohne Furcht vor den Piranhas. Da war er, der Fluß.
Nach und nach schwand das Lächeln.
Iroá ging mit dem Freund bis zu seinem Boot. Er legte ihn behutsam auf den Strand. Er schob einen Holzrost auf dem Boden des Bootes zurecht und breitete eine Decke darüber. Nichts sollte dem Kranken beschwerlich sein. Wieder hob er ihn auf und legte ihn auf den Rücken hinein, daß sein Blick nach

vorn gewandt war. Kanaú konnte das Geräusch der Wellen vernehmen, die unter dem Boot dahinströmten.
Der Einbaum löste sich vom Strand. Nichts war zu hören als Iroás leichter Ruderschlag. Das Dorf rückte immer ferner. Von dort konnte kein Laut mehr zu ihnen dringen.
»Was für eine schöne Nacht, Iro!«
Iroá lachte. Er wußte, daß Kanaú eine lange Reise vor sich hatte und wollte ihn vor allem behüten. Niemand durfte seinem Freund Übles tun. Er wollte sich alle seine Worte bewahren. Wollte seine letzten Augenblicke für immer in seinem Herzen verschließen. Niemand sollte an diesem großen Geheimnis teilhaben.
»Wie schade, daß ich nicht rudern und dir helfen kann, Iro!«
Iroá lächelte. »Du hast nie gerudert, Kan, denn du warst immer zu faul.«
»Ich war zu faul, ja.«
Er schwieg, aber bald bat er: »Sag etwas, Iro. Sprich mit mir.«
Er fing jedoch selbst zu reden an.
»Schade, nicht, Iro? Zu schade! Alles ging so gut. Wir hätten die größte Jagd unseres Lebens gemacht. Fast eine Million Cruzeiros . . .«
»Viel mehr als das! Aber wenigstens bist du mit dem Leben davongekommen, Kan.«
Kanaú lachte im geheimen, denn er wußte, daß er nicht mehr lang zu leben hatte. Er schaute zu Iroá hin, und seine Augen füllten sich mit Tränen. Er dankte *Kanansiu-ê* und dem Gott der Weißen, nicht leben und den Diamanten besitzen zu müssen. Denn dann hätte er ihn mit Iroá zu teilen gehabt, und *Lateni*, der Gott des Bösen, in seiner Grausamkeit würde ihn getrieben haben, Iroá zu töten, zu vernichten, um den Diamanten nicht teilen zu müssen.
Der Freund war der einzige und letzte Zeuge des Verbrechens. Ja! Auch Iroá hätte er ermordet. Doch nun, im Augenblick des Todes, dieses Todes, der so sanft herannahte, so zart, durfte er

den Freund erblicken, der ihm sein ganzes Leben lang ergeben gewesen war wie ein Hund. Der durch die Sternennacht ruderte, um ihm seinen letzten Wunsch zu erfüllen.
Ein glückliches Lächeln wusch alles Böse aus seinem Herzen.
»Es war gut, Iro. War gut, daß die Caiapós den Stein genommen haben . . .«
Er machte eine neue Pause. Das Ruder zeichnete Streifen von Licht ins Wasser.
»Weißt du, Iro? Ich bin wieder ganz gesund. Ganz gesund.«
Seine Stimme klang kräftig, und das berührte Iroá sonderbar. Er wollte sich nicht damit abfinden, daß Kanaú bald von ihm gehen würde und diese Besserung das Herannahen des Todes bedeutete. Sein Mund verzog sich schmerzlich, und ein bitterer Geschmack wollte in ihm aufsteigen. Er riß sich zusammen und bemühte sich, ruhig zu sprechen. »Eins hab ich nie verstanden, Kan. Woher wußtest du, daß der Diamant dir gehören würde? Woher wußtest du, daß alles so ablaufen würde, wie es abgelaufen ist?«
»Ich wußte es nicht, Iro. Es war *Lateni,* der all das Schlechte beschlossen hatte. Ich meinte nur, es sei einfacher, wenn ich Camura tötete.«
Die Erinnerung an Camura stieg kurz in ihm auf. So ein netter Mann, der Kommissar. ›Oho! Camura!‹ Er war schon ein richtiger Indianer, daß er keinerlei Reue darüber verspürte, Camura umgebracht zu haben. Er dachte auch an Camura, wie der von seinem Sohn erzählt hatte . . .
»Es sollte wohl alles so kommen. Zu Anfang wollte ich nur den Anteil haben, der mir zustand. Dann hat *Lateni* uns verhext. Ich hatte nicht erwartet, daß der Leutnant sich erschießen werde, nicht, daß die Xavantes Daniel umbringen könnten und daß Sá Lua einfach so verschwinden würde. Nein.« Er schwieg eine Weile.
»Ich ahnte nicht, daß Pissy ein Mischling war und daß sie unsere Unterhaltung gehört hatte. Sie hat gesehen, wie ich Camura das Gift gab . . .«

»Macht nichts. Jetzt ist alles vorbei, Kan . . .«
»Für mich ist alles vorbei.«
»Nein. Wir fahren nach Raumaló-Dessé zurück. Da bauen wir uns einen neuen Einbaum für die Zeit des Sommerregens, nicht?«
Kanaú schwieg.
»Möchtest du, daß ich weiterrede, Kan?«
»O ja. Sprich immerzu. Erzähl mir die Geschichte von der Strafe der Inans.«
»Ich kann nicht so gut erzählen wie Maluá und Chêerá, aber ich tu es für dich:
Vor langen Zeiten lebten die Inans glücklich auf dem dunklen Grund des *Bêê-Rokan.* Sie kannten keinen Hunger . . .«
Iroás Stimme wurde zu der des alten Chêerá, und vor Kanaús Augen vollzog sich eine Verwandlung. Er sah sich als Jungen, zusammen mit Iroá, Uereá, Telibré und anderen Kindern auf der Matte liegen. Chêerá wurde zu einem Bild mit leuchtenden Augen und hatte eine sanfte Stimme. Seine faltige Haut war glatt geworden und schimmerte. Er erzählte eine alte Geschichte, die er tausendmal hätte wiederholen können, ohne daß sich Kanaús Aufmerksamkeit vermindert hätte. So gesund und wild er damals auch gewesen war, wenn er diese Geschichte hörte, vergaß er alles ringsum.
»Kotú-benê arirubuna Inan kay biroxikre . . .«
Doch nun war Chêerá verschwunden, und seine Stimme drang ernst aus den Tiefen des Flusses. Kanaú begriff, daß Chêerá längst gestorben und in die Gewässer zurückgekehrt war.
»Der Carajá tötete die Schildkröte und verspeiste sie . . . Der Carajá«, fuhr die Stimme fort, »hatte nie Streit, tötete nicht, starb nicht. Er war stark, fröhlich und sehr schön. Einmal geschah etwas Seltsames: Der jüngste Sohn des Stammeshäuptlings erkrankte. Sie riefen den Medizinmann, aber der konnte nicht helfen. Alle Bemühungen waren vergeblich . . . Unter den Carajás gab es zwei starke, mutige Jünglinge . . .«

Kanaú sah sich inmitten des Flusses, wo er zwischen schwankenden Wurzeln und Büscheln von Wasserpflanzen einherging. Die Schilfgräser wirbelten um ihn herum wie grüne Schlangen.
An seiner Seite wanderte Iroá, als sei auch er ein schwimmendes Wassergewächs.
»Wollen wir, Iro? Wer weiß? Ob wir nicht auf der anderen Seite von *Bêê-Rokans* Strudel ein Heilkraut für den Burschen finden?«
»Nein, Kan. Der Strudel ist schwarz und gefährlich. Koboí hat das gesagt. Koboí hat es verboten.«
»Was weiß Koboí? Er ist alt.«
»Koboí hat lange gelebt...«
»... aber eines Nachts nahmen die beiden ihre Bogen und Pfeile und durchquerten etwas ängstlich den Strudel des *Bêê-Rokan*...«
Kanaú richtete sich im Boot halb auf. Die Nacht war einem wunderbaren Tag gewichen. Die Natur war ein blühender Frühling!
Kanaú murmelte: »Siehst du das, Iro?«
Iroá hielt das Ruder an. Er sah nichts als die stille Nacht. »Was, Kanaú?«
»Wir sind eben durch den Strudel des *Bêê-Rokan* gekommen. Wir wollen das Heilkraut für den Sohn des Stammeshäuptlings holen.«
Iroá kniete sich neben Kanaú hin. Er legte die Hand auf die Stirn des Freundes und fühlte, daß er von Fieber glühte. Seine Wahnvorstellungen hatten ihn zum Helden der Geschichte gemacht, die er vernahm.
»Siehst du das, Iro? Sieh doch, wie schön!«
Alles war wunderschön: Die bunten Vögel, die sich immer wieder in Feuer und Blut verwandelten. Da flogen rote Aras durcheinander und stießen gellende Schreie der Lebensfreude aus. Die ganzen Ufer des Araguaia standen voll leuchtender Blumen.

Büsche tauchten ihr violett blühendes Gezweig ins kristallklare Wasser des Flusses. Düfte von Vanille und Moschus stiegen empor. Bohnenpflanzen waren voll gelber Schoten, aus denen das weiße Mark hervorquoll. Die Sonne entzündete das Leben mit ihren wärmenden Strahlen. Alles sah anders aus als der dunkle Grund des Flusses, auf dem die Inans geboren waren...

»*Budôê,* der Hirsch, näherte sich ihnen. Sie wollten ihn töten, aber der goldene Hirsch sagte:

›Tötet mich nicht. Sucht ihr nicht das Mittel, das alles heilt? Seht, hier ist es. Im trockenen Stamm der Tucum-Palme; es ist der allersüßeste Bienenhonig.‹

Da nahmen sie den Honig und kehrten durch den Strudel des *Bêê-Rokan* zurück.

Der Sohn des Stammeshäuptlings trank das Mittel und wurde gesund.«

Darauf erzählte Iroá von den Wundern der oberen Hälfte. Von *randô,* dem Mond, von *tahinâ-kan,* dem Morgenstern, und von *tchu,* der Sonne.

»Von nun an war unter den Inans ein Begehren, das von Tag zu Tag sehnlicher wurde. Keiner war mehr zufrieden in der häßlichen Düsternis des Grundes, und sie wollten ihn verlassen.

Koboí schüttelte den Kopf.

›Geht nicht! Geht nicht! Ihr werdet unglücklich. Ihr werdet weinen, leiden und sterben!‹

Niemand hörte auf ihn. Koboí war schon so alt...

Sie packten ihre Sachen und zogen hinauf zu dem Strudel des Araguaia, sehnsüchtig, in langer Reihe. Am Ende ging Koboí. Noch einmal warnte er:

›Halt! Geht nicht!... Ihr werdet sterben. Die Tucum-Palmen dort verdorren, und das ist ein Merkmal des Todes...‹

Aber sie verschwanden einer nach dem anderen durch den Strudel.

Koboí hatte Tränen in seinen alten Augen.

›Geht, ihr Verfluchten, geht! Aber von jetzt an soll kein Indianer jemals wieder den Namen Koboí tragen!‹

Koboí blieb zurück, einsam und verlassen.

Die Jahre vergingen. Die Inans waren nicht mehr glücklich. Sie wurden krank, und sie starben.

Einer von ihnen sagte:

›Koboí hatte recht. Wir wollen zurückkehren, sonst sterben wir alle.‹

Sie gingen zu der Stelle, an der sie den Durchgang zu finden meinten, den Strudel des Araguaia. Aber sie fanden ihn niemals mehr wieder. So sind die Carajás auf die Erde gekommen. Und sie erlitten die Strafe für ihren Ungehorsam und blieben für alle Zeit. Nie mehr hieß ein Inan-Indianer Koboí. Während der Mondnächte kann man da, wo der Araguaia in Wasserfällen niederstürzt, das Wimmern des Koboí hören, der die Undankbarkeit der Carajás bejammert...

Wenn also ein Indianer stirbt, und er ist ein Medizinmann, geht er nach oben, und wenn er es nicht ist, sucht er den Grund des Flusses auf, um auszuruhen und glücklich zu sein...« Iroá schwieg.

Kanaú warf sich im Boot hin und her.

Alles war versunken. Die Nacht erschien ihm wieder als Nacht, und die Stimme, die er aus dem Fluß zu hören gemeint hatte, war die Stimme Iroás.

»Hat es dir gefallen, Kan?«

»O ja, Iroá. Du wirst später einmal ein berühmter Geschichtenerzähler der Inans sein... Ich hab an etwas denken müssen...«

»Erzähle!«

»Einmal... Weißt du noch? Wir unterhielten uns mit Arutana darüber, was nach dem Tode kommt. Erinnerst du dich?«

»Ja.«

»Da sagtest du, du glaubst, ein Inan, der stirbt, geht auf den Grund des Flusses. Und ich sagte, nein! Alle werden nur einfach

zu Erde. Arutana aber schaute auf den Fluß und zum Himmel und sagte: Ich nicht. Wenn ich einmal sterbe, dann werde ich zu einem Stern am Himmel... Erinnerst du dich daran, Iro?«
»Ja, ich hab's nicht vergessen. Warum?«
»Ich war damals ganz überzeugt, Arutana könne, wenn er stürbe, wirklich ein Stern am Himmel werden.«
Er war einen Augenblick still, dann fuhr er fort, und in seiner Stimme lag Wehmut:
»Und ich, Iro? Wohin soll ich gehen? Ich bin kein Weißer und gehöre nicht in den Himmel ihres Gottes. Und auch kein Indianer, der auf dem Grund des Flusses ausruhen kann... Mein ganzes Leben lang hab ich an dem Schmerz getragen, nichts zu sein, nichts...« Tränen standen in seinen Augen. »Deshalb bin ich nie gut gewesen... Ich hab nie verstanden, warum es so war.«
Iroás Stimme kam mit unendlicher Zartheit. Er wußte, daß Kanaús Ende herannahte.
»Du gehst, wohin du möchtest, Kan. Du warst immer gut. Wenn du willst, kannst du auf den Grund des Flusses zurückkehren, du kannst auch als Stern zum Himmel steigen. Oder du vermischst dich mit der Erde und wirst zu einem großen Baum. Vielleicht zu einem Landibaum, und aus diesem Landibaum entsteht ein Boot, das immer auf dem Fluß fährt...«
Ein Zittern überlief Kanaús Körper. »Warum sprichst du so leise, Iro?«
Iroás Augen füllten sich mit Tränen. Er wußte, was das bedeutete.
Er hatte immer gleichmäßig gesprochen...
»Rede doch weiter, Iro. Aber rede lauter, denn der Wind trägt deine Stimme so weit fort.«
Iroá blickte auf die Wasser des Flusses, die langsam dahinzogen, weil sie schliefen. Kein Windhauch war zu spüren. Und doch hörte Kanaú den Wind.
Er sagte noch viel. Er sprach langsam, während das Ruder leicht

ins Wasser schlug. Er ruderte immerfort flußaufwärts, denn er wollte Kanaú den Eindruck geben, sie führen auf Raumaló-Dessé zu.
Kanaú versank in einen leichten Schlaf und erwachte erst, als das Boot anlegte.
»Wir sind am Ziel, Kanaú.«
Auf der Böschung von Raumaló-Dessé liefen alle Inans zusammen und schrien laut zur Begrüßung. Iroá stand im Heck des Bootes und hielt das Ruder. Kanaú saß in der Mitte. Sein Körper war rot bemalt und hatte auf Brust und Rücken eine wunderbare, reichverzierte Zeichnung, die in schwarzen Linien ausgeführt war.
Er drehte sich um und sah, wie Iroá ihm zulächelte.
»Heute ist deine Hochzeit, Kanaú. Das Fest wird in Raumaló-Dessé gefeiert. Tarimarú ist ganz nackt und hat den Körper bemalt. Sie beobachtet deine Ankunft. Aber sieh nicht hin, denn das ist Brautleuten verboten. Steh mit gesenktem Kopf auf, denn eben steigt Maluá zu uns herunter, der dich tragen wird.«
Maluá näherte sich, schob den Kopf zwischen Kanaús starke Beine und hob ihn in die Höhe.
Er hörte den Beifall aller Indianer, die der Feierlichkeit beiwohnten: Ihm selbst war es verboten, den Blick zu heben und alles mit anzusehen. Er durfte der Braut nicht gegenübertreten.
Bis zur Hütte von Curiala wurde er getragen und hier auf den Boden gestellt. Curiala saß mit seiner Frau auf einer alten Matte. Kanaú setzte sich und kreuzte die Beine, wie es Sitte war.
Der alte blinde Curiala hatte nur ein Lächeln, um seine Herzensfreude zu zeigen.
Er legte die Hände auf Kanaús kräftigen Körper. »Kanaú ist stark und ganz bemalt. Kanaú ist schön.«
Aus dem zahnlosen Mund der Alten kam es: »Kanaú ist schön . . .«
Curialas Hände hoben sich bis zu den Augen, und seine zittri-

gen Finger tasteten über die *Omarira*-Kreise, die ein paar Tage zuvor gemacht worden waren.
Kanaú war von Stolz erfüllt. Jetzt würde keiner des Stammes mehr anzweifeln, daß er ein Inan war.
»Kanaú, mein Sohn, der bei mir gelernt hat, wie man jagt und wie man fischt, schämt sich jetzt nicht mehr, ein Inan zu sein. Kanaú hat die beiden Kreise unserer Rasse...«
Die Alte wiederholte: »Kanaú hat die beiden Kreise unserer Rasse...«
Dann faßte Curiala seine Handgelenke und tauchte sie in ein Tongefäß. Er strich ihm über Hände und Stirn und reinigte sie mit dem heiligen Wasser.
»Jetzt darfst du deine Braut ansehen.«
Vor ihm stand lächelnd in wunderbarer Nacktheit Tarimarú, und ihre Brüste boten sich dar wie zwei bräunliche Früchte. Sie war das Leben.
Wieder schob sich Maluá zwischen Kanaús kräftige Beine. Der Zug der Inans folgte. Sie wollten ihn zu der Hütte bringen, in der seine Mutter gelebt hatte und die wieder aufgebaut worden war.
Fünf Meter vor dem Eingang wurde er hingestellt. Er ging allein und fühlte den Wind, der vom *Bêê-Rokan* her blies, über seinen nackten Körper streichen.
Er trat in die Hütte. Da geschah etwas Seltsames. Die Wände dehnten sich und wuchsen fast bis zum Himmel. Ganz fern schwang, in goldene Helligkeit gehüllt, eine blütenweiße Hängematte.
Er näherte sich und sah, daß nicht Tarimarú darin lag, sondern *Kanansiu-ê,* stark und kräftig, mit bronzefarbenem Körper, von dem Licht ausstrahlte, rotes Licht, wie das von Araflügeln. *Kanansiu-ê* reckte sich. Mit dem unvergänglichen, hellen, klaren Lachen auf den geöffneten Lippen sagte er zu ihm: »Ich hab auf dich gewartet, mein Sohn. Ich hab auf dich gewartet, Kanaú, du sollst mein Haar flechten!«

Er hielt ihm das Haar hin, das schwarz und seidig war, und immer noch lächelnd, sagte er: »Ich brauche einen mannhaften Indianer, der heute mit mir auf die Jagd geht...«

Iroá ruderte und ruderte. Seine Arme begannen zu ermatten. Er hatte die ganze Nacht hindurch gerudert. Jetzt dämmerte im Osten der Morgen.

Röte begann die Seite des Sonnenaufgangs zu überfluten. Das war *Kanansiu-ê,* der sich nach dem Erwachen im Feuer des anbrechenden Tages badete. Immer glühender wurde das Rot, und der Morgen stieg am Himmel herauf gleich einem gewaltigen roten Ara. Iroá legte das Boot am Strand an.

Leise rief er: »Kan!«

Aber er bekam keine Antwort.

Noch einmal rief er: »Kan!«

Nur der Fluß war zu hören, der unter dem Boot dahinflutete. Er berührte die Füße des Freundes und merkte, daß sie kalt waren und starr...

Er beugte sich über sein Gesicht. Die Augen waren blicklos geworden. Kanaú hatte den Rest der Nacht damit verbracht, die Sterne am Himmel zu jagen.

Erläuterungen und Übersetzungen indianischer Wörter

A Mô Bô	Wer bist du? oder Wer ist da?
Arakre	Bis bald; auf Wiedersehen
Arenine	Antwort auf einen Gruß
Aruanã	Kulttanz der Carajá-Indianer
Auire	Gut
Bêê-Rokan	Großer Strom oder Araguaia
Berrurá	Korb
Biurasó	Morgendämmerung
Borduna	Keule
Borrachudas	kleine Stechmücken
Borréto	Ich weiß nicht
Btondirú	Das Dorf Fontoura
Budôê	Der goldene Hirsch
Buiuna	Große Schlange
Caboclo	Ursprünglich Mischling von Weißen, Indianern und Schwarzen, heute allgemein der einfache Landbewohner im Norden Brasiliens
Cachaça	Zuckerrohrschnaps
Carajá	Indianerstamm, der am Araguaia lebt
Cotí	Tabak
Dateriambú	Gruß; kann sowohl »guten Tag« als auch »gute Nacht« bedeuten
Dioróssa beixêkre	Still, Hund!

Fazenda	Gut; größerer Landbesitz
Fontoura	Kleine Ansiedlung der Weißen, 7 Meilen von Santa Isabel entfernt
Garimpeiro	Edelstein- und Mineralienschürfer, Diamantenwäscher usw.
Garimpo	Schürfungsgebiet für Edelsteine, Halbedelsteine, Gold usw., oft mit Lager und Siedlungen
Geral	Starker, warmer Nordostwind, der in manchen Gegenden Nordbrasiliens alljährlich eine Zeitlang weht
Imomam	Stammeshäuptling (in der Sprache der Xavantes-Indianer)
Inan	Dasselbe wie Carajá-Indianer
Itchokó	Kleine Puppenfigur aus Ton, Kunsthandwerk der Carajá-Frauen
Javaé	Indianerstamm von der anderen Seite der Flußinsel Bananal
Kalugí	Gegorenes Getränk, kann sowohl aus grünem Mais als auch aus Reis gewonnen sein
Kanansiu-ê	Höchste Gottheit der Javaé- und Carajá-Indianer
Kanaú	Eigenname, bedeutet »gestern«
Koteruti	Süßkartoffel
Kotú reka	Große Schildkröte; Name eines Carajá-Festes, das im Mai stattfindet
Larretô	Sehr großer Federkopfschmuck
Lateni	Geist des Bösen
Lôri-lôri	Kopfschmuck, vorwiegend aus Reiherfedern

Lua	Mond
Manakeri-ki	Komm hierher!
Maracá	Rassel; Musikinstrument der Indianer
Marrani	Bis bald; auf Wiedersehen (Antwort)
Miguelinho	Kleiner heller Fisch mit rotem Rückenstreifen
Muriçoca	Stechmückenart
Odiura	Kleine Fische, die als Angelköder benützt werden
Omarira	Kreistätowierung unter den Augen, Stammeszeichen der Carajá-Indianer
Onça	Jaguar
Pacu manteiga	Flußfisch, der so fett ist, daß man ihn im eigenen Fett braten kann
Pinga	Branntwein, Schnaps
Piranha	Angriffslustiger Flußfisch Südamerikas, der mit messerscharfen Zähnen sein Opfer überfällt und es in kürzester Zeit bis zu den Knochen abnagt. Er wird vor allem von Blut angelockt und macht sich in großen Scharen über seine Beute her
Pirarará	Großer, gefräßiger Flußfisch
Pirarucu	Größter Süßwasserfisch
Ramalalá	Die große Schlange
Randô	Der Mond
Raumaló-Dessé	Indianersiedlung der Carajás, etwa in der Mitte der Insel Bananal
Rebunan-ni	Gift
Rio Javaé	Rechter Arm des Rio Araguaia, wo dieser die Insel Bananal umfließt
Sorodire	Eins, zehn, hundert, tausend

Talinâ-kan	Morgenstern
Tapirapés	Nebenfluß des Araguaia
Tapirapés	Indianer aus der Gegend des Rio Tapirapés
Tchú	Sonne
Tiokrê	Wartet!
Tiorô	Abenddämmerung
Tiotôitica	Danke
Torí	Weißer
Uêrá	Die Trockenzeit; ein Jahr, das vergangen ist

Econ & List

Edward Sklepowich

Die dunklen Wasser von Venedig

Roman

320 Seiten

TB 27575-5

Im Canal Grande treibt die Leiche des Mannequins Flavia Brollo. Kurz vor ihrem offenbar gewaltsamen Tod hat die junge Frau die angesehene Contessa da Capo-Zendrini aufgesucht und behauptet, die uneheliche Tochter ihres verstorbenen Gatten zu sein. Um einen Skandal zu vermeiden, bittet die Contessa ihren Freund Urbino, den Kunstliebhaber und Detektiv aus Leidenschaft, diskrete Ermittlungen anzustellen. Seine Nachforschungen führen Urbino mitten hinein in Venedigs schillernde Künstlergemeinde – und in einen Sumpf aus Intrigen und obskuren Geschäften.

»Edward Sklepowichs Prosa ist so verführerisch wie die Lagunenstadt selbst. Seine Kriminalromane spiegeln die Atmosphäre und das Lebensgefühl Venedigs auf das schönste.«

Martha Grimes

095

Wally Lamb
Die Musik der Wale
576 Seiten
TB 27512-7
Deutsche Erstausgabe

Dolores Price ist dreizehn, als ihre kleine Welt aus den Fugen gerät. Von einem Tag auf den anderen verläßt ihr Vater die Familie und stürzt ihre lebenslustige Mutter in eine tiefe Krise. Wie ein plötzlich gestrandeter Wal kommt Dolores sich vor. Aber große Mädchen weinen nicht, und deshalb beginnt Dolores ganz allein ihre Suche nach Liebe und Wahrheit.

»Ein bemerkenswerter Roman ... wie John Irving hat Wally Lamb in seinem Buch höchst eigenwillige und bunte Figuren versammelt.« *Bookpage*

»Wally Lambs Buch ... wurde in Amerika als bester Debütroman des Jahres prämiert. Seine wunderbar vitale Heldin begleitet man gern über fast 600 Seiten: Dolores verfügt über eine beachtliche Mischung aus genialer Beobachtungsgabe, großer Klappe und Verletzbarkeit.« *Brigitte*

Econ & List

Regina Schönfelder
Rebeccas Mond
Roman
284 Seiten
TB 27371-X
Originalausgabe

Rebecca führt ein unbeschwertes Leben als Schriftstellerin – bis sie in einer Vollmondnacht von einem Unbekannten überfallen wird. Plötzlich brechen die dunkelsten Ängste in ihr auf. Zwar wird der Täter wenig später gefaßt, doch nicht einmal ihr Freund Tony, der als Polizist arbeitet, vermag Rebecca ihre Ängste zu nehmen. Sie verhält sich immer rätselhafter und abweisender.
Dann, in der nächsten Vollmondnacht wird ein Mann grausam ermordet. Die Tat scheint ohne Motiv, denn der Tote galt als unbescholtener, ehrbarer Bürger. Nur Tony ahnt, daß seine Freundin etwas mit dem Mord zu tun hat. Am Tatort findet er Rebeccas Ohrringe.

Ein spannender, ungewöhnlicher Thriller über eine junge Frau und ihre unheimliche Mondsucht.

019